The Passion
by Nicole Jordan

情熱のプレリュード

ニコール・ジョーダン
水野 凜[訳]

ライムブックス

情熱のプレリュード

主要登場人物

オーロラ（ロリー）・デミング……………………………………公爵令嬢
ニコラス・サビーン……………………………………………………海運業者
パーシー・オズボーン…………………………………………………オーロラの従兄弟
マーチ伯爵ジェフリー・クルー………………………………………オーロラの元婚約者
エヴァーズリー公爵……………………………………………………オーロラの父
リチャード・ジェロッド大佐…………………………………………英国海軍の軍人
ジェーン・オズボーン…………………………………………………パーシーの妻
ウィクリフ伯爵ルシアン・トレメイン………………………………ニコラスの又従兄弟
ハルフォード公爵………………………………………………………オーロラと婚約する予定の男
レイヴン・ケンドリック………………………………………………ニコラスの異母妹
クルーン伯爵ジェレミー・アデア（デア）・ノース………………ニコラスの友人
ブランドン・デヴェリル………………………………………………ニコラスの従兄弟
レディ・マーチ…………………………………………………………ジェフリーの母
ハリー……………………………………………………………………ジェフリーの弟

プロローグ

日記　七月一六日

悶々《もんもん》と悩み、またペンをとっている。こんな身を焼き尽くす恋はあきらめなければいけないと思うが、どうしたら忘れられるのかわからない。

今宵《こよい》、あなたは来てくれた。足音が聞こえる前からあなたが来るのがわかり、わたしはぬくもりを感じていた。あなたの気配には敏感なのだ。わたしは足枷《あしかせ》ではなくあなたの魅力によって奴隷となった。

名前を呼ばれて振り向くと、黒い目が問いかけるようにこちらを見ていた。わたしは胸をはずませ、その目を見つめかえした。あなたに視線を向けられるだけで、舞いあがってしまう。

いとおしさがこみあげ、無我夢中であなたの腕に飛びこむ。あなたの手は癒《いや》しの薬だ。胸に触れられると慰められて体がうずく。

華奢《きゃしゃ》な体を強く抱きしめられ、あなたの男らしさを感じながら目を閉じる。あなたはわかっているのだ。あなたに激しく求められると、わたしが抗《あらが》えないことを。あなたはキスをしながら、慣れた手つきでわたしの服を脱がせた。わたしは熱く燃えあがり、あなたの熱い吐息に体を震わせた。

あなたのローブがはらりと床に落ちた。たくましく優雅な体に、麝香《じゃこう》の香りのする蠟燭《ろうそく》の明かりがちらちらと揺れている。女性ならあこがれずにはいられない体だ。

あなたの手で秘所に触れられ、わたしは震えた。わたしもあなたの下腹部へと手を伸ばした。恥じらいはない。欲望を覚え、性の悦《よろこ》びを感じることにタブーなどいっさいないと、あなたに教えられたからだ。

横たえられたころにはあなたの愛撫《あいぶ》に体の芯《しん》がうずき、すっかり潤っていた。欲望をたたえた挑むような目をして覆いかぶさったあなたは、わたしのなかに深く入ってきた。わたしは快感に身をゆだねて背中をそらし、かすれた声をもらす。

わたしの体はあなたの思いのままだ。わたしはあなたという麻薬に酔いしれ、ひとつになろうと必死にその体を求めた。

あなたが情熱をほとばしらせる。わたしはそれにおぼれ、あなたを引きずりこむ。

しばらくしても、わたしたちはまだふたりとも息をはずませ、汗に濡《ぬ》れた肌を重ねたまま体を寄せあって横たわっていた。あなたはわたしの涙にキスをした。そして上半身を起こし、わたしの目に浮かぶ隠しきれない悲しみを見てとった。

あなたはわたしを慰めようと熱いキスをしてくれたが、それはわたしの葛藤《かっとう》を深め、胸を引き裂いただけだ。

きみが決めることだとあなたは言う。自由という貴重な贈り物を差しだしてくれている。わたしの幸せのほうが自分の幸せより大切だから、わたしを手放そうと言ってくれているのだ。

でも、わたしはあなたなしで生きてゆけるのだろうか？

わたしにその道を選べるだろうか？

海賊の瞳に魅せられて

1

初めて会ったとき、彼はとても危ない男性に思えたし、野蛮にさえ感じられた。だが、その目に浮かぶなにかにわたしは惹《ひ》きつけられた……。

一八一三年二月　英国領西インド諸島

それは残酷な光景だった。カリブの太陽に焼かれた筋骨たくましい裸体をさらした男性が鎖で縛られ、船のマストを背に反抗的な態度できっと顔をあげて立っている。

レディ・オーロラ・デミングは、心臓がとまりそうな思いでフリゲート艦の甲板を見つめていた。

まるで卓越した芸術家の手による筋肉美を表現した彫刻のようにも見えるが、じつは生身の肉体であり、まぎれもなく生きていた。屈強な体が日の光を受け、濃い金色の髪が輝いている。

あの人の髪の色と同じだ。ひと目見た瞬間、オーロラは二度と会えない人の顔を思いだし、思わず息をのんだ。だが、あの裸も同然の肝の据わった男性はまったくの別人だ。亡くなった婚約者は、あれほど筋肉質な体つきではなかった。

男性は半ズボン一枚を残してすべて服をはぎとられ、鎖を巻かれて囚《とら》われの身となっていたが、屈している様子はなく、波止場の向こうをにらみつけていた。この距離からでも険しい目をしているのがわかり、煮えたぎる怒りをかろうじて抑えている気配が伝わってくる。

見られているのを感じたのか、男性がゆっくりと視線をさげ、こちらを見つめた。オーロラはその場に釘《くぎ》づけになった。ふと港の喧噪《けんそう》が消え、一瞬、時がとまった。そして、この世に彼と自分のふたりだけしかいないような錯覚に襲われた。

その視線のあまりの強烈さにオーロラは身動きができなくなった。体が震え、苦しいほどに心臓が早鐘を打ち始めている。

「どうした？」

従兄弟《いとこ》であるパーシーの声で現実に引き戻され、オーロラははっとした。ここはカリブのあたたかい陽光が降り注ぐセントキッツ島の首都バステールにある波止場地区だ。潮の香りに魚やタールの刺激臭がまじり、カモメがうるさく鳴いている。人でごったがえした波止場の向こうには青緑色の海が広がっていて、はるか先にはネイヴィス島の緑に覆われた山が見える。

パーシーがオーロラの視線をたどり、フリゲート艦に目をやった。「なにがそんなに気になるんだい？」

「あの人が……」オーロラはつぶやいた。「ジェフリーに見えたの」

パーシーは目を細めてもう一度よく見たあと、顔をしかめた。「これほど離れていてはよくわからないな。髪の色は似ているかもしれないが、ほかはそうでもなさそうだ。だいたいマーチ伯爵の囚人姿なんて想像もできない」

「そうね」

それでもオーロラは、金髪の男性から目をそらせなかった。どうやら相手も同じ思いらしい。下艦のためにかけられた道板の上に立ったまま、まだこちらを見ている。手首を拘束され、がっしりとした体格の武装した英国海軍の水兵ふたりに伴われているが、そちらを気にしている様子はなかった。水兵のひとりが男性の手首を縛っている鎖を荒々しく引っ張った。痛みのためか、怒りのせいか、男性はこぶしを握りしめた。だがそれ以上の抵抗はせず、マスケット銃の先端で小突かれながらおとなしく道板をおりていった。

パーシーが諭すようにオーロラの名を呼んだ。彼女の腕に手をかけ、同情に満ちたまなざしを向ける。「ジェフリーは亡くなったんだ。いつまでも悲しんでいるのはよくない。もうすぐ結婚するのに、そんな気持ちでいては差し障るだろう？　夫になる人は、きみがほかの男性の死を悼むのを喜ばないと思うよ。自分のためにも、忘れる努力をしたほうがいい」

婚約者の死を悼んでいたわけでも、父に押しつけられた望まない結婚について考えていたわけでもない。オーロラは後ろめたさを覚えたが、それを口にするのはいとこに申し訳ないと思い、ただ黙ってうなずいた。まさか裸も同然の見ず知らずの男性に興味を覚えたなどと言えるわけがない。相手が囚人となればなおさらだ。あんなひどい扱いを受けるからには、さぞ極悪人なのだろう。

身震いしたオーロラは無理やり視線をそらした。こんな野蛮な場面はレディが見るものではない。ましてや彼女は公爵令嬢だ。だが、あれほど肌を露出させた男性を目にしたのは初めてだった。もちろん、先ほどのように男性を見て体が震えた経験など一度もない。

オーロラはわが身を戒めてフリゲート艦に背を向け、屋根のない馬車に乗りこむため、従兄弟に手を差しだした。パーシーと一緒に波止場へ来たのは、イングランド行きの客船に乗る手続きをするためだ。今は米英戦争の真っ最中であり、海賊も出没していることから、西インド諸島からイングランドへ向かう船はほとんどない。次にセントキッツ島から船が出るのは三日後の予定で、船は護衛艦を待っているところだった。

オーロラはイングランドへ戻るのがいやでたまらず、戦争中で航海が危険だからと言い訳し、当初の予定より数ヶ月も帰国を遅らせた。だが父は、娘のために自分が選んだ相手との結婚準備をするためにすぐに帰ってこいと言って聞かなかった。最後の手紙には、彼女が父親の顔をつぶす気なら、みずから連れ戻しに行くとまで書かれていた。

馬車のステップに片足をかけたとき、波止場の先から騒々しい物音が聞こえてきたのに気づき、オーロラは足をとめた。男性が道板をおり、待っている荷馬車に乗せられようとしている。鎖で縛られているため、乗りこむのが難しい様子だ。

もたもたしていたため、後ろから押され、よろめいて膝を突きそうになった。男性は荷馬車の後部に手を突いて体を起こすと、水兵に侮蔑《ぶべつ》のまなざしを向けた。

その冷ややかで尊大な態度に腹を立てたのか、水兵たちがマスケット銃の台尻で男性の胸を殴った。男性は苦しそうに体をふたつに折った。

オーロラが思わず抗議の声をあげかけたとき、男性が水兵に向かって鎖を振りまわした。きつく縛られているため無駄な抵抗にすぎなかったが、それが水兵たちに口実を与えてしまった。

ふたりの水兵はマスケット銃の銃床で男性を殴りつけ、〝このゲス野郎〟とか〝おまえなんかクズだ〟と言いながら砂利道のほうへ押しやった。

激しい暴力の場面を目のあたりにして、オーロラは恐ろしくなった。「お願い、パーシー……やめさせて」

「海軍のやっていることだからな」セントキッツ島副総督である従兄弟は職業的な口調になり、苦々しげに言った。「ぼくには介入する権限がない」

「あのままでは死んでしまうわ」オーロラはパーシーの返事を待たずに、スカートの裾《すそ》を持ちあげて走りだした。

「オーロラ！」パーシーが小さく毒づくのが聞こえたが、オーロラは歩みを緩めようとせず、暴力沙汰《ざた》に介入する危険性を顧みもしなかった。

手近に武器はなく、男性を助けなくてはという思いのほかにはとくに考えもなしに水兵たちのそばへ駆け寄り、手提げ袋《レティキュール》を振りまわして手前にいた水兵の横っ面を張り飛ばした。

「なんだ……？」

不意の攻撃にひるんだ相手が手をとめた隙《すき》に、オーロラはレティキュールを振りまわすのをやめ、水兵と囚人のあいだに立ちはだかった。恐怖を押し殺して膝を突き、意識が朦朧《もうろう》としている男性を体でかばう。

水兵がののしりの言葉を吐いた。

オーロラは怒りに満ちた冷ややかな表情で顎をあげ、殴れるものなら殴ってみなさいと言わんばかりに相手をにらみつけた。

「あんたの出る幕じゃない。こいつは悪い海賊なんだ」水兵が吐き捨てた。

「〝あんた〟などとお呼びにならないほうがいいのではないかしら？」普段は落ち着いた話し方をするオーロラだが、このときばかりは身分を誇示するように敵意をむきだしにした。「わたしはエヴァーズリー公爵の娘です。父は摂政皇太子や海軍司令長官とも親しい間柄ですのよ」水兵が彼女の姿をまじまじと眺めた。流行の最先端を行くシルクのボンネットや外出用のドレスは、半喪服であるためどちらも灰色だ。上着の襟についた藤色《ふじいろ》の縁どりだけが、わずかに華やかさを醸しだしている。

パーシーが急いでそばへやってきたのを見て、オーロラはさらにつけ加えた。

「それに従兄弟のサー・パーシー・オズボーンは、ネイヴィス島およびセントキッツ島の副総督よ。大きな口を叩《たた》く前に、よく考えられたほうがよろしいのでは？」

名前を出されたパーシーは、小さな声でとがめた。「オーロラ、みっともないぞ。みんなが見ている」

「武器も持たない相手に暴力をふるうなんて卑怯《ひきょう》なまねを見て見ぬふりをするほうが、よっぽどみっともないわ」

水兵がこちらをにらみつけていたが、オーロラはそれを無視し、怪我《けが》をしている男性に視線を落とした。目を閉じているが、痛みに歯を食いしばっているところを見ると意識はあるらしい。肌は血と汗に濡れ、顎は無精ひげに覆われ、やはりどことなく野蛮に見える。頭部をひどくやられたらしく、こめかみから大量に出血しているうえに、オーロラより暗い色をしたつややかな金髪に乾いた血液がこびりついている。こちらはもっと前に負った傷のようだ。

男性の胸へ視線を移したオーロラの鼓動が速まった。先ほど遠くから見ていたときでさえ心をかき乱されたが、こうして近くで見ると、いかにたくましい体をしているかがよくわかる。日焼けした胸や肩の筋肉が盛りあがり、半ズボン越しに腿の張りが感じられる。

そのとき男性が目を開け、オーロラを見た。濃いコーヒーの色に琥珀色《こはくいろ》がまじった色合いの瞳だ。オーロラはさっきと同様の衝撃を受けた。この世に彼と自分のふたりだけしかいないような錯覚に見舞われ、相手を異性として強く意識した。

男性の怪我を見ていると、どうしてだか守ってあげたいという気分がわき起こってくる。オーロラはそっと彼の額の血をふきとった。

鎖の音をさせながら、男性がオーロラの手首をつかんだ。「やめろ」かすれた声で言う。

「かかわらないほうがいい……きみまで痛い目に遭うぞ」

触れられたところが熱く感じられたが、オーロラは気にしないように努め、警告の言葉も意に介さなかった。今は自分の身を守るより、彼の命を救うほうが大切に思える。「あなたが殺されるのを黙って見ていろというの？」

男性はちらりと苦しそうな笑みを浮かべるとオーロラから手を離し、肘を突いて体を起こそうとしたが、めまいでもしたのか一瞬、かたく目をつぶった。

「お医者様に診てもらわないと」オーロラは心配になった。

「いや……石頭だから大丈夫だ」

「そうでもなさそうよ」

まわりに人がいることを忘れかけていたとき、従兄弟が彼女の肩越しにのぞきこみ、驚きの声をあげた。

「おいおい……ニコラス・サビーンじゃないか！」

「知りあいなの？」

「知りあいもなにも。なんといってもカリブ海を往来する商船の半分を所有している男だからな。アメリカ人なんだ。ニコラス、いったいなにをした？」

ニコラスが痛みに引きつった笑みを浮かべた。「運悪く英国海軍に出合ってしまっただけだ」

パーシーが水兵たちに向き直り、オーロラの喧嘩《けんか》腰の口調とは違う穏やかな声で説明を求めた。

「どういうことだ？　なぜ、この男が鎖につながれている？」

指揮官が近寄ってきたため、水兵たちは返事をするのを免れた。二、三週間ほど前に政府主催のパーティで見かけていたため、オーロラはリチャード・ジェロッド大佐の顔に見覚えがあった。

「閣下、わたしがご説明しましょう」ジェロッド大佐は落ち着き払って答えた。「こいつが鎖につながれているのは戦争捕虜だからですよ。海賊行為と殺人の罪により絞首刑になることが決まっております」

「殺人？　まさか！　彼の評判はきみも聞いているだろう？　ここカリブ海じゃ英雄だ。人殺しをするようなやつじゃない。誰かほかの人間と間違えているんじゃないか？」

「間違えてなどおりません。この男は先日、モントセラト島にいるところをわたしの部下に見つかったのですが、まあ無鉄砲というか傲慢《ごうまん》というか、この戦時下に女性に会いに来ていましてね。こいつはまぎれもなく、悪名高き海賊サーベルです。戦争が始まってのち、少なくとも二隻のイングランドの商船を奪いとり、そのうえ先月は軍艦バートンを沈没させております」

「その海賊はおぼれているバートンの船員を助け、近くの島まで送り届けたと聞いたが？」

「そうですが、そのときの戦いで水兵がひとり犠牲になっていますし、怪我人も多く出ました。それに昨日、こいつは身柄拘束時に暴れ、わたしの部下を危うく殺しかけたのです。イングランドに対する侵略行為を行ったのは間違いありません。まさに死刑に値する罪です」パーシーが倒れている男性のほうを向いた。「ニコラス、本当なのか？　きみは海賊なのか？」

ニコラスは怒りのこもった冷ややかな笑みを浮かべた。「海賊ではなく、アメリカ政府から敵船攻撃の正式な許可を得た私掠《しりゃく》船の船長だ。自分の船を守るのは当然の権利だよ。軍艦バートンの件は、向こうがこっちの船団の一隻を攻撃したからやりかえしたまでだ。それにたしかにそっちの商船を奪いはしたが、こちらも二隻とられたのだからお互い様だろう」

海賊と聞いても、オーロラは不思議と怖さを感じなかった。戦争中なのだから、英国海軍が武装したアメリカ船をすべて敵と見なすのは当然だ。だが、この男性が自衛権を主張するのもうなずける。パーシーならきっと理解を示すだろう。母国に対する忠誠心を疑われるはめになるが、パーシーはこの戦争は間違いであり、どちらかというとイングランドが悪いと考えているからだ。しかしそれにしても殺人の罪とは穏やかではない。

「海賊であろうがなかろうが……」パーシーが困ったようにジェロッド大佐に言った。「この男をつかまえれば、困った問題が生じるに相違ない。彼はイングランドにコネが多いと知っているのか？　そのなかにはいくつかの島の総督や、カリブ艦隊司令長官も含まれている」

ジェロッド大佐が顔をしかめた。「だからこそ、即座に死刑に処すのを思いとどまったのです。しかしながら、それでこの男が命拾いできるとは思えませんな。司令長官のフォーリー元帥とて、こいつがなにをしたか知ればきっと死刑執行命令を下すに違いありません」彼はオーロラを見おろした。「そこから離れたほうがよろしいでしょう。そいつは危険な男です」

たしかに危険な男性なのかもしれないが、だからといって彼に暴力をふるってもよい理由にはならない。

「きっとそうなのでしょうね」オーロラは立ちあがり、ジェロッド大佐に面と向かって軽蔑をこめた言葉を吐いた。「だからこそあなたの部下たちは、クリスマスの七面鳥みたいに縛りあげられたこの男性を意識がなくなるまで殴りつけたのでしょうから。なんて恐ろしい」

ジェロッド大佐が怒りに唇を引き結んだのを見て、パーシーが割って入った。

「彼をこれからどうするつもりだ?」

「駐屯隊の司令官に引き渡し、死刑執行の命令が出るまで要塞《ようさい》に監禁しておきます」

この生命力あふれる男性が命を奪われるのかと思うと、オーロラは胸が痛んだ。「パーシー……」彼女はすがるような目を従兄弟に向けた。

ジェロッド大佐が刺《とげ》のある口調で続けた。「閣下、わたしが職務を遂行するのを邪魔しないでいただけるとありがたいですな。おい海賊、立て」

ニコラスは唇をゆがめ、憎悪をむきだしにした黒い瞳を大佐へ向けた。けれどもそれ以上の怒りを表すことなく、黙って膝を突いた。

オーロラはニコラスが立つのに手を貸し、ふらつく体を支えた。一瞬、たくましい体にもたれかかられたのを感じ、鼓動が速まる。怪我をしているにもかかわらず、彼は圧倒されるほど男性的な魅力を放っている。

　みずからの越権行為に気がついたのか、パーシーがそっとオーロラの腕を引いた。「おいで」

　ニコラスは痛みに体をこわばらせながら荷馬車のほうへ歩いた。ニコラスの広い背中に出血している傷がいくつもあるのを知ってオーロラは胸を痛め、がっしりとした水兵が乱暴に彼の腕を引っ張るのを見て身をすくめた。

　彼女は唇をかみ、抗議の涙をこらえた。

　ニコラスに続いて水兵たちが荷馬車に乗りこむと、ジェロッド大佐はオーロラをじろりとにらみ、パーシーに向かって言った。「要塞まで囚人についていくつもりはなかったのですが……アメリカ沿岸の海上封鎖に加わるため、出港の準備をする必要がありますから。けれども、気が変わりました。わたしの命令が忠実に実行されるかどうか、この目で見届けるとしましょう」

「わたしもあとで要塞へまいります」ここを離れたら男性がどんな仕打ちを受けるかと思うくなり、オーロラは無分別な脅しに出た。「これ以上あの男性を殴ったりしたら、するはめになりますわ」

がやめろというようにオーロラの腕をつかんでいる手に力をこめた。オーロラは払いたくなった。

シェロッド大佐は怒りもあらわにぎこちないお辞儀をすると、荷馬車の前方にある座席に乗りこみ、年配の黒人御者に出発するよう命じた。荷馬車が二頭の馬に引かれていくのをふたりは見送った。

「これ以上かかわるんじゃないぞ、オーロラ」パーシーが小さな声で言った。

　オーロラは反抗するように従兄弟の手を振りほどいた。「まさかあんな残虐な行為を見逃すつもりじゃないわよね？　もしミスター・サビーンがアメリカ軍につかまったイングランド人の捕虜だとしたら、もっと人道的な扱いをしてほしいと思うでしょう？」

「もちろんだ」

「あの人はどうなるの？」急に声がかすれた。

　パーシーが答えないため、オーロラは最悪の事態を予想した。

「ちゃんと裁判は行われるわよね？　まさかそんな重要な人物をすぐさま死刑にしたりしないでしょう？」

「死刑になるとは限らないよ」パーシーが顔をしかめる。「フォーリー元帥が恩情を示されるかもしれない」

「もしそうならなかったら？　あなたが介入できないの？」

「たしかにぼくには元帥の命令を撤回させる権限がある。だがそうすれば、おそらくぼくの政治生命は終わるだろう。そうでなくてもこの戦争を批判していることで顰蹙《ひんしゅく》を買っているからな。死刑囚を釈放すれば国家への反逆と見なされるだろう。海賊行為と殺人は重い罪なんだよ」

オーロラはやるせない思いでパーシーを見た。「せめてお医者様を呼んであげて」

「わかった。駐屯隊司令官に話して、怪我の手当てを受けられるよう手配させるとしよう」

オーロラは従兄弟の顔をのぞきこみ、自分と同じ青い目が心配そうに語っている言葉を読みとった。

〝すぐに絞首刑になるとわかっている者を治療しても、いったいどうなるというんだ？〟

オーロラのドレスが血で汚れているのを見てパーシーの妻はぎょっとしたが、その理由を聞かされたときは意外に落ち着いた態度を見せた。

「わたしにはとめに入る勇気はないかもしれないわ」話を聞き終えると、ジェーンは考えこんだ。

オーロラの寝室には、ふたりのほかは誰もいなかった。パーシーはオーロラを自宅である農園の屋敷まで送り届けたあと、約束どおり医者の手配をするためにまた出かけていった。オーロラの着替えを手伝ったメイドは、洗濯のためにドレスを持ってさがった。ジェーンだけがもっと詳しい話を聞こうと部屋に残ったのだ。

「人ひとりが殺されかけていたのよ。勇気なんか関係ないわ」オーロラはまだ今朝の出来事に腹を立てていた。「それに、わたしの行為であの人の運命が変わったわけでもなさそうだし」

「ミスター・サビーンはイングランドに高名な親戚《しんせき》がいらっしゃるわ」ジェーンがなだめるように言った。「彼はウィクリフ伯爵の又従兄弟なのよ。ウィクリフ伯爵は大富豪だし、政治的にも強い力を持っていらっしゃるもの、きっとミスター・サビーンのためになにかなさると思うわ」

「幽閉されているという知らせがイングランドに伝わる前に処刑されてしまうかもしれないのよ」オーロラは暗い気持ちになった。

「オーロラ、あなた、まさか彼に恋をしたの？」

オーロラは顔が赤らむのがわかった。「そんなことがあるわけないでしょう？　今朝、初めて会った人なのよ。しかも短い時間だったし、正式に紹介されてもいないわ」

「それならいいけれど。だって家柄はいいかもしれないけれど、あまりあなたにふさわしい方だとは思えないもの。危ない人のような気がするわ」

「危ないって？」

「女性にとって、という意味よ。冒険家だし、遊び人だし……それにアメリカ人だから」

「英雄だとパーシーは言っていたわよ」

「それはそうなのかもしれないわね。何年か前、セントルシア島で奴隷の暴動があったときには、二〇〇人ほどの農場主やその家族の命を助けたそうだから。それでも、やっぱり彼はいただけないわ。大人になってからはずっと異国の地を渡り歩いて、いろいろ荒っぽいことをしてきたという噂《うわさ》だし。お父様が亡くなられたあと、やっと少し落ち着いたらしいのよ。

財産と家業を相続して、しかたなくといったところでしょうね」

「イングランドの貴族の息子たちも、半分は同じようなものだと思うけど？」

「ミスター・サビーンの場合は特別なのよ。そうじゃなきゃ、ウィクリフ伯爵が保証人になったからといって、あの悪名高い業火同盟《ヘルファイア・リーグ》に入れるわけがないわ」

ヘルファイア・リーグとはイングランドきっての遊び人を集め、女性絡みの娯楽にふける会員制のクラブだ。その堕落したクラブの会員だというのなら、たしかに危険な男性だ。

「それに忘れないで」ジェーンがとどめを刺すようにつけ加えた。「彼は人を殺して死刑を宣告された海賊なのよ」

オーロラは自分の手に目を落とした。最愛の友人でもあるジェーンは、細かいところによく気がつき、洞察力に優れ、状況を客観的に判断できる。政治家の妻としては理想的な女性だ。パーシーは妻を深く敬愛しているし、ジェーンもまた夫を尊敬している。

「オーロラ、あなた、自分の悩みから逃げだしたくて、ミスター・サビーンにこだわっているんじゃない？　わが身の問題から目をそむけるために、赤の他人の心配をしているのかもしれないわ」

オーロラは指を組んで両手を握りしめた。たしかに自分が難しい状況に置かれているからこそ、なおさら彼に対して同情しているという一面はあるかもしれない。ふたりは似た者同士なのだ。自分の将来をみずから決められず、人生が自分のものでないというのがどういうことなのか、オーロラにはよくわかる。ニコラス・サビーンは敵の手に運命を握られているし、オーロラは父親の命令に従うしかない身だ。そしてもうすぐ、いやでたまらない相手と結婚させられる。

オーロラの表情から指摘が的を射ていたことを察したのか、ジェーンが慰めるように言った。「海賊の行く末より、もっと心配しなきゃならないことがあるでしょう？　今朝の出来事はきれいさっぱり忘れたほうがいいわ」彼女は衣《きぬ》ずれの音をさせながら立ちあがった。「用意ができたら昼食をとりにおりていらっしゃい。食事をしたら気分がよくなるかもしれないわよ」

だが、食卓についても気分はよくならず、だいいち食欲もなかった。従兄弟からなにか知らせが来ないかとそればかり気にしながら、オーロラはただ料理をつついていた。

ようやく首都バステールにあるパーシーの執務室から手紙が届いた。だがそこには、駐屯隊司令官に話したところ、要塞の医師に囚人の怪我を診せると約束してくれた、としか書かれていなかった。

オーロラは手紙をジェーンに見せ、その件についてはもう考えないことに決めたふりをした。そしてしばらくすると、イングランドへ送る荷物をまとめなくてはならないからと理由をつけて自室へ戻った。しかし、荷造りは少しもはかどらなかった。気がつくと床に目を落とし、こちらを見つめていた彼の黒い瞳を思いだしては体を震わせた……。

いいかげんにしなさい。オーロラはわが身を叱《しか》った。

ジェーンの言葉が正しいと頭ではわかっている。評判の悪い海賊のことなんて、さっさと忘れてしまったほうがいい。どうせあと三日もすれば、わたしはセントキッツ島を去るのだ。そもそも人の心配などしている場合ではない。このままいけば、ふたまわりほども年上の威張り散らした相手と、近々婚約させられるはめになる。態度が傲慢で横柄なうえに、やたらとしきたりにこだわる男性で、愛していないどころか大嫌いだった。けれどもイングランドへ戻れば、すぐにでも婚約発表の運びとなるだろう。

オーロラはぞっとした。この結婚について考えるといつもそうなる。あの男性の妻になるのは囚われの身となるのも同然だ。礼儀作法を重んじるよう口うるさく求められるに違いない。万が一にも自分の意見を持つことを許されたとしたら、それだけでも幸運だろう。そこまで考え、オーロラはここ何ヶ月もしてきたように、不安を脇《わき》へ押しやった。

旅行の準備をするのはあきらめ、詩集を手にとった。だが詩を読もうとしても、集中できなかった。服をはぎとられ、鎖で縛られ、血を流して横たわっていたニコラス・サビーンの姿ばかりが思い起こされる。なんとかして頭から追い払おうと努めたが、どうしてもうまくいかなかった。

目など閉じなくても、独房に横たわっている彼の姿は容易に想像できた。怪我の痛みに苦しみ、死にかけているかもしれない。裸も同然の体は毛布で覆われているだろうか？　カリブの太陽はあたたかいが、そうはいってもまだ冬だ。海風が吹けば、かなり冷えこむ夜もある。ニコラス・サビーンが収容されているブリムストーン・ヒル要塞は崖《がけ》の上にあり、とりわけ風が強い。

そのうえ、暗い小部屋や狭い廊下が入り組んでいる広大な要塞のなかでは、ひとりの死刑囚が忽然《こつぜん》と姿を消してしまうこともありうるのではないかという不安もあった。なんといっても数十年の歳月をかけて建造され、厚みが二メートルを超す黒い火山石の壁に守られた巨大な要塞だ。

一度、パーシーとジェーンに同行し、要塞で行われた軍部の歓迎会に参加した経験があるが、内部は士官の部屋でさえ居心地がよいとは言えなかった。ましてや独房など、想像するだけでも身の毛がよだつ。

できるだけのことはしたと思ってみても、それで気が楽になるわけではなかった。分別を持ちなさいと自分に言い聞かせても、少しも納得できない。弱い立場にいる人間を見て見ぬふりができる性格ではないのだ。

良心の痛みなど無視し、相手を守らなければと思う気持ちを抑えられる性格だったら、この数年間、もっと楽しく過ごせただろう。父が哀れな召使いたちに怒りをぶつけるのを見ても無感情でいられたら……だが、冷静ではいられなかった。

そして今は、残酷な敵のなすがままになっている無力なニコラス・サビーンのことしか考えられない。

ちらりとでも様子を見に行き、人間らしい扱いを受けていると確認できれば、少しは気持ちが楽になり、彼を忘れられるかもしれない……。

波止場で痛々しい光景を目にして以来、初めてちょっとばかり心が軽くなり、オーロラは詩集を脇へ置いた。もう一度、あのアメリカ人に会うのかと思うと鼓動が速くなるが、そんな気持ちを押し殺し、ベルを鳴らしてメイドを呼んだ。

独房へ死刑囚を訪ねていくなんて世間的にはあるまじき行為だし、スキャンダルになる恐れもある。けれど自分の意志でなにかを決めて行動できるのは、これが最後になるかもしれないのだ。

2

本当なら恐怖に震えるところだが、わたしは彼に触れられ、虜《とりこ》になった。


ニコラスは夢を見ていた。あの女性だ。そんなふうにかがみこんで、こちらをのぞきこまれると、ずきずきする頭の痛みがいくらか和らぐ気がする。熱っぽい額に触れる手は優しく、心が慰められる。だが触れられたせいで、彼女を求めて体がうずいてしまった。

きみは理想の女性だ。戦死者の霊を天上へ導くワルキューレか、天使か女神か、はたまた男をたぶらかす海の美女セイレーンか……。たまらなく魅惑的であり、本能的な苦しみの源だ。きみを引き寄せ、その唇にキスをしたい。けれども女性が体を引いたため、ぼくは手が届かない……。

「おい！」

ニコラスははっとして目を覚ました。記憶がよみがえり、激痛が戻ってくる。ぼんやりしたまま痛む頭を触ってみると、包帯に手が触れた。シーツも上掛けもない簡易ベッドに横たわっているらしい。鎖で縛られてはいなかった。だが痛みの残る胸をマスケット銃の台尻で突つかれ、こちらを見おろしているがっしりとした看守を目にしたとき、これは現実なのだと思い知らされた。

「こらっ、立て！」

ぼんやりしていた視界がしだいにはっきりしてくる。そうだ、ぼくは囚われの身となり、セントキッツ島の要塞へ連れてこられた。おそらく海賊行為と殺人の罪により、ここで絞首刑となるのだろう。牢《ろう》に入れられたときは手負いの動物のように独房のなかを行ったり来たりしていた。腹違いの妹を守ると約束したのに、それを果たせなくなってしまったことに激高していたからだ。だがやがて痛みと疲れに負け、身を横たえた。そして心身の痛みに苦しみながらも眠りに落ち、波止場で身を挺《てい》して守ってくれた金髪の女性の夢を見ていたところだったのだ。

なにをしているんだ、とニコラスはわが身を毒づいた。どれほど美しく勇気のある人だったとしても、こんな状況のもとで見ず知らずの女性に欲望を覚えるなんて正気の沙汰じゃない。そんな暇があったら、自分が死んでしまったあと、どうやって妹の身の安全をはかるかを考えるべきではないのか……。

「立てと言ったんだ！　レディが面会にお見えだぞ」

ニコラスはのろのろと肘を突いた。看守の背後に見えるドアが半分開いている……。そこへ視線を移したとき、ニコラスの心臓はとまりそうになった。

薄暗い牢のなかに女性が立っていた。ほっそりとして背が高く、王女のごとき気品をたたえている。黒い外套《がいとう》のフードが整った顔に影を落としていてよく見えないが、あのときの女性に間違いない。だが波止場で見た戦う天使とは様相が違い、どこかしらためらっているふうであり、警戒しているように見える。

「ドアは開けたままにしておきますから。こいつがなにかしでかすそぶりを見せたら、遠慮なくお呼びください」

「ありがとう」

低く、耳に快い声だ。けれども看守が出ていっても、女性はそれ以上はなにも言わなかった。

これは幻なのだろうか、とニコラスは思った。鉄格子の入った小さな窓から差しこむ淡い光が、黒っぽいスカートの裾に舞いあがる埃《ほこり》を照らしているが、顔に明かりは届いていない。

そのとき女性がフードをはずした。きれいなシニョンにまとめられた明るい金髪が美しい。そのあでやかな色気に、独房のなかが光に照らしだされた気がした。

夢にまで見た理想の女性が、まぎれもなく現実の姿となってそこに立っている……。あるいはぼくはもう死んでしまって天国にいるのだろうか？　イスラム教の信者は、祝福された男性は天国で美しい乙女たちに囲まれると信じているらしい。しかしこれほど傷が痛むということは、まだこの世にいるとしか思えないのだが。

女性は驚いた表情でニコラスの顔をまじまじと見ていた。やがて自分が相手を見つめていたのに気づいたのか、少し顔を赤らめ、視線を頭の包帯へ移した。

「お医者様は呼んでもらえたのね。口約束だけかもしれないと心配していたの」女性はニコラスが起きあがろうとするのを制した。「だめよ、わたしにかまわず横になっていて。礼儀を気にするような体調じゃないわ」

「いったい……」声がかすれていたため、ニコラスは咳払《せきばら》いをしてから続けた。「なぜここに？」

「あなたが大丈夫かどうか確かめたくて」

ニコラスは困惑し、ずきずきする頭でなにがどうなっているのか考えようとした。殴られたせいで脳みそがどうにかなってしまったのかもしれない。

まともな女性なら醜聞を恐れ、他人のために独房のなかまで入ってきたりはしない。とはいえ、このレディは骨の髄まで貴族に見える。それにたしか今朝、自分は公爵の娘だと言って水兵の無礼を叱りつけてはいなかったか？

彼は女性の顔を凝視した。なにかを見落としているのだろうか？　そのとき、ある考えが脳裏にひらめいた。

ぼくをだますために来たのか？　これはぼくから情報を引きだすために、ジェロッドが企《たく》んだのではないか？

ニコラスは疑わしい思いで目を細めた。彼の帆船はまだ敵につかまらずにカリブ海のどこかを航行しているはずだ。個人的な用事のために部下の命を危険にさらすのをよしとせず、オランダの漁船に乗せてもらって妹を迎えに行ったからだ。だがジェロッドは、なんとしても帆船の居場所を突きとめたがっていた。

ジェロッドにしてみれば、敵船を拿捕《だほ》すれば出世が早まる。だからこそ、すぐにぼくを刑に処さなかったのだろう。大物とつながりのある囚人を殺し、政治的な判断ミスを犯す事態を恐れたという理由もあるかもしれない。

ニコラスは険しい顔で美しい不意の客をじろじろと眺めた。彼女はジェロッドとぐるなのだろうか？　波止場では、彼への同情もジェロッドへの憎悪も本心からに見えた。だがそのあとなんらかの事情ができ、ジェロッドに説得された可能性はある。

ぼくを苦しめるためによこされたのか？　砂漠で脱水症状を起こして死にかけている男に水を与えるように、死刑囚を誘惑するつもりか？　この美しさも優しさも計略の一部なのかと考えると怒りがわいてくる。

ニコラスは厳しい顔つきになった。お互いの母国が戦争中であることを肝に銘じておかなくてはならない。彼女はイングランド人、つまり敵だ。警戒するに越したことはない。

彼の不作法な視線に、女性は居心地が悪そうにしている。ニコラスがわざと女性の胸もとに目を向けると、彼女は薄暗いなかでもわかるほどに顔を赤らめた。

「まだきちんと自己紹介をされていないと思うが？」ニコラスは促した。

「そうね、今朝はそんな暇もなかったから。オーロラ・デミングよ」

彼女にぴったりの名前だと、ニコラスは不覚にも思ってしまった。オーロラとはラテン語で夜明けを意味する。「レディ・オーロラか。そういえば、そうだったな。波止場できみはそう名乗っていた」

「あのときは、あなたの意識がどれくらいはっきりしているのかわからなかったわ」ニコラスは殴られたことを思いだし、包帯に手を伸ばした。「ぶざまなところを見せた」

気まずい沈黙が流れた。

「必要になりそうな品を持ってきたの」女性がようやく用件を切りだした。包みを小脇に抱え、ためらいがちに近寄ってきた。妙に緊張した様子でベッドに包みを置き、なにもない独房のなかを見まわす。

「蠟燭を持ってくればよかった。思いつかなかったわ。これは毛布と……食べ物よ」オーロラはちらりと彼を見たあと、後ろにさがった。「それに、うちの農園の監督からシャツと上着を借りてきたの。従兄弟のパーシーの服では小さそうに見えたから……」

こちらがろくに服を着ていないのを見て口ごもったらしい。彼女のような良家の令嬢は、肌をさらしている男のもとを訪れたり、体格を見定めたりするのに慣れていないのだろう。

「よく看守がきみを通したな」ニコラスは興味を覚えて尋ねた。

彼女は話題が変わってほっとしたらしい。「駐屯隊の司令官にお願いしたの」そう言って、ちらりと笑みを浮かべる。「パーシーの使いだと言って」

「司令官は信じたのか？」

「半信半疑というところかしら」

「ジェロッドが面会を禁じていると思っていた」

「ジェロッド大佐は、要塞の駐屯隊に対してはなんの権限も持っていないわ。それに、この島ではあまり好かれていないし」

「では、やつがきみを送りこんだわけではないんだな？」

オーロラはなんの話かわからないとばかりに眉をひそめた。「違うわ。なぜそんなふうに思ったの？」

ニコラスは肩をすくめた。その返事が芝居だとしたらたいしたものだ。だがたとえひそかな目的があったとしても、それがなんであるかは想像もつかない。なにかぼくから引きだしたい情報でもあるのか？

ニコラスが包みへ手を伸ばすと、距離が近づいたことに驚いたのかオーロラがあとずさりした。ニコラスはシャツをとりだし、痛みに顔をゆがめながらそっと身につけた。

「申し訳ないが、親切にしてもらえる理由がわからなくてね。きみから見ればぼくは赤の他人だし、もっと言うなら死刑囚だ」

「目の前で人が殺されかけているのを黙って見ていられなかったのよ。大佐はなんとかしてあなたを殺す理由を探しているふうに見えたわ。そうでなくても、水兵たちは理不尽なくらいあなたを殴っていた」

「それだけではまだ、きみが慈善家のごとく振る舞って、ぼくに多大なる恩情を施してくれる説明にはならない」

その言葉に含まれた毒に気分を害したのか、オーロラが少し顎をあげた。「あなたがひどい扱いを受けていないかどうか確かめるまでは、どうしても気持ちが落ち着かなかっただけよ」

「そこで死刑囚の最後の数日を快適に過ごさせてやろうと思いたったわけか。なぜだ？」

なぜだろう？　わたしはこの人に好感を持っているが、理由は説明がつかない。それなのに、この気持ちを打ち消すこともできない。たとえ海賊ではないとしても、彼は私掠船の船長だ。人を殺《あや》めている残忍な男性なのに。

それに今朝とは違い、今はもう弱っているようにも見えない。それどころか圧倒的な存在感を見せつけている。無精ひげこそ生えているが、血を洗い流した顔はひどくハンサムだ。その無精ひげと頭に巻かれた包帯のせいでどことなく不品行な男性に見え、いかにも無法者の海賊という感じがした。

ジェーンが危ない人だと言ったのがわかる気がする。琥珀色の髪と端整な顔は、堕天使のごとき魅力を放っている。日焼けした肩やたくましい腕にはすごみがあり、見ているとどういうわけか心がかき乱されてしまう。

けれどもその顔は石像のような冷たさをたたえ、目はひるみそうになるほど無遠慮にこちらを見ている。わたしがここへ来た動機に不審を抱いているらしい。無理もない。自分でもなぜだかよくわからないのだから。

今朝、彼が殴られているところにとめに入ったのは、とっさにとってしまった行動にすぎない。暴力沙汰をとめに入るのが習い性になっているからだろう。もう思いだしたくもないほど何度も、父の理不尽な怒りから無力な使用人たちを守る盾になってきた。

だがそれだけでは、彼がきちんと扱われているかどうか確かめずにいられなかった説明にはならない。行きずりの相手に好感を覚えているどころか、不思議なほどの親近感さえ抱いているのは、おそらく髪の色が亡くなった婚約者によく似ているからだろう。心からいとおしく思っていた男性なのだ。

「たぶんあなたを見ていると、大切だった人を思いだしてしまうからだわ」オーロラは力なく答えた。

ニコラスが疑わしそうに片方の眉をつりあげた。オーロラははだけたままのシャツの下に見える彼の広い胸から目をそらした。

ニコラスの視線が自分の全身をたどり、無遠慮に胸のあたりをさまようのを感じて体をこわばらせる。外套の下のドレスを品定めしているらしい。今日着ているのは灰色のボンバジーン生地で作られた、慎み深い襟ぐりの昼用のドレスだ。

「それは半喪服だな。未亡人なのか？」

「違うわ。八ヶ月前、海難事故で婚約者を亡くしたの」

「この島では見かけない顔だ」

「セントキッツ島へ来たのは去年の夏よ。海難事故からしばらくたったころ、従兄弟夫妻がイングランドの親戚を訪ねてきたとき、空気が変われば心の傷が癒《い》えるかもしれないと言ってわたしをカリブへ誘ってくれたの。アメリカの宣戦布告がイングランドに伝わる前にはもう出発してしまっていたわ。知っていれば来なかった。でも、あと三日で帰国するの」

オーロラは落胆を隠しきれず、沈んだ声で言った。きっと彼も気づいただろう。イングランドへ戻り、待ち受けている運命と対峙《たいじ》するのがいやでしかたがないのだ。

その言葉が本心かどうか探るように、ニコラスはまだオーロラを見つめていた。「あまりうれしくなさそうだな。普通はそれだけ長く故郷を離れていれば、帰る日が待ち遠しいものだ」

オーロラはかすかにほほえんだ。「そう見えるとしたら、きっと父が決めた結婚のせいだわ」

「なるほど」ニコラスが訳知り顔で応じた。「血も涙もない政略結婚というやつか。英国貴族は娘を売るのが好きだからな」

その勝手な思いこみに、オーロラは態度をかたくした。そもそも個人的な話をするつもりはなかったし、親密な会話を求めていたわけでもない。「わたしは売られるわけじゃないわ。打算は絡んでいるかもしれないけれど、父はわたしを良家へ嫁がせたいだけよ」

「だが、きみは乗り気じゃないんだろう?」

「父と好みが違うのはたしかね」オーロラは認めた。

「抵抗しようと思わないのか?　きみは耐え忍ぶたぐいの女性ではないだろう。波止場では雄々しい虎《とら》のようだったぞ」

「あのときは状況がまったく違ったもの」オーローラは顔を紅潮させた。「いつも世間に逆らっているわけじゃないわ」

「そうか？　だが、きみはここへ来ているじゃないか。噂になるかもしれないとわかっているはずだ。ぼくの国では、レディは牢獄に囚人を訪ねたりはしない」

「イングランドでもしないわ」オーロラは苦笑いを浮かべた。「常識はずれな振る舞いなのは充分に承知している……これでも普段はもっと分別があるのよ。ただ、少なくともメイドは同行させたわ。廊下で待っているの……看守と一緒に」

わざと看守という言葉を出してみたが、ニコラスはひるまなかった。長いまつげの下からオーロラを見あげ、おもむろにシャツのボタンをかけている。

彼が立ちあがった。オーロラは警戒して後ろにさがった。ニコラスの広い肩幅と長い手足をもってしても小柄に見えないほどオーロラは上背があるが、彼の男性的な存在感に圧倒され、そばにいるのが恐ろしく感じられる。

「ぼくが怖くないのか？」誘いかけるような声の響きに背筋がぞくりとした。

しっかりと足を踏ん張りながらもオーロラは狼狽《ろうばい》にかられ、動揺を抑えようと必死になった。たしかに彼が怖い。強烈な存在感が恐ろしい。あまりの男らしさに鼓動が速くなる。

「女性を傷つける人には見えないわ」本当にそうかしら？

「きみを人質にとることもできるんだぞ。それは考えなかったのか？」

オーロラは不安になり、目を見開いた。「考えもしなかったわ。あなたは紳士だとパーシーが言っていたから」いいえ、実際は違うのかもしれないわ。

ニコラスは笑みを浮かべてこちらへ近づいてきた。「誰かがきみに人を信用しすぎるなと教えておくべきだったな」

彼が手を伸ばし、オーロラの手首を軽くつかんだ。その指は焼けるように熱く感じられたが、オーロラは動揺を顔に出すまいと努めた。

「誰かがあなたに礼儀作法を教えておくべきだったわね」彼女は精いっぱいの気品をまとい、冷ややかに言いかえした。それでもニコラスが手を放さないので、オーロラはじろりと彼をにらんだ。「必ずしも感謝されるとは限らないと考えていたけれど、まさかこんな手荒な扱いを受けるなんて思わなかったわ」

ニコラスは鋭い表情をいくらか緩めてオーロラの手を放し、小ばかにした視線を下へ向けた。「失礼。たしかにいささか礼を失していた」

オーロラは熱く感じられる手首を無意識のうちにさすった。「大変な状況にあるのだもの、しかたがないわ。それにイングランド人とアメリカ人は違うし」

ニコラスが冷笑を浮かべる。「野蛮な植民地の人間だからと言いたいわけか」

「あなたは……はっきりものを言いすぎるわ」

「死刑囚は捨て鉢な気分になっているのがつねだ」

彼が絞首刑にされる運命にあるのを思いだし、オーロラは暗い顔になった。「パーシーは自分の立場を利用して、あなたのためにできるだけのことをするつもりでいるわ。ただあなたの釈放を要求すると、職を失う恐れがあるの。そうでなくてもアメリカに肩入れしていると思われているから。彼はこんな戦争はばかげていると考えているわ。アメリカよりイングランド側に責任があると思っているのよ」

こちらを見あげている美しい顔をニコラスはまじまじと眺めた。二枚舌を使っているのでないとすれば、申し訳ないことをした。イングランド人に対しては激しい怒りを覚えるが、その憤りと恨みを彼女にぶつけるのは間違っていた。

「悪かった」ニコラスはしぶしぶ謝った。「きみには感謝している。なにかぼくにできることがあれば……」しかし恩がえしができる状況ではないのを思いだし、語尾を濁した。

オーロラの目に悲しみが浮かんだ。「もっとわたしにできることがあればよかったのに」

「きみは充分よくしてくれた」

彼女は唇をかんだ。「もう行かないと」

ニコラスは気づくとその唇を見つめていた。「そうだな」

「ほかに欲しいものはないかしら？」

彼は皮肉っぽい笑みを浮かべた。「この独房の鍵《かぎ》と、逃げるための速い船のほかに、という意味かい？　ラム酒があれば悪くないな」

「なんとかしてみるわ」

「いや、いい。冗談だ」

ニコラスは手の甲でオーロラの頬に触れた。彼女が唇をかすかに開き、はっと息をのむ。

ニコラスは体のうずきを覚えた。

「ここはきみが来るような場所じゃない」彼は静かな声で言った。「もう近づくな。きみ自身のためだ」

オーロラがうなずき、目を潤ませながら後ろにさがった。そして急に口がきけなくなったとばかりに黙って背を向けると、薄暗い独房をあとにした。

勢いよく音をたててドアが閉められた。看守が閉めたのだろう。ニコラスは自分が拘束されている事実を思い知らされ、ののしりの言葉をのみこんだ。

つかの間その場に立ち尽くしたまま、オーロラが残していったライラックの香りをかいだ。なにかを殴りたくてしかたがない。いっそ来ないでくれたらよかったのに。知ってか知らずか、彼女は男心に火をつけた。

オーロラが上品ぶったおかたい貴族令嬢であることを考えると、こんな気持ちを抱くのは奇妙に思える。今まではまったく正反対の女性に惹かれてきたからだ。けれども自由の身なら、きっと彼女を追いかけていただろう。

もし自由の身だったとしたら……。

はがゆさに歯を食いしばり、ニコラスは鉄格子のはまった高窓を見あげた。くそっ、なんとかしてここから逃げださなければ……。せめて妹の件をどうにかする方法だけは見つける必要がある。

ニコラスは向きを変え、またあれこれと思い悩みながら狭い独房を歩きまわった。ぼくが死んでしまったら妹はどうなる？　妹の面倒はぼくが見るとあれほどかたく父に誓ったのに、うっかり判断を誤ってこんな囚われの身となってしまった。これでは妹になにもしてやれない。

慣れない無力感にはらわたが煮えくりかえるほどの怒りを覚える。たとえ無駄に終わるとわかっていても、なにかせずにはいられない気分だ。ニコラスは足を速めた。そしてふいに立ちどまり、虚空をにらんだ。突拍子もない考えがじわじわと頭のなかで形をなしてくる。

これまでさんざん人生を謳歌《おうか》してきたが、死を恐れた経験は一度もない。絞首刑になって後悔があるとすれば、それは父との約束を守れなかったことぐらいだ。だがもしかすると、妹への責任を果たす方法はまだ残されているかもしれない。墓のなかからではあるが……。

レディ・オーロラ・デミング。

彼女が助けになってくれるかもしれない。

いや、ぼくの頭がどうかしたのだろうか？

髪をかきあげようとして包帯に気づき、ニコラスは手をとめた。治療を受けられたのはオーロラのおかげだ。どうやらぼくは彼女を見誤っていたらしい。本当に心根の優しい思いやりのある女性なのかもしれない。ジェロッドの手先ではなく、自分の意思でここに来た、慈愛に満ちた天使のごとき人なのだ。

天使か、あるいは男心を惑わせるセイレーンか。ニコラスはオーロラのサファイア色の目を思いだした。堂々とした気品を身にまとってはいるが、たぶんまだ二〇歳にも満たないのだろう。ぼくの命を助け、独房を訪ねるような無謀な面はあるが、上流社会の人々から畏怖《いふ》の念とまでは言わないまでも、充分な尊敬を得られるだけの地位にいる。公爵令嬢ともなれば、イングランドの社交界でももっとも高貴な身分の貴族たちとつきあいがあるはずだ。

ニコラスはずきずきとうずく体の痛みを無視し、ベッドにどさりと横たわった。すすけた天井をにらみつけながらも、頭のなかではさまざまな考えが渦巻いている。彼女をこの件に引きずりこむのは本意ではない。しかし妹を守るためなら、相手が悪魔であろうと利用してみせる。社交界では飛び抜けて有利な立場にいるレディ・オーロラを、妹の面倒を見させるように仕向けたとしたら……？

唇をゆがめ、笑みに似た表情を浮かべる。こんなことを考えるなんて、頭を殴られた後遺症のせいだろう。これほどむちゃな申し出を公爵の娘があっさり承諾するわけがない。もちろん犠牲に見あうだけの礼は尽くすつもりだが、それでも断られるかもしれない。

そのときはなんとかして説得するまでだ。

ほかに選択肢はない。わずかでもチャンスがあるなら、つかみに行くしかないだろう。

3

彼の部屋へ呼ばれたときは、胸が高鳴った。

ちょっと顔を合わせただけの、しかも二度と会わない人のことを考え続けるのはばかげている。それはオーロラにもわかっていた。だが、彼は夢にまで出てきた。オーロラは何度も寝がえりを打ちながら、ひと晩じゅう悪い夢を見ていた。ニコラス・サビーンが鎖を切ろうともがいている姿を、なすすべもなくただ見ている夢だ。

絞首台から縄で彼のがっしりとした首がつるされた瞬間、オーロラははっとして目を覚ました。心臓が激しく打っている。悪夢の余韻に耐えきれず、そそくさとドレスに着替えて階下におりると、仕事に出かける前のパーシーが朝食をとっていた。オーロラもテーブルについたが、なにも食べる気がせず、コーヒーだけをもらった。

「今日も要塞へ？」さりげなく訊《き》いたつもりだったが、うまくいかなかった。

パーシーの顔が心配そうに曇った。自分の友人に差し入れをしてくれたのだとはいえ、昨日オーロラが監獄へ行ったことを快く思っていなかったからだ。そして、大胆なことをしたものだと驚いてもいた。

「オーロラ、きみらしくないぞ。非常識な振る舞いなのは承知しているんだろう？　いつもならもっと自分の身分を考えて行動するのに」

オーロラは目を伏せた。パーシーの言うとおりだ。だがニコラスをひと目見たときから、自分が自分でなくなってしまった。なぜこれほど彼のことが心配なのか本人ですらわからないのだから、パーシーに理解できるはずがない。

「相手が誰だろうが、あんなひどい扱いを受けているのが我慢ならなかっただけよ」オーロラはごまかした。

パーシーの目に同情の色が浮かんだ。「じつは……最悪の事態になるかもしれない。昨日バルバドス島にいる艦隊司令長官のもとへ、ニコラスの死刑執行許可を求める手紙が送られた。今日、返事が来るはずだ」

オーロラは胸がずきんと痛んだ。ニコラスは有力者に知りあいがいるのだから、恐ろしい運命を逃れられないだろうかと考えていたのに。

「結果がわかったらすぐに知らせる」

喉もとが熱くなり、声が出そうになかったため、オーロラはただ黙ってうなずいた。

そのあとはありふれた話題に変わり、彼女はほっとした。さらに喜ばしいことに、やがて従兄弟は仕事へ出かけていった。ひとり残されたオーロラは朝食の間の窓辺へ行き、日の光が降り注ぐ芝生や、風に揺れる椰子《やし》の木や、咲き誇る真っ赤なブーゲンビリアの花を見るともなしに見た。

ニコラスの独房を訪ねたのは間違いだった。非常識というだけでなく、彼の姿が鮮明な記憶として頭から離れなくなってしまったからだ。あの強烈な存在感は今もまざまざと思いだすことができる。見てはいけないと思いながらもつい目がいってしまう日焼けした肌、そっと頰に触れてきた手の感触、そして優しさの宿る黒い瞳……。

わが身の愚かさを呪《のろ》いながら、オーロラは唇をかんだ。誰とも深くかかわるべきでないと、わたしはいつになったら学ぶのだろう？

オーロラは大切な人をふたり亡くしていた。ひとりは数年前に他界した母で、もうひとりは昨年早世した婚約者のマーチ伯爵ジェフリー・クルーだ。

婚約者が海難事故で死亡したとき、長いあいだ思い描いてきた未来は音をたてて崩れた。生まれたときからの許婚《いいなずけ》だったのだ。ジェフリーは遠縁ながら父方のもっとも近い男性の親族であり、公爵の爵位とエヴァーズリーの領地を相続する立場にあった。父は身体的理由でもう子供が望めないとわかったとき、自分の爵位を孫息子が受け継げるようにと考えたのだ。

ヘンリー二世の時代から脈々と続く爵位と領地を絶えさせないために、父が息子を欲してやまない気持ちは理解できる。だからこそ父はわたしを見るたびに、このうえない失望を覚えていたのだろう。

わたしだって、できるものなら男子に生まれたかった。そうすれば父に人生を決められることもなかったのに。父はわたしがジェフリーの死から立ち直るのも待たず、昔からつきあいのあった尊大なハルフォード公爵からの求婚を勝手に承諾した。わたしがそんな相手との結婚は考えるのもいやだと思っていることも、ハルフォードと結婚した若い妻がふたりも亡くなっていることもおかまいなしだった。ひとりは出産時に亡くなり、もうひとりは溺死《できし》だったらしい。つまりハルフォードは公爵の娘を金で買えるほど裕福であり、彼の家系はヘンリー二世の時代をまださかのぼれるほど由緒正しい。

父はこの結婚を、わたしが男子に生まれなかったことへの罰だとは考えていないようだった。自分が死ねばエヴァーズリーの爵位は親戚が相続してしまうのだから、わたしに早く身をかためて地位にも財産にも恵まれた暮らしをしてほしいのだと本人は言っている。苦々しい気分になったオーロラはため息をもらした。本当は自分の人生の失敗を目のあたりにするのに耐えきれず、わたしを追いだしたいだけではないのかしら?

パーシーとジェーンから西インド諸島へ一緒に行かないかと誘われたときはうれしかった。環境が変われば悲しみが早く癒えるかもしれないと思ったし、それ以上に、望まない結婚を少しでも先延ばしにしたい気持ちがあったからだ。あれからもう何ヶ月もたっているのに、ハルフォードの妻になるのかと思うとやはり憂鬱《ゆううつ》になる。イングランドへなど帰りたくない。尊大なハルフォードは早く婚約発表をしたくてうずうずしていると聞いている。しかし、もはや帰国を遅らせる言い訳は尽きた。

オーロラはこぶしを握りしめ、窓辺から離れた。いつもなら欲求不満や無力感を覚えたときは乗馬に出かけるか、毎週行われているジェーンの慈善訪問に同行する。副総督の妻としてジェーンが真剣にとり組んでいる活動だ。けれども死刑執行の件で連絡が来ることを考えると、外出する気にはなれない。

正面玄関前の道路がよく見えるところに出ていようと、オーロラはショールをとりに行った。だがそれにしても、男性が支配する世の中をなすすべもなく傍観しているのはつらいものだ。

男性に生まれていたら、どれほど違った人生を歩んでいただろうと思うと腹立たしい。自由を手に入れ、もっと思うがままに生きられたはずだ。男性は自分の将来はもちろん、ほかの人間の未来までも決められる特権を持っている。

男性だったらニコラスを助けることもできるに違いない。しかし今の彼女は常識に縛られ、女性としての定めを受け入れるしかなく、彼の運命がどうなるかという知らせが届くのをむなしく家で待つしかない。


昼を過ぎてずいぶんたったころ、ようやくパーシーが戻ってきた。早く帰ってこないかと客間の窓から見ていたため、彼が玄関に入ってくるなり話を聞くことができた。

「家にいてくれてよかった」パーシーが静かに言った。「ジェーンの慈善訪問につきあっていないかもしれないと思っていたんだ」

「返書は来たの？」

帽子を受けとろうと待っていた従僕を手でさがらせ、パーシーはつらそうな表情を浮かべた。その暗い顔を見れば、待ちわびていた知らせの内容が察せられた。

オーロラは泣くまいと手を口に押しあてた。

「残念だ。艦隊司令長官は情けをかけてやろうとはお考えにならなかったらしい」

オーロラの動揺がおさまるのを待つように、パーシーはしばらく黙りこみ、彼女の手をそっと握った。「こんなときになんだが、大事な話があるんだ」

オーロラはまだショックから立ち直れず、従兄弟の声がほとんど耳に入っていなかった。

「まさかこんな展開になるとは思ってもみなかったんだが……」そこで言葉を切り、パーシーは困った顔になった。「ニコラスがきみに頼みがあると言っている」

「わたしに？」オーロラはかすれた声で訊きかえした。

「艦隊司令長官の決定が伝えられたあと、彼に会ったんだ」パーシーは低い声で説明した。「とんでもない相談を持ちかけられて意見を求められたよ。とりあえずその場では断らなかった。きみが自分で話を聞いてどうするか決めることだと思ったからだが、とにかく突拍子もない話でね。まあ、こんな特殊な状況だからな」

「どういうこと？　わたしに頼み事があるというの？」

「力を貸してほしいそうだ。ニコラスには果たすべき務めがあるが、こんな事態になってそれができなくなってしまった」

「務めって？」

「ニコラスは、モントセラト島に住む腹違いの妹の後見人になっているんだ。その女性は、きみのような身分の高い人間の庇護《ひご》を急いで必要としているらしい。それとイングランドまで送り届けてくれる人を。きみはちょうどイングランドへ帰るところだし……。じつはもうひとつ話があったんだが、きみがぼくの意見に左右されてしまうのはよくないと思うんだ。そっちのほうは直接ニコラスから聞くといい。きみさえよければ、これから要塞まで送っていくが?」

「今すぐ?」オーロラは困惑した。

「そうだ」パーシーがオーロラの手を放した。「残念ながら、時間はあまり残されていない。とりあえず明日まで刑は執行延期になったが、そのあとは……」

パーシーは言葉を濁した。オーロラはそれに感謝した。

短い出会いで強烈な印象を残したあのアメリカ人に、まさかもう一度会う機会があろうとは考えてもみなかった。けれど暗い気持ちを抱えたまま、わたしはまたこうして要塞の監獄へ来ている。従兄弟より先に独房へ入りながら、オーロラはむなしさを覚えた。

ニコラス・サビーンはこちらに背を向けて立っていた。窓から差しこむ陽光が濃い金色の髪を照らしている。今日はきちんとした服装をしているようだ。おそらくパーシーか誰かが上着とヘシアンブーツを差し入れたのだろう。その身なりのせいで、野蛮な海賊や死刑囚というよりは、もっとまともで裕福な男性に見える。

だがゆっくりと振り向いた姿には、やはり強烈な存在感があった。鋭い視線と目が合い、オーロラの心臓はどくんと跳ねあがった。

「来てくれてありがとう」ニコラスが静かに言い、パーシーへ視線を向けた。「もうひとつ、きみの友情に甘えたいのだが、しばらくふたりきりにしてもらえないだろうか？　レディ・オーロラにはけっして危害を加えないと約束する」

パーシーはしぶしぶうなずいた。「わかった。オーロラ、ぼくは廊下にいるからね」

彼はドアを少し開けたまま独房を出た。警戒されていると感じたのか、ニコラスがちらりと皮肉な笑みを浮かべた。

オーロラに視線を戻した彼は、手でベッドを指し示した。「よかったらかけてくれ。ぼくの話を聞くには座っていたほうがいいかもしれない」

「ありがとう。でも、このままでいいわ」オーロラは礼儀正しく言った。

「きみがそれでいいのなら」

ニコラスは黙ってこちらを見ていた。オーロラは落ち着かない気持ちで射るような視線に耐えた。ニコラスがなかなか話しださないので、オーロラは彼の頭の包帯へ目をやった。昨日よりも清潔で、心なしか昨日より巻かれている面積が少し小さくなったふうに見える。交換したばかりなのかもしれない。彼女が傷はどんな具合かと尋ねかけたとき、ニコラスが口を開いた。

「パーシーからはどんなふうに聞いている？」

「ただ妹さんのことでわたしに頼みがあるとだけ」

いてほしい」

「そのとおりだ」ニコラスは考えこむような目でオーロラを見たあと、檻《おり》に入れられた猫のごとく独房のなかを行ったり来たりし始めた。しなやかで優雅な足どりだが、ぴりぴりとした緊張感を漂わせている。「正気の沙汰ではないと思うかもしれないが、どうか最後まで聞いてほしい」

差し迫った様子が伝わり、オーロラは不安になった。「いいわ。どうぞ話して」

「頼み事の前に、ひとつ話をしたい。いわば恋物語だ。感受性の強い女性には少しばかり刺激が強すぎるかもしれないが、どうだい、聞けそうかい？」

「ええ」自信はなかった。

独房のなかをゆっくりと歩きまわりながら、ニコラスが低い声で話し始めた。「昔、ある男がいた。アメリカ人だ。彼はイングランドへ行き、恋に落ちた。相手の女性も男の気持ちにこたえてくれたが、ふたりが結ばれることはありえなかった。女性が若すぎたせいもあるが、彼女の家族が格下の相手との結婚を絶対に許さなかったからだ。さらに悪いことに、男は既婚者だった。幼い息子もいたし、妻は妊娠中だった。結婚の誓いを交わした妻を裏切れないと思った男は、その恋をあきらめ、女性には二度と会わないつもりでイングランドをあとにした。だが二年ほどたったころ、彼は仕事でまたイングランドを訪れ、女性が絶望に陥っていると知った。彼女は年の離れた男と結婚させられそうになっていて、しかもその男の妻になれば、愛する故郷や大切な人々から離れ、辺鄙《へんぴ》な領地で暮らすことが決まっていた。女性はそんなかごの鳥になる結婚がいやでしかたがなく、自分は恋も人生の喜びも知らないまま一生を終えるのだと悲しんだ。そこで愛する男性に、男と女が愛を交わすというのはどういうことか教えてくれと懇願した。彼はその切実な願いをはねつけることも、もはや自分の気持ちを偽ることもできず、彼女と愛しあった」

ニコラスは言葉を切り、反応をうかがうようにオーロラのほうへちらりと目をやった。そして彼女が曖昧《あいまい》な表情をしているのを見てとると、さらに話を続けた。「ふたりの不義の関係はものの二、三ヶ月で終わった。男は家族のもとへ戻らなくてはいけなかったし、仕事もあったからだ。だが女性は自分が妊娠しているのに気づいた」

オーロラは心のなかで顔をしかめた。結婚もしていないのに妊娠したことが知れれば世間から非難を受ける。「どうなったの?」

「当然、婚約はすぐさま解消された。醜聞をもみ消すため、女性はアイルランド貴族の長男ではない息子と結婚させられ、カリブ諸島へ追いやられた。怒り狂った父親は娘を勘当したんだ。結局、彼女は家族と再会する機会もなく、去年亡くなった。ひとり娘を残してね」

「それがあなたの妹さんなのね」オーロラは静かに言った。

「正確に言うと、腹違いの妹だ。もうわかっているだろうが、その女性を愛人にした男はぼくの父だよ」

「お父様は娘がいることをご存じだったの?」

「いや、しばらくは知らなかった。だがアイルランド貴族の息子が亡くなったあと、女性が父に手紙を書いてすべてを打ち明けたんだ。父は認知こそしなかったが、そのあと何年にもわたって彼女を経済的に支援し続けた。認知しなかったのは、家族には隠しておくべきだと思ったからだ。恥さらしな女性問題を母に知らせるのは忍びなかったのだろう。父は四年前に亡くなった。死の床でぼくに妹がいると告白し、面倒を見るよう約束させた」

ニコラスがまたちらりと皮肉な笑みを浮かべた。それを見てオーロラは胸がどきりとした。

「死に際の頼みを断れるわけがない。じつを言うと、ぼくはけっしてよい息子だったわけではなく、父との関係はいつも……ぎくしゃくしていた。ぼくが父の会社を継ごうとしなかったからだ。父は第六代ウィクリフ伯爵の甥《おい》だったが、爵位を継げる見込みはほとんどなかった。そこでひと山あてようと、独立戦争が始まる前にヴァージニア州に移住したんだ。ところが本人が夢見ていた以上に成功してしまい、無一文に近い状態から船舶業界における大帝国を築きあげるに至ったんだよ。それでもぼくは父のあとを継ぐより、冒険に満ちた人生を歩みたかった。けれどもさすがに父が亡くなったときは、これまで避け続けてきた責任を負わなくてはいけないと思うようになったんだ」

「それで妹さんに会ったの？」

「そうだ。真っ先にモントセラト島にいる妹に会いに行ったよ。妹は母親の結婚相手であるケンドリックの姓を名乗っていたが、自分の生い立ちについては聞かされていた。母親にしてみれば、愛した人との子供であることを娘に理解してほしかったのだろう」

「そういえばジェロッド大佐は、あなたが女性に会いにモントセラト島へ行ったと言っていたわ」オーロラは言った。

宿敵の名前を聞き、ニコラスが唇の端をゆがめた。「妹に会いに行ったんだ。なかなかの美人で一九歳になる。後見人はこのぼくだ。去年、戦争が始まる少し前に母親が他界したため、レイヴンはぼくの手にゆだねられたんだ」

「カラス《レイヴン》ですって？　女性にしては珍しい名前ね」

「そうかもしれない。だが、彼女にはぴったりだ。カラスの濡れ羽色の髪をしているからね。スペイン系の祖先からの遺伝だろう。初めて会ったころのレイヴンはとんでもないおてんば娘で、馬小屋で馬と戯れたり、入り江で海賊ごっこをしたりするのが好きな子供だった。しかし最近では、英国貴族のレディらしく振る舞おうと心に決めたらしい。イングランドの親戚に受け入れられ、貴族社会でしかるべき地位に就いてほしいという母親のたっての願いをかなえたいのだろう。折しも、いちばんの難関だった問題が解決した。イングランドで暮らすようにと祖父がレイヴンを呼んだんだ」

「お母様方のおじい様のこと？」

「そうだ。サフォークに暮らすラトレル子爵だよ。きみも知っているかもしれないな」

オーロラは記憶を探った。「お会いしたことはあるけれど、お嬢様がいらっしゃったとは知らなかったわ」

「二〇年前に勘当したからな。けれども最近になって気持ちを変えたんだ。娘の死を知って、一度も和解を試みなかったのを後悔しているらしい。体が衰えてきたせいもあって、今のうちにただひとりの孫娘に会い、社交界にデビューさせたいと思っている。レイヴンの叔母は、しぶしぶながら姪《めい》を社交界に紹介する役目を果たすことに同意した。だがうやむやにされた出生の事情を考えると、レイヴンが社交界に受け入れられるかどうかは難しいところだ。母親を追いだした社交界から歓迎されるためには、ぜひともいい相手と結婚したいとレイヴンは願っている……というより、それに賭《か》けているらしい。そのためには誰か高い身分の女性が友人となり、指南役をしてくれると助かるんだ」

「わたしにその役割を担ってくれというのね」

「そうだ」ニコラスがまっすぐにオーロラを見た。「懇願するのはあまり好きじゃない。性に合わないからだ。しかしきみが昨日、ぼくに見せてくれたような情け深さを妹にも示してくれたら、心から感謝する」

この人はすべてを思いどおりにしてきた人なのだ、とオーロラは思った。自分を無力だと感じるのが嫌いなのだろう。けれど、この頼みならば喜んで引き受けられる。よほど冷たい心の持ち主でない限り、彼の妹の生い立ちを聞けば同情せずにいられない。「もちろんよ、ミスター・サビーン。彼女が社交界にうまく溶けこめるよう、できることはなんでもさせていただくわ」

ニコラスはわずかに表情を緩めただけだった。思ったほど安堵《あんど》した様子が見られないのを意外に感じたが、そういえばもうひとつ頼み事があったのだとオーロラはすぐに思いだした。

「パーシーから聞いたけれど、妹さんをイングランドまで送り届けられる人を探しているそうね」

「ああ」ニコラスは落ち着いたそぶりで、また独房のなかを行ったり来たりし始めた。「戦争が始まる前は、自分の船でレイヴンをイングランドまで送るつもりでいたんだ。だがこうなってしまっては、アメリカ人であるぼくがイングランドへ入国するのは難しい。又従兄弟のウィクリフはフランスとの戦いに忙しくて迎えに来られる状態ではないし、イングランドがフランスに勝利するにはまだ何年もかかるだろう。母方にも従兄弟がいるが、彼もアメリカ人なんだ」

髪をかきあげようとして包帯に気づき、ニコラスは手をとめた。

「ぼくの武装船で大西洋を越えてレイヴンを送るのはまず無理だから、カリブ艦隊の戦艦に乗せてもらえるようウィクリフに手配を頼んだ。モントセラト島へ行ったのは最終的な手はずを整えるためだった。けれども残念なことにジェロッドにつかまり、ぼくの命運は尽きた……」

これほど生気に満ちた男性が死ぬ定めにあるのかと思うと、オーロラは胸が痛んだ。

ニコラスがかたい表情のままほほえんだ。「こんな状況になってしまったが、なんとしても父との約束だけは果たして、妹の先行きを確実にしておきたいと思っている。だからこんなことを頼むんだが……」彼はまた言葉を切り、オーロラを探るように見つめた。「ぼくと結婚してくれないだろうか？」

なにを言われたのかわからず、オーロラはニコラスを凝視した。聞き違いでないとわかったのはしばらくしてからだ。オーロラは動揺して息をのんだ。「本気で言っているの？」

「もちろんだ」ニコラスが美しい口もとをゆがめる。「ぼくは結婚をけっして軽くは考えていない。まだ誰にも求婚した経験はないし、こんなせっぱつまった状況でなければ、きみに結婚を申しこんだりしなかっただろう」

オーロラは気が動転し、ただニコラスを食い入るように見つめるしかできなかった。なにか言おうと口を開きかけたものの、言葉が出てこない。立っていることさえできず、先ほどベッドに座るようすすめられたのを思いだしてよろよろと腰をおろした。頭が混乱し、どう答えていいのかわからない。「ミスター・サビーン、わたしは……」

「最後まで話を聞いてくれると言っただろう？」

オーロラはニコラスを見あげた。「ええ、でも……わたしはイングランドへ戻ったら結婚することになっているの」

「それはパーシーから聞いた。ハルフォード公爵と約束を交わしているそうだね。しかし、まだ正式に婚約したわけではないんだろう？」

「ええ。前の婚約者の喪が明けるまで婚約発表はできないから。だけど父はすっかりその気になっているわ」

「きみはどうだ？　お父上が選んだ相手との結婚は気が進まないのだと思っていたが、違うのかい？」

「そのとおりよ」オーロラは小さな声で認めた。

ニコラスがベッドの前で立ちどまり、呆然《ぼうぜん》としているオーロラと目を合わせた。「だったら、この結婚の利点を考えてみてくれ。きみはハルフォードと一緒にならずにすむ。それだけでも、話にのる価値があるとは思わないか？　三年前、イングランドを訪れたときにハルフォードに会ったが、きみの倍も年が上じゃないか。おまけに今までお目にかかったこともないほど傲慢なやつだ。あんな男の妻になって一生を終えたいのか？」オーロラが答えなかったため、彼はさらに話を続けた。「ほかにもいい点はある。きみには迷惑をかけるが、それに見あうだけの経済的な援助はするつもりだ。ぼくはこれでもなかなかの資産家でね、オーロラ。おそらくハルフォードをうわまわるだろう。勝手ながらパーシーと具体的な話をさせてもらったんだが、その金額ならきみは充分裕福な暮らしができると彼も納得してくれたよ。きみはお父上から経済的に自立できる。あれこれ指図されることも、親の決めた相手と結婚させられることも、もうなくなるんだ」

父の言いなりにならずにすむのかと思うと心惹かれた。そうはいっても……。

ニコラスは説得を続けた。「それにハルフォードに比べれば、ぼくのほうがまだましじゃないか？　たとえそうではないにしても、きみは一生ぼくに縛られるわけじゃない。ぼくたちが結婚しているのはほんの数時間か、せいぜい一日だ。それが過ぎれば、きみは未亡人になる」

自分が死刑になる事実を彼がいとも簡単に口にしたことに、オーロラは思わずひるんだ。絶望的な状況にもかかわらず、あえて軽く言おうとしているのは間違いない。だがその目鼻立ちの整った男性的な顔をのぞきこんでみると、同情など欲していないのがわかる。ただ妹の幸せだけを考えているらしい。

「きみの優しさを利用しようとしているのはわかっている」ニコラスが大きな力強い手でオーロラの手をとった。「だが残念ながら、ぼくにはほかに選択肢がない」

手を握られてどきりとしたオーロラは、思わず腕を引くと立ちあがって独房のなかを歩き始めた。

「ミスター・サビーン」彼女はなるべく落ち着いた声に聞こえるよう努めた。「先ほども言ったけれど、妹さんのことは喜んで力になるわ。だからなにも……形にこだわらなくてもいいんじゃないかしら。わたしと結婚する必要はどこにもないのよ」

「そうかもしれない。しかしきみがぼくの妻になってくれたほうが、妹の将来はずっと安定する。親戚になれば、レイヴンを社交界に紹介するにしても、なんらかの手助けをするにしても筋が通る。きみさえよければ、レイヴンの後見人になってもらうこともできる」オーロラがその言葉の意味をよく理解するのを待って、ニコラスは続けた。「だが、ハルフォードと結婚すれば、きみはなにもできなくなる。やつは自分の妻がレイヴンみたいな……一風変わった女性とつきあうのをいやがるだろう。世間体を気にする男だからな」

「たしかにそうね」オーロラはぼんやりと言った。

「夫としてハルフォードは、レイヴンとはいっさいかかわるなときみに命令することもできる」

彼女はこめかみに手をやった。ハルフォードなら〝できる〟というだけでなく、〝確実にそうする〟だろう。「それにしても……結婚なんてあまりに話が飛躍しすぎているわ」

ニコラスはもどかしさを隠しきれない様子で、無理にほほえみを浮かべた。「もっと違う方法で結婚を申しこんでいたら、少しはその気になってくれたのかい？　きみのことを褒めたたえて自尊心をくすぐればよかったのかもしれないな」

オーロラは身構えるように体をこわばらせ、ニコラスをじろりとにらんだ。「心にもない褒め言葉なんか言っていただかなくても結構よ、ミスター・サビーン」

「そうかい？」ニコラスは初めて楽しそうに笑った。「そうは思えないが？」ため息をもらし、力ない声で言う。「こんなのっぴきならない状況で求婚しなくてはならなかったのが残念だ。本来ならあの手この手を使ってきみを口説くところだが、今は時間がなくてね。だが、これだけは嘘《うそ》じゃない。ぼくはきみの美しさにまいっている」

オーロラは思わずニコラスの顔をまじまじと眺めた。ただの甘い言葉かもしれない。けれどもひとつだけたしかなことがある。このニコラス・サビーンという男性は、女性の心を惑わせる危険な魅力の持ち主だ。

オーロラは深く息を吸いこみ、話題を戻した。「そんな簡単に求婚を受けるわけにはいかないわ。考えなくてはいけないことがいろいろあるし」

「たとえば？」

たとえば、あなたはわたしが夫に選ぶたぐいの男性ではないこと、とオーロラは心のなかで答えた。これほど強引で、強烈な存在感に満ちた男性には会ったことがない。その危険な香りは、怖いとまでは言わないまでも不安に感じられる。もっとも彼は、今は妹を守るのに必死なだけかもしれない。「もしわたしが結婚相手を探すとしたら、海賊を……しかもアメリカ人の海賊を選ぶなんて考えられないわ。ご自分で認めたように、あなたは荒っぽい人だもの」

「そんなことを認めた覚えはないが？」

「ジェロッド大佐が言っていたわ。身柄を拘束されるときに暴れて、彼の部下を殺しかけたそうね」

ニコラスは渋い表情を浮かべたものの、ひるまずにオーロラをまっすぐ見つめかえした。

「ひとり怪我をしたのはたしかだが、やったのはそいつの仲間だ。五、六人の水兵に襲われたとき、ぼくは丸腰だった。抵抗したらひとりがナイフをとりだし、もみあううちにたまたま別の男に刺さってしまったんだ。それを目にした直後、ぼくは気を失った。瓶かなにかで殴られたらしい」

ニコラスは頭に手をやり、そのときの傷を指し示して表情を和らげた。「結婚相手がぼくでは気が進まない気持ちはよくわかる。もうすぐ海賊行為の罪で絞首刑になる男だからな。きみみたいなレディがかかわる手合いじゃない」自嘲《じちょう》ぎみに軽く笑う。「きみがぼくの妹だったら、こんな男にはけっして近づかせないだろう。だが弁解させてもらえるなら、ぼくが私掠船の船長として行った攻撃はすべて、父が遺《のこ》してくれたものを守るためだ。イングランドは父が築きあげたものをことごとく壊そうとしてくる。しかし、ぼくはなんとしても会社を繁栄させると父に誓った」彼の目が険しくなった。「モントセラト島では英国海軍の目を欺けると思っていたけれど、ぼくが間違っていた。油断していたんだ。これがなんとも皮肉な話で、宿でレイヴンに連絡をつけようとしていたところをジェロッドの手下に見つかってしまったんだが、その男というのが軍艦バートンが沈没したときに助けてやった大尉なんだ」

オーロラは眉をひそめた。敵の船員を助けたのは気高い行為だが、だからといってニコラスが聖人君子であることにはならない。「ジェロッド大佐はあなたを海賊サーベルと呼んでいたわ。紳士にはふさわしくない呼び名ね」

「サーベルというのはただの通称だよ。海賊サーベルの船だと思えば、敵も攻撃をためらうかもしれないだろう？」

オーロラは困惑してニコラスの表情を探った。「でもあなたは海賊行為だけでなく、殺人の罪も犯しているんでしょう？」

「残念ながら戦争に死はつきものだ、オーロラ」ニコラスが淡々と答えた。「敵船を攻撃したことを謝罪するつもりはない。それに、ジェロッドやそのお仲間にしたって、けっして清廉潔白なわけじゃないんだ。英国海軍は多くのアメリカ人の命を奪っているし、そのなかにはぼくの友人も何人かいた。ぼくの船の乗り組み員のなかには、英国海軍による違法な強制徴募で駆りだされて、暴力を受けたあげく、軍務で死んでいったやつが大勢いる」彼は言葉を切り、深いため息をついた。そして怒りを抑えた表情でオーロラの前に立った。「過去に汚点がひとつもなかったとは言わないが、敵を殺したのは正当防衛だ。それに女性に暴力をふるったことは一度もない。信じてくれ。ぼくを恐れる必要はどこにもないんだ」

そのようね、とオーロラは思った。怖い人ではなさそうだ。では、なぜわたしはこんな気分になるのだろう？　ニコラスがそばにいるだけで鼓動が速くなり、肌がほてる。彼を意識すると体が熱くなる。

「それに考えてもみてくれ」ニコラスが念を押すように言った。「ぼくたちが結婚しているのはわずかな時間だ。たとえぼくがきみの想像どおりの悪人だったとしても、我慢して一緒にいなければならないのはいっときだけ。そんな短いあいだなら、ぼくも海賊のごとき野蛮な振る舞いを我慢するのはわけもない」

オーロラは胸が痛んだ。この人がもうすぐ死ぬとはどうしても思えない。こんなに生命力に満ちあふれている人なのに……。

「あなたの申し出はなんというか……情がないわ」オーロラは藁《わら》にもすがる思いで言った。

ニコラスが首を振る。「政略結婚のようなものだと思ってくれ。きみたちみたいな高貴な女性にはよくある話だ」

翌日、死ぬとわかっている男性と結婚するのはよくある話ではないわ。そう思うと、オーロラは気が重くなった。「単なる形式的な結婚だと言いたいのね」

「それは少し違う」ニコラスが深く息を吸いこんだ。「そこははっきりさせておかなくてはならないが、ぼくはこの結婚を名ばかりのものにするつもりはない。法的拘束力を持たせるためには、名実ともに本物の結婚にする必要がある」

それはどういう意味だろうと、オーロラはニコラスの顔をのぞきこんだ。彼は感情の読みとれない表情を浮かべ、まっすぐにこちらを見据えている。

ニコラスは淡々と続けた。「あとになって法律上、疑問の余地が残る結婚では困るし、婚姻を無効にされる可能性は残したくない。きみのお父上もハルフォードも権力者だ。ぼくとしては妹を幸せにするための努力が水の泡になる事態だけは避けたい」

話の意味を理解するにつれ、オーロラの鼓動は乱れ始めた。彼は夫婦としてベッドをともにしようと言っているのだ。

ショックを受けたオーロラはニコラスを見かえした。こんなとんでもない条件を出されるまでは、切実な願いだと思って真剣に考えていたのに。この男性と親密な関係になるのかと思うと動揺を抑えきれない。見ず知らずの相手に身を任せろというのだろうか。だけど、ハルフォードと結婚するのも同じではないかしら。そう考えると、怖そうな一面はあるにしろ、目の前にいるこの人のほうがあの中年の公爵に比べればはるかに魅力的だ。オーロラの鼓動は恐ろしいほどに速まった。

ニコラスはオーロラの視線をとらえたまま彼女の手をとり、自分の唇へ近づけた。そして指に口づけするのではなく、てのひらを上に向けてやわらかな手首にそっとキスをした。感じやすいところに唇をあてられ、そこが焼き印を押されたかのように熱く感じられた。熱くて冷たい震えが体を走る。

「どうかひと晩だけ、ぼくの妻になってくれないだろうか？　けっして新婚初夜をつらいものにはさせない。約束する」

ニコラスの言葉に想像力が刺激され、オーロラは息をのんだ。思わずその場面を想像してしまい、そのうえ彼の魅惑的な視線に絡めとられて、金縛りに遭ったかのように言葉を発することさえできなくなった。

ニコラスがオーロラの口もとへ視線を落とした。「こんな結婚の申しこみになってしまって本当にすまない。きみほど美しい女性なら、もっとふさわしい求婚の場面があってしかるべきなのに。月明かりとか、薔薇《ばら》の花とか、甘い約束とか……」彼が顔を寄せてきたので、オーロラの唇に息がかかった。

彼女が無意識のうちに体をこわばらせると、ニコラスはキスをするのをやめ、優しい声で訊いた。「きみが心底ぼくを恐れているとはどうしても思えないんだ。きみほど勇気のある女性はそうそういない。昨日はしとやかなレディから怒れる天使に早変わりしたじゃないか」

オーロラはニコラスの顔をそっと見た。顎にはうっすらと無精ひげが生え、ハンサムながら危険な雰囲気を漂わせている。本人は海賊ではないと言っているが、見た目は似たようなものだ。普段は誰かに対してひるむことなどめったにないが、この人の男らしさには思わずたじろいでしまう。禁断の感覚が呼び起こされ、不安にさせられるのだ。彼はあまりにも官能的で、こうしているとふたりのあいだの緊張がぴりぴりと感じられる。

「手を出して。ぼくに触れてごらん……」ニコラスが自分の頬にオーロラの指を触れさせた。

「ほら、生身の人間だろう？　きみと同じだ。怖がることはなにもない」

いいえ、怖い。あなたのそばにいるとまともに息もできなくなり、そわそわと落ち着かなくなる。だけどその優しそうな目を見ていれば、恐慌状態に陥るのだけは避けられそうだ。

「こうしても大丈夫だろう？」ニコラスがオーロラの指を自分の口もとへ持っていき、唇に触れさせた。

「ええ……」オーロラは小さな声で正直に答えた。

「これはどうだ？」ニコラスがそっと唇を重ねてきた。あたたかく、蝶《ちょう》の羽が触れるようなやわらかな感触だ。もっと先を求める気持ちがオーロラのなかにわき起こった。欲望と呼ぶしかない初めて知る感覚だ。

ニコラスが唇を離した。オーロラはぼうっとしながら彼の顔を見つめていた。

オーロラの顎の線を指でたどりながら、ニコラスがかすれた声でぶしつけな質問をした。

「キスの経験は？」

「あるわ……婚約者と」

「情熱的なキスではなかったらしいね。本物のキスはもっと……熱い息を交え、舌を絡めあう激しいものだ」ニコラスの指が彼女の唇をなぞる。「きみにそんなキスをしたい」

かすかな指の感触に、オーロラは体を震わせた。「やめて……」

ニコラスが甘く優しいほほえみを浮かべた。笑うとますます唇が美しく見える。

「こんな状況なんだから、求婚する相手にキスのひとつも求めたくなるのはおかしなことではないだろう？　花嫁になってくれと説得できる機会は今しかないんだから。もしかするときみに会えるのも、触れられるのもこれが最後かもしれない。父の死に際の頼みを聞き届ける最後の機会を、きみはぼくから奪う気かい？」

「いいえ」オーロラは小さく答えた。とても抗ったりできなかった。

ニコラスが顔を近づけてきたが、今度は身をこわばらせず、体も引かなかった。恋人同士のごとく抱きしめられたときも、されるがままになっていた。

それはオーロラの知っているキスとはまったく別物だった。むさぼるような熱くて激しいキスだ。鼻は彼の香りで満たされ、口には彼の味が広がる。自分でも驚くほどの悦びが体を走った。

そんなはしたない体の反応にも戸惑いを覚えたが、それ以上に困惑したのはニコラスが突然唇を離したことだった。

「やめておけばよかった」彼はうつむいて額と額をつけ、力ない声で言った。「自分を抑えられなくなりそうだ……」そして深く息を吸いこむと、顔を離してオーロラと視線を合わせ、落ち着いた口調で続けた。「きみを見ていれば、ぼくを怖がっていないのがわかる。きみもぼくと同じものを感じているんだ。そうでなかったら、そんなふうに鼓動が速まったり、肌がほてったりはしないはずだろう……」

心臓が激しく打っている。オーロラは黙りこくっていた。動揺もしているが、まさに言われたとおりの抑えがたい感情を覚えているのもたしかだった。よく知りもしない相手にこんな気持ちを抱くのはいけないことだ。これまで男性に対して、レディにあるまじき衝動を感じた経験なんてないのに。

「でも、こんなのはまだまだ序の口だ。もっとすばらしいものを見せてあげることもできる。どうかそうする権利をぼくに与えてくれないか、オーロラ」

ニコラスの目が悩ましげな色を帯びた。けれども心は閉ざされていてまったく読めない。

オーロラは彼から視線をそらせなかった。

ニコラスが声を落とした。「結婚特別許可証は明日までにとれるとパーシーが言っていた。あとはきみが求婚を受けてくれれば、ぼくは世界一幸運な男になれる」

オーロラは気をしっかり持とうとかたく目をつぶった。頭が混乱しているし、希望と不安と疑問で気持ちも揺れている。こんな突拍子もない申し出を真に受けてもいいの？　たしかに魅力的な話だとは思うけれど、ためらいがあるのは否めない。

「きみだけが頼りなんだ。ひと晩でいい。きみの一夜をぼくに託してくれないか？」

オーロラはごくりと唾《つば》をのみこんだ。

そしてようやく口を開いた。「少し……時間をもらえないかしら。あなたがわたしに決断させようとしていることは、あまりにも重大な事柄だもの。考えさせてほしいの」

「もちろんだとも」ニコラスが同情のまなざしを向ける。「せかしたくはない。だが、ぼくにはもうあまり時間が残されていないことを忘れないでくれ」

「わかっているわ」オーロラは暗い声で言った。

彼女はニコラスの腕から身を引いた。案の定、膝に力が入らない。言われなくても時間がないことくらい承知している。わたしが求婚を断れば、彼は明日、死刑になる身なのだ。求婚を受ければ、結婚するために必要な時間だけ処刑は引き延ばされる。

目頭が熱くなり、喉もとまで嗚咽《おえつ》がこみあげた。涙をこらえようとすると言葉が出ない。

オーロラは急いでニコラスに背を向け、廊下へ出るとそのまま力なく石壁にもたれかかった。彼が死ぬのかと思うとぞっとする。

「気分が悪いのか？」パーシーが心配そうに声をかけてきた。廊下で待っていると言われたことさえ忘れていた。

オーロラは声を出すことができず、ただ黙って首を振った。

「おいで。こんなところは出て、新鮮な空気を吸いに行こう」

オーロラはほっとしながら、従兄弟に腕をとられて薄暗い廊下を抜け、狭い階段をあがった。外へ出ると、胸のなかに渦巻くさまざまな思いを静めるために深く息を吸いこんだ。

パーシーはオーロラが落ち着くまで辛抱強く待ったあと、そっと声をかけた。「結婚してくれと言われたのか？」

「ええ」隠しきれないやるせなさが声に出た。

「それで、返事はしたのかい？」

「いいえ。とてもじゃないけれど……すぐには決められなかったわ。重大な事柄だから少し時間が欲しいと頼んだの」

「それはそうだろう。簡単に決断できるものじゃない。父親に逆らうことになるし、相手は面識すらなかった男だ。とにかく家に帰ってジェーンに相談してみよう」

オーロラは無理やり笑みを浮かべた。「そうね」

パーシーは待たせておいた馬車へオーロラをエスコートし、彼女が乗るのに手を貸してから隣に座った。オーロラはクッションにもたれかかり、ぼんやりと窓の外へ目をやった。

父がどんな反応を見せるかと思うと、空恐ろしい。きっと激しい怒りを買うだろう。だが……そう簡単に決断できない理由は、父の怒りが怖いからでも、面識すらなかった男性と結婚するからでもない。問題は死にゆく人の妻になることだ。

彼がもうじき死んでしまうのかと思うと、胸が引き裂かれる思いがした。

なぜ彼がこれほど大きな存在に感じられるのかわからない。まだ出会って間もないというのに。

4

「つまり、庶子として生まれた妹さんの将来を守るために、ミスター・サビーンは便宜的な結婚を申しこんできたわけね?」ひととおり話を聞いたあと、ジェーンは考えこんだ。

三人は客間にいた。パーシーは長椅子でジェーンの隣に座り、ニコラスの申し出について説明している。一方、オーロラは落ち着いて腰をおろしていられず、窓辺に立っていた。

「そうだ」パーシーが答えた。「ただし妹は庶子の扱いにはなっていないし、母親が結婚前に妊娠した事実を知っている人間はごくわずかだ。その件は大昔にもみ消されたからね」

ジェーンが考えこむように唇をすぼめた。「彼の側に利点があるのはよくわかるけれど、海賊なんかと結婚して、オーロラのほうにはどんないいことがあるの?」

パーシーがすらすらと答える。「経済的にとても魅力的な話なんだよ。ニコラスはオーロラに莫大《ばくだい》な財産を遺すつもりでいる。ヴァージニアにいる母親と妹たちにも相続財産の一部は渡るし、船会社はアメリカ人の従兄弟が継ぐ。だがニコラスは、母親に夫の不貞行為や子供の存在をいっさいわからないようにしたうえで、腹違いの妹にも充分な資産を用意するつもりでいるんだ。オーロラに多額の財産を贈与し、その一部をミス・ケンドリックの信託財産とする。そしてオーロラが彼女の後見人になる。それがニコラスの希望だ。結婚さえしていれば、財産を遺してもおかしくはない」

「たしかにそうね」ジェーンは納得した。「でも、ミスター・サビーンは海賊行為の罪で絞首刑になるわけでしょう？　そういう相手と結婚すれば、オーロラの社交界での立場は難しくなるわ。しめだされたりはしないでしょうけど」

「もともとの身分が高いから大丈夫だろう。それにニコラスにも貴族の親戚がいる。又従兄弟のウィクリフ伯爵がオーロラの味方になってくれるはずだ」

「それにしても、オーロラは未亡人としてイングランドへ戻るはめになるのよ。その点については考えたの？」

「それこそ利点じゃないか。オーロラはハルフォードなんかにはもったいない。未亡人になれば、しばらくは結婚するわけにいかないから、ハルフォードはほかの相手を探すしかなくなるだろう。まあ、公爵夫人になれないのは残念だが」

この場にいるにもかかわらず、当人そっちのけで勝手に将来の話をされるのがオーロラは気に入らなかった。「わたしにも発言させてもらえるのかしら？」

ジェーンがすまなそうな顔になる。「ごめんなさい、オーロラ。心配のあまり、ついついわたしたちだけで話しこんでしまって。だけど、パーシーの言うとおりよ。真剣に考えてみるだけの価値はあると思うわ」

「あなた、この前、彼は危ない人だと言わなかった？」ジェーンがこの話を進めようとしていることにオーロラは驚いた。「冒険家で遊び人だと言ったのよ」

「そのとおりよ。ミスター・サビーンみたいな評判の持ち主の男性は、若い独身の女性にとっては危険だわ。でも、求婚したとなれば話は違う。どんな遊び人であろうが、結婚を考えている男性は一目置かれるのよ。それにこの話にのれば、あなたの悩みも解決するわ。ハルフォード公爵と結婚するのはいやなんでしょう？　彼はきっとあなたのお父様のように、なんでもかんでも自分の思いどおりにしたがる夫になるわよ。うるさく命令されながら暮らすのはごめんでしょう？　彼の子供を産みたいの？」ジェーンが小さく身震いする。「ふたりとも問題点はあるけれど、ハルフォード公爵に比べればミスター・サビーンのほうがずっとましだわ」

　オーロラはかすかにほほえんでみせた。「最高におすすめというわけではないのね」

「たしかに理想的な結婚相手とは言いがたいわね。だけどあれだけの財産があれば、数々の罪も帳消しになるわ」

「ひどく打算的に聞こえるけれど」

「現実的になろうとしているだけよ。莫大な相続財産が手に入れば、自立も可能だわ。お父様の決めた相手と結婚させられることもないし、自分の家を持つこともできるのよ」

「父に逆らえというの？」ジェーンのあおるような忠告がオーロラには信じられなかった。「わたしがハルフォード公爵との結婚に同意しておきながら約束を破ったりすれば、父は激怒するわ」

パーシーが妻の代わりに答えた。「無理やり同意させられただけだろう？　帰国したらハルフォードと結婚すると約束しなければ、ぼくたちが招待したところできみはここへ来ることを許されなかったはずだ。いずれにしろ叔父上の怒りの矛先は、きみよりはぼくに向けられるだろう。ぼくは、きみのことは任せてくれと請けあったわけだからね。だがニコラスとの結婚を進めることはきみの幸せにつながると思う。叔父上の考える幸せとは違うが」

いかめしい父のことを思いだして気が重くなり、オーロラは黙りこんだ。パーシーは父の癇癪《かんしゃく》がどれほど恐ろしいかわかっていない。わたしは押しなべて従順な娘を演じてきた。それがいいのか悪いのかわからないが、家族には忠実であるべきだと考えているし、公爵家の身分に伴う義務を果たすしかないと思っているからだ。けれどもニコラスと結婚すれば、面と向かって父に反抗することになる。

ジェーンが窓辺に寄り、慰めるようにオーロラの腰に手を添えた。「こんな言い方をすると無情に思われるかもしれないけれど、ミスター・サビーンとはずっと一緒に暮らすわけじゃないわ。この結婚によってあなたの姓が変わるだけのこと、という考え方もできるのよ。島を離れれば、あなたはもう二度と彼に会うことはない。愛してもいない男性に一生縛られなくてすむのよ」

ニコラスがもうすぐ死ぬ身であるのを思いだし、オーロラは目を閉じた。

「あなたがジェフリーを心から愛していたのは知っている」ジェーンはオーロラの気分が沈んでいる理由を誤解したらしい。「ハルフォード公爵と愛のない結婚をすれば惨めになるだけよ。もうこれ以上、つらい思いをすることはないわ」

オーロラは自分の気持ちを隠そうと、握りしめた両手を見おろした。たしかにジェフリーを深く愛していたが、それはジェーンが思っているような愛ではなかった。心地よい仲睦《なかむつ》まじさはあったものの、けっして恋をしていたわけではない。ジェフリーほど穏やかで優しい男性はいなかった。彼は頭がよく、学問を好んだ。

その物静かさと物事に頓着《とんちゃく》しない性格が結婚相手としては申し分ないと思っていた。父とはまったく正反対の気性だからこそ、ジェフリーに深い好意を抱いていたのだ。彼は一度たりとも父のようにわたしを支配したり、いちいち指図したり、ささいな出来事にかっとなったりしたことがなかった。ジェフリーが夫なら、わたしは自由に生きていけただろうし、自分の将来をみずから決められたはずだ。実際、彼は読書さえできれば、ほかのことはすべてわたしに決めさせて満足している人だった。ジェフリーの死は悲しかったが、彼への思いは恋人ではなく兄に対するものと同じだった。

ジェフリーを男性として愛せなかったことに後悔と後ろめたさを覚え、オーロラは喉もとが熱くなった。彼のことを思いだすと、いつもほろ苦さを覚える。だがそんな気持ちを抑えこみ、こみあげてくるものをのみこんだ。

「ミスター・サビーンは名ばかりの結婚にはしたくないと考えているの。法的拘束力を持たせるためには……名実ともに本物の結婚にする必要があると……」

一瞬、ジェーンの動きがとまった。パーシーは難しい顔をしたが、オーロラの想像に反して異議は唱えなかった。

「そうなれば叔父上も婚姻を無効にはできなくなるな。それに純真無垢《むく》な女性を好むことで知られるハルフォードだから、きみが生娘でないとわかれば結婚はあきらめるだろう」

いいかげん慣れてもよさそうなものなのに、オーロラは露骨な物言いに思わず顔を赤らめた。オズボーン家ではどんなことも隠しだてせず、あけすけに話しあう。珍しい家庭ではあるが、オーロラが育った家のように息の詰まる家風を考えれば、比べものにならないくらいいい。

オーロラが困っているのを見てジェーンは夫に顔をしかめてみせたが、それでもそのとおりだとばかりにうなずいた。「ミスター・サビーンは怪我をしているから、それほど夫としての務めを果たせるとは思えないわ。どのみち、たったひと晩きりのことだし。それに……慎みのない話でごめんなさいね。彼は女性をよく知っているから、あなたにとってもけっしていやな経験にはならないと思うの」

今度はパーシーが顔をしかめる番だった。けれども夫がなにか言いだす前に、ジェーンは結婚の段取りについて尋ねた。

「パーシー、まさかあのわびしい牢獄でオーロラに結婚式を挙げさせるつもりじゃないでしようね？」

「ニコラスが外出を許可されるかどうかわからないが、要塞のなかに立派な礼拝室があるからそこがいい。式は明日の夜に挙げることになるだろう。それまでには結婚特別許可証もおりるだろうし、弁護士を呼んで遺書を作り直させる時間もとれる」

オーロラが黙っていたため、パーシーはそばへ行って手をとった。

「オーロラ、いやなら求婚は受けなくてもいいんだよ。ましてやハルフォードとだって結婚することはない。好きなだけここでぼくたちと暮らせばいいさ。帰国なんかしなくてもいいんだ」

「ありがとう、パーシー」オーロラは静かに言った。「でも家族も友人もいるし、やっぱりイングランドに帰るしかないわ」

「ぼくたちがなんと言おうが、あとで悔やむような結論だけは出さないでくれ」

オーロラはかすかにほほえんだ。「そんなことはしないわ」たとえ愛する身内の善意から出たすすめだとしても、その言葉に従うにはあまりに事が重大すぎる。「ふたりとも、心配してくれて本当にありがとう」彼女はちらりとジェーンを見た。「少しひとりで考えてみたいと言っても気を悪くしないでくれるかしら？」

「もちろんよ」ジェーンがオーロラを優しく抱きしめた。

「いいとも。だが、あまりゆっくりしてはいられない。ニコラスには時間がないんだ」

「わかっているわ」オーロラの声は沈んでいた。

オーロラは外套をとりに行き、外へ出て、道の両脇に椰子の木が茂る通りを歩き始めた。沈みかけたカリブの太陽が水平線を赤紫色に染めているが、その美しさすら目に入らない。オーロラが見ていたのは、暗く底知れない目でこちらを見つめていた日に焼けた顔だ。

この結婚が無謀だと思える理由はいくつもあげられる。ニコラスは冒険好きの遊び人だし、重罪を犯し罪に問われている男性だ。イングランドとアメリカはいつ終わるとも知れない戦争中なのだから、彼は敵国人でもある。父は激怒するだろうし、社交界は噂で持ちきりになるだろう。だが、いちばん不安なのは自分の心だ。死がふたりを分かつまでと誓った直後に夫が絞首台へと引きずられていくつらさに、はたしてわたしは耐えられるかしら？

大切に思う人との別れはもうたくさんだ。オーロラは長く結婚を誓っていた婚約者を失った。そしてばかげているとは思うものの、彼女はニコラスを思って深く悲しんでいる。出会ってまだほんの一日しかたっていないのに、もうこれほど感情的に巻きこまれてしまっているのだ。そんな相手と結婚すれば、さらにつらい思いをするのは目に見えている。

ジェフリーが亡くなったとき、二度と誰にも心を許すまいと誓ったのだ。死別のやるせなさはもう味わいたくない。

椰子の木の道が終わり、オーロラは心に葛藤を抱えながら無意識のうちに屋敷へ戻り始めた。どうしてこんなつらい決断を下さなければならないはめに陥ってしまったのだろう？

ジェフリーが他界するまで、わたしの将来は希望に満ちていた。彼の妻になれば、人生に望むものがすべて手に入るはずだった。深い愛情を抱いていた男性と一緒になり、穏やかで幸せな結婚生活を送っていただろう。自由な人生を謳歌し、子供もできていたかもしれない。そのジェフリーが海難事故で帰らぬ人となり、なんとか悲しみを忘れようと努めた。けれども父に無理やり別の男性と婚約させられそうになり、惨めさは増すばかりだった。ハルフォードが相手なら、心を許して傷つくことはないだろうが。

オーロラは椰子の木のそばで足をとめた。もう笑うしかない心境だ。

不幸な結婚をするのがわたしの定めなの？　本当の愛など、わたしには想像してあこがれるだけの代物なのかもしれない。詩人が賛美し、レイヴンの母親がニコラスの父親と経験したような大恋愛は、きっと一生知らずに終わるのだろう。

ニコラス・サビーン。オーロラは目を閉じ、彼のキスを思いだした。情熱的でありながら、どこか自分を抑えた口づけだった。あれほど激しく燃えあがったのは、わたしにとって初めての経験だ。

ニコラスはジェフリーとはまったく違う。冒険を好み、必要とあらば敵船も攻撃する荒くれ者で、思索の人ではない。学問を愛する穏やかな性格ではなく、大胆で、押しが強くて、危険な男性だ。彼に触れられると血が騒いでしまう。あの暗い目を見ていると、想像したこともないような悦びを与えてくれるのではないかと思ってしまうのだ。

だが、ニコラスには崇高な一面もある。亡くなる直前の父親と交わした約束を果たすために、ここまでする男性がいるだろうか？　よく知りもしない妹を幸せにしようと、命まで懸けられる人がどれほどいるかしら？

オーロラは太い幹にもたれかかった。それほど懸命な人の懇願を拒絶できる？　薄暗い独房に閉じこめられているニコラスの姿を思いだし、オーロラは胸が痛んだ。望まない相手との結婚など彼の窮状に比べればたいしたことないが、それでものっぴきならない状況に追いこまれたときの気持ちは理解できる。ニコラスにはわたしだけが頼みの綱なのだ。

気持ちを落ち着けるべく、オーロラは深呼吸をした。どうせ不幸な結婚をするしかないなら、せめて相手くらいは自分で選びたい。それに問題は多いものの、彼との結婚には大きな利点があるのはたしかだ。なによりハルフォードの妻として一生を送る苦しみから逃れられる。そして生まれて初めて自由な人生を歩める。もう二度と父の怒りにさらされずにすむのだ。

自由……こんな状況になってやっと、自分がどれほどそれを欲していたかわかった。カリブへ来たのは暴君の父から逃れたかったからだ。この数ヶ月は亡くなった人たちを思いださせるものを目にすることもなく、父とひとつ屋根の下に暮らす緊張感からも解放され、傷ついた心はどれほど癒されただろう。

こんな暮らしを手に入れる機会は、もう二度とめぐってこないに違いない。ニコラスだけが自立を得るための唯一の希望だ。未亡人になれば、望んでやまなかった穏やかな人生が自分のものになる。

もちろん、結婚の誓いは重んじなければならない。〝ひと晩でいい。きみの一夜をぼくに託してくれないか?〟ニコラスはそう言った。そしてわたしが想像さえできないほどすばらしいものを見せてくれるとにおわせた。きっとそれは本当なのだろう。でも、そのためには彼に操を捧《ささ》げなければならない。あの暗い目をした冒険家に体を許すことになるのだ……。

胃にわだかまるしこりを無視し、オーロラはゆっくりと息を吐いた。ニコラスと親密なひとときを過ごすと思うと葛藤は深まった。だがこれ以上彼に惹かれないまま一夜を乗りきれたら? 形式的なことにすぎないと割りきって、なるべく短時間で淡々と進めればいい。それさえできれば……。

オーロラは覚悟を決め、気を静めるために勢いよく幹から離れた。大きな間違いを犯しているのかもしれないが、決心はついた。

ニコラス・サビーンの求婚を受けよう。

明日、彼と結婚するのだ。

「承諾してくれたのか?」訪問者の言葉を誤解しているのではないと確かめたくて、ニコラスは訊きかえした。

「そうだ」パーシーが答えた。「結婚式を挙げられるよう、もう一日刑の執行を延期することにマドセン中佐も同意してくれたよ。式は明日の夜だ」

ニコラスは安堵の吐息をもらした。捕虜になって以来、初めて緊張がほぐれた気がする。

「仲介の労をとってくれたことにも、彼女を説得してくれたことにも心から感謝する」

「たいした説得はできなかった。オーロラが自分で決めたんだ」

「それは謙遜《けんそん》だろう」ニコラスはテーブルに歩み寄った。デカンターとグラスがのっている。

「ぼくの幸運を祝って、一緒にワインで乾杯してくれ」

「ワインだと?」パーシーが薄暗い独房を見まわし、かすかに眉根を寄せた。「椅子があるじゃないか。この前ぼくが来たときに比べると、ずいぶん対応がよくなったな」

「ぼくが投獄されたのを残念に思い、マドセン中佐が敬意を表してくれた」ニコラスはそっけなく応じた。

「なるほど。きみに借りがあると言っていたからな。六年前にセントルシア島で暴動が起きたとき、きみが島から助けだした人々のなかにマドセン中佐の兄弟の妻がいたそうだね」

「そうらしい。ぼくは当人を覚えていないが」

「マドセン中佐はよく覚えていた。だからこそ刑の延期も快く承知してくれたんだ」グラスを受けとりながら、パーシーがかすかに笑みを浮かべた。「それどころか、ほっとしている様子だった。処刑といういやな役目を押しつけられて腹を立てているのだと思う。フォーリー元帥に対しても不満を持っているらしい。いっそきみをバルバドス島へ送って、あとは元帥に任せたいくらいだと言っていたからな」

「ぼくがあの世に行ったあとで感謝の意が伝わるように、なにか手配しておくべきかな?」

パーシーは真顔で答えた。「フランス産のブランデーをケースで送るのはどうだ? きみたちはフランス野郎と仲がいいから、われわれよりも人生に欠かせない嗜好《しこう》品を手に入れやすい」顔をしかめながら簡易ベッドに目をやる。「別の部屋を用意してもらえるようマドセン中佐に頼めないか？　新婚初夜がこんな要塞の独房では、オーロラがかわいそうだ」

「たしかに」ニコラスは静かに同意した。「心配するな。そっちのほうはなんとかする」

「そうしてくれ。きみのためにでもあるだろうが、彼ならオーロラのためにも骨を折ってくれそうだ。彼女に気があったみたいだからな」

「それはやつだけではないな。あれだけ魅力のある女性だ」

「そのとおりだ。だが、マドセン中佐は喪に服している女性に言い寄ったりしない。いいのか悪いのかオーロラは、男性から賞賛のまなざしを浴びたり、熱い想いを打ち明けられたりといった、たいていの若い女性なら少なからず体験してきたことを知らずに来てしまった。イングランド人の価値観からすれば、たとえ彼女があれほどの美人でなかったとしても、あの身分なら男はほうっておかない。しかし父親がマーチ伯爵と婚約させていたから、男どもは近寄ることができなかった。オーロラは自分の魅力に気づいてすらいないだろう……」パーシーは不機嫌な顔になった。「ひとつ言っておくことがある。いいか、オーロラは正真正銘のレディだ。妻にするのはいいが、傷つけるな」

ニコラスは落ち着いた表情でパーシーをちらりと見た。「安心しろ。レディを傷つけたことは一度もない」

「意図的にそうするとは思っていない。つまり……手かげんしろということだ。いつもと同じでは困る。オーロラはおまえがつきあってきたたぐいの女性たちとは違うんだ。そっちの方面に関しては、まったくなにも知らないんだからな」

「肝に銘じておくよ。信じてくれ」ニコラスは真剣な口調で言った。「それはいいとして、金の話だが……戦争のせいで、アメリカの銀行がレディ・オーロラと取引をするのが難しくなっている。だからイングランドにいる又従兄弟のウィクリフ伯爵に手紙を書いて、それを彼女に託そうと思っているんだ。彼ならぼくの遺志を尊重して、頼んだ金額をすぐに用立ててくれるはずだ。戦争さえ終われば、すぐにでもぼくの相続財産からとり戻せるからな」

ふたりはオーロラに遺す財産や、レイヴンの信託財産にする金額や遺書の内容について、手短に話しあった。

最終的に妻が手にすることになる財産の額を告げてパーシーを満足させると、ニコラスは暗い声でまた話題を変えた。「もうひとつ頼みがある……刑が執行される前に、なんとしてもレディ・オーロラを島から連れだしてくれないか。死に際を新妻に見せたくはないんだ」

「それがいちばん難しい頼みかもしれないぞ」パーシーがゆっくりと言った。「オーロラは最期を見届けるまでここを去ろうとはしないだろう。義理がたい性格だからな。すべてが終わるまでこの地にとどまるのが妻の務めと思うはずだ」

「首つりを見せるのは酷だろう?」

「たしかに」

「モントセラト島へ連れていってくれ。どうしようもなければ力ずくでもやむをえない。妹をイングランドへ送り届けるために、ウィクリフのスクーナー船が波止場に入っているはずなんだ。その船ならすぐにでも出港できる」

「わかった。任せてくれ」パーシーはかたく約束し、ニコラスの目を見た。「本来ならきみの助命嘆願にもっと尽力しなきゃいけないのに」

ニコラスはにやりとし、手を差しだして握手をした。「本来なら頼めるような話じゃないことにまで力になってくれたよ。妹の将来が保証されると確信できれば、ぼくは安心して逝ける。本当だ」

パーシーが帰ったあと、囚われの身となって以来初めて、ニコラスは安らかな気持ちでベッドに横たわった。明日は結婚するのだと思うと奇妙な感慨さえ覚える。これまでは束縛を嫌い、結婚などという制度は極力避けてきた。いつもなら、妻をめとらされそうな事態になれば必死で抵抗するだろう。だが、今は状況がまったく違う。

それに花嫁も特別だ。

オーロラ・デミングは、さまざまな顔を併せ持った女性だ。生まれや育った環境からすると驚くほど強靭《きょうじん》な精神をしているくせに、優雅で気品があり、色気にも満ちている。

ぼくはオーロラに多くを求めすぎているのか？　なんといっても彼女は特権階級に属し、ちやほやされて育った、礼儀正しく清純な公爵令嬢だ。だがこの手でその体に触れると想像しただけで彼をぞくりとさせるほど、妖《あや》しい魅力の持ち主でもある。

彼女は男なら誰もが夢に見る美人だ。あの淡い金髪、青い瞳、そしてキスされるためにあるような悩ましい唇。

オーロラと唇を重ねたときのことを思いだし、またしても体がうずいた。ニコラスは小さな声でわが身をののしった。手かげんしろと言われても、そんなことができるだろうか？　ベッドをともにした相手はいくらでもいる。こちらがくたくたになるほど情熱的な女性もいたし、彼の腕を試し、自制心の限界まで追いこもうとする大胆で刺激的な女性や、男の欲求を心ゆくまで満たしてくれる優しい女性とも出会った。けれどもオーロラと交わす愛はそのどれとも違う予感がする。彼女にキスをしたとき、一瞬その目に長いあいだ抑圧されてきた炎がまたたくのが見えた。

目を閉じて、新婚初夜を心に思い描く。あの凜《りん》とした美貌《びぼう》の女性に覆いかぶさるところを想像すると、思わず息をのんでしまう。オーロラを燃えあがらせることを考えただけで、怪我とはなんの関係もなく、痛みに似た感覚を覚える。彼女と愛しあったあとで死ねるなら本望だ。

ニコラスはゆっくりと息を吐き、体の力を抜いた。

彼女との結婚を決めてよかったと思う。明日がこの世で最後の夜ならば、太陽の光に髪を輝かせるセイレーンの腕のなかで過ごしたい。

彼は驚くほど優しくわたしの体を抱き、純潔を貴重な贈り物と考えてくれた。

5

ジェーンとパーシー、それにマドセン中佐が参列し、結婚式は予定どおり要塞の礼拝室でとり行われた。その日、夫となる人を目にしたとき、オーロラは思わず胸が高鳴った。風呂に入り、きれいにひげを剃《そ》った彫りの深い顔立ちは、はっとするほどハンサムだ。

深緑の上着を身につけ、真っ白なクラヴァットが日焼けした肌によく映えている。髪を粋《いき》に整えた姿は、死刑囚ではなく資産家にしか見えない。

だが頭に巻かれた清潔な包帯と笑みのない顔が、今日という日の重苦しさを物語っていた。本来なら幸せに満ちた笑い声の絶えない日であるべきだが、参列者からも、そして新郎新婦からも、おめでたい雰囲気はみじんも感じられない。

オーロラはといえば、ほとんど無感情に等しかった。こんな奇妙な結婚式は少女のころに夢見ていたものとはまったく違う。結婚指輪はニコラスがはめていた帆船の図柄が彫られた重い金の指輪だったが、オーロラの細い指には大きすぎた。誓いのキスは軽く唇を触れあわせただけで、ひどくそっけなく感じられた。だがなによりもつらかったのは、ニコラスが暗い目をしていることだった。

挙式のあとにマドセン中佐が用意してくれた夕食の席は、重苦しさこそいくらか払拭《ふっしょく》されていたものの、やはり誰の頭からも死刑執行のことが離れないらしく、ぎこちなさが漂っていた。新郎新婦の末永い幸せを願う乾杯はなく、マドセン中佐は執行人の役目を押しつけられた腹立たしさを隠そうともしなかった。デザートが終わるとマドセン中佐はそそくさといとま乞《ご》いをし、オーロラが感謝の言葉を述べようとするのをかわして、一同にごきげんようとだけ言い残して立ち去った。パーシーとジェーンはまだしばらく残っていたが、やがて愛情をこめてオーロラを抱きしめ、もうそろそろ帰ると言った。ジェーンがオーロラにつき添う予定のメイドを呼ぼうとすると、ニコラスが自分が代わりをするから大丈夫だと言って断った。

ジェーンが疑わしそうな顔を向け、オーロラは戸惑いの表情を浮かべたが、ニコラスはどちらも無視した。やがて従兄弟夫妻も帰っていき、オーロラは今や同じ姓となった男性とふたりきりで残された。

「メイドを帰してしまってすまなかった」ニコラスがドアに鍵をかけた。

「かまわないわ」オーロラの声はうわずっていた。どう振る舞えばいいのか、どうしてほしいと思われているのか、さっぱりわからない。

「ワインでもどうだい？　それとももっと強い酒のほうがいいかな？」

オーロラは断りかけたが、ワインでも飲めば突然の緊張が少しはほぐれるかもしれないと思い直した。「いただくわ」

マドセン中佐の居室は、けっして広いわけでも豪華なわけでもなかった。今ふたりがいる一室は食堂と居間を兼ねている。だが陰気な要塞のなかにあっては、これでも最高の部類だ。マドセン中佐がニコラスの頼みを聞き入れ、ひと晩自分の部屋を貸してくれると知ったときには驚いた。夫となった男性は囚われの身ではあるが、まったくの無力というわけではないらしい。

ニコラスが食器棚のほうへ行った。一方、オーロラは大きすぎる指輪をぼんやりといじっていた。

その様子を見て、ニコラスが声をかけた。「無理にはめておく必要はない」

「なくしてしまいそうで心配なだけよ。しまっておいたほうがいいかもしれないわね」

「そうだな」

オーロラは指輪をバッグに滑りこませ、震えをとめようと両手を握りあわせた。

ニコラスは自分のためにブランデーを、オーロラのためにはシェリーを注《つ》いだ。オーロラはほっとしてグラスを受けとった。ニコラスが黙ったまま乾杯するようにブランデーグラスを掲げ、いっきに中身をあおった。

オーロラはニコラスの顔を見ることができず、ゆっくりとシェリーを口に運んだ。けれども夫がやけに礼儀正しいそぶりで隣の部屋へ案内するしぐさをしたのに気づき、心臓がとま

からになった。

誘うようにカバーが折りかえされ、ネグリジェがそっと置かれている。急に口のなかがから

ちろちろと燃えている暖炉の火しかない。オーロラはそっとベッドを見た。いささか狭いが、

オーロラはしぶしぶ寝室に入った。室内は薄暗く、明かりはベッド脇に置かれたランプと、

「そろそろやすまないか？」

りそうになった。

彼女は立ちすくんだ。ニコラスがこちらを見ているのがわかる。しばらくすると彼は暖炉のほうへ行き、石炭をかきまわして火を大きくした。「またぼくは無礼を働いているな。求婚を受けてくれた礼をまだ言っていなかった」

「理性的に考えたら、こうするのがいちばんいいと思っただけよ……」オーロラは声が弱々しく聞こえないよう努めた。

「いつもそういうふうに物事を決めるのかい？」

「たいていはそうよ、ミスター・サビーン」

「ニコラスと呼んでくれないか？　ぼくたちは夫婦になったんだから」

結婚したのだということを改めて思いだし、オーロラは体を震わせた。

ニコラスが振り向き、オーロラを見つめた。「初めての夜だ。花嫁が緊張するのは当然だよ」

「そうね」

「この前も言ったが、ぼくを怖がることはないんだ。そんな断頭台に連れていかれるみたいな顔をしなくてもいい」

オーロラは深く息を吸いこみ、びくびくしてはだめだとわが身を叱った。この結婚は自分で決めたのだから、なんとしても最後までしっかり務めを果たすのだ。

彼女が顎をあげたのを見て、ニコラスが尋ねた。「今夜、どういうことが起きるのかは知っているのかい？」

「ええ。だいたいのところはジェーンに教えてもらったから。妻としてあなたに従う覚悟はできているわ」

ニコラスが穏やかな表情になった。「従うようなことじゃないんだよ、オーロラ。きみにも満足してほしい。夫婦の営みとはそういうものだから」

「ジェーンもそんなことを言っていたわ。あなたとなら……いやな経験にはならないだろうって」

ニコラスがかすかにほほえんだ。魅力的な笑みだ。「彼女の信頼を裏切らないようにしないと」

オーロラが立ちすくんだままでいると、ニコラスが片方の眉をつりあげた。「暖炉のそばへ来て座ったらどうだい？　襲いかかったりしないと約束するから」

オーロラはニコラスの表情をうかがった。なんて優しい目だろう。これなら大丈夫かもしれない。

暖炉の前には桜材の小さなテーブルと、二脚の安楽椅子が置かれている。オーロラはドアに近いほうの椅子に腰をおろした。ブーツを履いた片足を炉格子にのせたまま、ニコラスがしみじみと言った。「この結婚に関してはぼくも不安でしかたがないと知っていたかい?」

「あなたが?」オーロラは驚いた。

「そうだ、このぼくがだ」ニコラスは口もとをゆがめ、自嘲ぎみに笑った。「妻を持つのは初めての経験だ。インドで人食い虎を退治したときよりもっと怖い」

これほど大胆不敵な男性が怖いなんて気持ちを抱くことがあるのかしら? オーロラは思わずまじまじと彼の顔を眺めた。意志の強そうな顎、きりりとした眉、長いまつげ、そして不思議な魅力をたたえた目……なんという端整な顔立ちだろう。

なぜかはわからないが、この人が本当に怖い人だとは思えない。いろいろと荒っぽいことをしてきた男性なのだから、もっと恐れを感じてもいいはずなのに、ただ落ち着かない気分にさせられるだけだ。

ニコラスの男性的でしなやかな体からは、秘められた力が感じられた。それがどうしようもなく官能的に思われる。ほかに表現のしようがない。わたしは全身で彼の存在を感じ、女性としての本能を呼び覚まされた。だから落ち着かないのだ。ニコラスの異性としての魅力に抵抗できない……。

「先々のことについて少し説明しておいたほうがいいな。今日、弁護士とじっくり話をした。もめ事になるかもしれない事柄をあれこれと想定し、考えられる限りの法的な措置を施しておいた。少なくともきみが経済的に困る事態にはならないはずだ」

「ありがとう」オーロラはつぶやいた。もしかして初夜への不安からわたしの気をそらすために、ニコラスは話題を変えてくれたのだろうか？

「だが、問題はレイヴンだ」ニコラスが言葉を切った。「ひょっとすると妹は、赤の他人であるきみを後見人として受け入れないかもしれない。イングランドへ行けば親族や社交界からさまざまな制約を受けるだろうが、それを辛抱できるかどうかも怪しい。いい結婚をするためなら我慢してみせると本人は言っているが、厳しいしきたりは苦手なたちだからな。そこはぼくと同じだ」

ニコラスがにやりとした。わたしの気持ちをほぐそうとしてくれているのだろうが、そんな魅力的な表情をされるとかえって緊張してしまう。「大丈夫よ、任せておいて」オーロラは動揺を押し隠して応じた。

「よろしく頼む。妹には手紙を書いておいた。この結婚のいきさつや、レイヴンが受ける恩恵について説明してある。だが、きみのほうにも自分が妹の味方であることを彼女に理解させる努力をしてもらう必要があるかもしれない。きみがどれほどの犠牲を払ってくれたかを知れば、妹も納得するだろうが」ニコラスがためらいがちに話を続けた。「オーロラ、きみだけが頼りなんだ。イングランドで妹にどうしてやってほしいかは以前にも話したが、ひとつ言い忘れていたことがある。レイヴンの母親があるものを遺品としてぼくに預かってほしいと言い残した。昔ぼくの父がレイヴンの母親に贈ったもので、希少本らしい。死ぬ前に父から話を聞いていたんだが、当時は本がどうなっているのかわからなかった。エリザベス・ケンドリックがずっと大切に持っていたと知ったら、父もさぞ喜んだだろう。エリザベスは以前、娘にその本を譲りたいとぼくに話していた。ただし成長して結婚するような年ごろになったときに渡してほしいらしい。いつ手渡すかは、後見人となるきみが内容を読んで判断してくれ。きみならきっとレイヴンにとっていちばんいい時期を見きわめられる」

「わかったわ」それほど慎重に扱わなければいけない本とは、いったいどんな内容なのだろう？

ニコラスはうつむき、暖炉へ目をやった。炎を見つめる端整な横顔にちろちろと光が映って揺れている。「もうひとつ頼みがあるんだ。オーロラ、約束してくれないか？」

「なにを？」

「明日、モントセラト島へ行ってほしい」

「明日？」オーロラは眉をひそめた。「そんなに急がなくてはいけないの？」

「レイヴンがきみに守られていると思えば、ぼくは安らかな気持ちになれる」

オーロラは胸が痛んだ。彼は明日死ぬのだ。そんな人からのささやかな頼みをどうして断れるかしら？

「いいわ」オーロラの声はかすれていた。

ニコラスがほっとした顔で軽くうなずいた。「モントセラト島で船が待っている。きみたちが乗れば、いつでもイングランドへ向けて出航できるはずだ。パーシーがきみを島まで送り、安全に乗船させてくれる手はずになっている。迷惑をかけてすまないが、急がせるのにはわけがあってね。ぼくがつかまったという噂は、もうレイヴンの耳にも届いているだろう。あいつはぼくを助けようとむちゃをしでかしかねない。そうなる前に妹をとめてほしいんだ」

「ええ」オーロラは口ごもった。「大丈夫よ。どうせもう荷造りはすんでいるし。あなたと出会う前は、明日帰国する予定だったから」

「とんだ疫病神につかまってしまったな」ニコラスはまたにやりとした。

オーロラは返す言葉がなかった。正直に言うと、彼に出会えて本当によかったと思っていた。おかげでハルフォード公爵と結婚せずにすむのだから。だが、今はそんな話をするべきときではない。

炎に照らされながらブランデーを飲むニコラスの横顔をオーロラは見つめた。彼はもうすぐ処刑される人間とは思えないほど軽い口調で続けた。「まあ、どのみち明日には終わる」

オーロラはぞっとした。彼を待ち受けている残酷な運命のことは思いだしたくない。

ニコラスがぼんやりとした様子で腰をかがめ、また石炭をかきまわした。額に巻かれた包帯に髪が垂れている。彼が髪をかきあげたとき、オーロラは白い包帯に赤いしみがにじんでいるのに気づいた。

彼女ははっとして立ちあがった。「血が出ているわ」

ニコラスがそっと包帯に触ると、手にも血がついた。「本当だ。風呂で洗ったときに傷口が開いたんだろう」

「見せて」

ニコラスは片方の眉をつりあげたが、オーロラが包帯に手を伸ばしてもとめなかった。

「傷口が見えるように、ランプのそばへ行ってもらえる？」

彼が言われたとおりにすると、オーロラは互いのグラスをベッド脇のテーブルに置き、ランプの明かりを調整した。ニコラスはベッドの端に座り、オーロラが慎重に包帯をはずす様子を見つめていた。その視線を痛いほど感じつつ、オーロラはガーゼの下の傷を調べた。

「まさかこんな初夜を迎えるとは思ってもみなかっただろう。すまない」ニコラスが低い声で謝った。

そのとおりだ。ジェフリーが生きていたら、まったく違う夜になっていたはずだ。よく知りもしない男性に身を任せることも、夫のそばにいてこんなふうに落ち着かない気分になることもなかっただろう。ただしこの舞いあがる高揚感は味わえなかったかもしれない……。

オーロラは自分を叱った。ジェフリーのことを思ってもしかたがないし、ふたりを比べるのもよくない。ジェフリーはもうこの世にいないのだ。そしてもうすぐ、ニコラスも同じ運命をたどる。

悲しみが顔に出てしまったのだろう。ニコラスが静かに尋ねた。「婚約者を愛していたのかい？」

オーロラは顔を赤らめた。ニコラスはわたしが悲しんでいる理由を誤解しているらしい。

重苦しい気持ちを振り払おうと努めながら、オーロラは洗面台へ行き、タオルを濡らして夫のもとへ戻った。

「出血は少ないわ。髪が張りつかないように血をふくわね」

「頼む」

「痛かったらごめんなさい」

「大丈夫だ」ニコラスは話題を変える気がないと見え、傷口のまわりをふくオーロラに向かって話を続けた。「ぼくは婚約者に似ているらしいね」

「髪の色が同じせいで初めて見たときはそう感じたけれど、わたしの思い違いだった。あなたと彼はまったく違うわ」

「どう違うんだい？」

「ジェフリーはもっと……」

「礼儀正しい紳士、かい？」

「礼儀正しくて優しい人だったわ」

「ぼくも優しくなれると思うかい？」ニコラスがまじめな顔で言った。

オーロラの心臓が跳ねあがった。動揺を押し殺して言葉を続ける。「あなただって、こんな結婚をするとは思ってもいなかったでしょう？」

「正直に言って、身を落ち着けようと思ったことはない」

「ええ」

「一生、独身を通すつもりだったの？」

ニコラスは考えこみ、眉根を寄せた。「漠然と、いつかは結婚して跡継ぎをもうけるのだろうと思っていた。だが遊ぶのに忙しくて、真剣に結婚を考える気にはなれなかった」彼はふっと笑みを浮かべ、肩をすくめた。「今さら考えてもしかたがないな」

「望まない結婚をするはめになってお気の毒ね」思わず声が刺々しくなる。

ニコラスは腕を伸ばし、自分を見てくれとばかりにオーロラの手を包みこんだ。「最期の夜を後悔しながら過ごすのはごめんだ」黒い瞳に見つめられ、オーロラは呪文《じゅもん》にかかったかのように動けなくなった。「約束してくれないか？　今夜はこれまでに起きたことをすべて忘れよう」

「ええ、いいわ」

「よかった」彼の声はかすれていた。「今宵はぼくたちふたりだけのものだ。過去も未来もない。今、この瞬間だけを大切にしたいんだ」

「そうね」オーロラは小さな声で言った。

ニコラスがオーロラのうなじに触れた。一瞬、時がとまった。彼はキスをしようとしているのだ。そう思うとオーロラの脈は激しく乱れた。

軽く触れた唇は驚くほどやわらかく、そして優しかった。激しく心がかき乱される。オーロラは逃げだしたくなったが、ニコラスに見つめられ、鎖で縛られたように体が動かない。

オーロラの心臓は早鐘を打っていた。ニコラスがオーロラの力の抜けた手からそっとタオルをとって床に落とし、広げた脚のあいだに彼女の腰を引き寄せた。胸の先端がかすかにニコラスの体に触れ、オーロラはびくりとした。

怖くなり、ニコラスの目を見つめながら広い肩を両手で押しやった。けれども、彼の目はキスだけで終わるつもりはないと語りかけていた。

「傷口が……」

「大丈夫だ。だがこれ以上我慢させられたら、ぼくが大丈夫ではなくなる」

ニコラスがオーロラの体を抱いたままあおむけに寝転んだ。オーロラは体がかっとほてり、胃が縮みあがった。たったそれだけのことなのに、ドレスの薄絹を通してかたい筋肉やぬくもりが感じられ、初めて知る親密な営みに身が震える。

「唇を開いて」ニコラスはささやくと、唇のあいだに舌を分け入らせてきた。

ゆっくりと探るように入ってきた舌の感触は経験したこともないほど官能的だった。オーロラは体をこわばらせた。ゆったりとしたキスだ。男性の舌がこれほどあたたかいとは知らなかった。

しだいにオーロラの体から力が抜け、呼吸が速まった。だがニコラスにとっては物足りなかったらしい。

彼は唇を離すと、かすれた声で言った。「きみからもキスをしてほしい」そしてまたすぐに唇を合わせた。

オーロラはめまいを感じつつも、おそるおそる舌を動かしてみた。ニコラスが満足げな低い声をもらす。

彼のキスが激しさを増した。口づけとはこういうものなのだと知り、オーロラは体の奥がうずいた。ニコラスが彼女の背中をなでながら、さらに強く抱きしめる。オーロラはわれを忘れた。

ふたりは長いあいだ、熱く静かに互いの唇の感触を味わった。オーロラはもはや時間の流れもわからず、体の感覚もなくなっていた。ただたくましい体を肌に感じ、官能的な感覚に心を奪われ、ニコラスの存在を強烈に感じていた。

やがてキスがさらに勢いを増した。むさぼるように唇を求められ、甘い蜜《みつ》の悦びが全身を流れる。いつの間にかオーロラは、ニコラスの巻き毛に指を絡めていた。熱いキスに身を焼かれ、息すらできない。

なんと呼べばいいのかさえわからないものを求め、オーロラはなすすべもなくニコラスにしがみついた。体が熱く、力が入らない。奈落《ならく》の底に落ちていくかに思える……。

ニコラスが彼女をやわらかいマットレスにそっと横たえた。

オーロラは目をしばたたき、ニコラスを見あげた。体が震え、頬は紅潮し、頭がくらくらしている。

ニコラスの手がハイウエストのドレスへ滑りおりたのを感じ、オーロラは暗い海底でおぼれている錯覚に襲われた。

襟ぐりの深い胸もとに指をかけられ、体に力が入る。ニコラスは顔を寄せ、触れるか触れないかのところで唇をさまよわせた。オーロラの唇がまた熱くなった。「怖がらないで感じてごらん。頭で考えないで、体が感じるまま身を任せてしまえばいい」

オーロラがじっとしていると、ニコラスは襟ぐりを引きさげ、コルセットで盛りあがった胸をあらわにし、巧みに乳首を夜気にさらした。オーロラの体はびくりとした。かたくなって震えている蕾《つぼみ》に指先で触れられたとたん、鋭い快感が全身を貫き、思わず声をもらした。

「こんなふうにされたのは初めてかい?」ニコラスが熱い吐息をかけ、耳もとでささやく。

「ええ……」感じやすくなっている先端を親指で探られ、返事はあえぎ声になってかすれた。

オーロラはかたく目をつぶり、ニコラスが与えてくれる快感に身を任せようとした。くりかえし唇を求められ、痛みにも似た悦びにうずく胸の先をあたたかい指で優しく愛撫されて、恥ずかしさと興奮で全身が熱を帯びる。

彼の手がドレスの裾をめくりあげるのも、シュミーズの下に入るのも、ほとんど気づかなかった。その手がさらに上へ進み、脚のあいだのやわらかな場所にそっと触れた。

オーロラは思わず体をこわばらせ、膝を閉じかけた。それでもニコラスの手は腿の合わせ目へと押し入ってくる。

ニコラスは深く呼吸をしながら、長いまつげに縁どられた目をまっすぐに彼女へ向け、かすれた声でささやいた。「ぼくのために力を抜いてくれないか。きみに触れたいんだ」

オーロラは抗わず、彼の言葉に従った。ニコラスが巧みにやわらかな茂みを愛撫してくる。すでに湿り気を帯びている秘められた部分に、とろけるような、脈打つような奇妙な感覚が広がった。オーロラは無意識のうちにすすり泣きに似た声をもらし、背中を弓なりにそらしていた。もっと満たしてくれるものが欲しいと体が求めている……。

彼女がなにを欲しているのかすべてわかっているとばかりに、ニコラスは秘所の奥へそっと指を滑りこませた。

唇をふさがれながら、オーロラは熱い息をこぼした。ニコラスはまだ優しく体の奥を探っている。そして甘い言葉をささやくと、律動する部分へ指を沈めたまま、親指でかたくなった芯に軽く触れた。

オーロラは彼の肩にしがみついた。これ以上我慢できそうにない。だが、ニコラスは規則的に手を動かし続けている。自分が急速に高みに押しあげられていくのがわかり、彼女はいつの間にか腰を浮かせ、彼に合わせて動き始めていた。

無我夢中で荒い息を吐いて身をよじった。体のなかで渦巻く緊張がどんどんせっぱつまってくる。ニコラスの唇、どくどくと脈打つ血管、彼が与えてくれる激しい悦び……それがすべてだ。

ふいに快感が耐えがたいまでに鋭くなり、オーロラは必死に身もだえした。突然、体のなかで火花がはじけ、火の粉の雨に襲われる。なすすべもなく、彼女は何度もうねりくる熱い波にのみこまれていった。

激しい鼓動を落ち着かせるようにニコラスはオーロラの喉もとをなで、紅潮した顔に優しくキスをした。

やがて、ようやく余韻がおさまってきた。手足には力が入らず、体を駆け抜けていった炎のせいで感覚が麻痺《まひ》している。

オーロラはぼんやりとまぶたを開け、目をあげた。ニコラスが片肘を突いてかたわらに横たわり、こちらを見ている。彼女自身はしどけない姿であおむけになっていた。両脚がベッドの端から落ち、スカートは腰までめくれ、靴下やガーターが見えている。はだけた胸やあらわになった腿の合わせ目をニコラスが眺めていた。

それに気づいたオーロラは顔を赤らめ、衣服の乱れを直そうとした。だが、ニコラスに腕を押さえられた。

「ぼくの前で恥ずかしがらなくてもいいんだよ、オーロラ」

オーロラは目をそらした。「はしたないところを見せてしまったわ。いつもはこんな……いけない気持ちを抱いたりしないのに」

「そういう機会がなかっただけだよ。本当のきみは情熱的な人じゃないかと思う。熱いものを秘めている女性だ……」オーロラがなにも言わないでいると、ニコラスは彼女の顎を自分のほうへ向けさせた。「男は燃えあがっている女性を見ると、欲しくてたまらなくなるものなんだ」

オーロラはさらに顔を赤くした。「想像もしていなかったの、つまり……」

「愛の交歓がこれほどの快感をもたらしてくれるものだとは、ということかい?」

「ええ」

ニコラスが包みこむようなほほえみを浮かべた。「こんなものじゃない。まだまだ、きみの知らない悦びがある。きみさえ許してくれるなら、ぼくはひと晩じゅうでも教えたいよ」

オーロラはまじめな顔でニコラスを見かえした。もっと教えてほしい。先ほどの熱い出来事をもう一度味わってみたい。今夜が唯一の機会かもしれないわ。わたしはもう誰とも結婚しないかもしれないのだから。そうなれば二度と男性とベッドをともにすることも、女性としての悦びを経験することもない。だけど、ひとつ気になることがある……。

「ジェーンに言われたわ。子供ができるかもしれないと……」

ニコラスは落ち着いていた。「現実的な人のようだね、彼女は」

「そうね。そういった起こりうる事柄も知っておくべきだと思ったみたい」

「避妊する方法はあるが、妊娠する可能性を完全には否定できない。子供ができるのは絶対にいやかい？」

奇妙なことに、ふとそうなってもいいかもしれないという気がした。「いいえ」ニコラスとの子供なら欲しいと思う。彼がこの世に遺していく子なのだから。「いやじゃないわ」

ニコラスが表情を緩めた。「それなら怖がることはなにもない」

怖がることはある。傷つくのは耐えられない。だがニコラスが急に体を起こしたため、オーロラの思考は現実に引き戻された。

「まずはこの邪魔な服を脱ごうか」

彼の手がドレスに伸びてきた。もう逃げられない。「お願い、ランプを……」オーロラは恥ずかしくなり、ドレスを胸の上まで引っ張りあげた。これではあまりに明るすぎる。

一瞬ためらったものの、ニコラスは黙ってランプを消してくれた。残された明かりは暖炉の炎だけだ。「これでいいかい？」

「ええ、ありがとう」

ニコラスがオーロラの手をとり、クラヴァットへ持っていった。「脱がせてくれ」

「わたしが？」

ニコラスの口もとに浮かんだ笑みはなんとも言えず官能的だ。「緊張をとり除くには、まずここから始めるのがいい。知らないから不安に感じるんだよ。ぼくに慣れれば怖くなる」彼は有無を言わせぬ目をして甘くささやいた。「きみの好きなように進めればいい。いやだと思うことは無理強いしないから。きみが導いてくれ」

オーロラは少し安心し、おそるおそる手を伸ばした。クラヴァットをはずし、上着とベストとリンネルのシャツを脱がせる。ブーツと靴下はニコラスに任せた。オーロラがためらっていると、彼はズボンと下着も自分で脱いだ。

ニコラスがオーロラの前に立った。背が高くて贅肉《ぜいにく》はついておらず、筋骨隆々としている。オーロラは思わずその体に見入った。

「ぼくはきみの夫だ」優しい声で言う。「怖がらなくていい。ぼくもきみと同じ生身の人間にすぎないのだから」

ちっとも同じじゃないわ。日に焼けたたくましい体を眺め、オーロラはそう思った。広い胸、引きしまった腰、筋肉質の腿。まるでギリシア神だ。下半身に目がいくと、オーロラの鼓動が跳ねあがった。こうしていても怖さは感じないけれど、とても平静ではいられない。

「今度はきみの番だ」オーロラがもじもじしていると、ニコラスはほほえんだ。「メイドに手伝われるのには慣れているんだろう？　ぼくが手を貸そうか？」

「お願い」

「喜んで」

ニコラスがオーロラの頭からピンをはずし、淡い色の金髪をはらりと肩に落とした。

「美しい」シルクのごとき髪を指ですく。「まるで金糸のようだ」

彼は髪の下に手を入れ、ドレスの背中にある留め具をはずした。育ちのいいオーロラは恥ずかしさもあり、黙ってされるがままになっていた。ドレスとコルセットと靴下が脱がされ、あとはシュミーズだけだ。ひんやりとした夜気を全身に感じ、オーロラは身震いした。

「きれいな体だ」ニコラスがオーロラを自分のほうへ向かせた。「この体がどんな悦びのために存在しているのか教えてあげよう」

無意識のうちにオーロラは手で体を隠そうとしたが、ニコラスが腕をどけた。

「ぼくの前で恥ずかしがる必要はない」ニコラスはオーロラの喉から胸へ手をはわせ、胸の頂に触れた。快感が走り、オーロラは鋭く息を吸った。「しどけない姿を見られたところでなんの問題がある？　どうせ、ぼくしか知らずに終わることだ」

オーロラの視界が涙でぼやけた。明日になればニコラスは逝ってしまう。親密な営みの記憶は彼とともに葬り去られてしまうのだ。だからこそ、このひとときを大切にしよう。今はこの人がわたしの夫であり、愛してくれる男性だ。怖がったり恥ずかしがったりすることなく、わたしのすべてを差しだそう。今宵はしとやかさも慎み深さも忘れてしまえばいい。

オーロラは手を伸ばし、夫の魅力的な唇に触れた。「すべて忘れようと言っていたでしょう？　過去も未来もないって」

「そうだったな」ニコラスの目に深い感情が浮かんだ。

きれいな目だ。わたしはあなたのもの。その目で体のどこでも愛《め》でてくれればいい。

ニコラスは一歩オーロラに近づき、肌を合わせた。生身の体のあたたかさに彼女はびくりとした。

胸が触れあっている感触や、下腹部に感じる彼の情熱の証《あかし》に、また体が震えている。

「男性とベッドをともにするのはどんなふうか、想像してみた経験はあるかい？」ニコラスは顔を傾け、オーロラの頰を唇でたどった。

ええ、あるわ。オーロラは頭がぼうっとしながらも心のなかで答えた。相手は誰というわけでもないが、欲望を引き起こされる場面をこっそり思い描いてみたことはある。

「たとえあったとしても、レディたるもの、そんなことは口にできないだろうな」

オーロラはかすかにほほえんだ。「そうね。お行儀のいい女性は絶対にそういう話はしないものよ」

「たしかに。だがもし経験があるなら、今夜は想像ではなく現実を思いきり楽しめばいい」

ニコラスがオーロラの震える手を自分の下腹部へ持っていった。「触ってごらん」

その感触に驚きながらも、オーロラは導かれるまま彼の体に触れた。もう、それほど怖いとは感じられない。自分の体との違いにただ驚いているというのが正直なところだ。そして、女性としてときめきを覚えている。

ニコラスが両手でオーロラの胸を包みこんだ。オーロラはため息をもらして目を閉じ、その感触に酔いしれた。彼の手がそっと胸をなで、指先が肌を滑る。

「きみはすてきだ」

あなたこそ、とオーロラは思った。このうっとりするようなけだるさに抗うことができない。魔法にかけられた気分だ。

オーロラはみずからニコラスの唇を求め、肌を合わせた。ニコラスが満ち足りた声をもらす。

甘美なキスのあと、彼はオーロラを抱きあげてベッドにおろし、自分も隣に横たわった。なかば目を閉じ、悩ましげな視線を向けながら、張りつめたオーロラの乳房をてのひらでたどり、かたくなった先端を指先で刺激する。

オーロラは恍惚《こうこつ》感に身をゆだねた。男性的な香りに包まれて彼の腕に抱かれ、愛撫の悦びに浸るのはなんて幸せなのだろう。ニコラスがうつむき、敏感になっているオーロラの乳首に唇で触れたので、彼女は息をのんだ。

彼が欲しい。先ほど見せてくれた火花がはじける悦びをもう一度感じてみたい。ニコラスが胸の頂を舌でたどり、口に含んだ。オーロラはさらなる刺激を求めて背中をそらし、ニコラスの髪に指を分け入らせた。

この人もわたしが欲しいんだわ。それを証明するように、彼のかたくなったものが腹部に触れた。

ニコラスはオーロラの脚のあいだへ指を滑りこませた。すでに湿り気を帯びている。

「ぼくを求めてくれているんだね」

そのとおりだ。秘めた部分は熱く潤い、体はニコラスを欲してうずいている。感じやすくなっているところを指先で愛撫され、オーロラは震える声で彼の名を呼んだ。体が反応してしまうのを恥ずかしく思うべきなのだろうが、今はニコラスがもたらしてくれる快感のことしか考えられない。

オーロラの両胸に触りながらニコラスが震える体に覆いかぶさり、体重をかけないようにして唇を重ねた。キスに気をとられていたとき、オーロラはなにかが自分のなかに入ってきたのに気づき、思わず体に力をこめた。

ニコラスは濃厚なキスを浴びせつつ腿でオーロラの脚を広げさせ、ゆっくりと身を沈めていく。

オーロラは身をかたくし、息をしようとあえいだ。こんなことは絶対に無理だと思われたが、体は痛みを伴いながらも彼を受け入れた。

彼女は目をつぶり、落ち着こうと努めた。

ニコラスが動きをとめた。「オーロラ、ぼくを見るんだ」優しく見おろして言う。彼とひとつになったのを感じながら、オーロラは体をこわばらせた。「痛いわ……」ニコラスが彼女のこめかみにキスをした。「初めのうちだけだ。しばらくすれば痛みは心地よさに変わる」奥深くに語りかける目をして言う。「ぼくを信じてくれ」なぜかオーロラはその言葉を信じられた。彼女が感覚に慣れるのを待つように、ニコラスはいつまでもじっとしている。やがて痛みが薄らいできた。

オーロラの頰にかかった髪をニコラスが後ろへなでつけた。「ましになったかい？」

「ええ」焼けつく痛みはおさまってきた。もう耐えられないほどではない。

さらにしばらく待ったあと、オーロラはこわごわ腰を動かしてみた。不快感はきれいに消えている。

ニコラスが彼女の唇の端に軽くキスをし、そっと腰を浮かせると、ふたたび熱いうねりが戻ってきた。オーロラの体がなじむのを待つような緩やかな動きに、抑えがたいまでの衝動がわき起こる。

激しい渇きはいつまでも続いた。オーロラは熱に浮かされた声をあげながらニコラスの肩に爪を食いこませ、彼に合わせて動き始めた。ニコラスは苦しげに目を閉じ、荒い息をもらしてゆっくりと同じ動きを保ち続けた。

彼女がのぼりつめかけたとき、ニコラスがふたりの体のあいだに手を滑りこませ、敏感になっている部分に触れてきた。オーロラは爆発的な絶頂感に襲われ、声を振り絞りつつ身をそらした。

　ニコラスは彼女の激しいあえぎ声を唇でふさぎながらも手をとめようとはせず、歓喜の瞬間を引き延ばした。オーロラは果てしない快感の波に襲われ、ほっそりとした体を何度も痙《けい》攣《れん》させた。ニコラスは荒々しく高ぶる欲望をこらえつつ、さらに深く身を沈めた。

　それが我慢の限界だった。衝撃が体を貫き、出会った瞬間からオーロラに感じていた熱い思いの丈がついに解き放たれた。ニコラスはうめき声をもらし、身を焼き尽くす生々しい絶頂感にいつまでもわが身を任せていた。

　ようやく波が去った。薄暗闇《うすくらやみ》のなか、オーロラに覆いかぶさったまま、ニコラスは自分をとり戻した。オーロラの体がまだ小刻みに震えているのを知り、どうしようもないほどのいとおしさがこみあげてくる。

　ニコラスは体を離してシーツを引きあげると、オーロラを腕のなかに抱き、なだめるように自分のぬくもりで包みこんだ。

けだるい余韻に浸りながら、ふたりはしばらくそうしていた。やがてニコラスは顔をあげた。

　暖炉の明かりに照らされたオーロラは、白い肌に髪がもつれ、なまめかしい唇がキスの名残でぽってりとふくらんでいて、みだらな天使そのものだ。

　こんな経験は初めてだった。オーロラは男性を知らず、けっして巧みだったわけではない。だが、彼女との営みは予想だにしていなかった歓喜をもたらしてくれた。われを忘れるほどの甘美な境地を味わうことができたのだ。

割りきった関係のつもりだったが、この結婚によってオーロラとは想像もしていなかった絆《きずな》で結ばれたのかもしれない。

妻……不思議な響きの言葉だ。もっと彼女と愛しあいたいという今までになかった感情を呼び起こされる。今夜の交わりで子供はできただろうか？　息子か……あるいは娘が。ニコラスは奇妙な胸の痛みを覚えた。

そんな複雑な思いを感じとったのか、オーロラが腕のなかで身じろぎし、彼の表情を探るように明るい青色の目をこちらに向けた。もう一度オーロラを抱きたい思いにかられたが、彼女は今回が初めてであることを思いだし、欲望を抑えこんだ。

「大丈夫かい？」ニコラスはオーロラの額にキスをした。

「ええ」オーロラが小さく吐息をもらす。「とても……よかったわ」

ニコラスはいとおしさを感じ、思わず笑みがこぼれた。「そう思ってくれてよかった」

「あなたが……がっかりしていなければいいけれど……」

ニコラスは驚いて片方の眉をつりあげた。「それどころか、こんなすばらしい思いをしたのは初めてだ」オーロラが疑わしそうに眉をひそめたのを見て、彼は軽く笑った。「本当だよ。男性経験のないきみにはわからなかったかもしれないが、ぼくは自分を抑えるのに精いっぱいだった」オーロラの鼻にキスをする。「ひと晩じゅうでもきみを抱いていたいところだが……きみは初めてだし、少しは寝たほうがいいから、そういうわけにもいかないな」

オーロラがちらりと悲しそうな表情を見せ、手を伸ばしてニコラスの唇に触れた。「寝たくなんかないわ。一緒に過ごせるのは今夜だけですもの。ずっとこうしていたい」

ニコラスはオーロラの顔を見つめた。明日の朝のことを考えているのだろう。このきれいな目に宿る陰を追い払ってやりたい。

彼はオーロラに覆いかぶさった。

「ぼくもだ」かすれた声でささやき、唇を重ねる。「ずっとこうしていよう」

6

彼に抱きしめられ、わたしは自分の激しい欲望に驚いた。

ぼんやりと目が覚めていくにつれ、オーロラは戸惑いを覚えていた。いつになく体に違和感がある。唇と胸が鈍く痛み、下腹部には経験したことのない不快感があった。鎧戸《よろいど》の隙間から差しこむ太陽の光に目をしばたたきながら、オーロラは見慣れない質素な寝室がどこなのか思いだそうとした。あろうことか、わたしはたくましくあたたかい体に寄り添って寝ているらしい。しかもこの男性は明らかになにも身につけていない……。

いっきに記憶が戻ってきた。わたしはニコラス・サビーンと結婚したのだ。

ニコラスの肩に頬をつけ、脚を絡めたまま、オーロラは前夜のことを思いだした。彼はひと晩じゅう、優しく情熱的にわたしを愛してくれた。短く義務的な夜にするつもりだったのに、本当の新婚初夜のようになってしまったわけだ。ニコラスはわたしの欲望を目覚めさせ、体が痙攣するほどの絶頂感を教えてくれた。

わたしは身も心も許し、必死にニコラスを求めた。過去も未来も忘れようと約束したのに、彼の不条理な運命のことが互いの頭を離れず、それに駆りたてられながらわたしたちは激しく愛しあった。

オーロラは唇をかんだ。昨晩はニコラスが悲しみを忘れさせてくれたが、とうとう朝が来てしまった。今日、彼は死ぬのだ。

彼女はかたく目をつぶった。どうしようもないでしょう? ニコラスは死刑囚なのだから……。

だが、とてもそんなふうには考えられない。彼に愛情を抱き始めているのだ。この人が死ぬのかと思うと耐えられなかった。

こらえていた涙があふれて頰を伝い、もたれかかっていたニコラスの肩に落ちた。ニコラスが体を震わせた。どうやら目が覚めているらしい。

オーロラは涙を隠そうと、深く息を吸いこんだ。

「ぼくのことで悲しまないでほしい」ニコラスが低い声で言った。

「だめ……無理よ」

「お願いだから泣かないでくれ。女性に泣かれるくらいなら、騎兵隊に突撃されたほうがまだましだ」ニコラスがそっとオーロラの頰に触れた。「ぼくにとってはきみの涙がいちばんの拷問なんだよ」

「ごめんなさい……」

オーロラは目を閉じた。ニコラスが彼女の頰の涙をぬぐった。オーロラはもう泣くまいと心に決め、また深く息を吸いこんだ。だが夫が死刑にされようとしているのに、これ以上手をこまねいているわけにはいかない。

「このままあなたを死なせるなんてできないわ」オーロラは力のこもった低い声できっぱりと言った。「そんなことはわたしが許さない。今から総督に会って、死刑を中止するよう説得してみるわ。ああ、どうしてもっと早くそうしなかったのかしら」

ニコラスは絡めていた脚を離し、オーロラに背を向けて座った。「妹を迎えに行ってくれると約束しただろう？」静かな声で言う。「今日の午後、パーシーがきみをモントセラト島まで送ってくれる手はずになっているんだ」

「あなたを助ける方法があるかもしれないのに、島を離れるなんてできないわ」

彼は手で髪をかきあげた。こうなることを恐れていたのだ。オーロラは黙ってぼくを運命の手にゆだねたりしないだろう。ともに情熱的な一夜を過ごした今となってはなおさらだ。昨夜のことで、ぼくたちのあいだには断ちがたい絆ができてしまった。

ニコラスは心のなかで毒づき、まつげを濡らした妻の顔を見おろした。オーロラの泣き顔を見るのはいたたまれないが、自分の悲運に妹を巻きこむわけにはいかない。危険は冒せないのだ。こうなったら、なんとしてもオーロラとの絆を断ちきるしかない。

オーロラはこちらを見あげていた。青い瞳、金色に輝く雲のような髪、それにキスで腫《は》れた唇。彼女はこれまで出会ったどの女性よりも美しい。そしてはかなげだ。

ニコラスはオーロラの指をとり、手の甲にキスをした。「ぼくの最後の夜をすばらしいものにしてくれたことには感謝している。だが、これで終わりだ。結婚は法的に揺るぎないものになったのだから、もう互いに愛情を感じているふりをする必要はない」

オーロラが青ざめたのを見て、ニコラスは唇を引き結んだ。できるものなら、ふたりで分かちあった激しい情熱を軽んじる残酷な言葉を撤回したかった。けれども彼女が傷ついた目をしているからといって、情に流されるわけにはいかない。

だが、手を引き抜いたオーロラが身を守るようにシーツを胸もとに引きあげるのを見るのはつらかった。

ニコラスは無表情を装って立ちあがり、洗面台へ行って昨晩の名残をきれいに洗い流した。背中にオーロラの視線を感じたが、服を着ようと振りかえると顔をそむけられた。

「ぼくたちは取引をしただけだ」ニコラスは冷ややかに言い、下着を身につけた。「妹の面倒を見る代わりに、きみは経済的な自立を手に入れたはずだ。約束は守ってくれるな?」

オーロラは自尊心を傷つけられたとばかりに顎をあげた。「もちろんだわ」

その言葉に怒りが含まれているのを感じ、ニコラスはほっとした。泣かれるよりずっとましだ。「必要な書類とレイヴン宛《あて》の手紙はパーシーが持っている。モントセラト島へ行ったら、その手紙と結婚した証の指輪を妹に見せてやってくれ。帆船の図柄を見れば、ぼくの指輪だとわかるはずだ」

そのとき、寝室の外で激しい音がした。ニコラスは手をとめ、オーロラは顔をしかめた。誰かが居間のドアを叩いているらしい。駐屯兵だろう。

「そろそろ独房に戻れとの命令だ」男性がにべもない口調で怒鳴った。

「しばらく待ってくれ。まだ身支度がすんでいない」

ニコラスはブーツを履き、シャツを着た。それから急ぐことなくクラヴァットを結び、ベストと上着を身につけた。オーロラは夫が態度を豹変《ひょうへん》させたことに傷つき、沈黙した。

ようやくニコラスが振り向いた。「これでお別れだ」

「ええ」オーロラは消え入りそうな声で言った。そして昨夜の思いやりと愛情がわずかでも残ってはいないかと、ニコラスの表情を探った。だが、なにも見つけられなかった。そこにいるのは端整で冷淡な顔立ちをした赤の他人だ。

「妹をくれぐれもよろしく頼む」

「大丈夫よ」オーロラは淡々とした口調に聞こえるよう努めた。

「約束どおり、今日、モントセラト島へ行ってくれるか?」

「ええ」

「それならもう思い残すことはなにもない」

オーロラはすすり泣きがもれるのをこらえるため、手で口を押さえた。ニコラスがふと前に進みかけて立ちどまった。口を開きかけたが、言葉は出てこない。

彼はしばらくオーロラを見つめたのち背を向け、ひと言も発さずに寝室をあとにして静かにドアを閉めた。

オーロラはぼんやりとその後ろ姿を見送った。昨日の夜はあれほど優しかった人が、どうして急に冷たくなったのだろう？　これほどの絶望感とニコラスへの怒りにわたしは耐えられるだろうか？

だけど、まだ時間は残されている。処刑を撤回させられるかもしれないじゃないの……。シーツをめくったとき、そっと寝室のドアをノックする音が聞こえ、胸が高鳴った。ニコラスが戻ってきてくれたのかもしれない。だが、続いて聞こえてきたのはやわらかな女性の声だった。いつも世話をしてくれるメイドだ。

「お嬢様、ネルでございます。男の方に……ご結婚された方に言われてまいりました」

「入ってちょうだい」失望を押し殺して応じると、オーロラは立ちあがって洗面台のほうへ行った。

いつもは慎み深い女主人が一糸まとわぬ姿でいるのを見て、ネルは目をしばたたいた。

「あの……今日の午後に出発されるとうかがい、旅行用のドレスをお持ちしました。ただ今、お風呂の用意もさせております」

「お風呂はいいわ」オーロラは首を振った。熱い湯につかれば体の違和感がとれるかもしれないが、今はそんな暇はない。「ありがとう、ネル。でも、洗面台の水で充分よ。急いでドレスを着せてちょうだい。総督にお目にかからなくてはいけないの。時間がないわ」

ニコラスを助けるのだ。たとえそれが彼の意向に逆らい、約束を破ることになるとしても。

総督であるハーン卿《きょう》は自宅にいた。海軍に介入し、夫の命を助けてほしいとオーロラは必死に懇願した。だが政治的な痛手をこうむる行為であるだけに、少し考えさせてくれとの言葉を引きだすのが精いっぱいだった。しかも、まずは副総督と相談したいという。

オーロラはパーシーを探しに屋敷へ戻ったが、見つけることはできなかった。貴重な時間が刻々と過ぎていく。やっと執務室にいることを突きとめたときには、寝室でニコラスと別れてからすでに三時間がたっていた。南の空に嵐雲《あらしぐも》が立ちこめ、気温がさがってきている。

従兄弟はこれまで見たことがないほど悲痛な面持ちで執務室から出てきた。そして手短に挨拶《あいさつ》の言葉を述べると、ちょうどオーロラを探しに自宅へ戻るところだったと言った。総督が介入してくれるかもしれないと彼女が話し始めると、パーシーは首を振った。「オーロラ、残念ながらもう手遅れだ」

「手遅れ？　それはどういう意味なの？」

「たった今、マドセン中佐から連絡があった。死刑が執行されたそうだ」

オーロラは血の気が引くのを感じた。「嘘よ……」

「かわいそうに。だが本当だ」

「彼が死ぬなんてありえないわ」オーロラはかすれた声でつぶやき、体を貫く痛みに嗚咽がもれそうになるのを片手で押さえた。

もう一方の手をパーシーがとる。「オーロラ、ニコラスがきみに悲しんでほしくないと思っていたのは知っているだろう？　自分のことは忘れて先へ進んでほしいと願っていたんだ……。さあ、そろそろ妹さんを迎えに行こう。きみをモントセラト島まで送り届けるとニコラスに約束したし、雲行きが怪しくなってきたのも気になる。嵐が来る前に出発したほうがいい。船の準備はもうできているよ」

「ニコラスのところへ連れていって……」

パーシーが顔をしかめた。「彼はもう死んだんだ」

「遺体でもいいから、ひと目会いたいの。お願い、パーシー、お別れも言わずにここを去るなんてできないわ」

パーシーが重いため息をつく。「自分の目で確かめなければ、きみは納得しないと思っていたよ。わかった、そこまで言うなら墓へ案内しよう。ニコラスは要塞に葬られたんだ」

オーロラは黙りこくったまま、掘りかえされたばかりの土の跡を見つめていた。どんよりとした空のように心は重く沈み、涙がとめどなくあふれてくる。そこには墓石も、目印もなかった。短い出会いながら、彼女の人生に深くかかわった男性が亡くなった痕跡《こんせき》が、ただ残されているだけだ……。

ニコラス、わたしを許して。

涙は後悔の味がした。どうしてもっと彼を救おうと手を尽くさなかったのだろう。

オーロラはむせび泣きをこらえようとうつむいた。わびしさとやるせなさがこみあげる。

「さあ、行こう」寄り添うように立っていたパーシーがそっと声をかけた。「きみには守らなくてはいけない約束がある」

オーロラは黙ってうなずいた。涙で喉が詰まり、声が出ない。パーシーはオーロラがここへ来たがるとわかっていた。墓を見なければ、彼女はニコラスの死を受け入れられなかっただろう。

だが、これで納得したはずだ。

オーロラは出発の前に喪服に着替えた。以前は婚約者の死を悼むために着ていたボンバジーン生地の黒い旅行用ドレスだ。オーロラとパーシーが船に乗りこむと、すぐに黒雲が空一面に広がった。雨が小やみになるまでは出港できず、ふたりは小一時間ほど待たされるはめになった。

彼女は嵐を好ましく受けとめた。大粒の雨が降ってくる空と荒れ狂う風は今の気分にぴったりだ。激しい嵐をオーロラは船長室の窓からぼんやりと眺めていた。

最悪のスコールは南の海上を迂回《うかい》していったが、波は高かった。距離にすればさほど遠くない島までの航海だったものの、船は激しく揺れた。しかし島に到着するころには怒れる雲も綿毛に変わり、ときおり太陽が顔をのぞかせた。

モントセラト島はごつごつした岩が緑に覆われ、アイルランド出身の住人が多いことから、カリブ海のエメラルド島と呼ばれている。エメラルド島とは本来はアイルランドの異名だ。その名のとおり、雨あがりのモントセラト島は太陽の光を受けて宝石のように輝いていた。

船が錨《いかり》をおろし、オーロラは船を降りた。パーシーが雇った馬車はサトウキビの植えられた平地を駆け抜け、熱帯雨林の続く緩やかな傾斜をのぼっていった。やがてすばらしく美しい海の風景が眼前に広がったが、オーロラはなにも見ていなかった。ただ従兄弟の沈黙がありがたかった。今は沈鬱な気持ちを抱えながら、自分の殻に閉じこもっていたい。

ようやく一軒の農園の屋敷の前で馬車がとまった。それは魅力的と言えなくもなかった。アーチのある石造りの建物で、西インド諸島に特有の屋根がかかったバルコニーがあり、色鮮やかなブーゲンビリアとハイビスカスが咲き乱れている。けれども最近は手入れをされていないらしく、水漆喰《しっくい》がはげ、鎧戸は緑色の塗料がはがれていた。

馬丁や従僕の出迎えがなかったため、ふたりは玄関前の石段をあがり、ドアノッカーを鳴らした。ずいぶん待たされたのち、家のなかで人の動く気配がした。

ドアを開けたのは若い女性だった。青いモスリン地の地味なドレスを身につけ、手にはピストルを持っている。

オーロラは銃口に驚いて目をしばたたいた。パーシーは小声で毒づき、オーロラを脇に押しやった。

女性はピストルをおろし、弱々しく謝った。「ごめんなさい。別の人かと思ってしまって。先日、いやなことがあったものですから……」

「なにがあったのですか?」オーロラの驚愕《きょうがく》はおさまりつつあった。

「英国海軍からぶしつけな訪問を受けたんです」女性は苦い笑みを浮かべたが、すぐに礼儀正しい表情に戻った。「どんなご用件でしょう?」

「ミス・レイヴン・ケンドリックにお会いしたいのですが」目の前にいる女性がレイヴンに違いないとオーロラにはわかった。美人でおてんば娘だとニコラスは言っていた。この女性は漆黒の髪に青い瞳が美しく、ピストルを手にしている。

「わたしがミス・ケンドリックです。失礼ですが……」

「レディ・オーロラ……デミングと申します。こちらは従兄弟のサー・パーシー・オズボーン。わたしたちはお兄様の代理としてやってまいりました」

レイヴンが不安そうな顔になった。「兄は今、どうしているのですか?」

オーロラは涙がこみあげそうになり、声が詰まった。パーシーが慰めるようにそっと彼女の肘に手を触れた。

レイヴンが続けた。「捕虜にされたとしか知らされていなくて。兄は大丈夫なんでしょうか?」オーロラが目に涙をためているのを見て、レイヴンは真っ青になった。「処刑されたんですね?」

「お気の毒です……」

青い目に悲しみをたたえたレイヴンは訪問客に背を向けてうつむき、気を落ち着けようと頭を振った。

しばらくしてからようやくオーロラたちのほうへ向き直った。「なにがあったんでしょう?」力のない声で言う。

「複雑な話なのです」オーロラは低い声で答えた。「入れていただいてもよろしいでしょうか？」

「ええ……どうぞ」レイヴンは衝撃に備えるように背筋を伸ばし、後ろにさがって訪問客を招き入れた。

三日後、オーロラは自分が後見人を務めることになった女性とともに二本マストの船に乗り、水平線に緑の点となって消えていくモントセラト島を見ていた。従兄弟と別れるのは想像していた以上につらかった。暗く沈んだ心にはあらゆることがこたえる。パーシーとジェーンに会えなくなるのはどんなに寂しいだろう。

幸いこの三日間はするべきことが多く、悲しむ暇もないほどめまぐるしく過ぎ去った。空いている時間には、レイヴンの荷造りと家の後始末を手伝った。レイヴンはこまごまとした身のまわり品を梱包し、屋敷を閉鎖し、最後まで残っていた数少ない使用人に別れを告げ、家畜を売り払った。そのなかにはレイヴンが愛してやまない牝馬《ひんば》もいた。乗馬はオーロラとレイヴン双方に共通する趣味らしい。

レイヴンは黙々と旅立ちの準備を進め、異母兄のことはほとんど口にしなかった。だが、本当は深く悲しんでいるのだろう。レイヴンがニコラスとかかわったのはほんの二、三年だが、心から兄を慕っていたようだ。あの日オーロラたちが島へ来なければ、レイヴンは翌日ニコラスを探しに行くつもりだったらしい。

事情を説明すると、レイヴンは兄の死にショックを受け、後見人が変わることに困惑を示した。だがニコラスの手紙を見せられると納得し、正直なところ誰か社交界デビューに力を貸してくれる人がいるのはありがたいと言い、オーロラの存在は慰めになると感謝の言葉を述べた。

それにしても、島の生活しか知らない女性がそこを離れるのは、さぞ勇気のいることだろう。はるばる海を越えて見知らぬ土地に渡り、自分をさげすんでいるであろう会ったこともない親戚と暮らすのは容易ではない。しかもお供はメイドと馬丁のふたりだけだ。だがオマリーという名のアイルランド人の馬丁は自分がお嬢様を守ると心に決めているらしく、献身的にレイヴンに仕えている。

今、レイヴンは気丈に顔をあげて船の手すりにオーロラと並び、海の向こうに消えていく故郷を見つめていた。

「ずっとあの島で暮らしていたのね？」オーロラはレイヴンの気をまぎらせようと声をかけた。

「ええ、生まれたときからずっと」

「島を離れるのは、さぞ寂しいでしょうね」

一瞬、レイヴンの口もとが震えた。そういう表情になると、一九歳という年齢よりも幼くてか弱く見える。だが、レイヴンはすぐに悲しみを押し隠した。「大丈夫。これはずっと母が望んできたことだもの」息を吸いこむと、手すりに背を向けた。「どうせもう天涯孤独の身だし」

「わたしがいるわ」オーロラは慰めようとして言った。

「ありがとう」レイヴンが泣きそうな顔に笑みを浮かべる。「兄があなたと結婚してくれて本当によかった」

ニコラスのことを思いだして胸に鋭い痛みが走ったが、オーロラはそれを振り払い、自分も手すりに背を向けた。

「あなたはイングランドで新しい人生を歩みだすのよ。わたしもそう」

「ええ」レイヴンは覚悟を決めた表情を見せ、オーロラの手のなかに自分の手を滑りこませた。

レイヴンの勇気に刺激され、オーロラは故郷が待つ水平線の向こうへ目をやった。わたしも過去に決別し、前へ進まなくてはいけない。ニコラスのいない未来に向かって。

「新しい人生よ」オーロラは決意をそっと言葉に出した。

よく眠れないままに一夜を過ごしたオーロラは、船室に忍びこむ薔薇色の朝焼けを眺めながら、寝台で上掛けをかぶって丸まっていた。ウィクリフ伯爵の帆船に乗りこんだ彼女がメイドとともに寝泊まりすることになった船室は、家具こそ少ないが充分に快適だ。

早起きする必要はどこにもない。イングランドまでの航海は天候に恵まれても七、八週間かかるというのに、今日はまだその二日めだ。召使いを除けばオーロラとレイヴンが唯一の乗客だが、お互いに今はまだ明るい話し相手にはなれそうもない。

部屋のなかは静まりかえり、船体を打つ波の音とメイドの寝息だけが聞こえてくる。ネルは夜通し船酔いに苦しみ、やっと眠りに就いたばかりだ。

こんな静けさには耐えられない。セントキッツ島を出て以来初めて、オーロラはひとりになるのを喜ばしく感じられなかった。これまで何度となくニコラスのことを思いだしかけては、くよくよするのはやめようと悲しみを抑えこんできた。だがこうして夜明けの静寂に包まれていると、また悲痛な思いがこみあげてくる。

オーロラは目を閉じ、金の鎖に通して首にかけているニコラスの指輪に手をやった。体温でぬくもっている指輪に触れていると、ニコラスが恋しくなり、ふたりで分かちあった熱い一夜が思いだされる。

暗い孤独に耐えきれず、オーロラは寝台から起きだして、船の揺れに負けまいと足を踏ん張りながら静かにドレスを着た。どれほど話し相手が欲しくても、かわいそうなネルを起こす気にはなれない。甲板へ出れば船長か船員の誰かが相手をしてくれるだろう。

旅行鞄《かばん》からショールをとりだそうとしたとき、薄葉紙に包まれた包みに目がいった。オーロラはそこに弱々しい文字で書かれたニコラス・サビーンという文字を指でなぞった。レイヴンの母親がニコラスに託した形見の品だ。

そこで胸の痛みを覚えながら包みを開いた。ニコラスの想像どおり、それは本だった。だがどこにでもあるような代物ではなく、オーロラは装丁の美しさに息をのんだ。

表紙には金の葉がはめこまれ、四隅には宝石がちりばめられている。金文字で記された書名はフランス語だ。

『王子に恋して《ユヌ・パッシオン・デュ・クール》　名もなきひとりの女の日記』

オーロラは興味を覚え、美しい表紙を開いた。それは一〇〇年ほど前に書かれた日記だった。出版されたのはもっとあとになってかららしい。

日記はフランス語で書かれていて、最初の日付は一七二七年九月三日となっていた。


トルコの海賊船にさらわれ、コンスタンティノープルで奴隷として王子のハーレムに売られてから七ヶ月になる。そのあいだに絶望は欲望へ、そして望まぬ恋へと変わっていった。今日、ようやくペンと紙をとり、囚われの身となったことに対する思いを書いてみる気になった。

ハーレムの女として初めて王子の前に連れていかれたときのことは鮮明に覚えている。わたしは良家に育ったフランス人女性であり、まだ純潔だった。やがてご主人様に教えられることになる謎《なぞ》めいた情熱については知るよしもなく、彼からこれほど大きな影響を受け、切ない恋心と激しい欲望を目覚めさせられるとは思ってもいなかった。

初めて会ったとき、彼はとても危ない男性に思えたし、野蛮にさえ感じられた。だが、その目に浮かぶなにかにわたしは惹きつけられた……。


オーロラは目を閉じ、フリゲート艦の甲板にいるニコラスを初めて見たときのことを胸の痛みとともに思いだした。あのとき彼は鎖で縛られた囚人だったが、日記に登場する王子と同じく危険な男性に見えた。
オーロラはぱらぱらとページをめくった。よく読みこまれているらしく、紙に傷みがある。ニコラスは、この本は父親が愛した女性に贈った品だと言っていた。本の状態から察するに、レイヴンの母親もまたニコラスの父親を愛していたのだろう。本には至るところに下線が引かれている。オーローラはそのうちの一節に目がいった。

彼の手がわたしの胸に触れ、すぐさま甘美と官能を紡ぎだした。かたくなった蕾を巧みに愛撫する指の動きは、感じやすくなっているわたしの体には拷問だった。

あからさまな表現にオーロラは羞恥心《しゅうち》を覚え、頬を赤らめた。この本に目を通し、いつレイヴンに読ませるのが適当か判断するとニコラスに約束したが、その答えは明らかだ。ニコラスはまさかこんな内容だとは知らなかったのだろう。これほど露骨な表現を見たのは初めてだ。だが、この日記に禁断の魅力があるのもたしかだ。このフランス人女性の文章からは読み手を引きつけてやまない詩的な美しさが感じられる。
オーロラの目は、また別の一節に移った。

彼の大胆な愛撫はわたしの無垢な感覚を燃えあがらせ、高みへと押しあげていった。わた

しはもう我慢できなくなった。

ああ、ニコラス。オーロラは本を閉じた。こんなつらい記憶を呼び起こす日記を、これ以上読むことができるかしら？

オーロラは明け方の冷気に肌寒さを感じてショールをはおり、しばらくためらったのち、本を持って船室を出た。

甲板では船員たちが忙しそうに動きまわり、索具にのぼったり、帆を調節したりしている。オーロラは邪魔にならないよう手すりのそばへ行った。

薄暗い船室から出てきたばかりの目には明るい日の出がまぶしく、視界がぼやけた。あるいは涙のせいだろうか？　目の前に広がる広大な海がよく見えない。青緑色のカリブ海は、すでに灰色の大西洋に変わっていた。冷たい風が頭上の帆をはためかせている。

オーロラは身震いしながら自分の体に両腕をまわし、風に向かって顔をあげた。肌が麻痺する感覚が心地よい。

ニコラスを思いだすと胸が痛んだ。オーロラはしばらく手すりのそばに立ち尽くしていた。いつまでも彼のことを考えていても、どうなるものでもないでしょう？

つらい記憶はなんとかして忘れたほうがいい。ニコラスとの短い物語はもう終わったのだ。イングランドに着いたら新しいスタートを切ろう。これからは心穏やかに自分の人生を歩める。威圧的な父親や支配的な夫に惨めな思いをさせられることなく、自分のためだけに生きられるのだ。

よく知りもしない男性の死を悼んで苦しむより、幸せに目を向けたほうがいい。理性的に考えれば、結婚期間が短かったのは喜ぶべきことだ。ニコラスと暮らしても、けっして心穏やかな日々は送れなかっただろう。彼の存在感や情熱や男らしさはあまりに強烈すぎる……。

ニコラスとのあいだになんらかの絆ができていたとしても、それは体の関係だけで、心のつながりではない。彼との結婚は単なる契約であり、それ以上のものではなかった。だからこそきっぱりと割りきって、ニコラスとの思い出は葬り去るべきだ。

オーロラは決意を新たにし、喉もとにこみあげてくるものをのみこむと、握りしめていた日記に無理やり意識を向けた。この女性は奴隷として囚われの身となりながらも、見ず知らずの男性の腕のなかで情熱を知ったのだという。いったいどんな物語なのかしら？　そしてどういう結末を迎えるの？

なにか気をまぎらせてくれるもの欲しさに、オーロラは風の吹きすさぶ場所に樽《たる》を見つけて腰をおろした。そして胸を高鳴らせながら美しい表紙を開き、一ページめを読み始めた。

初めて会ったとき、彼はとても危ない男性に思えたし、野蛮にさえ感じられた。だが、その目に浮かぶなにかにわたしは惹きつけられた……。

帰ってきた海賊

7

けっして望んでいるわけではないのに、彼は毎晩、夢に現れるようになった。

一八一三年六月　ロンドン

客の数を見る限り、仮面舞踏会は大成功だと言えた。舞踏室は羊飼いの女性や王女、武装した騎士や神話の神々であふれかえっている。先ほどは摂政皇太子までもが顔を見せ、主催者であるレディ・ダルリンプルにパーティの成功を祝う言葉を述べていた。レディ・ダルリンプルはレイヴンの叔母だ。

サテン地の仮面をつけたオーロラは壁際に立ち、キューピッドを相手に軽やかな足どりでカントリー・ダンスを踊るレイヴンを見守っていた。レイヴンはロマに扮《ふん》している。漆黒の髪をなびかせ、鮮やかな色のスカートをはき、腕に金のブレスレットをつけた姿はロマそのものだ。

何人もの男性がレイヴンの衣装と彼女自身を褒めたたえた。オーロラの隣ではクルーン伯爵が、生き生きと踊るレイヴンの姿を興味深そうに眺めている。

「社交界にうまく溶けこんだようだな。それにしても、よくレディ・ダルリンプルが姪を仮面舞踏会に出席させたものだ」

「別に害はありませんから」オーロラは穏やかに応じた。「レディ・ダルリンプルはご自分のお屋敷ではしたない振る舞いがなされるのをお許しになりません。初めての仮面舞踏会だというのに、レイヴンを寝室に閉じこめておくのはかわいそうですわ。それにレイヴンはもう社交界にデビューしていますし、一年めだとはいえ遅いデビューですから判断力も持ちあわせています」

クルーンがオーロラのほうへ顔を向け、仮面越しに表情を探った。

「それにしても、きみが後見人だとはね。さして年齢は違わないだろうに」

「ふたつ違いです。後見人というより友人みたいなものですわ。でも、責任はきちんと果たすつもりです」オーロラはクルーンを見かえした。「レイヴンを口説こうなどとお考えにならないでくださいね。あなたは彼女にふさわしくありませんもの」

クルーンは女慣れした魅力的な笑みを浮かべた。「そうだな。デビューしたばかりの若い女性を追いかけるのは趣味ではない。だが、美しくて若い未亡人は大いに好みでね。きみが慰めを求めたくなったときには、いつでも喜んでお相手させていただくよ」

オーロラは仮面の下で笑いをかみ殺した。クルーン伯爵ことジェレミー・アデア・ノース。ミドルネームをとって〝剛胆《デア》な男〟と呼ばれているこの男性は、舞踏室だろうが寝室だろうが女性に対してはとても積極的なことで知られる、社交界きっての遊び人だ。けれどもどれほど醜聞を引き起こそうが、憎らしいほどの魅力があるため彼を嫌いになるのは難しい。身分が高く裕福なのも、社交界がクルーンの派手な振る舞いを大目に見ている理由だろう。現在は伯爵だが、祖父の健康状態が悪化していることから、もうすぐウルヴァートン侯爵の位を継ぐと見られている。

オーロラは何年か前からクルーンと知りあいだったが、彼に関心を寄せられたのは今日が初めてだ。彼女が未亡人になったことで、ちょっかいを出してもいい相手に変わったのは間違いない。最初は離れた場所にいたにもかかわらず、クルーンはこちらの姿に目をとめ、謎解きが好きなのだと言って誰なのか探ろうとしてきた。オーロラが名前を教えるまで、彼は質問をやめなかった。

「わたしが喪に服しているのをお忘れでは？」オーロラはわざと刺を含んだ口調で切りかえした。

「それでもここへ来ている。ご主人を亡くして間がないのに、もう社交の場へ出てくるのはいかがなものかな」

「夫はわたしが悲嘆に暮れるのを望んでいませんでした。それに、これまではずっと服喪のしきたりに従ってきましたから。今夜にしても、それほどはめをはずしてはいないでしょう？　ダンスは踊っていないし、極力自分が誰かを隠しています。あなただっておわかりにならなかったくせに」

クルーンがおもしろそうにオーロラを見た。オーロラは仮面舞踏会でよく見られるドミノと呼ばれる銀色の外套を身につけ、水晶のビーズをあしらったフードをかぶっている。ほかの客たちの豪華な衣装に比べれば、はるかに地味だ。それに頭から爪先までをすっぽり覆い、口もと以外は仮面で隠しているのだから、とても慎み深いと言えるだろう。

「冗談じゃない。舞踏室でいちばん魅力的な女性を見逃さなかったつもりだが？」クルーンがおどけた調子で応じた。

オーロラは皮肉を返したくなるのを我慢した。ロンドン一評判の悪い男性と親しくするつもりはない。レイヴンのためにも、そして自分のためにも行動には気をつけたほうがいいとわかっているし、仮面舞踏会に参加する危険性も充分に承知している。

オーロラは辛抱強く言い訳をした。「今夜ここへ来たのは、ミス・ケンドリックに頼まれたからにほかなりませんわ。まだ心を許せるお友達がいないんですって」

「賞賛してくれる男性はいくらでもいるようだけれどね」クルーンが舞踏室の中央に目をやった。「若い男どもがのぼせあがった顔で群がっている」ダンスはすでに終わり、レイヴンは気を引こうとする大勢の男性たちにとり囲まれて楽しそうに笑っていた。

オーロラはほっとした。さまざまなことが次々と起こるイングランドの社交界に、レイヴンは驚くほど上手になじんでいる。快活で率直な物言いをするせいで、独創的な女性だともっぱらの評判だ。

喜ばしいことに、レイヴンは友人として楽しい人柄であることを示してみせた。考え方は型破りだし、跳ねっかえりな一面はあるが、礼儀作法はよくわきまえていて、必要なときは落ち着いて優雅に振る舞うことも、きちんと自分の考えを述べることもできる。あとはもう少し社交術を磨き、社交界の複雑な不文律を理解すればいいだけだ。

無謀さを好む性格はもめ事の種になる可能性もあったが、レイヴンはあり余る元気を抑えようと一生懸命努力していた。唯一の楽しみは、早朝にオーロラと一緒に公園へ行き、全速力で馬を走らせることだけだ。しかし正直なところ、早駆けをさせることにオーロラはやましさを感じていた。だが乗馬を除けば、よほど気難しい人でもない限り文句のつけようがないほど、レイヴンはしっかりと社会のしきたりに従っていた。

彼女はオーロラの忠告にもよく耳を傾けた。裕福で身分の高い男性と結婚してほしいという母親のたっての願いを、なんとしてもかなえる決意をかためていたからだ。レイヴンを妊娠したために彼女の母は尊大な親族たちから絶縁され、カリブ海に浮かぶ小さな島の狭い社会で娘を育てるはめになった。だからこそレイヴンは、母を拒絶したイングランドの社交界で絶対に成功してみせると誓っていた。

この分だと、今シーズンの終わりには何人もの男性から求婚されることになり、レイヴンの夢はかなえられるだろう。あの摂政皇太子でさえ彼女を魅力的だと評したのだ。

「それにしても、きみがダンスを踊れないとは残念だな。だが、なにしろあんな醜聞にまみれた結婚をしたあとだ。行動には慎重にならざるをえないのは当然だな」オーロラが鋭い視線を向けると、クルーンはけだるそうな笑みを浮かべた。「冗談だよ。きみが噂の多いアメリカ人と結婚したことにみんなは驚いていたが、ぼくは違う。ニコラス・サビーンとは二、三年前に会ったことがある。なかなかの男だった。ヘルファイア・リーグのメンバーに選ばれた最初かつ唯一のアメリカ人さ」

クルーンは、ヘルファイア・リーグと呼ばれる放蕩者《ほうとうもの》ばかりが集まったクラブの名目上のリーダーだ。ニコラスの又従兄弟であるウィクリフ伯爵とともに、何年も前からさんざん醜聞の的になっている。だが、それ相応のことはしてきているのだ。

「サビーンから数々の冒険話を聞いたときは、うらやましくてしかたがなかった。異国の地を探検し、隠された秘宝を探しだし、盗賊と戦ったというからな。北アフリカのバーバリ海岸では、怒った敵の将軍に危うく三日月刀で串刺《くしざ》しにされそうになったらしい。知っていたかい？」

「それのどこがうらやましいのか、さっぱりわかりませんわ」オーロラは冷ややかに答えた。

「そうかもしれないが、その勇気には感服させられる。ウィクリフから聞いた話によると、サビーンは英雄的な行為もたくさんしてきたらしい。インドでは、何ヶ月も村人を悩ませていた人食い虎をたった一発の銃弾でしとめたという。村人はサビーンにちなんで村の名前を変えたそうだ」

オーロラは、ウィクリフ伯爵からも夫の偉業についていくつか話を聞いていた。ロシアでは狼《おおかみ》狩りの最中に皇太子の命を救ったことがあるらしい。凍った湖に三頭立ての馬車《トロイカ》が落ちるのを目撃し、皇太子を助けあげて二キロも担いで運んだそうだ。その功績により、何年も遊んで暮らせるほどの高価な宝石を授かった。若いころにはカリブ海の南で海賊が隠していた宝を発見したこともあったため、父親の船舶会社を継ぐはるか以前に莫大な財産を築いていたことになる。

ニコラスを思いだしてほろ苦い気持ちになり、一瞬オーロラの視界がぼやけた。彼が何度も自分の命を危険にさらしたのは単にスリルを求めたからに違いないが、その過程で多くの人の命を救ったのも事実だ。それもオーロラがニコラスの死に罪の意識を感じる理由のひとつだった。無理をしてでも、もっと早く総督に頼みに行っていれば……けれど、今さら後悔しても遅い。

それにニコラスが本当は向こう見ずで危険な男性だということは感じていたものの、できれば彼のことは新婚初夜に愛しあった優しい夫として覚えていたい。

「きみがカリブ滞在中に結婚したと知って、お父上は大喜びしたわけではないだろうね」

「ええ」オーロラは力なく言った。予想どおり、彼女の結婚は社交界で大スキャンダルとなった。公爵の娘とはいえ、絞首刑になるような海賊との結婚は到底認められるものではない。父に至っては、なんという親不孝をしてくれたのだと癇癪を起こし、激しい剣幕で怒鳴りたてた。オーロラはただ震えているしかなかった。けれども父はこれ以上噂の火に油を注ぐのを恐れ、世間的には冷ややかな無関心を貫いた。

幸いにもニコラスが遺してくれた財産があったため、父に無一文で勘当されたことは痛手にはならなかった。ニコラスの又従兄弟であるウィクリフ伯爵ルシアン・トレメインは、オーロラが亡き夫の財産に手をつけられないようにすることもできたはずだが、すぐに快く面倒な手続きをすませてくれた。そして彼女が社交界の一部から冷たい仕打ちを受けているのを知ると、又従兄弟の新妻としてあたたかく親族のなかに迎え入れ、伯爵家の名のもとに全面的に守ってくれたのだ。

やがて世間の風当たりは和らいだ。ウィクリフ伯爵を相手にあえて逆らおうとする者はいなかったためだ。

昔からの知りあいは、ずっとオーロラの味方をしてくれた。彼女を避けているのは一部のかたくなな人たちだけだ。親しい友人たちは孤独を慰めようと毎日のように訪ねてきてくれる。だがある意味皮肉なことに、オーロラは以前より男性の気を引く立場になってしまったらしい。慰めを求めている裕福な未亡人は、財産目当ての男性にとって格好の餌食《えじき》だ。そして、彼みたいな女遊びの好きな男性にとっても……。同情のまなざしで隣に立っているクルーンに、オーロラはちらりと目をやった。

「お父上のほかにも、きみの結婚を喜ばなかった男がいるらしいな」クルーンは、ヘンリー八世の扮装で壁際に立っている背の高い男性のほうを見た。ハルフォード公爵だ。柄つきの単眼鏡を手に、浮かれ騒ぐ客たちを非難の目で見ている。「きみの裏切りを快くは思わなかっただろうね」

「裏切ってなどいません」

「結婚することになっていたと噂に聞いたが？」

「父はそう望んでいましたけれど、婚約していたわけではありませんもの」

「だが、自尊心の強い男だ。きみがほかの相手と結婚したことを侮辱と感じたのではないかな？」

「それどころか、激しい恋をしてしまったのだと打ち明けたら理解してくださいました」オーロラは事実を隠した。

クルーンが皮肉な笑みを浮かべる。「ああして今年デビューした女性たちを眺めているところを見ると、きみを追いかけるのはあきらめたらしいな。率直に言わせてもらえば、彼から逃げられたのは幸いだ」

オーロラもまったく同感だったが、それを口にするのははばかられた。ハルフォードとの結婚生活なんて、想像しただけでもぞっとする。きっとなにをするにも彼の指示に従い、支配される立場に甘んじるしかなかっただろう。

たまに機会があって顔を合わせると、ハルフォードは礼儀正しくはあるものの冷ややかな態度で接してくる。だがオーロラは嫌悪感を隠し、誠意ある態度を保ち続けていた。すべてはレイヴンのためだ。社交界では一目置かれているハルフォードをこれ以上怒らせて敵にまわすのは得策ではない。

「ハルフォードから逃げられたのは幸運だったが……」クルーンがいつになくまじめな声で続けた。「愛する男性とのあいだには不運が続いているようだ。婚約者に続いてご主人まで亡くされるとはお気の毒に」

オーロラはこみあげてきそうになる涙をこらえた。ジェフリーとニコラスのことを思いだすと胸が痛む。

「誰も慰めてくれる相手がいないとあっては、さぞ寂しいだろう。ぼくならすぐにでも癒してあげられる。ウィクリフは所用でしばらく外国に出かけているそうだね。ぼくがきみの相手をしたと知れば、きっとウィクリフも喜んでくれるだろう」

「それはどうもご親切に」オーロラは顔をしかめた。「でも、わたしのことは気にかけてくださらなくても結構です。それにひと晩じゅう、そばについていてくださる必要もありませんわ。踊っていらっしゃれば？」

クルーンが上品に片方の眉をつりあげた。「それはあっちへ行けという意味かい？　傷ついたな」

オーロラはほほえんだ。海千山千のクルーン伯爵が、これくらいのことで傷つくわけがない。「わたしが困っているのはわかっていらっしゃるくせに。こんなふうにあなたと一緒にいるところを見られれば、また人の口の端にのぼります」

「なるほど。言わんとするところはわかった。では今度は早朝、公園で乗馬をしているきみに会いに行くとしよう」クルーンは愛嬌《あいきょう》のある笑みを浮かべて優雅にお辞儀をすると、もっと脈のありそうな女性を求めて去っていった。

その後ろ姿を見送りながら、オーロラはクルーンが言った〝醜聞にまみれた結婚〟という言葉についてぼんやり考えていた。社交界のほとんどは、わたしがこれで人生を台なしにしたと思っているだろう。たしかに評判は落としたかもしれないけれど、だからといってニコラス・サビーンとの結婚を後悔する気にはなれない。人生は大きく変わってしまったが、自力ではけっして手に入れられなかった自立するすべという貴重な贈り物をもらったからだ。

それに短い出会いではあったが、目には見えない影響を彼から受けたとも感じている。乗馬のとき以外、わたしはけっして大胆なほうではない。分別があって行儀がよく、身分や家柄に恥じない行動をとろうと気をつけてきた。

だがニコラスを知って以来、社交界の薄っぺらな評価や堅苦しい決まり事が耐えがたくなり、世間の期待に添わなければと思う気持ちが薄らいできた。今夜がいい例だ。ジェフリーの喪に服していたときは、仮面舞踏会など一度も出席しなかった。

仮面の下からではあるが、今はしきたりを無視することに解放感を覚えている。四ヶ月前に目のあたりにした生死を懸けた事柄に比べれば、社交界での名声などたいしたことではないと思える。もう以前のように敬われる立場ではなくなってしまったが、それが少しも残念ではない。

今のわたしはレディ・オーロラ・サビーンだ。公爵の娘としてレディの敬称は保っているが、高級住宅街メイフェアに小さいながらも瀟洒《しょうしゃ》な屋敷を持ち、経済的に自立している。レイヴンは社交シーズン中は叔母であるレディ・ダルリンプルの屋敷で暮らし、夏になったら隠遁《いんとん》生活を送っている祖父の邸宅に滞在する予定だ。

自分の家を持つのはなんてすばらしいことだろう。閉じこもった暮らしをしていても自由だと感じられる。今はレイヴンにとって必要だと思われるとき以外は外出もせず、喪中の未亡人としてひっそりとした生活を送っている。乗馬に出かけるのも、公園が貴族でにぎわう午後五時ごろでなく、本物の馬好きしか姿を見せない早朝を選ぶ。レイヴンが社交界デビューに備えてドレスをあつらえるのにつきあったときも、亡き夫をしのんで黒いドレスに身を包み、顔はヴェールで隠した。

けっしてうわべだけを装っているのではない。ニコラスには最愛の夫に対して示す敬意を表したかった。彼はわたしに女性としての悦びを教えてくれた。そして望まない結婚からも、父の支配からも救ってくれた。そのことには心から感謝している。

今は父の怒りや干渉を受けずにすむようになり、肩にどっしりとのしかかっていた重荷がとり払われた解放感を味わっている。正直なところ、自由を手に入れて初めて、これこそ自分が求めていたものなのだと気づいた。もう二度と男性から押さえつけられる人生は送りたくない。それを自覚できたのも、精神的な強さを得られたのも、すべてニコラスのおかげだ。

フランス人女性が書いた日記からも大きな影響を受けた。新婚初夜のときとは違い、わたしはもはや純真無垢な乙女ではない。ニコラスと一緒にいるときにわき起こったあの強い感情がいったいなんだったのか、日記を読んだ今なら理解できる。

オーロラは涙がこぼれそうになり、喉もとが熱くなった。ニコラスの死から四ヶ月がたった。そのあいだずっと、彼を記憶からしめだそうと努力してきた。今でもふとしたはずみにニコラスのことが頭をよぎるが、悲しみを封じこめるのは少しずつ楽になってきている。ときには何時間も思いださないこともあるほどだ。

けれども夜、彼が夢に出てくると……。

オーロラは背筋を伸ばした。つらい記憶にいつまでも縛られるのはたくさんだわ。過去を振りかえらず、自分のために新しい未来を築くと誓ったじゃないの。

今の生活はとても平和だ。悲しみも不安もなく、父にわずらわされることもない。

こんなに心が安らぐのはいつ以来だろう? 今の生活には心から満足していて、幸せだとさえ思える。波瀾万丈《はらんばんじょう》の人生のあとでは、平穏無事な暮らしがどれほど魅力的に感じられることか。

もう誰の命令にも従う必要はなく、将来は意のままだ。ようやく人生が自分のものになった。それこそがわたしの望んでいたことなのだ。

それから一時間ほどしたころ、オーローラはレイヴンを見失った。人ごみのなかを探していると、舞踏室の反対側にいる姿が目に入った。

踊っている人々から離れ、壁際で野蛮そうな海賊と話をしている。海賊は眼帯をつけ、サッシュを巻いた腰にサーベルをさげていた。レイヴンは興奮に顔を紅潮させて、笑いながら勢いこんでしゃべっている。

その海賊を見た瞬間、オーロラは胸がどきりと鳴った。誰かは知らないが、ニコラスによく似ている。たくましくてしなやかな体つき、広い肩、細い腰、長い手足。強烈な存在感や危険な雰囲気までそっくりだ。レイヴンの話を聞いて楽しそうに笑う顔は、日焼けした肌に白い歯が美しい。

だが、髪の色が違う。頭に巻いた布の下に見える髪は、濃い金髪ではなく黒色だ。

オーロラはこめかみに指を押しあてた。見間違いだ。ニコラスのことを考えていたから、似ている気がしてしまったのだろう。

レイヴンが肩越しに振りかえり、オーロラを探すそぶりを見せた。海賊がゆっくりと首をまわしてこちらを見た。

オーロラの顔から血の気が引いた。一瞬、時間がとまり、初夜のベッドで黒い瞳に見つめられた場面に引き戻される。

彼女はその場から逃げだした。

気がつくと、ひとつだけランプがともされた図書室に来ていた。オーロラはふらふらとソファに近寄り、高い背もたれに手を突いた。鼓動が乱れ、頬が熱い。

仮面をはずし、唇を強くかむ。頭がどうかしてしまったのだろうか？　これまでも何度となくニコラスのことを思いだしてきたが、これほど鮮明な幻を見たのは初めてだ。

「オーロラ」背後で低い声がした。

この声は……オーロラは凍りついた。そんなはずはないわ。彼は死んだのに。

「オーロラ、こっちを見て」

彼女はゆっくりと振り向いた。図書室のなかに先ほどの海賊が立っている。なんてニコラスによく似ているのだろう。違うのは髪の色と服装だけだ。

背もたれをつかんだまま、オーロラはかたく目をつぶった。そしてそっと開けてみたが、まだ海賊は消えていなかった。

「まさか……」彼女はかすれた声をもらした。「死んだはずでは……」

「生きていたんだ」

海賊はゆっくりと眼帯をはずし、顔を見せた。この目は見間違いようがない。黒く美しい瞳。ニコラスだ。

「信じられない……」オーロラはつぶやいた。

ニコラスが口もとにかすかな笑みをたたえた。「再会を喜んではくれないのかい？」

それに答えるどころか、息さえできず、オーロラはこめかみに手をあてた。気が遠くなりかけていて、膝に力が入らない。床にくずおれる寸前にニコラスがすばやく近づき、肘を支えてくれた。この感触は現実だとしか思えない。

「どうして……？　こんなことはありえないわ」

「それがありえたんだ。ぼくは幻じゃない、本物だ」

オーロラはニコラスを凝視した。「いったい……」

「マドセン中佐が土壇場になって死刑執行命令を出すのをとりやめたんだ。以前、ぼくが彼の親族を助けたことがあったからね。マドセン中佐は海軍に刑をゆだねるべく、ぼくをバルバドス島へ送った」

「でも……お墓が……」

「偽物だよ。もう打つ手がないと納得するまできみは島を離れないだろうとパーシーに言われたから、偽の墓を作るよう頼んだんだ。墓は、パーシーがマドセン中佐と相談して用意した。もっとも、彼もマドセン中佐の決意は知らなかったらしいが」

あの墓石もない、堀りかえされたばかりの土の跡が偽装ですって？　オーロラは呆然とし、状況を理解しようとニコラスの顔をまじまじと見た。この人は死んでいなかった……ショックと驚きで口がきけない。だまされたことに腹が立ち、再会できたことに無上の喜びを感じている。

それでもまだ信じられず、オーロラは手を伸ばして彼の顔に触れた。きれいにひげを剃った肌があたたかい。ニコラスがオーロラの手を包みこみ、自分の頬に触れさせた。ふたりは息もつかずに互いを見つめた。

オーロラはまた失神しそうになり、体がふらついた。気がつくと、ニコラスに抱きあげられ、たくましい胸に顔を寄せていた。その感触にオーロラはまたどきりとした。

おろしてとつぶやいたが、ニコラスは首を振った。「横になったほうがいい。きみはショックを受けている」

彼は背もたれをまわりこんでソファにオーロラを横たえ、その脇に膝を突いた。

「本当に大丈夫だから」ドミノの留め具をはずしてくれているニコラスを、彼女は弱々しく制した。

だが喉もとにあたたかい指で触れられたとき、記憶がよみがえって体が震えた。ニコラスもそれに気づいたらしく、手の動きをとめた。胸もとを見られていると思うと、オーロラの胸は急に敏感になった。

ニコラスが熱い視線をあげ、オーロラの顔を見てかすれた声で言う。「きみがこんなに美しかったとは……」

オーロラは口を開きかけたが、言葉が出てこなかった。

ニコラスが気を落ち着けるように息を吸いこんで手を離した。そのまま立ちあがり、ブランデーを注ぎにサイドテーブルのほうへ行くのを見て、オーロラはほっとした。横になっているのは落ち着かなかったので、体を起こしてドレスの乱れを直した。ニコラスが隣に座り、ブランデーをすすめた。

オーロラはおとなしくそれを飲んだ。喉が焼けついたが、おかげで意識がはっきりした。

「ごめんなさい、みっともないところを見せてしまったわ。だってあまりにも……」

「ショックだった？」

「ええ」オーロラは眉をひそめ、ニコラスの顔を見た。「もう何ヶ月もたっているのに、どうしてわたしの耳に入らなかったの？　パーシーが手紙のひとつもよこさないなんて信じられない」

「パーシーも初めのうちは知らなかったんだ。英国海軍はぼくが海でおぼれたと思っていたから、ぼくもすぐには彼に連絡をとらなかった。噂は聞こえてきただろうから、パーシーはきみに知らせようとしたかもしれないが、手紙が途中でどこかへいってしまったのだろう。戦時中にはよくある話だ」

ニコラスがパーシーと結託して墓を偽装したことを思いだし、改めて怒りがわいた。わたしはニコラスが死んだと思いこんで泣いたのだ。何ヶ月も悲しんだのに……。

「あなたが自分で知らせてくれることもできたでしょうに」刺々しい口調で言う。「わたしの気も知らないで」

「すまない。連絡をとる努力をするべきだったのかもしれないが、このご時世だからそれも難しかった。それに最初のうちは自分が生きていくので精いっぱいだったんだ」

オーロラはかぶりを振った。彼が生きていてくれたのにどうして怒れるかしら？　そう思うと、怒りはこみあげたときと同じ速さであっという間に引いていった。代わって喜びが興奮となってわき起こり、オーロラはニコラスの顔をのぞきこんだ。尋ねたいことが多すぎて、どこから始めていいかわからない。

彼はそんなオーロラの気持ちを察したようだ。「いったいどうやって絞首刑を免れたのかという顔をしているな」

「ええ、知りたいわ。なにがあったの？」

「嵐の海に飛びこんだんだ。マドセン中佐が死刑執行をとりやめ、ぼくをバルバドス島の海軍司令部に送ったところまでは話したね。ところが移動の途中、海上で突風に襲われてメインマストが折れ、船が大揺れした」

ニコラスが亡くなった日、いや亡くなったと思っていた日、激しい嵐に見舞われてセントキッツ島を出港するのが遅れたのをオーロラは思いだした。

「混乱のなか、ぼくは鎖を断ちきって海へ飛びこんだ。誰もあとを追ってこなかったよ。岸までは一キロ近くあったから、まさかあの荒れた海で助かるとは思わなかったらしい。おかげでぼくは死んだものとされた」

「信じられない……天候が悪化したせいで助かっただなんて」

ニコラスが皮肉な笑みを浮かべる。「そうだな。だが、それもきみのおかげだ。きみが結婚を承諾してくれたから死刑執行が延び、ぼくは命拾いをした」

オーロラは唇をかんで、彼の死を悼んだ数ヶ月を思い起こした。「生きていると知らせてくれればよかったのに。そうすればいつまでもあなたの死を悲しむこともなかったわ」

「ぼくのために悲しんでくれたのか？」

「もちろんよ。夫だった人だもの」

短い間があった。「今でも夫だよ」

しばらくのち、その言葉の意味するところをようやく理解し、オーロラは息をのんだ。ニコラスは今も夫なのだ。婚姻関係は継続している。なんてことかしら……。

「だからこそ、ぼくはイングランドへ来た。妻に、つまりきみに会うためだ」

またもやショックで頭がくらくらし、オーロラは言葉もなくニコラスを凝視した。

「もっと早く来られたらよかったが、安全を確保して自分の船を見つけるまでに数週間かかった。そのあと、イングランドへ渡る船の準備にさらに時間をとられてしまった。ウィクリフからまた一隻船を借りて航海のための荷物を積みこみ、入国書類を持っているイングランド人をひとり雇わなくてはならなかったからね」

「入国って……」オーロラははっとしてニコラスの手を握った。「イングランドにいることを知られたら大変だわ。あなたは逃亡犯なのよ」

「落ち着いてくれ。もう知られているよ。だがごらんのとおり髪は染めたし、身分も偽っている。アメリカ人の従兄弟のブランドン・デヴェリルを名乗っているんだ。ぼくたちはよく似ているし、ブランドンも別にいやがりはしないだろう。彼はボストンで船舶会社を経営しているが、どうせこの戦争で忙しくしているからな」

　オーロラは目を見開いた。「今は戦争中なのよ。アメリカ人がイングランドで歓迎されるわけがないでしょう」

「イングランド支持派《ロイヤリスト》だと言えば大丈夫だ。戦争に反対してイングランドへ避難したロイヤリストは数百人どころか数千人もいるから、ぼくの作り話も筋が通る。ただし、ブランドンは文句を言うかもしれないな。彼は英国政府がボストンの海運業に干渉したことを腹に据えかねている。ロイヤリストと主張するのはブランドンの名誉を傷つけるだろうが、まあ理由があってのことだ。許してもらおう」

「だけど……正体がばれたら絞首刑にされるかもしれないのよ。少なくとも身柄を拘束されるのは間違いないわ」

「正体がばれるようなまねはしない」ニコラスがさもおもしろそうににやりとした。白い歯がのぞく。なにがおもしろいのかちっともわからない。そのふまじめさにオーロラは腹が立った。

「イングランドにとどまるなんて無理よ。わからないの、ニコラス？　殺されてしまうわ」

「ぼくを殺すのは相当難しいぞ。間一髪のところで逃げるのは得意だからな」

命を危険にさらすのが初めてでないことは容易に想像できた。しかもそれを楽しんでいるのは間違いない。その無頓着でずうずうしい態度が頭にくる。海賊サーベルの格好をして舞踏会に来るなんて正気の沙汰ではない。

不安と怒りに引き裂かれ、オーロラはニコラスをにらんだ。海賊の衣装に身を包んだニコラスは紳士的な雰囲気などみじんもなく、運命と闘い危険をあざ笑う、ふてぶてしい冒険家にしか見えない。それでも正体を知られたらと思うとオーロラはぞっとした。

「まじめに言っているの。お願いだから帰って」オーロラは懇願した。

「ぼくもまじめだよ。きみに会うためだけにここまで来たんだから、まだ帰るわけにはいかない」

「わたしに会えたのだから、もういいでしょう？」

「だが、問題は解決していない」

「問題？」

ニコラスがオーロラを見つめた。「ぼくたちの結婚をどうするかという問題だ」

結婚……オーロラは狼狽した。ニコラスが生きていたのはとてもうれしいが、だからといって彼を夫として迎え入れたいわけではない。ニコラスが現れたことで事態は複雑になった。身柄を拘束されたり殺されたりする可能性があるとなれば、なおさらだ。一緒に生活することになれば、わたしの人生は一八〇度変わってしまう。せっかく手に入れた平穏な暮らしが壊されるのだ。こうしてそばにいるだけでめまいがする。

ふいに廊下から笑い声が聞こえ、ひと組の男女が図書室の前を通り過ぎていった。ニコラスの正体を見破られるのではないかと不安になり、オーロラは凍りついた。

笑い声が聞こえなくなった。「もう行って」オーロラは必死だった。「誰かに見られるわ。わたしと一緒にいれば、あなただとわかってしまうかもしれない」

「さっきも言ったが、見られるのはかまわないんだ」

「わたしはかまうの」

「そのようだな。きみは臆病者《おくびょうもの》だ」

「ニコラス！」オーロラはかっとなった。

「わかったよ。いずれにせよ、舞踏会でする話じゃないな。しかし、結婚についてはほうっておけない」

「もちろんよ。でも、今はやめて」

「いいだろう。では、あとで」ニコラスがオーロラの指を唇へ持っていき、軽くキスをした。

「舞踏会が終わったら会おう」

オーロラが手を引くと、ニコラスは頬に触れてきた。オーロラはどきりとした。彼に触れられるといつもどぎまぎしてしまう。すべてを承知しているという目でニコラスがオーロラを見た。

彼は眼帯をつけ、粋な海賊に戻った。最後に戸口でオーロラを見つめると、廊下へ消えていった。

驚きの展開にまだ頭がくらくらする。オーロラはその場に立ち尽くした。

一夜限りの夫が生きていた。いったいどうすればいいのだろう?

8

軽く唇が触れただけで体が震え、わたしは息もできなくなった。

暗い馬車のなかで妻が現れるのを待ちながら、ニコラスは顔をしかめた。妻……しっくりこない言葉だ。せっかく絞首刑を免れたのに、今度は結婚という鎖に縛られるのか。その鎖をわずらわしく思っているのはぼくだけではないらしい。オーロラもぼくと法的に夫婦である事実を認めたくない様子だった。たしかにせっぱつまった状況でやむをえず結んだ婚姻関係だ。オーロラはぼくが現れたことに驚いていたが、それ以上に生涯ぼくに縛りつけられるのかと困惑しているようにも見えた。

落ち着かないのはこちらも同じだ。

正直なところ、こんな面倒な事態は無視しようかとも思った。アメリカに戻って知らん顔を決めこめば、何年間か問題を放置しておけるかもしれない。だが、それだと良心が痛んだ。ぼくはずっと身内に対する責任を無視し続けて生きてきた。いいかげん自分のことは脇に置き、義務を果たすべきだ。

それに道義的に考えても妻の存在をなおざりにするのはよくないし、なによりオーロラには恩義がある。

ぼくが今生きていられるのは、ひとえにオーロラのおかげだ。命を懸けて守ろうとした父との約束を果たせたのも、やはり彼女の助けがあったからこそだ。そしてぼくが頼んだとおり、オーロラはレイヴンを社交界にうまく溶けこませてくれた。親戚は尊大で高慢だが、今の人生には満足しているとレイヴンは言っている。オーロラはレイヴンの面倒を見てくれただけでなく、いい友人になってくれたらしい。

オーロラが払った犠牲を忘れるなどできない。それにいつ大爆発を起こすかもしれない火種を残しておくのは、オーロラにとってもぼくにとってもよいことではない。

たとえどんな理由で結婚したにせよ、夫婦であることに違いはない。きちんと結婚の誓いも立てたし、夫婦の契りも交わした。あれはいつまでも悩ましく思いだされる一夜だった。

ニコラスは目を細めた。脳裏に焼きついている金髪のセイレーンは死刑を宣告された囚人が思い描いた幻想だったのだと、四ヶ月という長い月日をかけて自分を納得させてきた。あの夜、結ばれたと感じた絆は、絶望した男の本能的な欲求にすぎなかったのだと。記憶に残るオーロラ・デミングほどすばらしい女性がこの世に実在するわけがない。

だが、それは間違いだった。気品に満ちた凜とした美しさは、まさに記憶どおりだ。先ほどはそれを思い知らされ、みぞおちに一発食らった気分になった。

あんな再会だったにもかかわらず、やはり彼女の魅力には抗えない。肌に触れただけで体がうずき、情熱的な一夜をもう一度よみがえらせたいと願ってしまう。

ニコラスは厳しい表情になり、不謹慎な思いを抑えこんだ。まさかオーロラがあれほどいやがるとは思わなかった。夫婦である事実を無理に認めさせようとすれば抵抗されるだろう。けれども問題が解決するまで、ぼくにはオーロラをベッドへ誘う権利がない。指一本触れられないのだ。


仮面舞踏会は陽気に進んでいたが、オーロラは少しも楽しめなかった。不安ばかりが募り、緊張が高まってくる。ニコラスは舞踏会が終わったら会おうと言ったが、わたしはまだショックから立ち直っておらず、とても理性的に話しあえる状態ではない。今はただ、よく考える時間が欲しい。

オーロラはレイヴンを探し、先に帰ると別れを告げた。本当はこっそりニコラスの話をしたかったのだが、レイヴンが踊りのパートナーに連れていかれてしまったため、翌朝の乗馬の約束を確認する暇さえなかった。

玄関に向かうため大階段をおりているとき、偶然クルーンとでくわした。馬車まで送ろうと言われ、オーロラは礼儀正しく断りの言葉を述べた。「わざわざ気を遣ってくださらなくても結構ですわ」

「それどころか、こんな美しいレディをお送りできるのは光栄だ」

軽口には辛辣《しんらつ》な言葉で切りかえすべきだが、ニコラスのことが頭を離れず、返事をするのもわずらわしかった。

道路は多くの馬車でごったがえしていたが、クルーンのひと言で召使いはすぐにオーロラの馬車を玄関先へ着けた。

「明日は早朝から用事があるが、そのうち朝の公園でお会いしよう」クルーンがオーロラに手を貸して馬車に乗せた。

「ごきげんよう」オーロラは早くクルーンと別れたかった。

「よい夢を」

その言葉はオーロラの耳に入っていなかった。馬車のドアが閉まるなり、力強い手が伸びてきて、座席に腰をおろすのを支えられたからだ。

オーロラははっとし、鼓動が跳ねあがった。薄暗い馬車のなかに人影が見える。ニコラスだ。

動きだした馬車のなかで、オーロラはただ彼を凝視していた。これは夢ではない。間違いなくわたしが結婚した男性だ。こうしていると四ヶ月前と同じ体の震えを覚える。けれども以前と違い、ニコラスの声に優しさはなかった。「どういうことか説明してくれないか」

「なんの話かしら?」オーロラは警戒した。

「クルーンがきみを口説いていた」ニコラスが手を伸ばして彼女の銀色の仮面をはずした。

「きみに興味があるのは明らかだ」

その口調に驚き、オーロラは彼の顔をまじまじと見た。「親切心から馬車まで送ってくれただけよ」

「それできみはやつの親切心に大いに感謝しているわけだな」怒りともとれる刺が含まれた声で言う。「夫なんてもうどうでもいいということか？」

「あなたを忘れたことなんてないわ」オーロラはまじめに答えた。

「そうかい？　きみはとても喪に服している未亡人には見えない。まだ四ヶ月しかたっていないのにいそいそと仮面舞踏会へ出かけ、名だたる遊び人と逢《あ》い引きの約束をしているじゃないか」

最初はなんの話かわからなかったが、いわれのないことで責められ、オーロラはしだいにいらいらしてきた。「あなたとの結婚では父からさんざん非難されたのよ、ニコラス。あなたにまでそんなことを言われたくはないわ」

「これでは非難されてもしかたがないと思うが」

「世間から後ろ指をさされないよう、今までどれほど必死に頑張ってきたか。今夜、舞踏会に出たのはレイヴンに懇願されたからよ。ああ、なぜあなたにこんな言い訳をしないといけないのかわからない」

ニコラスは黙りこみ、オーロラの表情を探った。「では、クルーンに気があるふりをしているわけじゃないんだな？」口調が少しやわらかくなった。

「まさか。クルーン伯爵とはあなたが思っているような関係ではないわ。ただの顔見知りよ。

わたしの結婚に眉をひそめなかった数少ない人でもあるわ」

ニコラスがさらに長く黙りこんだ末に言った。「つらい思いをしてきたんだね」

「そうよ」オーロラは皮肉をこめて返した。「絞首刑になるような犯罪者と結婚したんだから。世間からはさんざん悪口を言われ、父には激怒されて……」父から受けた暴力を思いだし、言葉をのみこんだ。「もうわたしには話しかけてもこない人たちもいるわ。それだけ言えば充分でしょう」

「ぼくのせいでそんな思いをさせてしまってすまない」彼はようやく納得したらしかった。

オーロラのいらだちも少しおさまった。暗闇に目が慣れてきたせいか、窓から差しこむ月明かりでニコラスの姿がよく見える。やはり幻覚ではない。記憶にあるとおりの存在感を放っている。たくましい体、意志の強そうな顔、深遠さをたたえた瞳、官能的な唇……。オーロラは目をそらした。

「本当はそれほどでもなかったのよ。ウィクリフ伯爵があれこれ力になってくださったから。伯爵家の名のもとにわたしをかばって、あなたが手紙で頼んでくれたとおり経済面でも支援してくれたし。そのことには本当に感謝しているわ、ニコラス。ロンドンに家を買えたんだもの」

ニコラスがオーロラの目を見つめた。「だが、結婚したことは後悔しているんだな」

「いいえ」オーロラは首を振った。「後悔なんかしていないわ。おかげで気の進まない結婚をせずにすんだし、父のもとを離れて自立できた。ただ……わたしたちのどちらもこの結婚が長く続くとは思っていなかったはずよ。すべては終わるはずだった。あなたが……」

「死んだときに。けれども結局のところ、ぼくたちは今でも法律によって認められた正式な夫婦だ」

オーロラは困惑して眉根を寄せた。「たとえわたしが望んだところで、夫婦として暮らすのは無理よ。あなたは本当の名前を名乗ることができない。わたしの夫だとわかればつかまるだけではすまないわ。たぶん死刑になるでしょう」

「言っただろう？　正体がばれるようなまねはしないって。ぼくは従兄弟のブランドンだ」

「そんなのはすぐに見破られるに決まっているわ。髪の色を変えたくらいでだまし通せるはずがない」

「そうかな？　最近、ぼくはイングランドにあまり長く滞在していない。三年前に一度ゆっくり逗留《とうりゅう》したことがあるが、それ以降はごく短期間しか訪れていないんだ」

「クルーン伯爵はあなたのことをよく覚えていたわ。どんなにあなたが勇敢ですごい冒険をしてきたか、今夜聞かされたもの。彼は放蕩者に見えるけれど、本当はとても頭の切れる人よ」

ニコラスがなにも言わないので、オーロラは海賊の衣装に目をやった。チュニックの上に黒い外套をはおり、腰にサーベルをさげている。

「それで正体がばれないとでも思っているの？　海賊の格好をして人前に出るなんて厚かましいにもほどがあるわ」

暗闇のなかに白い歯がのぞいた。「完璧《かんぺき》だと思ったんだが」

あまりの無謀さにオーロラは怒りのため息をついた。「とにかく、わたしと一緒にいるところを誰にも見られてはだめよ。説明のしようがないもの」

「亡くなった夫の従兄弟だと言えばすむ。近い親戚なんだから一緒にいても不思議はない」

「あなたは重要な点を見落としているわ」

「なんだい？」

「妹さんよ。レイヴンのことを思えば、そんな危険なまねはできないはずだわ。もし正体がばれて絞首刑にでもなれば、醜聞にさらされる。レイヴンが良縁に恵まれる機会を台なしにするつもり？」

「いや、それだけはしたくない。せっかくの苦労が水の泡だ」

オーロラは長いあいだ黙ってニコラスを見つめていた。「あなた、本当にわたしを妻にしておきたいと思っているの？」

「そうするしかないだろう」

ニコラスが即座に否定しなかったことにオーロラは驚いた。自分と同じく、この窮地を逃れたいと考えているとばかり思っていたのだ。

「ねえ、ニコラス」理詰めで話せば理解してもらえるだろうか？「考えてもみて。わたしたちの結婚がうまくいかない理由はいくつもあげられるわ。あなたはアメリカ人で、わたしはイングランド人。そしてふたつの国は戦争をしている。あなたは冒険好きで荒々しい一面があるけれど、わたしは冒険なんて好まないし、暴力は嫌いだわ。そしてなにより……わたしたちは愛しあっていない」

最後のひと言についてさらに話を続けようとしたとき、どういうわけかためらいを覚えた。けれどニコラス・サビーンに対して抱いている感情が愛であるわけがない。

「わたしはあなたを愛していないし、あなたもわたしを愛していないわ。ただレイヴンのために婚姻関係を結んだだけ。結婚は愛の上になりたつべきよ。せっぱつまったあげくにするものじゃないわ」

オーロラが愛という言葉を口にしたとき、一瞬、ニコラスが厳しい顔になった。だがすぐに憂いを帯びた表情になり、腕を組んで背もたれに体を預け、長い脚を伸ばした。「たしかにぼくたちは愛しあっていない」

ニコラスがあっさり認めたことに、どういうわけかオーロラは胸が痛んだ。けれども愛していないと言われたからといって、拒絶されたと感じるのはばかげている。ニコラスのような恐れ知らずの冒険家は女性に心を許したりしない。ましてしかたなく結婚した相手に対してなら当然だろう。

「それならわかってもらえるかしら？　一緒にいようとしてもどうせ続かないのよ。現実は単純だわ。わたしはあなたの妻ではいたくない。そしてあなたも心の底ではわたしを妻にしたいと望んでいない」

「だが、ひとつ問題がある」ニコラスはゆっくりと言い、物思いにふけるようにオーロラを見た。「法的には婚姻を無効にできない。ぼくたちは情熱的な一夜をともにしたのだから」

熱い記憶がいっきによみがえり、オーロラは急にニコラスの存在が一〇倍も強く感じられた。並んで座っている彼の膝が気になり、たくましい体のぬくもりがひしひしと伝わってくる。

ニコラスもあの夜の出来事を考えているらしい。オーロラの体に目をやり、唇や胸もとに視線をさまよわせている。衣装の下を想像しているのだろう。

その親密な視線に彼を受け入れたときの生々しい悦びが呼び覚まされ、オーロラは赤面した。

ニコラスの視線が腹部でとまった。「妊娠はしなかったらしいな」

「ええ」彼の子供を授かれなかったと思うと胸が痛んだ。だが、それでよかったのだ。妊娠などしていたら、わたしをあきらめてくれるようニコラスを説得するのがますます難しくなる。

黙りこんだオーロラにニコラスが言った。「つまり……正式な夫婦である事実は無視し、赤の他人のごとく別々の人生を歩もうというわけだな」

「ええ……そういうことよ。そのほうがお互い、はるかに気楽で満足のいく人生が送れると思うわ」

「きみはひとつ忘れている」

「なにかしら？」

ニコラスがオーロラのうなじに手をかけ、ゆっくりと容赦なく、唇が触れんばかりのところまで顔を引き寄せた。

「これさ……」彼は唇を重ねた。

オーロラは魔法にかかったかのように呼吸が浅くなり、体がこわばった。それは甘美で悩ましいキスだった。もう二度と味わえないと思っていたうずきを覚え、体の力が抜けていく……。

ニコラスがようやく唇を離し、彼女の耳もとでささやいた。「愛しあって結婚したわけじゃないが……」かすれた声で言う。「互いに惹かれているのは事実だよ。きみもぼくと同じものを感じているはずだ。どうしてそれを無視できる？」

秘薬に似たキスに頭がぼうっとしながらも、オーロラはなんとか自分をとり戻そうとニコラスの胸を両手で弱々しく押した。だが、体は彼にしなだれかかったままだ。そのとき馬車がゆっくりととまった。ああ、どうしたらいいの……。

自宅に着いたのだと知り、オーロラは狼狽した。女主人が馬車から降りるのに手を貸すため、従僕がいつドアを開けてもおかしくない。

ニコラスを押しやり、オーロラは座り直した。「一緒にいるところを見られてはいけないわ」

オーロラがドアの取っ手に腕を伸ばしたとき、ニコラスが軽く彼女の腰をつかんだ。

「放して」オーロラは抑えた声で怒った。

「今夜はこれで終わりにするが、まだ話しあいはすんでいないよ、オーロラ」

オーロラは返事もせず、海賊であり夫でもある男性の存在に召使いたちが気づく前に慌てて馬車を降りた。

メイドのネルに手伝ってもらい、オーロラはベッドに入る支度をすませた。ネルをさがらせて横になったときはすでに深夜を過ぎていたが、興奮は冷めやらず、目が冴《さ》えていた。暗闇のなかでベッドの天蓋《てんがい》を見あげながらも、ニコラスのことが頭から離れない。先ほどのキスのせいでまだ体がほてり、唇が熱かった。

どうしてこんなに圧倒されてしまうのだろう？　なぜこれほど心をかき乱されるの？　彼のそばにいるだけで息が苦しくなり、頭がくらくらする。軽く触れられただけで動揺し、あの夜を思いだしてしまう。日記の内容のように情熱的だった夜……。

オーロラは寝がえりを打って上掛けをめくった。窓は開いているのに寝室のなかが暑い。いいえ、わたしの体が熱いんだわ。

〝きみもぼくと同じものを感じているはずだ〟たしかにキスだけでわたしの体はうずいた。それに気が動転し、慌てて馬車を降りたのだ。ニコラスの姿を見られてはいけないという思いもあったが、本当は自分の反応が怖かった。だから彼を置いて逃げた……。

オーロラははっとした。今晩、泊まるあてがあるのかどうか尋ねるのを忘れていた。頼みの綱のウィクリフ伯爵は外国に出かけている……。けれど、ニコラスは世界を股にかけてきた恐れを知らない冒険家だ。わたしが心配しなくても、自分でなんとかするだろう。夫であるとはいえ、わたしには彼の面倒を見る責任はない。

夫……オーロラは枕《まくら》に顔を押しつけた。わたしにニコラスを拒絶する権利はないのかもしれない。なんといっても正式な夫婦なのだから。

いったいどうすればいいのだろう？　ニコラスが絞首刑にならなかったことは心から喜んでいるが、夫でいてほしいとは思わない。

そんなことは想像するだけでも不安になる。平穏無事な暮らしはめちゃくちゃにされ、せっかく手に入れた心の安寧は奪いとられてしまうだろう。今夜ひと晩でさえ、この数ヶ月間に経験した以上の激しい感情を味わうはめになったのだ。ショック、怒り、動揺、いらだち、不安、そして喜び……。

オーロラは愕然とした。違うわ、ニコラスとの再会を喜んだのは、勇気ある男性の命が助かったことにほっとしただけよ。たしかに彼が生きていてくれてうれしい。だけど、そばにいるのは苦しい。強烈な存在感に神経がぴりぴりし、なんでもない会話を交わすときでさえ心穏やかではいられない。

自分から妻にしてくれと頼んだわけでもないのに、こんな感情の嵐に翻弄《ほんろう》されなければならない理由はどこにもない。結婚には同意したけれど、生涯一緒に暮らす約束をした覚えはないわ。

愛しあってもいない相手と一生をともに過ごすなんてできない。ましてニコラスにはいつ死んでもおかしくない危うさがある。彼はばれないと高をくっているけれど、正体を見破られる可能性は大いにあるのだ。それが心配でしかたがないし、ニコラスの態度には怒りを覚える。イングランドにとどまれば命がないかもしれないのに。

夫がいつ殺されるかもしれないという恐怖を抱えながら生きるのはごめんだ。わたしはジェフリーを亡くしているし、ニコラスも一度失っている。あんな絶望には二度と耐えられない。

やはりニコラスと夫婦でいるわけにはいかないわ。なんとしても彼の理性に訴えるしかない。

ニコラスはほのかな月明かりのなかで眠る妻の愛らしい顔を見おろしていた。オーロラと寝室でふたりきりになるのはまずいと承知していたが、自分をとめられなかった。船の索具にのぼり慣れているため、オークの木を伝って窓から忍びこむのはわけもない。なんという美しさだろう。アイボリー色の肌、きれいな眉、かすかに開いたふっくらとした唇。青い目は閉じられているが、淡い金髪は月の光を受けて銀糸のように輝いている。

妻……そう考えると不思議な気がする。

これまで身を落ち着けようと思ったことは一度もなかった。根無し草の人生に妻の存在は厄介なものでしかなかったからだ。危険と興奮を恋人とし、自由を愛し、冒険を求めてきた。それで満足していたのだ、オーロラに出会うまでは。

どうして彼女はこうも特別に思えるのだろう？　これまで愛に奔放なヨーロッパの国々や、異国情緒あふれるアフリカの大地や、謎めいた東洋の王国を旅し、行った先々で多くの美女たちと出会ってきた。だが、新婚初夜のオーロラほど心をかき乱された女性はいなかった。もう何ヶ月もたつのに、彼女はいまだにセイレーンのような魅惑をたたえて夢に出てくる。

ニコラスは手を伸ばし、オーロラの豊かな金髪を指ですくった。オーロラは育ちがよく、上品で慎重な女性だ。けれど慎み深さの下に、あの夜は炎がちらちらと揺らめいていた。それをもう一度見てみたくてしかたがない。

彼はオーロラの髪を指に絡めた。あの夜の彼女のことは鮮明に覚えている……。

ふいに抑えがたいまでの欲望がこみあげてきたが、今はどうしようもない。

しかたがなく髪から手を離す。オーロラと喧嘩をするわけにはいかない。たしかにぼくとオーロラはまったく違う。それにイングランドにとどまるのが危険なのは事実だ。このまま黙って消えたほうがお互いのためかもしれない。

だがオーロラの理詰めの説得を聞いても、婚姻関係を解消するのが正しい道だとはどうしても思えなかった。

オーロラはわかっていないようだったが、そもそも契りを交わした夫婦が別れるのは簡単ではない。それにぼくにとってはこちらのほうが重要なのだが、ぼくはこの結婚を親孝行だと考えている。長年、一族に対する義務や責任を無視し続けてきたが、今後は態度を改めると父に約束したのだ。それはとりもなおさず、結婚して家庭を持つことを意味する。

正直なところ、誰かに縛られるしかないなら、オーロラほど望ましい相手はいない。体の相性のよさはおそらくどの夫婦にも勝るだろう。それに結婚したからといって、これまでの自由な生き方を全面的にあきらめなければならないわけでもない。

だから観念して結婚生活を続けると決めたのだ。腹が据わるまでには四ヶ月という長い月日がかかった。オーロラはまだ数時間前に考え始めたところだ。充分な時間をかけてじっくり説得されれば、彼女もきっとぼくと同じ結論に達するだろう。

眠り姫を起こさないように気をつけながら、ニコラスはズボンだけを残して衣服をすべて脱ぎ、オーロラの隣に横たわった。

あの夜、ふたりのあいだに結ばれたと感じた絆は囚人が思い描いた幻想だったのか、あるいはもっと深い意味のあるものだったのかはわからない。だが、どちらでもいいことだ。オーロラを納得させるのは難しいかもしれないが、それでもかまわない。

ぼくは妻をとり戻しに来たのだ。目的を達するまでは帰るものか。

9

彼の愛撫は魔法のように、わたしの体の奥深い部分を熱く燃えたたせた。

これが夢なら覚めないでほしい。なんて生々しい感覚だろう……ニコラスに背後から抱きしめられ、薄いキャンブリック地を通して体のたくましさとぬくもりが伝わってくる。彼の手が襟ぐりからネグリジェのなかに滑りこみ、下着をつけていない胸に触れる。わたしは喜んでその手に胸を預けてしまう。

オーロラは熱い息をこぼした。だがニコラスは手をとめず、優しく彼女の胸を包みこみ、てのひらで敏感な頂に触れた。オーロラは本能的に背中をそらし、さらなる愛撫を求めた。かたくなった乳首を指で刺激され、衝撃に似た快感が下腹部に走る。

高まる緊張を解放してほしくなり、オーロラはニコラスに体を寄せた。

それが伝わったのか、ニコラスが彼女の胸もとから手を抜き、耳に甘い言葉をささやきかけながら脇から下腹へと手を滑らせた。そしてネグリジェの裾を引きあげ、あたたかいてのひらを腿にはわせた。

やわらかい茂みに指が分け入ってくるのを感じ、オーロラは悩ましい声をもらした。なんて官能的な感覚だろう。彼の指がさらに奥へと進み、敏感な部分を巧みに愛撫した。体の奥から熱いものがこみあげ、あえぎ声がかすれる。

オーロラはもどかしくなり、ニコラスの腿に腰を押しあてた。

耳もとでささやき声がした。「身を任せるんだ……」

うねりくる快感にオーロラは身をよじった。彼の指がゆっくりと体の奥に入ってきてしだいに動きを速める。たまらず腰を浮かせた瞬間、爆発的な絶頂感に襲われた。

オーロラは自分のすすり泣くような声に気づいて目を覚ました。体は絶頂の余韻に包まれてぐったりし、息は浅く短い。一瞬、自分がどこにいるのかわからなかった。だがカーテンを開け放した窓から差しこむ朝焼けのなかで目を凝らすと、そこは間違いなく自分の寝室だった。背中があたたかい……まるで男性が隣にいるかのようだ……首筋に唇の感触さえ感じる……。

ニコラスだ。オーロラははっとした。こちらの体に腕をまわし、下腹部に手を置いている。腰のあたりにかたくなった欲望の証が感じられた。

夢ではなかった。まるで当然と言わんばかりに彼がわたしのベッドに入っている。寝室に忍びこみ、勝手にわたしを高みへと導いたのだ……。

オーロラはわれに返り、屈辱に顔を紅潮させながらベッドから飛びおりて振り向いた。気が動転している。

ニコラスはズボンだけを身につけた姿でシーツに横たわっていた。外套とシャツとサーベルは椅子に置かれ、ブーツは床に転がっている。髪が寝乱れ、無精ひげがうっすらと伸びているせいで、いかにも極悪な海賊に見えた。彼の視線がオーロラのはだけた襟もとからのぞく胸のふくらみに注がれていることに気づき、彼女は慌てた。

心のなかで毒づいて、胸もとを直してボタンをかける。ニコラスの厚かましさにもショックを受けていたが、自分の体が反応してしまったことにも愕然としていた。

「どうやって入ったの？」オーロラは詰問した。こんなずるいやり方をしたニコラスと、それに屈した自分のどちらにより怒っているのかわからない。次に会ったときは自制心を働かせ、淡々と接しようと心に決めていた。だがまたもや冷静ではいられない状況に突き落とされ、心が乱れている。

平然と肘を突いたニコラスが顎で窓を示した。「一〇歳のころから見習いとして父の船に乗り、索具を扱ってきた。だから木のぼりは得意なんだ」

オーロラはちらりと窓に目をやり、狼狽してかぶりを振った。「それなら同じところから出ていってちょうだい」

ニコラスは返事をしなかった。オーロラはベッドの足もとにかけてあったガウンをつかみとり、手早くはおると首の上のほうまでボタンをとめた。

「なんてずうずうしい人なの。こんなところにまで入ってきて……」オーロラは口ごもった。意思に反して、眠っているあいだに体の悦びを覚えてしまったことは考えたくもない。無防備な相手の弱さにつけこむやり口は卑怯だ。そして自分の弱さにも腹が立つ……。

ニコラスが体を起こし、ベッドのヘッドボードに枕を立てかけてもたれかかった。「馬車のなかに仮面を忘れていったから、届けようと思ったんだ。シンデレラのガラスの靴みたいだな」

その日焼けした肌やたくましい肩にオーロラは思わず見とれた。そんな自分にいらだち、歯を食いしばる。すべてを見透かすようなニコラスの視線も不愉快だ。彼の一糸まとわぬ上半身を見てこちらがどう感じているのかわかっているらしい。

オーロラは精いっぱい冷静な声を保とうと努めた。「そんなものは泥棒みたいにわたしの部屋に忍びこんだ言い訳にはならないわ。よほど醜聞を巻き起こしたいのね」

「ぼくはきみと話をしたいだけだ。今後どうするか、まだ結論が出ていない」

「寝室で話さなくてもいいでしょう!」

「そうかな?」ニコラスはちゃめっけを含んだ低い声で応じた。「寝室ほど楽しいところは思いつかないが」

「ニコラス、今すぐ出ていって。出ていかないならわたしが追いだすわよ」

ニコラスが物思いに沈んだ表情になった。「妻にはもっとあたたかく受け入れてもらえると信じていたのに。結婚式の夜のきみは優しかった」

「それはあなたが翌日には処刑される身だったからよ。わたしたちふたりとも、そう思っていたでしょう」

「一緒に熱い夜を過ごしただろう？」

「忘れたわ！」オーロラは落ち着こうと息を吸いこんだ。「たとえそうだったとしても、いっときの錯覚よ。あのときは絶望的な気分だったから」

「それは違う」ニコラスがゆっくりと言った。「あのときの情熱は本物だった。きみはあの夜と同じ、熱いものを秘めた女性だ。今夜、それがわかったよ」

先ほど自分がニコラスの愛撫に反応したことを思いだし、オーロラは頬を赤らめた。反論しようとしたとき、ノックの音がした。オーロラは凍りつき、開きかけたドアを見て動揺した。

慌てて駆け寄り、オーク材のドアを押し戻す。

「奥様、ホット・チョコレートをお持ちしました」

「ちょっと待って」彼女はどうすればいいのか必死に考えた。男性が寝室にいるところをメイドに見られれば、また大スキャンダルになる。

大慌てでベッドのそばへ行き、アイボリーのブロケード地のカーテンを引いてニコラスを隠した。オーロラがドアを開けるとき、くっくっと笑う声が聞こえ、彼女は悔しくなった。なにがおかしいの。わたしをこんな窮地に追いこんでおきながら、よく笑えるものだわ。

一歩後ろにさがり、メイドを部屋に入れた。心臓が激しく打っている。メイドがベッド脇のテーブルに朝食を並べるあいだ、オーロラはベッドのほうを見ないよう努力した。

「ありがとう、モリー。もうさがっていいわ」

「はい、奥様」

メイドがお辞儀をして部屋を出ていくと、オーロラはドアにしっかりと鍵をかけた。

「もういいかい?」ニコラスが笑いながら尋ねた。

「静かにして」オーロラは小声で怒った。「召使いに聞こえたらどうするの」カーテンを開けると、ニコラスは愉快そうにのんびりくつろいでいた。その図太い態度にオーロラの怒りはますます募った。

「そんなに慌てるほどのことじゃない」

「あなたにとってはそうでしょうね。ベッドに男性が寝ているところを見られて困るのはわたしだもの」

「ぼくもベッドに男が寝ているところを見られれば大いに困るけれどね? まあ、それはないだろう。断然、女性のほうが好みだ」

「ニコラス! よくそんなふうに楽しそうにしていられるわね」

「楽しいとも。きみの情熱的な姿を見るのはじつにすばらしい。ただ、きみにその凜とした上品さを忘れさせるのには少し手間がかかるけれどね」

オーロラは忍耐力を振り絞ろうと天を仰いだ。「お願いだから服を着て、さっさと出ていってくれないかしら?」

「どこへ行けというんだい?」

オーロラはいらだちを抑えようとしたが、やがていぶかる顔になった。「どこか滞在できるところはないの？」

「ないと言ったらどうする？　哀れに思って、ここに泊めてくれるかい？」

「執事に宿を見つけさせるわ」オーロラはきっぱりと答えた。

「そこまでしてくれなくても大丈夫だ」

「まじめな話、どこに泊まっているの？」

「今のところは船だ。だが港は遠くて不便だから、宿をとろうと思っている。初めはウィクリフの屋敷に厄介になろうと考えていたんだ。ブランドンはウィクリフと面識があるからね。だが、たまたまウィクリフが国を離れているときにわざわざ泊まるのは、いかにも怪しげに見えるからな」

「まあ賢明だこと」オーロラは辛辣に言った。「そもそもイングランドにいること自体が危ないのよ。命を落とすはめになるわ」

ニコラスは彼女の予言を無視して寝室のなかを見まわした。「趣味のいい部屋だ。屋敷全体がそうなんだろう。ぼくからの相続財産で買ったと言っていたね」

「ええ」オーロラはけげんな顔になった。「気を変えて相続を無効にするつもりじゃないでしょうね？」

「まさか。これは妹によくしてくれたことに対する礼だ」

「でも、あなたはわたしの努力を水の泡にしようとしている。しかも心臓がとまりそうなほど驚かせたわ」

「違う、話をしたいだけだ。ぼくたちの結婚にはまだちょっとした問題が残っている」ニコラスが自分の隣をぽんぽんと叩いた。「ここにおいで」

オーロラは警戒のまなざしを向けた。「あんなことをしたあとで、まだ信用してもらえると思っているの？」

「召使いに声が聞こえたらまずいんだろう？　きみが部屋の反対側にいるなら、ぼくとしては大声で叫ぶしかない」

彼の愉快そうな表情を見ていると、本当にそうしかねない気がしてくる。試してみる勇気はなかった。オーロラはいやいやながらベッドの端に浅く腰かけ、身を守るようにしっかりと腕組みをした。「さあ、どうぞ話してちょうだい」

ニコラスは一瞬、考えこんだ。「きみはどうしてもぼくの妻でいるのが気に食わないみたいだな」

「当然よ。こんな複雑なことになるとは思っていなかったもの。そこはわかってもらわないと」

「わかっている」

「わたしは自分の務めを果たしたわ。生涯連れ添うことは取り決めに入っていなかったはずよ。一夜限りという約束だった」

「そのとおりだ」

「お互いにそのほうが都合がよかったから婚姻関係を結んだ。それだけよ」

「だが、こうなるときみにとっては都合が悪いわけだな？」

「あなたにとってもそうでしょう？　本心からわたしと結婚したかったのではないはずだわ」

「その点は自分の考えが変わるかもしれないと思っている」

オーロラは驚いてニコラスの顔を見た。

「ぼくたちはよく知りあう時間がなかった」ニコラスがしんみりと言う。「だから夫婦としての相性が悪いかどうかはまだわからない」

「それならはっきりしているわ。わたしたちはうまくいかない。あなたはわたしといても幸せになれないし、それはわたしも同じよ。海賊だの、冒険だの、武装船だのには、わたしは絶対になじめない。そういう生き方をしている人と一緒になっても安らぎは得られないわ」

「この戦争が終わったら、腰を落ち着けようかと思っている」

「アメリカで？」

「そうだ。母や妹たちが暮らすヴァージニアでだ」

「つまりわたしに自分の人生をあきらめて、妻としてアメリカについてこいというの？」

「そうするしかないだろう。ぼくはイングランドにはいられないんだから」

オーロラは困惑した。「ニコラス、わたしの家はここなの。イングランドでの暮らししか知らないのに、それを捨てて赤の他人ばかりのアメリカになんか行きたくないわ。戦争は永遠に終わらないかもしれない。次にいつ帰国できるのか、家族や友達と再会できる日が来るのかどうかさえわからないのよ」

「きみがそれほど家族に未練があるとは思えないが?」

「そうね。だけど、問題はそんなことじゃないわ。わたしがいちばん恐れているのは、あなたが波瀾万丈の人生を好んで、平気で危険を冒すことよ。生きているのか死んでいるのかもわからないまま、遠くへ行ったあなたの帰りをじっと待っているなんて耐えられない。今だってそうよ。あなたは死刑を宣告されている。いつつかまったり殺されたりしてもおかしくない身じゃないの」オーロラは頭を振った。「わたしはすでに一度、あなたの死を悲しんだ。二度もあんな思いをするのはたくさんだわ」

ニコラスはオーロラの顔を見つめながら黙って聞いていた。

「いちばんいいのは、お互いに別々の人生を送ることね」

「ぼくたちの関係を解消するには離婚しか方法はないと思う」

オーロラは青ざめた。そもそも離婚を成立させるのはとても難しいが、離婚したらしたで世間から白い目で見られる。「そんなことをしたら人生はおしまいよ。社交界からつまはじきにされて、まともな人々とは二度とつきあえなくなる」

「もしかすると……」ニコラスが考えこむ。「結婚を強要されたと主張すれば、アメリカの裁判所なら婚姻無効宣告を出してくれるかもしれない」

「単にあなたがわたしに会いに来なかったことにはできないの?」オーロラは必死になった。

「それでなんの支障もないわ」

ニコラスがオーロラの表情をうかがった。「婚姻関係が成立している限り、ふたりとも再婚できないんだ」

「再婚なんかしたくないわ。結婚なんて一度で充分よ」ニコラスが片方の眉をつりあげたのを見て、オーロラは唇をかんだ。「悪気があって言ったわけじゃないの。あなたが亡くなったと思ったときは本当につらかった。二度とあんな思いは味わいたくない。だから過去は忘れて新しい人生を歩むのだと自分に誓って、今日まで頑張ってきたのよ」

「じゃあ訊くが、婚姻関係を継続させたはいいが、どちらかに愛する人ができたらどうする？　そのときこそきみは、この結婚から解放されたいと願うはずだ」

「そんな人は現れないんじゃないかしら。わたしはずっとジェフリーを愛してきた。彼以外の人に同じ気持ちを抱けるとは思えないもの。それにもう誰にも心を許さないと誓ったの。大切な人を亡くすのはつらすぎるわ」

ニコラスは一瞬険しい顔をしたが、すぐにほほえみを浮かべた。「ぼくのことは？　ぼくに愛する女性ができるかもしれないだろう？」

その言葉にどういうわけか動揺を覚えたが、オーロラはそれを無視して疑わしそうな表情をしてみせた。「そんなことが起こるとはとても思えないけれど、約束するわ。あなたに愛する女性ができたときは、この結婚から解放してあげる。婚姻無効宣告だろうが離婚だろうが、ふたりの関係を解消するための手続きに同意するわ」

「だから今はなにもしないと？」

「ええ」ニコラスが道理をわきまえてくれたので、オーロラはほっとした。「公の場ではお互いに素知らぬ顔を――」

「ブランドンはきみの亡くなった夫の従兄弟だ。知らん顔をしていたらおかしいだろう？」

「じゃあ、挨拶ぐらいはするわ」

「ぼくたちふたりだけのときは？」

「ふたりだけで会う理由はどこにもないわ」オーロラは怖い目でニコラスをにらんだ。「それどころか、いっさいかかわる必要はないのよ。だいたいどうしてあなたがイングランドにとどまろうとするのかわからない。すぐにでも帰ったほうがいいわ。ここにいてもつかまって死刑になるだけよ。そんなことになったらわたしが耐えられない」

「心配してくれてありがとう。だが、まだ死ぬつもりはないから大丈夫だ」

「四ヶ月前だって、大丈夫だったはずが、囚われの身となって殺される寸前だったくせに」

ニコラスが首をかしげてオーロラを見た。「ほかにも問題はある。男女関係のことだ。結婚したままなら、お互いに愛人ができれば不義を働いていることになる」

オーロラは頬が赤くなるのが自分でもわかった。彼は愛人が欲しいのかしら？　どうしてわたしは動揺しているの？　ニコラスほど男らしい人が女性をあきらめられるわけがない。それに結婚していながら別々の人生を歩みたいと申しでているのはわたしなのだから、彼に節操のないことをするなと言える立場でもない。

彼女は無理やりほほえみ、物わかりのよさそうな口調を繕った。「不義を働いている男性はいくらでもいるもの。あなたが愛人を作っても、女性を囲っても、わたしはなにも言うつもりはないわ」

「きみに愛人ができたら？」ニコラスがオーロラを見つめる。

「心配は無用よ。そんな気はまったくないから」

「一生貞節を守るのは難しい。とくにきみみたいなベッドで情熱的な女性にとっては……」

オーロラは気まずくなって立ちあがった。「そういえば、もうひとつの約束を思いだしたわ」鏡台へ行き、宝石で装丁された日記をとりだす。「レイヴンのお母様があなたに託した遺品よ。あなたのお父様が贈った本だったわ」

彼女が手渡すと、ニコラスは興味深そうに包みを開いた。「高価な代物だな」

「そうね。古い本だわ」

「内容は？」

「トルコのハーレムに奴隷として売られたフランス人女性の日記よ」

ニコラスは書名を読んでぱらぱらと中身を見てから、オーロラに目をやった。「読んだのか？」

「ええ」また頬が赤くなるのがわかった。「レイヴンにふさわしい本かどうか確かめるためよ。どう考えても今は適切とは言えないわね」

「そのようだな」ニコラスはどことなく愉快そうに長々とオーロラの顔を見つめていた。

「きみの育ちを考えると、この手の書物を目にするのは初めてだろう？」

「もちろんよ」たしかに露骨な性描写にはショックを受けた。だが、同時に魅了されたのも事実だ。レディが読む本ではないと思いながらも、フランス人女性と主人の愛の物語を描いた美しくも官能的な表現に惹かれた。目覚めつつある情熱がじつに生き生きと描かれているのだ。くりかえし読んでいるし、空で言える文章さえある。けれどもそれをニコラスに話すつもりはなかった。「ちょうどいいから返しておくわ。いつレイヴンに渡すのがいいか、あなたが決めて」

「楽しみに読ませてもらおう。さて、話はどこまで進んだかな？」

「もう終わったわ」

「いいや。きみが話題を変える直前、ぼくはきみの情熱的な気質について話していた。覚えているかい？　一生、貞節を守るのは難しいと言ったんだ」

また気まずさといらだちが戻ってきた。自分には立ち入った話をする権利があるとニコラスは思っているらしいが、そこまで個人的な事柄に触れるのはあまりに無礼だ。

オーロラは冷ややかな目でニコラスを見た。「それはあなたにはまったく関係ないわ。わたしは約束をすべて果たしたし、話は終わった。だから出ていって」

「まだだ」

彼女は緊張した。「ほかになにがあるというの？」

「貞節を守ると誓う前に、きみがなにをあきらめようとしているのか知ったほうがいい。おいで、オーロラ」

オーロラは警戒した。「なんのために？」

「キスをするために」

「冗談でしょう？」

「いいや。ゆうべ、あんな再会の方法を選んだのはぼくが間違っていた。きみが表向きは未亡人なのを忘れていたよ。その埋めあわせをさせてくれ」

不安になったオーロラは一歩後ろへさがった。「埋めあわせなんかしてくださらなくても、今すぐ出ていってもらえれば結構よ。いったいなんの権利があってここに――」

「権利ならある。ぼくは夫だ。妻とベッドを分かちあう権利が法的に認められている」

「あなたは夫なんかじゃない。世間的に見れば、わたしは四ヶ月前から未亡人よ」

「ぼくが召使いに見つかったらどうなるだろうね？」遠まわしな脅しにも腹が立つが、かすかな笑みにもいらいらさせられる。「大声を出せばすぐに誰かが駆けつけてくるだろうな」

「あなたはそんなまねはしないわ。正体が露見したら大変なことになるんだから」

ニコラスが試してみようかというふうに片方の眉をつりあげた。

オーロラは挑むように腰に手をあてた。「あなたがイングランドにいると当局に教えることもできるのよ。海軍は躍起になって、今度こそ逃亡した海賊をつかまえようとするでしょうね」

ニコラスが目を輝かせる。「きみに密告はできないよ。ぼくが絞首台にあがるところは見たくないと思っているだろう」

オーロラのいらだちは限界に達した。すべてお見通しだと言わんばかりの表情を彼の端整な顔から消し去ることができたらどんなにいいかしら。心配している気持ちを利用して、わたしを好きに動かそうとするなんてやり方が汚いわ。

だが、ニコラスがここにいる事実は隠し通すしかない。寝室に男性がいるところを目撃されてスキャンダルになるのも怖いが、ニコラスに危害が加えられるのを見るのはもっと耐えられない。

「よくわかっているわね。あなたを死なせて良心の呵責《かしやく》にさいなまれるのはごめんだもの」

「きみが哀れみ深い女性なのはわかっていたよ」

「あなたは紳士だと思っていたわ」

「ぼくは紳士だ」

「いいえ、それなら約束は守るものよ」

「どの約束だい？」ニコラスが思わせぶりな表情をした。「妻を愛し、大切にすると述べた結婚の誓いのことか？」

「一夜限りという約束のことよ」

「一夜では足りない」彼は優しい声で言った。

「だけどそういう約束だったわ。だからもうあなたとベッドをともにするつもりはないの」

ニコラスが手を差し伸べる。「ここに来てキスをしてくれ、オーロラ。ぼくが大声を出す前に」

オーロラはニコラスをにらんだ。「それじゃあ脅迫だわ！」

「そうだ」

「あなたは卑怯な人ね」

「きみはぼくの記憶どおりの美しさだ……目から悲しみがなくなった分だけ、さらにきれいになっている。夫としての権利を強要したりはしないよ。キスだけだ」

そんな甘い言葉は少しも信用する気になれない。だが言われたとおりにしなければ、ニコラスが召使いの注意を引きかねない振る舞いに及ぶ可能性はある。「一度だけキスをしたら出ていってくれるの？」

「きみがどうしてもそうしてほしいなら」

「約束できる？」

「ああ、いいとも」

ぎこちない足どりで、オーロラはしぶしぶベッド脇へ行った。だがニコラスはキスをしようとはせず、代わりにオーロラの手をとった。

そして彼女を見あげたまま、その人差し指を口に含んだ。オーロラは意に反してみぞおちが熱くなり、声がもれそうになるのをこらえた。

「キスだけだと言ったじゃない」オーロラは歯を食いしばった。

「感じているんだろう？　無関心を装うには脈が速い」

「さっさとキスをすませてもらえない？」

「せっかちだな」陽気な声で言う。

ニコラスはオーロラをあおむけに寝かせて覆いかぶさった。彼女はたくましい体が肌に触れるのを感じた。かたい腿、平たい腹部、ときおり盛りあがる胸や肩の筋肉……。

彼はずいぶん長いあいだそうしたまま、オーロラの頬をなでながら目を見つめていた。

「なにかしら？」ニコラスの美しい唇に視線が向かわないよう気をつけながら、オーロラは息も絶え絶えに尋ねた。

「そんなふうにぼくをはねつけないでくれ。きみはぼくの腕のなかで得られる悦びをあきらめようとしているんだ……」ニコラスがささやき、オーロラに唇を重ねた。

彼の欲望の強さにわたしはひるんだ。だがもっと怖かったのは、彼にかきたてられたわたし自身の情熱だった。

震える唇に触れ、いっきにオーロラを求める気持ちが高まった。やわらかくてあたたかい感触に炎が燃えあがる。

オーロラがニコラスの体の下で身もだえした。ニコラスはシルクのごとき髪に手を滑りこませてオーロラを抱き、ゆっくりと深く舌を分け入らせた。まるで男女の営みそのものだ。

一瞬、オーロラもまたニコラスを求めるように体を押しつけてきた。ニコラスは勝利の喜びがこみあげるのを感じた。だがオーロラが熱い息をこぼすのを聞き、今度は自分が我慢できなくなった。

ニコラスはキスを終わらせ、息をはずませながらあおむけに寝転んだ。まさかこれほど自分を抑えられなくなるとは……。

額に手をあて、大きく息を吸った。まだ体が激しくうずいている。けれども、もうキスは続けていられない。彼女に触れたのは間違いだった。

隣でオーロラが片肘を突いて起きあがった。豊かな淡い金髪が肩に垂れかかっている。青い瞳に驚きと不安をたたえ、体を震わせながらこちらを見ていた。きっとぼくと同じ衝撃を受けたのだろう。ぼくの体はまだ反応がおさまらない。女性に対してこんな胸をしめつけられる思いを抱いたのは初めてだった。

ふたりの絆は本物だ。

「ぼくたちのあいだになにもないとは言わせないぞ」彼はかすれた声で告げた。

「ただの……体の欲求よ」

「たしかに男にとって四ヶ月ものあいだ我慢するのは大変だ。だが、もっと長期間女性なしで過ごしたこともある。それにぼくの欲求だというなら、なぜきみの体まで反応した？ 認めてしまえばいい。キス以上のものが欲しいと思っているだろう？」

オーロラが手で自分の唇に触れた。まだキスの名残で湿っている。その姿を見たとき、またオーロラを求める気持ちが突きあげてきた。自分を抑えようと、ニコラスは歯を食いしばった。

もう出ていったほうがいい。このままでは自制心が砕け散り、オーロラを押し倒してしまう。そして気がつけば、スキャンダルも善悪もどうでもよくなっている気がする。

ニコラスは体を起こし、服を着始めた。オーロラがけげんそうな顔でこちらを見ている。

「本当に出ていくの？」

彼はチュニックの袖に腕を通した。「約束したからな」キスひとつで出ていくというニコラスの約束を、どうやらオーロラは信じていなかったらしい。まだ戸惑いの表情を浮かべている。

「結婚のことはどうするつもり？　夫婦として暮らさないことに同意してくれたわよね？　わたしたちは別々に生きていくんでしょう？」

ここで無理強いをしてもしかたがない。「とりあえず今のところはそうするしかなさそうだ」

オーロラのほっとした様子が伝わってきた。勢いを得たのか、さらに次を続ける。

「イングランドに滞在するのも考え直したほうがいいわ。アメリカに帰って」

「この国での用事がまだすんでいない」嘘ではない。オーロラこそぼくの用事だ。ニコラスは腰にサッシュを巻きかけたが、そこで気を変えた。「サッシュとサーベルは預かっておいてくれ。海賊姿で町を歩いていたら怪しまれる」

「そうね」オーロラがまた辛辣に言った。「そんなばかげた衣装を着ていれば、いずれ見つかるのはあたり前だわ」

ニコラスはにやりとして着替えをすませた。外套をはおり、首もとで紐《ひも》を結ぶ姿を、オーロラは非難の目で眺めていた。

彼はふと足をとめた。手っとり早く満足を得るか、あるいはたっぷり相手を楽しませるかする前に女性のベッドを去るのは人生で初めてだった。しかもここにいる女性はぼくの妻だ。

髪が寝乱れ、唇がキスに湿っていなくても、オーロラは胸が切なくなるほど美しい。

ニコラスは我慢できずにつかつかとベッドへ戻ると、両手でオーロラの頬を包みこんで熱いキスをした。

「ニコラス！」オーロラが慌ててあとずさりした。「出ていくと約束したでしょう！」

「声が大きい。召使いに聞かれるぞ」ニコラスは警告した。「ただの別れのキスだ。次に会えるのはいつになるかわからないし、そのときは話しかできないかもしれない」

日記をとりあげ、外套のポケットに押しこんだ。そして窓のところへ行き、窓枠に腰かけて両脚を外へ出した。

最後にオーロラを見つめたあと、ニコラスは姿を消した。

オーロラはほっとしてベッドに倒れこんだ。まだ先ほどのキスのせいで呼吸が荒く、体がうずいている。

ニコラスに会うたび、わたしは感情を激しく揺さぶられる。怒りだけではなく、ときめきを感じるのも事実だ。それが怖い。

ニコラスは女性が無関心でいられる男性ではない。圧倒的な存在感で誘惑してくるからだ。彼はわたしの体だけでなく、心も意のままにする。

〝**彼は身も心も捧げることをわたしに要求した**〟

日記の一節を思いだし、オーロラは身震いした。フランス人女性のデジレに降りかかった危機を的確に表現した一節だ。デジレは体のみ囚われの身になったのではなかった。けっして望んでいたわけではないのに、王子の魅力に抗えずに心まで奪われてしまったのだ。日記に出てくる王子と同じく、ニコラスにも抗いがたい魅力と危険な雰囲気がある。彼の手は魔法のように官能的だ。

オーロラは胸に手を置いた。先ほどの愛撫の感覚がまだ鮮明に記憶に残っている。彼に触れられると、わたしは抵抗できなくなってしまう。ニコラスは夫なのだから、わたしの体を求める権利があるのはたしかだ。だけどもう彼の思いどおりにはさせない。そのためには、とにかくニコラスをそばへ近づけないようにしなければ。もうニコラスは信用できない。それよりもっと信じられないのは自分自身だ。

結婚したときはニコラスを崇高な男性だと思っていたが、本当は他人をだますことに良心の呵責を覚えない人らしい。かつては自分が処刑されたように偽装したし、今は従兄弟の名をかたっている。そのうえ寝室に忍びこみ、眠っているわたしの体に勝手に触れた……。そのときのことを思いだし、意に反して全身が熱くなった。そしてまた新たな怒りがわいてきた。

ニコラスに腹を立てる理由はいくらでもある。道徳心に欠けていること、無謀にも命を危険にさらしていること、そして醜聞を恐れないこと。だがいちばん癪に障るのは、わたしを自分の所有物のように扱い、我を通すためなら平気で脅すことだ。

癇癪持ちの父と暮らした経験から、これまでは怒りという激しい感情を忌み嫌ってきた。けれどニコラスに関する限り、怒りは大歓迎だった。ニコラスが怒っているあいだは、彼に対して優しい気持ちを抱かずにすむ。

少なくとも夫婦として暮らすのは断念してもらえたが、まだ勝利を祝う気にはなれない。これで別々の人生を送れるかもしれないけれど、もう二度とニコラス・サビーンに会わずにすむわけではないからだ。


まだ朝も早い時間だったが、ニコラスはダルリンプル邸の裏手にある馬小屋が並ぶ一画へ足を踏み入れた。高級住宅地のメイフェアにふさわしく、乗馬用も馬車用も上等な馬がそろっている。丸石を敷いた中庭では多くの人間が立ち働いていた。若い者たちは馬にブラシをかけたり、鞍《くら》をつけたりしていて、馬丁たちは馬車に馬をつないでいる。

ここでレイヴンと会う約束をしているのだが、まだ姿は見えない。だがカリブからレイヴンに同行してきたアイルランド人の馬丁がいることに、ニコラスはすぐ気づいた。オマリーは大きな黒毛のサラブレッドと、それよりがっしりとした馬丁用の馬を馬小屋から連れだしたところだった。どちらもすでに鞍は装着されている。

変装を見破られるかどうか試してみようと、ニコラスはオマリーのそばに立ち、さりげなく声をかけた。「馬車を従者つきで二、三週間借りたいんだ。それに乗馬用の馬も一頭欲しい。責任者は誰だろう?」

白髪まじりの頭をした大柄なオマリーが、ニコラスをちらりと見た。身分の高い相手だとわかったらしく、帽子を軽く持ちあげて挨拶をした。「貸し馬車ならミスター・ドブズのところへ行ってください。一本隣の道の突きあたりに事務所があります」

「ありがとう」ニコラスは黒毛のサラブレッドに目をやった。「いい馬だな。おまえの女主人は相変わらず目が肥えている」

オマリーがはっと顔をあげ、ニコラスの姿をまじまじと眺めた。「わしが見ているのは幽霊ですかい？」

ニコラスはにやりとした。「幽霊じゃないさ、オマリー。とあるアメリカ人の海賊に似てはいるが。彼は処刑されなかったそうだ」

赤ら顔にうれしそうな表情が浮かんだ。「わしとしたことが……」オマリーはばつが悪そうに笑った。「すいません、旦那様《だんな》。そんな黒い髪じゃ、さっぱりわかりゃしません」

「それはよかった。ぼくはサビーンの従兄弟でボストンに住んでいるブランドン・デヴェリルだ。おまえの鋭い目をごまかせるぐらいなら、ぼくの知りあいがイングランドにいたところで、だますのはわけもないな」

「ええと……旦那様がそうおっしゃるなら、そうなんでしょう。お嬢様はこのうれしい知らせをご存じなんですか？」

「ゆうべ、仮面舞踏会で驚かせてやったよ。だが、ゆっくり話す時間はなかったから、ここで会う約束をしたんだ。ふたりだけで話をするためにね」

頭の回転が速いオマリーは、人目を忍んだほうがいいとすぐに察したらしい。「よかったらサタンを馬小屋に戻しましょう。馬の値踏みをしているふりでもしながら、なかでお話しになってください」

口をもぐもぐさせつつおとなしく立っている馬に目をやり、ニコラスは片方の眉をつりあげた。「悪魔《サタン》だと？」

「なかなかてごわいやつでしてね。まあ、お嬢様にかかりゃ子羊も同然ですが。じつはレディ・オーロラの馬なんです」ニコラスが疑わしげな顔をすると、オマリーはにやりとした。

「本当ですよ。レディ・オーロラも気性の荒い馬がお好みでしてね。あんなに乗馬が巧みな女の人は見たことがありませんや」

ニコラスは驚いた。生まれたときから馬に乗っているようなオマリーがそう言うのなら、実際にたいした腕前なのだろう。

「レディ・ダルリンプルはお嬢様におとなしい馬をお与えになったんですが、レディ・オーロラがこの馬のほうがいいだろうって。初めて乗ろうとされたときはこいつが暴れて大変でしたが、そこはなんといってもお嬢様だ。馬を手なずけるのはお手のものですから。ロンドンの紳士方も馬と同じですよ」

「なるほど」なんとも皮肉な話だ。

「お嬢様がお望みになったように、そして後見人のミスター・サビーンが願っていらしたように事は進んでいますよ」

「よく仕えてくれて礼を言うよ、オマリー。サビーンも同じ気持ちだろう」

オマリーは心底楽しそうに笑った。「従兄弟だから、ミスター・サビーンの気持ちもよくわかるというわけですな。さあ、こっちへおいでください」彼はもう一度帽子を持ちあげて挨拶し、二頭の馬を馬小屋へ戻した。

この男は立派にレイヴンを守ってくれている。オマリーのあとについて馬小屋へ向かいながら、ニコラスはそう思った。この馬丁とオーロラがどれほどレイヴンを気遣ってくれているのかを知ってほっとした。

そのときレイヴンが姿を現した。少し息をはずませながら馬小屋に入ってくるなり、レイヴンは両腕を広げてニコラスをひしと抱きしめた。

「苦しいじゃないか、レイヴン」ニコラスは笑いながら彼女の腕をほどいた。

「そんなことを言っているとピストルで撃つわよ」レイヴンが言いかえしたが、一歩さがった彼女の瞳は涙で濡れていた。「撃たれて当然よ。わたしとオーロラがどれほど悲しんだと思っているの？　わたしなんて自分のせいで兄さんが死んだんだと、どんなにつらい思いをしたか。どうして連絡してくれなかったのよ」

「いろいろあってね。最初は英国海軍の目をすり抜けるのに忙しかったし、そのあとはここへ来る準備に追われていた。それに、島の誰かがおまえに知らせると思っていたんだ」

「なんの知らせもなかったわよ、兄さん」

ニコラスは警告するように首を振った。「ふたりでいるときもミスター・デヴェリルと呼ぶ練習をしてくれると助かる。公の場で呼び間違えないようにね。おまえの後見人はサビーンだ。その従兄弟は、おまえにとっては後見人の遠縁にすぎないことを忘れないでほしい」

「そうね。気をつけないと」

「それに、ふたりでいるところを人に見られないほうがいい」

レイヴンは顔を曇らせ、肩越しにちらりと後ろを見た。オマリーが腰の高さの開き戸の前に馬とともに陣どり、レイヴンとニコラスの姿が外から見えないよう盾になってくれている。

「メイドはさっき帰したから大丈夫だけど……」レイヴンが心配そうに続けた。「こんなところに来て危なくはないの？」

「逃亡した囚人として逮捕される可能性はたしかにある」

「じゃあ、なぜイングランドへ？」

「それはもちろん、跳ねっかえりの妹がちゃんとやっているかどうか気になったからだ」ニコラスはレイヴンをからかい、深緑色のベルベット地で仕立てられた流行の先端をいく乗馬服を眺めた。颯爽《さっそう》として生気に満ちた様子を見ていると、とても昨晩遅くまで踊ったあとで早起きをしたとは思えない。「どうやらそれなりにやっているらしいな」

レイヴンが苦笑いをした。「〝それなり〟以上にうまくやっているわ。誇りに思ってちょうだい、兄さん……じゃなくてミスター・デヴェリル。たしか昔、言っていたわよね。わたしに礼儀作法を教えるのは、野生の子馬をレディ用に調教するようなものだって。わたしもずいぶん飼い慣らされたわよ。もちろんすべてオーロラのおかげだけれど」

「そうなのかい？」

「正直なところ、彼女がいてくれなかったらどうなっていたかと思うわ。オーロラは社交界によく通じているし、誰からも一目置かれている。彼女以上の指南役は望むべくもないわね。オーロラにいろいろ教えてもらったからこそ、社交界の猛獣たちに生きたまま食べられることもなく、ここまで無事にやってこられたんだもの。これで社交シーズンが終わるまでに、少なくとも伯爵より上の身分の男性と婚約できなかったらがっかりだわ」

それまで楽しそうに話を聞いていたニコラスは真剣な表情になった。「愛のない結婚で本当にいいのかい？」

レイヴンも真剣な顔になった。「わたしの気持ちは関係ないわ。わたしが玉の輿《こし》にのって貴族になることが母の望みだった。それをなんとしてもかなえたいの。だいたい結婚に愛なんか求めていないわ。母と同じ過ちは犯さない。誰かを愛したばかりに破滅して、死の床でもその人を思っているなんてごめんだもの。それに叔母の屋敷で言いたいことも言えずに暮らしているより、一家の女主人になるほうがずっといいわ」彼女は表情を緩めた。「本当にオーロラがいてくれてよかった。とても親切だし、乗馬の趣味も同じだし。これから公園で落ちあって、一緒に馬を走らせるところなんだけど……わたしの話はもういいわね。兄さんが生きていたと知って、オーロラはどんなふうだった？」

「おまえほどうれしそうではなかったな」ニコラスは淡々と答えた。

「それはまだ兄さんのことをよく知らないからよ」レイヴンが大きく目を見開く。「まあ、もしかしてオーロラを妻としてアメリカに連れて帰るつもりなの？」

ニコラスは口ごもった。「オーロラと話したが、まだ結論は出ていない。再会のショックから立ち直るのに少し時間がかかるのだろう」

「説得できそう？」

「まだわからない」自信過剰に聞こえないよう、ニコラスは控えめに答えた。

「オーロラとの結婚は正式なものなんでしょう？」

「そうだ。だが、法律だけではすまされない複雑な事情がある。そもそも短期間で終わるはずの結婚だったからな。一生連れ添うとなると話はまた別だ。それにオーロラはぼくがいい夫になると思っていない。冒険談ばかりがひとり歩きして、あまりまともな男に見られていないんだ」

「そうね。でもお父さんの気持ちをくんで、そろそろ腰を落ち着けるつもりだと言っていたじゃない？　兄さんみたいな人と連れ添えるなんて、女性にとっては最高の幸せだわ」レイヴンがきっぱりと言った。

「それは身内のひいき目だ」

「たしかにね」レイヴンは顔をしかめた。「とにかく説得を続けるしかないわね。希望はあると思うわ。オーロラは独立心旺盛《おうせい》な女性だけど、兄さんほど魅力的な男性もいないもの。母親にひどい仕打ちをしたイングランドの親戚を許してやれと、わたしのことも説得したじゃない？　わたしはそんな気なんてまったくなかったのに」

「オーロラのことはなりゆきしだいだな」ニコラスは曖昧に言った。

「うまくいくといいわね……彼女には幸せになってほしいの。喪に服してずっと家にこもっているんだもの。寂しいと思うわ。少なくとも兄さんが来たことで別の選択肢ができたはずよ。いつまでイングランドに滞在するの?」

「決めていない。たぶん二、三週間くらいだな。ぼくが逃亡した話は遅かれ早かれここにも伝わるだろう。長居をすればそれだけ正体がばれる危険性が高まる」レイヴンが心配そうな顔をしたため、ニコラスは話を打ちきった。「さあ、人目につく前にそろそろ行ったほうがいい、ミス・ケンドリック」

レイヴンがしぶしぶうなずいた。「話があるときは、どこへ行けば会えるの?」

「〈クラレンドン〉に泊まるつもりだ」

レイヴンはニコラスの頬にキスをして親しげな笑みを見せ、馬の手綱を引いた。「いつか朝の公園でご一緒しましょう、ミスター・デヴェリル」

ニコラスは自然と優しいほほえみを浮かべながらレイヴンを見送った。だが、ひとりになると厳しい表情になった。案の定、レイヴンは核心を突いてきた。つまり、ぼくとオーロラがこの結婚をどうするつもりでいるかだ。

あきらめるべきだという気もする。だが、彼女に対して幻想を抱いていたわけではないと今ならわかる。今朝のキスは四ヶ月前、初夜のベッドで純潔だったオーロラを抱いたときと変わらないほど甘美だった。彼女を求める気持ちは色あせるどころか、ますます強くなっている。

ただの体の欲求ではない。消しきれない埋《うず》み火のようなものだ。今は静かにくすぶっているだけだが、ひとたびかきたてられれば手がつけられないくらい大きく燃えあがる。それに抵抗しようとしていたものの、オーロラの体もまたキスに熱く反応していた。

思いだしただけでも気持ちが高ぶってくる。

ニコラスは黒く染めた髪を手でかきあげた。今朝はオーロラから体を引き離すのにとてつもない努力を要した。あのまま続けていたら我慢できなくなっていただろう。そうしていれば、ふたりの絆は深まっていたかもしれない。

だが、最終的に婚姻を解消するのであれば、それは許されない。別れるかもしれないのに欲望を満たすのは卑怯きわまりない。それにベッドのなかにいるところをうっかり召使いに見つかったり、もっと悪いことにオーロラを妊娠させたりすれば、スキャンダルになるのは目に見えている。オーロラを、ひいては妹を泥沼に引きずりこむわけにはいかない。

ニコラスは苦い顔になった。少しでも分別を働かせれば、一緒に暮らすのはあきらめたほうがいいとすぐにわかる。オーロラはきっぱりと拒否の意思を示したし、ぼくに対してなにも求めなかった。ぼくが夫としての責任や義務を放棄することに罪の意識を感じる必要はないのだ。だが、そうは思っても良心が痛む。

どうしてオーロラはぼくをあれほど拒絶するのだろう？　新婚初夜は素直に身を任せてくれたのに。あのときのオーロラはあどけない乙女だった。けれども、今の彼女は少し違う気がする。殻に引きこもり、もう誰にも心を許さないでおこうとかたくなに決心しているらしい。

一度つらい思いをしているのだから、それも当然かもしれない。愛した男を亡くしたのが心の傷になっているのだろう。ぼくは自分を所有欲のない男だと思っていたが、オーロラが婚約者のことを口にするたびになぜか嫉妬《しっと》を覚える。だが相手はもう他界しているのだから、ぼくは過去を受け入れるしかないだろう。

だが、彼女の悲しみを忘れさせることならできるかもしれない。オーロラほどてごわい女性は見たことがないが、本気で粘れば気持ちを変えさせるのも可能かもしれない。

そこまでする覚悟はあるのか？

あれほど自分を避けている女性を追いかけるとは酔狂にもほどがある。身の安全のためにはさっさとイングランドを離れたほうがいい。だが、無難な人生は好みではない。はいはいを始めたころから、危ないことに興奮を覚えるたちだった。きわどい生き方が好きなのだ。危険と背中あわせの状況にいると、生きていることを実感できるからだろう。試練に立ち向かうと決めたときのぞくぞくする感覚は阿片《あへん》よりも中毒になる。

そう考えると、オーロラの心を奪うことほど困難をきわめる試練はない。

あの凛とした優雅さの下には熱い情熱が秘められているとますます確信を強めた。直感は信じたほうがいい。そのおかげで今まで何度も命拾いをしてきたのだから。そして今、本能のすべてが彼女は努力に報いてくれる女性だと訴えている。

それに父親に報いなければならない。自分の義務や責任はきちんと果たすと父に約束した。ニコラスはおもむろにうなずいた。やはりオーロラをあきらめないでおこう。必要とあればいつまででもイングランドに滞在し、本当の夫婦になろうと説得するまでだ。

ようやく心が決まり、馬小屋を出ようと体の向きを変えた。そのときふと、腰のあたりに重いものがあたっているのに気づいた。そうだ、オーロラから渡された本が外套のポケットに入っているのを忘れていた。

好奇心にかられ、宝石のはめこまれた日記をとりだした。『ユヌ・パッシオン・デュ・クール　名もなきひとりの女の日記』

ニコラスはにやりとした。生まれも育ちも淑女の妻が官能的な内容の本を読んでいるところなど想像もつかない。どうやらオーロラにはまだ隠された一面があるらしい。ぜひともそれをかいま見てみたいものだ。

だがまずは貸し馬車を扱っているところへ行き責任者に会い、ロンドン滞在中の足を確保するのが先決だ。

11

彼は欲望に心を開くようわたしに求めた。

力強い蹄《ひづめ》の音とともに地面が後ろへ飛び去るさまには興奮を覚える。オーロラは葦毛《あしげ》の馬の首に顔を寄せ、隣を走る黒毛のサラブレッドを追い越せとあおった。

黒いヴェールがめくれあがり、冷たい風があたって目が痛かったが、勝負をあきらめるつもりはなかった。砂地の直線コースを駆け抜け、オーロラのクロノスはレイヴンのサタンに一馬身差をつけてゴールした。

声をたてて笑いながら、ふたりは互いの馬の手綱を引っ張った。

「おみごと！」レイヴンは軽く息をはずませている。「今度こそわたしの勝ちだと思ったのに」

コースを引きかえすときもまだ、クロノスは勝利を得意がるように鼻息も荒く跳ねるような足どりだった。サタンはレイヴンに手綱をしっかりと引かれ、もう一度走りたそうに首を振っている。

オーロラは銀色と灰色がまだらになった馬の首を軽く叩き、褒め言葉をかけた。「この子、今朝は一段と機嫌がいいわ」

「だから負けたのかしら。でも、やっぱり乗馬の腕はあなたのほうが上ね」

「あきらめることはないわ。さっきは惜しかったもの」

「もちろんよ。いつか勝ってみせるわ」

「そうそう」

ロットン・ロウと呼ばれる乗馬用コースをゆっくり戻りながら、オーロラはクロノスに負けないほどご機嫌だった。風を切って駿馬《しゅんめ》を駆けさせるのは気持ちがいい。自由を感じてわくわくするし、優れた乗り手を相手に競りあうのは心がはずむ。たくましい馬を巧みに操り、一体感を覚えながら疾走するのはなんとも言えない快感だ。馬に乗っていると血が騒ぐ。

ハイド・パークはなんといっても早朝が静かでいい。こんな時間にやってくるのは真剣に乗馬を愛する人たちだけだ。午後の五時にもなれば公園は粋な格好をした紳士や流行のドレスに身を包んだ淑女たちの社交の場となるが、今は人影もまばらだ。

サーペンタイン池の上には細かい霧がかかり、芝生は露に濡れ、道沿いの並木からは滴が垂れている。もう少し日が高くなれば、赤ん坊を連れた乳母や犬とはしゃぐ元気な子供たちでにぎわうだろう。

物思いにふけっていたとき、青い服の男性が馬を軽く走らせながらこちらへ向かってくるのに気づいた。この距離からでも、広い肩幅には見覚えがあるのがわかった。オーロラはどきりとし、鞍の上で思わず背筋を伸ばした。ニコラスが寝室に忍びこんでから二日がたっている。そのあいだオーロラはニコラスの身を案じ、今後のことを考えては悩んだ。それなのになんの連絡もよこさないニコラスにいらだち、彼のことばかり考えている自分に腹を立てていた。

ニコラスはふたりに近寄ると馬をとめ、礼儀正しく頭をさげた。上等な青い上着にもみ革のズボンを合わせ、つややかな乗馬靴を履いた姿はしゃれた紳士そのものだ。だが、目はいたずらっぽく笑っている。

「おはようございます。おふたりともすばらしい腕前ですね」

オーロラは顔を赤らめた。おてんば娘みたいな姿を見られたのかと思うと恥ずかしい。レイヴンにレディらしい態度をとるよう忠告しなかったばかりか、ニコラスを無謀だと非難しながら自分も彼と同様の振る舞いをしていることを知られてしまった。

レイヴンはまったくやましさを感じていない様子だ。「そうでしょう？　オーロラはすばらしい馬を持っていて、一頭を親切にもわたしに貸してくれているんですよ」

「優しい方だ」ニコラスが遠慮のない目でオーロラを見た。

品定めするような視線を暗い紫色の乗馬服に向けられ、オーロラの頰はますます紅潮した。だがほっとしたことに、そこへオーロラとレイヴンのそれぞれの馬丁が馬に乗って近寄ってきた。大柄なオマリーはニコラスを見ても眉ひとつ動かさなかった。先ほどレイヴンから聞いた話によれば、オマリーはすでにニコラスと会い、正体を偽っていることを打ち明けられたらしい。

五人はコースを引きかえし始めた。ふたりの馬丁たちは少し離れてついてくる。人の目を欺くため、レイヴンは〝ミスター・デヴェリル〟にロンドンはいかがと尋ねた。ニコラスは質問に答え、個人的なことには触れない話題をおもしろおかしく話した。宿泊している部屋に間違った荷物が運ばれてきたため、しかたなく宿側に服の大きさが合わなくて着られないと文句を言ったらしい。

ふたりが笑いながら楽しそうに話しているのを見て、オーロラは安堵した。おかげで自分は動揺してうまく話せないことを悟られずにすむ。

だが、そのときレイヴンが遠くの人影に気づいた。ふたりの若い女性が芝生の細い道を馬で進んでいる。

「まあ、サラとジェインだわ。オーロラ、ごめんなさい。ちょっと話してくるわね」レイヴンは唐突にそう言うと、ニコラスにいわくありげな視線を送った。「お会いできて楽しかったわ、ミスター・デヴェリル」

ニコラスがシルクハットを軽く持ちあげて挨拶をした。「こちらこそ、ミス・ケンドリック」

レイヴンが馬の向きを変えるると、オマリーも影のごとく黙ってあとに従った。とっさの出来事で、オーロラは引きとめる理由を思いつけなかった。レイヴンが友達を見つけて話しに行くのは珍しいことではない。だが、ニコラスとふたりきりになるのは落ち着かなかった。

肩越しに振りかえると、オーロラの馬丁は一〇メートルほど離れたところをついてきていた。

「レイヴンは、ぼくたちがふたりだけになれる機会を作ろうと心に決めていたんだろう」オーロラの心を読んだかのようにニコラスが淡々と言った。

「どうしてかしら」

「わからないかい？　障害のある恋をロマンティックに思って仲をとり持とうと考えたんだよ」

オーロラは戸惑った。「レイヴンはロマンティックからはほど遠い人よ」

「そうかな？　まあ、いずれにしろ、きみがひとりで寂しいだろうと心配しているのはたしかだ。ぼくたちは別れないほうがいいと言っていた」

「一度、レイヴンと話をしておいたほうがよさそうね」オーロラはつぶやいた。

「ぼくもレイヴンと話す必要がありそうだ。なにを恥知らずなことをしているんだと。きみたちふたりがインディアンのように競走しているところを見たときは、どれほど肝をつぶしたか」感心しないとばかりに首を振りながらも、声は笑いをかみ殺しているのがわかる。

「レイヴンならそんなこともあろうかと思っていたが、まさかきみまでもが……」

「レイヴンは悪くないの」オーロラはしかたなく白状した。「すべてわたしのせいよ。わたしがそそのかしたんだもの」

「きみが？」ニコラスが片方の眉をつりあげる。「ぼくの妹を堕落させたというのか？　指南もせずに？」

「やめておくべきだったと思うわ。だけどクロノスもサタンも元気があり余っていたし、人に見られる心配はほとんどなかったし……それに馬には運動が必要だから」

ニコラスが楽しそうにオーロラを見た。「ひそかな悪癖がばれてしまったな」

オーロラは唇をかんだ。たしかに乗馬はやめられない悪癖だ。それは自由の象徴であり、かつては厳格なしつけから、今は未亡人に強いられる窮屈なしきたりからの逃げ場だった。

「夫を亡くした妻に許される楽しみは少ないの」

「だから公園に来たときは、ここぞとばかりに本性を現すわけかい？」

「それほどひどいことはしていないわ！」

「ひどいとは思っていない。体を動かせば頬が紅潮して目が輝く……なかなか色っぽいよ」

ニコラスはちらりとオーロラに目をやると、低い声で言った。「激しい一夜を過ごしたあとのような顔だ」

オーロラはどう反応していいかわからず、顔を真っ赤にした。

「思っていたとおりだな」

「なにが？」

「きみはうわべこそ優雅で上品だが、じつは情熱的な一面を隠し持っている」

オーロラは動揺したが、顔をそむけることができなかった。

「きみの瞳はとてつもなく青い」

なぜ目の色がわかるのだろうといぶかりながら帽子のつばに手をやり、ヴェールの存在を忘れていたことに気づいた。いつの間にかめくれあがり、顔があらわになっている。オーロラは慌ててヴェールをおろし、ニコラスの突き刺すような視線から顔を隠した。

「出し惜しみしなくてもいいだろう？　いい気分で観賞していたのに」彼は愉快そうに言った。

「この二日間、いったいどうしていたの？」オーロラは強引に話題を変えた。

「そんなにぼくが恋しかったかい？」

オーロラはまさかという顔をしてみせたが、すぐにニコラスにはヴェールにさえぎられて見えないことに気づいた。「もめ事にでも巻きこまれたんじゃないかと心配しただけよ」

ニコラスは子供のように純粋ですてきな笑みを浮かべた。「どうしてまたそんなことを考えたんだい？」

「さあ、どうしてでしょうね」思わず楽しい気分になりかけたが、オーロラはこらえて顔をしかめた。ニコラスの魅力に負けてたまるものですか。

「少しばかり知りあいを作っておこうと動きまわっていたんだ。だが、ウィクリフがいないことには難しい。どれほどイングランドに忠誠を誓っていようが、この国の連中はアメリカ人というだけで軽くあしらうからな」

「あなたが本当に忠誠心を抱いていれば、状況は違ったはずよ」

「あるいはぼくが貴族ならね。社交界に出入りするには、誰か紹介者を見つける必要がありそうだ。ひとつきみを説得して、お高くとまったお知りあいに引きあわせていただくとするか」

オーロラは彼のおどけた態度にいらだった。「目立つのは危険だとは少しも考えていないのね」

「別に目立とうとしているわけじゃない。隠れる気もないが」

「どうしてまだアメリカに帰らないのか不思議だわ」

「妻をあきらめきれないからだ」

オーロラはその言葉に不安を覚えたが、なにより誰かに聞かれたのではないかと心配になり、肩越しに振りかえった。馬丁はまだかなり後ろにいる。

「そんなことを大声で言わなくてもいいでしょう！」

「大声で毒づいているのはきみのほうだろう」

「毒づいてなんかいないわ」

「そうかい？」

楽しげな口調が無性に腹立たしい。育ちのよさが邪魔をせず、暴力に嫌悪感を抱いていなければ、ニコラスの横っ面をひっぱたいているところだ。だけど、ここでかっとなってはいけない。オーロラは深く息を吸って黙りこんだ。

だが面倒を避ける気のないニコラスのひと言で、オーロラはまたすぐ口を開くはめになった。

「きみの知りあいといえば……ぼくの見間違いでなければ、彼もそうだろう？」

乗馬用コースの先へ目をやると、クルーン伯爵が馬に乗って近づいてくるのが見えた。オーロラはうろたえた。「まあ……大変だわ。あなただって知りあいじゃないの。ヘルファイア・リーグに入っているんでしょう？」

「短い期間だったし、だいたい三年も前の話だ。それがどうした？」

「クルーン伯爵はあなたが誰だか見抜くわ。見つかる前に早く姿を消してちょうだい、ニコラス」

「言っただろう？　逃げ隠れするつもりはない」

「クルーン伯爵と顔を合わせるなんてだめよ！」

「いいかい、ぼくはきみの結婚相手の従兄弟、ブランドン・デヴェリルだ。一緒にいてなんの問題もない。ほら、笑って。会話を楽しんでいるふりをするんだ」

もはや手遅れだった。相手はすぐそこまで来ている。クルーンはいかにも女慣れした魅力的なほほえみをたたえ、オーロラのそばで馬をとめた。

「おやおや、ロンドンでもっとも美しい未亡人にこんなところでお会いするとは」クルーンが優雅に頭をさげた。「美人で、それにもっとも乗馬の上手なレディでもある。そのとりあわせの妙がまたすばらしい」

「おはようございます、クルーン伯爵」オーロラは礼儀正しく会釈を返した。

「今朝の勝負の結果は訊くまでもないな。どうせいつものようにきみが勝ったに決まっている」

オーロラはニコラスを見ないよう必死に我慢しながら、乗馬の話題を大げさにするまいと言葉を選んだ。「馬たちも運動を楽しみました」

「そのうちもっと強い相手と競走してみてはどうかな？　ミス・ケンドリックでは物足りないと思ったときは、ぼくがいつでも喜んでお相手をさせていただこう」

ちゃめっけたっぷりの思わせぶりな言葉に、オーロラは鞍の上で身じろぎしたい気分になった。口説こうとしているのは明らかだ。「どうもご親切に。ですが、レイヴンで充分満足していますから」

オーロラはクルーンが立ち去ってくれることを願った。だが、彼はニコラスに視線を移した。

「以前にお会いしたことはありませんか？　あなたによく似た人物を存じあげています。こちらのレディの亡くなったご主人なのですが」

オーロラは息を殺した。ニコラスは落ち着き払った様子でほほえんでいる。「驚くにはあたりませんよ。彼の従兄弟ですから。ブランドン・デヴェリルと申します。どうぞお見知りおきのほどを」

「それにしても、本当に似ている」

ニコラスは堂々と目を合わせている。「よく言われます」

ニコラスの顔をしげしげと眺めているクルーンを見て、オーロラは不安になった。だが、クルーンはそれ以上詮索《せんさく》せず、会釈をするとお悔やみの言葉を述べた。「ニコラスは運動が得意で、すばらしい男でした。勇気もありましたしね。亡くなったと聞いてとても残念です。短いつきあいでしたが、好感を持っていました。あなたもアメリカ人ですか？」

「ええ、まあ。でも政治思想が政府と合わなかったものですから、戦争が終わるまでイングランドに身をひそめることにしたのです」

「従兄弟が海賊として処刑されたとなると、社交界があなたを受け入れるかどうかは微妙でしょうね」

「わたしのイングランドへの忠誠心に疑いを抱いていらっしゃるなら、ウィクリフに訊いてもらえればわかることです」

「そんなことはどうでもいい」クルーンはにやりとした。「ぼくには政治思想などありませんからね。もしウィクリフ以外にも後ろ盾が必要なら、ぼくが知りあいだと申しあげましょう。亡くなった友人によく似ているあなたをほうってはおけない」

意外にもニコラスは慎重な返事をした。「ご親切に感謝します。心にとめておきますよ」

クルーンがオーロラに向き直り、魅力的な笑顔を見せた。「そろそろ失礼させてもらうよ。きみの馬をこれ以上じっとさせておくのはかわいそうだ。さっきの件だが、きみさえよければ本当に喜んで手あわせさせていただくからね」

オーロラはあたり障りのない言葉を返し、立ち去るクルーンの姿をほっとしながら見送った。

ふたりはまた乗馬用コースに沿って馬を進めた。ニコラスが平然と危険な橋を渡ったことにオーロラは怒っていたが、クルーンに声が届かないところへ来るまではじっと我慢した。

「充分に目立っているじゃないの」心配のあまり、声が刺々しくなった。

「偽名を確実にしたまでだ。イングランドでは、クルーンほどぼくをよく知る人間はいないと言っていい。その彼をだませたんだから、もう大丈夫だ」

「あんなに堂々と目を見ながら嘘をつくなんて、しらじらしいにもほどがあるわ」

「それなら、危険を冒しても真実を打ち明けたほうがよかったのかい？」

オーロラはいらいらして黙りこんだ。

「それにしても、クルーンはやたらときみに親切だな。忠告しておくが、きみは未亡人じゃないんだぞ」

むっとするあまり、オーロラはニコラスの機嫌が悪くなったことにも気づかなかった。

「そんな忠告は結構よ」

「そうかい？　やつはさんざん浮き名を流してきた男だ。そしてきみを口説くのに絶好の相手と思っている」

オーロラは意地になって顎をあげた。「わたしにとやかく言わないでちょうだい。あなたと結婚したのはハルフォードみたいなうるさい男性を夫にしたくなかったからよ。今のあなたはハルフォードやわたしの父と同じだわ」

ニコラスが表情を緩めた。「喧嘩を売るつもりで言ったわけじゃないんだ」

「あら、そうとしか思えないけれど」

「夫が妻を所有したがるのはおかしなことじゃないだろう？」

「あなたに嫉妬する権利なんてないわ」

「そうかもしれないな。だが、とにかくクルーンとは距離を置いたほうがいい」

「わたしが誰を友人にしようが、あなたに関係ないでしょう」

ニコラスが馬をとめた。「では、ぼくが自分でクルーンに話をつける」

オーロラはぎくりとした。「どういうこと？」

「ぼくの妻に手を出すなと言ってやるんだ」

オーロラはニコラスの顔を凝視した。不吉な場面が頭のなかを駆けめぐる。この人が危険な男性なのを忘れていた。敵と戦い、相手の命を奪ったことさえある人だ。クルーン伯爵を脅すつもりかしら？　だけど、貴族を脅迫したりすれば自分の身を危うくするだけだ。ニコラスは逮捕されて死刑になるかもしれない……。

「だめよ、手を出さないで」

「きみの彼を思う気持ちには胸を打たれるよ、オーロラ」冷ややかな口調で言う。

ニコラスは会釈をすると、馬の向きを変えて立ち去った。オーロラはレディにあるまじきののしりの言葉をつぶやきながら、その後ろ姿を見送るしかなかった。

ニコラスが戻ってきてくれることを願いながら、オーロラはいつもより長く公園にとどまった。だが、ニコラスもクルーンも姿を見せなかった。あきらめて家に戻ったものの、気がつくとニコラスの身を案じて部屋のなかを行ったり来たりしていた。

驚いたことにその日の午後、執事がブランドン・デヴェリルの名が刻まれたカードを持ってきた。そしてミスター・デヴェリルと名乗る男性がお茶に招待してもらったことに礼を述べていると告げた。

オーロラはほっとすると同時に困惑を覚えながら階下におりた。ニコラスは客間でサイドテーブルに飾られた肖像画のコレクションを見ていた。

彼女が部屋に入ると、ニコラスは顔をあげた。黒い瞳を向けられると胸がときめかずにはいられなかった。

「やあ、オーロラ。今日はお招きいただきありがとう」あたたかみのある声で言う。

ニコラスが愛想よく挨拶したのは執事に見せつけるためだろうと考え、オーロラは無理やりほほえんだ。彼は亡き夫の従兄弟を名乗っているのだから、午後のお茶をともにするのは常識の範囲内だ。だが、このずうずうしさには不安を覚える。

「わたしとしたことがうっかりしていました。あなたがお見えになると使用人に話しておくのをすっかり忘れてしまって」オーロラはドアのそばに控えている執事に命じた。「ダンビー、お茶の用意をお願い」

「かしこまりました」

ふたりきりになると、オーロラはニコラスを怖い目でにらみ、使用人に聞こえないよう低い声で怒った。「ふたりきりでは会わないほうがいいという話だったはずよ」

「そんな約束をした覚えはないな」

オーロラが言いかえそうとしたとき、ニコラスが肖像画の一枚を手にとって差しだした。濃い金髪の巻き毛に青い目をしたハンサムな紳士が描《か》かれている。

「亡くなった婚約者かい?」

オーロラはつかつかと部屋の奥まで行き、それをとりあげてもとの場所に置いた。「そう、ジェフリーよ」そして大切な人の顔を優しく指でなでた。

「なるほど、ぼくに似ているかもしれないな」オーロラがちらりと目をやると、ニコラスは彼女を見つめていた。「初めて会ったとき、ぼくを見ていると大切だった人を思いだすときみは言ったね。たしかに似ている部分があると思う」

そんなせりふを言った事実どころか、ふたりが似ていると思ったことさえオーロラは忘れていた。ニコラスとジェフリーは太陽と月ほども違う。かたや剛胆で生気にあふれ強烈なまでに情熱的だが、もう一方は静かで優しくとても穏やかだ。

「大いなる思い違いだったわ。あなたはジェフリーとはまったく違う。髪を染めているとなおさらね」

「まだ幽霊を愛しているのか?」

「ジェフリーの話はしたくないわ」彼のことを思いだすとつらくなる。オーロラは挑むようにニコラスを見据えた。「なにをしに来たの? 一緒にいるところを見られるのはよくないとわかっているはずなのに」

ニコラスは一瞬、オーロラの顔を見つめたまま黙りこみ、やがて言った。「話し相手が欲しいのではないかと思ったんだ。未亡人に許される楽しみは少ないと言っていただろう？　きみをそういう境遇に追いこんだのはぼくだから、償いをしなくてはと考えたんだ」

「なにもしてくれなくていいと言ったでしょう」

「それではぼくの気持ちがおさまらない。なにせ死がふたりを分かつまで愛すると誓った相手だから」

「ニコラス……その話はもう終わったはずよ。実際に、死がふたりの運命を分けたの。あなたはセントキッツ島で亡くなった。埋葬されたのよ」オーロラは眉をひそめた。「ああ、思いだした。あれは茶番だったわね。今、あなたがやっていることと同じ」

ニコラスはゆっくりと口もとに笑みを浮かべ、黙ったまま愉快そうにオーロラを見ていた。彼女は落ち着かなくなった。

「なにをそんなに見ているの？」

「怒りっぽいきみも好きになれるだろうかと考えていたんだ」

オーロラは深いため息をもらした。挑発にはのるまいと誓ったのに、また口やかましく言っている。わたしがかっとなるのは珍しい。これまではずっと感情を抑えこんで生きてきた。だけど、この人の腹立たしさといったら並大抵のものではない。いったんは別々の人生を送ることに同意したくせに、また夫面をしてわたしの人生を支配しようとしている。約束を反《ほ》故《ご》にする気だろうか？

ニコラスは物憂げな笑みを浮かべてこちらを見ている。ののしりの言葉のひとつも浴びせたくなるほど官能的だ。そしてわたしがそう思っていることを、彼はちゃんとわかっている。

「屋敷の女主人としては、客人に椅子のひとつもすすめるのが礼儀じゃないのかい?」

オーロラはあきれて天を仰いだが、意志の力でなんとか冷静さを保った。「いいわ、ミスター・デヴェリル。どうぞお座りになって」

「ああ、それでいい。あとはそんな怖い目でにらむのをやめてくれたら、歓迎されている気分になれるかもしれない」

われながらあっぱれと思うほどの自制心を発揮し、ニコラスが長椅子に座るのを見届けたあと、オーロラはティーテーブルを挟んだ向かい側の椅子に腰をおろした。

「さあ、なんの話をしましょうか?」オーロラは両手をきちんと膝の上に置いた。

ニコラスは黙っていたが、やがて視線を彼女の胸もとに移した。オーロラは頬が熱くなり、胸に感覚が集中するのを抑えられなかった。

「ぼくにいらだっているのかい?」わざとらしく言う。

「ええ。そんな目で見るのはぶしつけだわ」

「どんなふうに見ている?」

「まるでドレスの下を想像しているような目よ。不愉快きわまりないわ」

ニコラスが苦笑した。「それはよかった。あまり愉快になられても困る」

オーロラはかぶりを振った。怒るべきか、絶望すべきかさえわからない。「あなたなんて逮捕されてしまえばいいのよ。そうすればスキャンダルの心配もなくなるし、わたしの頭がどうにかなることもないわ」

「本当にそうなるのを願っているのかい？　クルーンはきみがぼくの死を悼んでいたと言っていた」

クルーン伯爵の名前を聞き、また不安が押し寄せてきた。「まさか彼と会ったわけじゃないでしょうね？」

「会ったよ。正直に打ち明けたほうがいいと思って、偽名を使っていることも海軍につかまって処刑される寸前だったことも全部話した」

「それでクルーン伯爵はなんて言っていたの？」オーロラは心配になった。

「ぼくがイングランドへ来た目的は反逆行為を犯すためではないと誓ったら、正体がばれずにすむよう全面的に協力すると言ってくれた。ぼくは妻に会いたかっただけだと言ったんだ。本当の話だからね」

オーロラは愕然とした。「どうしてそんな危険を冒したの？」

「すべては計算ずくだ。クルーンは本人いわく〝悪ふざけならいつでも大歓迎〟だそうだからな。友人は大事にする男だし、ぼくを友人だと思ってくれている。きみのことも気に入っているみたいだ。ぼくに言わせれば、あれは気に入りすぎだ。きみを誘惑するつもりだったと認めたよ」

彼女はニコラスにじろじろ見られているのが気になった。「期待を持たせた覚えはないわ」

「クルーンからもそう聞いている。妻には手を出すなと釘を刺したら、彼女は夫にぞっこんだからすげないものだと言っていた」

オーロラは赤くなった。「急な結婚だったから、なにか作り話をする必要があっただけよ。ひと目惚《ぼ》れだと言っておけば誰もが納得すると思ったの」

ニコラスがにっこりした。「その話、気に入ったよ」

「でも、本当は違うわ。わたしたちは恋に落ちていないし、一夜限りで終わるはずの関係だった」

ニコラスはその言葉を無視した。「きみはたしかにわざとクルーンに期待を持たせたりはしなかったかもしれない。だがやつのような遊び人にとって、きみみたいな美しい未亡人は格好の標的だ。難攻不落の女性はいっそう魅力的に見える。なんとしても口説き落としてみせると、かえって闘志がわくものだ」

オーロラは興味を覚え、眉をつりあげた。ニコラスがクルーンほどの放蕩者だとは思わないが、そういう男性の心理はよく理解しているらしい。「自分の経験をもとに話しているように聞こえるわ。あなたがわたしにしつこく言い寄る理由はそれなの？　わたしが抵抗しているから、かえって闘志を燃やしているのかしら？」

ニコラスは首をかしげ、けだるそうな表情でオーロラを見つめた。「それもあるな。けれど、ぼくの思いはもっと深い。信じられないかもしれないが、きみのことが心配なんだよ」

「わたしのことが？」

「そうだ。きみは未亡人だというだけで社会からさまざまな制約を受けている。ずっと家に引きこもっているそうだね。それではまるで、夫が死んだら亡骸《なきがら》と一緒に妻も生きたまま火葬される慣習のあるインドと同じじゃないか」

そのとき執事がトレイを持って客間に入ってきた。オーロラははっとし、後ろめたさを覚えた。今の話を聞かれてしまったかもしれない。もっと慎重にならなければいけないと自分に言い聞かせ、執事がお辞儀をして部屋を出ていくまで黙っていた。

ジャムを挟んだスコーンと一口大のサンドイッチを客人にとり分けたところでオーロラははたと手をとめ、困った顔でニコラスを見た。この人は夫だ。ともに熱い一夜も過ごした。それなのにわたしは彼の紅茶の好みさえ知らない。「ミルクとお砂糖は？」

「砂糖だけ頼む」オーロラの心中を察し、ニコラスが皮肉な口調で言った。「そうだな。夫婦なのに、ぼくたちは他人も同然だ。なんとかしなくてはね」

「別にどうこうしてもらう必要はないわ」

オーロラが銀のポットからティーカップに紅茶を注ぐ様子を、ニコラスは黙って見ていた。なにをしてもそうだが、彼女は紅茶をいれる手つきも優雅で気品がある。生まれたときからのしつけの賜物《たまもの》だろう。オーロラは非の打ちどころのないレディだ。そういう女性は窒息しそうな社会の掟《おきて》さえも尊重するよう育てられている。

だが、オーロラには驚かされることばかりだ。若い女性といえば浅はかでうぬぼれが強く、自己中心的で横柄な者が多いが、彼女はこれだけの身分と美貌に恵まれながらもそうはならなかった。それどころか思ってもみなかった心の奥深さや、はっとするような一面を持っている。それがまた魅力的だ。今朝、馬を駆っている姿を見たときは、オーロラが抱える自由な魂に触れた気がして思わず目を奪われた。彼女がじつは熱いものを秘めていることは何度か味わって知っていたのだが……。

オーロラは外側こそ完璧なレディだが、内側は情熱的な女性だ。こうなればなんとしても自制心の殻を砕き、本当のオーロラを引きだしてみたい。死ぬまで貞節を守るという、生きながら墓に入るようなまねをするには彼女はまだ若すぎる。

殻を破るのはたやすくはないだろう。オーロラは危険を恐れ、欲望はいっさい無視しようと決めている。今もそうだ。カップを渡すときに指と指が触れ、なにか感じるところがあったはずだが、オーロラは熱いものにでも触れたかのように慌てて手を引き、目を合わせずになにもなかったふうを装って自分のカップを手にしている。

ニコラスは決意をかためた。本人は気づいていないが、オーロラは目を覚ます必要がある。

「きみは一生、喪服に隠れて生きるつもりか？」

青い瞳がこちらを見た。「どういう意味？」

「ずっとこの家に閉じこもって暮らす気かと訊いているんだ。こんなのは家とは呼べない。牢獄と同じじゃないか。きみはしきたりや礼儀作法にとらわれ、世間から命令されたとおりに行動する囚人だ」

「世間に従ってなにが悪いの」

「人生を無駄に過ごすはめになる」

オーロラが唇を引き結んだ。「わたしはあなたとは違う。静かな普通の生活が好きなの」

「そうかい？　だったら、見知らぬ男と結婚してぼくを助けたりはしなかったはずだ」

「あのときは状況が普通ではなかったわ。今はこの暮らしに心から満足しているの」

「嘘だ」

「本当よ。制約もあるけれど充実もしている。以前に管理していた父の屋敷に比べればここは小さいけれど、それでも仕事はいろいろあるわ。手紙もよく書くのよ。文通相手はたくさんいる。友達も頻繁に訪ねてきてくれるし、ほかにも本を読んだり、乗馬をしたり……」

「ああ、ひそかな悪癖のことだな。ほかにもなにかひそかに望んでいることはないのか？」

オーロラはその問いを無視した。「ずっと欲しかったものは手に入れたわ。自立よ」

「こんな状態を自立とは言えない。きみは世間の目ばかり気にして、外へ出るときはいつも顔を隠し、夜の外出は控えているじゃないか。たった今自分で言ったように制約を受けている」

「スキャンダルを避けたいからそうしているだけよ。男性には許されても、女性には認められていないことが世間にはたくさんあるの。未亡人ならなおさらよ」

ニコラスはきっぱりと言い放った。「きみは自分を欺いているか、そうでなければ自分のことをわかっていない。きみには二面性がある。ある面では世間のしきたりを崇《あが》めたてまつり、それに甘んじて従うが、別の面では朝の公園を馬で疾走したりもする。後者のきみは見知らぬ男に身を任せ、熱い一夜をともにできる女性だ」

表情豊かなオーロラの目が曇ったのを見て、ニコラスは自分が痛いところをついたのだと悟った。

「本当は殻を打ち破って自由奔放な女性になりたいと願っているはずだ。だが、怖くてできない」

オーロラがなにも答えないため、ニコラスはポケットから本をとりだし、テーブルに置いた。オーロラはその日記を見つめた。

「これを読んでいるあいだ、ずっときみのことを思いだしていた。きみはこのフランス人女性によく似ているよ」

「どこが似ているのかさっぱりわからないわ」オーロラは決まり悪そうな顔をした。「これを書いた女性とわたしでは置かれている状況がまったく違う。デジレはフランス人で、海賊につかまって奴隷として売られ、トルコのハーレムで女性としてはけっして喜ばしくない行為に従事させられたのよ」

「彼女は純潔だった。そして情熱をかきたてられる男性と出会った」

「それはそうだけど……みずからの恋に縛られる結果になったわ」

ニコラスは目を細めた。「それほど激しく誰かを求めるような恋をしてみたいとは思わないのか？」

オーロラは口を開きかけたが、そのまま黙りこんだ。彼女の本音に近づいたのかもしれない。

「昔、父がレイヴンの母親に対する思いをぼくに話してくれたことがあった。そのとき、この日記を読めばわかるかもしれないと言われたよ」

オーロラが頬を赤く染めながらうつむいた。「心惹かれる物語だと思うわ」彼女はようやく認めた。「だけど、かなわないとわかっていながらデジレは彼に惹かれ、恋の虜になってしまったのよ」

「だが、彼女はそれを悔いてはいない」

「わたしが日記を読んで感じたのはそんなことではないわ」オーロラは小さいものの、力のこもった声で言った。「相手が誰であれ、男性に心を許したのが間違いだったということよ」

「なにも知らないで終わるよりは、たとえ一瞬でも本当の恋を経験したほうがいいと父は言っていた」

オーロラがためらいがちに続けた。「でも、それでお父様がどうなったかを考えてみて。望んでも一緒になれない女性を思い続けながら、悲しい生涯を送られたのよ」自分自身を納得させるように首を振った。「傷つくぐらいなら、誰も愛さないほうがましだわ」

ニコラスは決意に引き結ばれた悩ましい唇に目をやった。ベッドでこの頑固な女性の心を開かせるところを想像すると心が乱れる。

彼は息を吸いこんだ。「きみはデジレに似ているよ。彼女と同じ情熱的な魂の持ち主だ」

オーロラが震える手でカップを置いた。「あなたの勘違いよ」

ニコラスは動じなかった。「なにを恐れている？　きみが秘めている感情はそんなに激しいのか？　それとも今にも殻を破られそうなのが怖いのか？」

突然、オーロラが立ちあがった。「もう帰って」

一瞬ためらったのち、ニコラスは自分のカップを置いて腰をあげた。彼が近づいても、オーロラは逃げなかった。絶対にひるむまいと心に決めているのだろう。

ニコラスはそっとオーロラの手をとり、手首の内側にキスをした。オーロラは毅然《きぜん》としていたが、顔を赤らめたところを見ると内心は動揺しているらしい。目にも迷いが出ている。

恋をするにせよ、人生をつかみに行くにせよ、機は熟しかけているようだ。オーロラは足枷をはずして自由になりたいと望んでいる。それに手を貸せるのはぼくだけだ。だが、今日はこれ以上喧嘩をしてもしかたがない。闘いはまだ始まったばかりで、今は我慢が肝心だ。

「ぼくの勘違いではない。ベッドで情熱的なきみを見たんだ。熱い心を持った女性が解放されたがっている。必ずその女性を見つけてみせるよ」

ニコラスは会釈をして部屋を出ていった。

オーロラは凍りついたまま彼の背中を見送り、姿が見えなくなると震えながらため息をついた。まだ心臓がどくどくと鳴っている。

どうしてニコラスにはいつも圧倒されてしまうのだろう？　軽く触れられただけで鼓動が速くなり、膝が震え、動揺のあまりなにも考えられなくなる。どういうわけか、抑圧してきた感情が引きだされてしまう。今日はそれだけではすまず、心の奥底を探るような質問をされ、不安にさせられた。

へなへなと椅子に座りこんだオーロラはニコラスの言葉を思いだした。わたしはデジレに似ているのかしら？　本当に情熱的な魂を解放してほしいと願っているの？

たしかにニコラス・サビーンと出会い、わたしは変わった。初めて欲望を知ったからだ。どんなに打ち消そうとしても、彼に強く惹かれ、体が反応してしまうのは否めない。

オーロラはニコラスが置いていった日記をぼんやりと手にとった。最初は生々しい表現にショックを受けたが、やがて描かれている恋物語に想像力をかきたてられるようになった。デジレは王子の優しくエキゾティックな誘惑に負け、わたしには想像もつかない激しい恋をした……。

それほどの恋とはどういうものだろう？　愛と欲望に翻弄され、知恵も分別も働かなくなるのはどんな感覚なの？

自然と開いたページは紙がすりきれていた。

あなたが好き。あなたとひとつになるのが好き。やわらかい肌にあなたのたくましさを感じ、あなたの重みを受けとめるのが好き。わたしを女性だと感じさせてくれるあなたの激しさと欲望が好き。

オーロラは目を閉じた。ああ、ニコラス。ニコラスのほうこそ王子によく似ている。剛胆で男らしく、とても官能的だ。そして王子と同じく、純潔の女性の奥深くに眠る欲求を目覚めさせた。

本当はもう思いだしたくないのに、新婚初夜の記憶が頭に浮かんできた。彼によってもたらされた悦びがよみがえる。

先ほどのニコラスの目はわたしを誘っていた。

オーロラは身震いした。あんな瞳に負けるわけにはいかない。彼に触れられてどれほど鼓動が速くなろうが、もう二度と身を任せるつもりはないのだから。

だが、本当は心のどこかでニコラスを求めているのもわかっていた。

抵抗するのは無理だと思った。彼によって火をつけられた切ない恋心に、わたしはもう逆らうことができない。

12

それから数日というもの、日ごとにニコラスを心のなかでののしる回数が増えた。彼のせいで気持ちが落ち着かない。夜は夢に悩まされ、昼はどこかでばったり会うかもしれないという不安で気が休まらなかった。

朝の公園であれ、ほかの場所であれ、オーロラはニコラスとでくわすたびにセントキッツ島で初めて彼を見たときと同じ衝撃を覚え、黒い瞳がまっすぐ伝えてくる熱い思いに身を焦がした。

ニコラスは彼女の行く先々に姿を現した。おそらくレイヴンと結託しているのだろう。レイヴンは明らかに兄の味方らしく、買い物に行くと言ってはよくオーロラとニコラスを誘った。オーロラと会ったときニコラスはいつも偶然を装ったが、それが軍事作戦並みの綿密な計画に基づいているのはわかっていた。

そのような戦法にどうやって対抗すればいいのかオーロラには見当もつかなかった。そこまで熱心に男性に追い求められた経験がないからだ。ニコラスは嵐だ。遭遇するたびに心をかき乱される。平静を保ち、よそよそしい態度をとろうとしたところで、どうしても彼の魅力を無視できない。ニコラスの大胆で思わせぶりな振る舞いに、つい負けてしまうのだ。

どんどん彼に惹かれていく自分が怖かった。ニコラスが息をしているというだけで、切ない気持ちがこみあげてしまう。

しばらくロンドンから逃れようかとも考えた。折しも昨日、ジェフリーの母親であるレディ・マーチから遊びに来ないかという手紙をもらったばかりだ。ジェフリーの弟で一〇歳になるハリーが最近手に負えないらしく、あの子に言って聞かせられるのはオーロラだけだと手紙には書かれていた。

だが、今はここを離れるわけにはいかない。臆病者にはなりたくないからだ。指南役としてレイヴンを全力で支えると決めたのだから、その務めを果たす義務もある。それに父の領地エヴァーズリーはマーチ家の領地の隣なのだ。たとえニコラスから逃げるためであろうとも、父に遭遇する事態はなんとしても避けたい。

なぜニコラスがわたしを追いかけるのかはわかっている。一見、真剣に求愛しているように見えるが、本当はわたしの守りがかたいせいで闘志を燃やしているだけだ。ニコラスにとって、わたしを口説き落とすことはゲームにすぎない。狩りのスリルを味わうのと同じだ。はたしてこのまま抵抗を続けていていいのだろうか。いっそ彼の手に落ち、ゲームに勝ったと思わせれば、それ以上追いかけるのをやめてアメリカに帰るかもしれない。そうすればふたりともが不幸にならずにすむ。ニコラスに人生を支配されるのはごめんだ。わたしがどう感じ、どう行動するべきかにまでいちいち口だしされたくない。彼はわたしよりわたしのことをよくわかっていると思っているらしいが、それは傲慢というものだ。ニコラスはわたしが日記の作者に似ていると言った。たしかにそうかもしれないけれど、わたしの人生にはあんな激しい恋を受け入れる余裕はない。それに、そんな恋をして傷つくなんて耐えられないだろう。

とにかくニコラスへの接し方は考え直したほうがよさそうだ。形勢を逆転させる方法を見つけ、ニコラスにあきらめさせるしかない。わたしのためにも、そして彼のためにも。

ニコラスが平然と危険を冒しているのが心配だ。そのうちに正体を見破られるのではないかと不安でしかたがない。クルーン伯爵は保証人的な役割を引き受けると心に決めたらしく、賭博場《とばく》などにニコラスを連れまわしている。だがそんな無謀な行動を続けていれば、ニコラスがいつか死ぬはめになるのは間違いない。

本人が思っている以上に、イングランドで顔を知られているのはたしかだ。しかし、フランスからの移民女性に気づかれそうになったのは意外だった。

ある日、ニコラスはオーロラとレイヴンに同伴し、オックスフォード通りの帽子屋に入った。女店主は彼を見るなり驚いて両手を合わせ、〝まあ!〟《モン・デユー》と小さな声をあげた。だがニコラスがシルクハットをとって黒髪を見せると、戸惑いの表情を浮かべた。

店主は気をとり直して挨拶に来た。そしてレイヴンがおしゃれな帽子に見入っているあいだ、ずっと困惑顔でニコラスに目を向けていた。

「失礼しました、ムッシュー」店主は訛《なま》りの強い英語で言った。「じろじろ見るつもりはなかったのですが、昔、存じあげていた方によく似ていらっしゃるものですから」

オーロラは緊張した。けれどもニコラスは落ち着き払ったまま、礼儀正しくほほえみを浮かべた。「それはぼくの従兄弟でしょう、マダム。よく間違われるのですよ」

「従兄弟とおっしゃるのは、もしかしてアメリカ人のミスター・ニコラス・サビーンでしょうか？」

「ええ」

店主は前へ進みでるとニコラスの手をかたく握った。「ああ、ムッシュー。彼は天使のような方でした。わたしたち家族の命を救ってくださったのです。ほかにもそんなご家庭がたくさんあります。ご恩は一生忘れませんわ」

彼女はけっして若くはなく髪は灰色だが、顔立ちは整っていて肌のきめが細かく、貴族のごとき気品があった。ニコラスは二〇歳も若い女性に向けるような優しいほほえみを浮かべた。「こんなお美しい方にそんなことを言っていただけるとは、従兄弟は幸せ者です」

店主は顔を赤らめ、手を離した。レイヴンはボンネットを三つ買うことにしたが、結局、店主は頑として代金を受けとらなかった。

店を出たとたん、オーローラが訊きたくてうずうずしていた質問をレイヴンが口に出した。

「家族の命を救ったなんて、いったいなにをしたの？　フランス革命のときはまだ小さかったでしょう」

「もっとあとになってからだ。政府が弾圧を行っていたころに、たまたまフランスに滞在していてね」

「それでたまたま、たくさんの家族を断頭台から救ったわけね」オーロラはそっけなく言った。

ニコラスが肩をすくめた。「たくさんではなく四家族だ。それに断頭台ではなくて銃殺隊だよ」

その皮肉めいた返事に、レイヴンが思わず吹きだしかけた。だがオーロラはまたひとつ彼が命を失っていたかもしれない可能性を知っていらだちを覚え、レイヴンの頭越しにニコラスをにらんだ。

「命を危険にさらしはしたけれど、英雄を気どったわけじゃないとでも言いたいの？」

ニコラスが首を振る。「危険は厭《いと》わないが、名誉には興味がない。そんなつもりもないのに、どういうわけかいつも救助活動に巻きこまれるだけだ」

「たとえそうだとしても、その偉業のせいであなたは顔を知られている。だから正体を見抜かれる可能性も高いのよ」

「ぼくの偉業とやらを知っている人間なんてほとんどいない」

「でも、何年も前に会った人があなただと気づいたんだもの。ほかの人だってわかるはずだわ」

「そのときは、さっきみたいに人違いだと言うまでだよ」ニコラスが穏やかに言った。「もう気をもむのはやめたほうがいい。白髪が増える」

その言葉を聞いて、オーロラは唖然《あぜん》とした。ニコラスは自分の置かれている危険な状況に無頓着なばかりか、それを楽しんでいるらしい。

オーロラはニコラスをひとにらみすると、ひとりで馬車へ戻った。

「兄さん、そんなふうにからかうのはいけないわ」レイヴンがとがめた。「オーロラは兄さんのことを心配して守ろうとしているだけなのよ」

妹が怒っていることにニコラスは驚いた。「からかったりしたかな?」

「よく言うわ。オーロラがどんなにつらい人生を送ってきたか知ったら、そんな意地悪は言えないはずよ」

ニコラスは片方の眉をつりあげた。「つらい人生?」

「彼女は裕福な公爵の娘だけれど、父親のせいで大変な思いをしてきたの。あんな暴君の癇癪にさらされてきたなんて、本当にかわいそう」

「当然、続きを話してくれる気はあるんだろうな?」

レイヴンは馬車のなかで自分を待っているオーロラにちらりと目をやった。「今は無理よ。明日の午後、トブリーズ書店へ来て。そこで話すわ」

翌日の午後、ニコラスは書店でいらいらしながらレイヴンを待っていた。ようやく妹がメイドを伴って現れ、ニコラスは彼女のあとについて店のいちばん奥まで進んだ。小説の棚を見るふりをしながら、レイヴンはささやき声でエヴァーズリー公爵について話しだした。

「とんでもない癇癪持ちよ。ロンドンに到着して二、三日めに、この目で見たの。わたしは叔母の家で暮らし始め、オーロラは公爵の町屋敷に滞在していた。当然彼女は領地にいる父親に手紙を書いて、結婚の報告をしたわ。オーロラは父親の反応を気にしていたけれど、まさかあんなにひどいとは思わなかった。公爵はすぐさまロンドンへ駆けつけて、死刑囚と結婚して家名を汚したと言って激怒したの。わたしはその場面に居あわせたのよ」レイヴンは身震いをした。「その日はオーロラが買い物に連れていくと約束してくれていたの。執事に案内されて屋敷に入ったとき、怒鳴り声が聞こえたわ。客間に行くと、公爵がこぶしを振りまわしながらオーロラに罵声《ばせい》を浴びせていた。信じられないほど逆上していたの。オーロラがなだめようとしたら、公爵は重い花瓶を持ちあげて彼女に投げつけたのよ！　的をはずしたから花瓶が壁にあたって割れただけですんだけど、命中していたらオーロラは死んでいたかもしれない」

ニコラスの心のなかに怒りがわいた。

「恥ずかしいことに、わたしはびっくりして動けなかった。だけど、執事がとめに入ったわ。あの痩《や》せたお年寄りが、体の大きさでは公爵にかなうはずもないのに、ふたりのあいだに割って入ったの。公爵は執事を床に突き倒して、こぶしを振りあげながらオーロラを追いかけた。もしそのときにわたしが目に入らなかったら、間違いなくオーロラを殴りつけていたでしょうね。さすがに赤の他人に醜態は見せられないと思ったみたい」

「それで？」ニコラスは険しい声で尋ねた。

「公爵は卒中の発作でも起こしかねない様子で、なんとか自分を抑えていたわ。でもオーロラに〝消えうせろ。もう娘でもなんでもないから、この家を出ていけ〟と怒鳴りつけた。そして足音も荒く部屋をあとにしたの」レイヴンがため息をついた。「オーロラは震えていたけれど、自分のことよりテーブルで頭を打ったダンビーのことを心配していた。執事を手当てしたあとに話してくれたけど、暴力沙汰は初めてじゃないんですって。勘当されてむしろほっとしていたんじゃないかしら。オーロラは父親の悪口は言わないのよ。でもオマリーが公爵家の召使いたちから聞いた話によれば、エヴァーズリー公爵はかなりの暴君みたいよ」

「暴君どころの話じゃないな」

レイヴンがうなずく。「オーロラはずっと自分が盾になって、使用人たちを父親の癇癪から守っていたようよ。殴りかかられたのは初めてじゃないらしいから」

ニコラスは信じがたい思いで眉をつりあげ、顔をしかめた。「エヴァーズリーが？　自分の娘を？」

「ぞっとするでしょう。だけど、召使いはもっとひどい目に遭っているのよ。馬丁なんか鞭《むち》をふるわれて失明しそうになったんですって」

彼ははらわたが煮えくりかえった。無力な使用人や、か弱い女性に手を出すような男には嫌悪感を覚えるし、エヴァーズリーがオーロラを意のままにしていたのかと思うと虫酸《むしず》が走る。

「召使いはみんな言っているわ。オーロラがエヴァーズリー公爵の暴力から自分たちを守ってくれたって。オーロラが身をもってかばったことも一度や二度じゃないみたい。公爵がささいなことで紹介状も持たせずに召使いを追いだしたときは、オーロラが別の働き口を探してあげたんですって。そのあともずっと心にとめていたらしくて、今の屋敷を買ったときに、公爵に追いだされた使用人たちを捜しだして雇ったの。少なくともそのうちのふたりは貧乏のどん底にいたから、オーロラにとても感謝していたわ。使用人たちが彼女を聖人のごとく崇めるのも当然ね」

「そのようだな」ニコラスは怒りを抑えようと努めた。オーロラは父親が激怒したと言っていた。だが、まさか本当に身の危険があったとは思わなかった。

「なにを考えているの？」レイヴンが兄のしかめっ面をのぞきこんだ。

ニコラスは冷ややかな笑みを浮かべた。「今、エヴァーズリーと一〇分間ふたりきりになれたら、さぞ楽しいだろうと思っていた」

「そうでしょうね」レイヴンも同調した。「自分より強い相手の言いなりになるしかない状況を、公爵も一度経験してみればいいんだわ。でも、兄さんは手を出してはだめよ。そんなことをしたら正体がばれてしまう。偽名を使っていることを忘れないで」

彼ははがゆさに苦い顔になったが、ふと口もとを緩めた。ニコラス・サビーンは身を隠す必要があるため多くの制約があるが、ブランドン・デヴェリルなら自由だ。オーロラが受けた苦悩に対し、いくらでも返報できる……。

「今度はなにを考えているの？」レイヴンが眉をひそめた。

「いつかエヴァーズリーも報いを受ける日が来るだろうと思っただけだ」

それで納得したのか、レイヴンは読んでいるふりをしていた本を棚に戻し、考えこみながらつけ加えた。「オーロラが体裁を気にするのは公爵のせいだと思うわ。理不尽なしきたりそのものを恐れているわけじゃなくて、父親が怖いからなのよ。公爵は、これ以上醜聞を引き起こしたら、鞭で打って二度と家名を汚せないよう幽閉してやるとオーロラを脅したの。だから彼女は未亡人らしくつつましやかに暮らし、社交界とのかかわりを断っている。父親につけ入る隙を与えたくないのね。どれほど怖い人か、よく知っているから」彼女はニコラスのほうを向いた。「だから理解してあげて。オーロラが兄さんの身を案じるのは少しもおかしくないの。ほかの人のことを心配し、守ろうとするのが習い性になっているのよ」

ニコラスはうなずいた。レイヴンの話でオーロラのことがよく理解できた。なぜ穏やかで静かな暮らしを望むのか、どうして情熱を恐れるのか、今ならよくわかる。知的だかなんだか知らないが、なよなよした男を愛した理由も納得がいく。癇癪持ちの父親のもとで暮らしていれば、激しい感情を嫌うのは当然だ。

まだある。セントキッツ島の波止場で殴られるぼくを見て母虎のごとく振る舞ったことも、行きずりの人間を助けようと介入してきたことも、これで腑《ふ》に落ちた。不利な条件がいくつもありながらも、海賊で死刑囚のぼくと結婚した理由も説明がつく。彼女は父親から逃げたかったのだ。

未亡人としてひっそり暮らすことで、オーロラは長年求めてきた安全な避難場所を手に入れたつもりでいる。だが実際の生活は、感情も欲望も情熱も入りこむ余地のない牢獄だ。

ニコラスは難しい顔になり、革の背表紙が並ぶ本棚をにらみつけた。なにがオーロラを突き動かしているのかがようやくわかり始めてきた。あの鉄壁の守りは思っていたよりはるかに根が深く、複雑な事情に由来しているらしい。だが少なくとも自分がなにに立ち向かっているのか、なぜ彼女がこれほどかたくなにぼくを拒絶するのかは理解できた。ぼくはオーロラの避難場所を危険にさらし、穏やかな暮らしを脅かす人間なのだ。

ニコラスは決意を新たにした。オーロラの心を開かせ、ぼくを信じてもらうのは想像以上に難しそうだ。けれども慎重に築きあげてきた牢獄から、なんとしてもオーロラを助けだしたい。

彼のおかげで、わたしは生きていると強く実感できる。この胸の高鳴り、この駆けめぐる血潮によって。

13

二日後、オーロラはどうやらニコラスが方針を転換したらしいと知った。その夜、ベッドに横たわっていると、こつんと窓ガラスになにかがあたる音が聞こえた。続けてまた音がする。オーロラはどきりとし、誰かが自分の注意を引くために小石を投げているのだと気づいて動揺した。

そんなことをするのはニコラスぐらいだ。オーロラは窓を開け、下をのぞいた。銀色の光のなか、オークの木の下でニコラスがこちらを見あげている。

オーロラの鼓動が跳ねあがった。今日は丸一日、ニコラスに会わなかった。彼女が家から一歩も外に出なかったせいだ。午前中は雨が強くて乗馬ができず、午後はレイヴンに叔母との約束があったのだ。だがすでに雲は晴れ、外は明るい月の光が降り注いでいる。

「どうしてこんなところをうろついているの!」オーロラは小声で言った。

「きみを助けだしに来たんだ。馬車で散歩に行こう」ニコラスが落ち着いた声で言う。

「こんな夜中に？」

「まだ一二時前だ。今日は一日じゅう、家のなかに閉じこもっていたんだろう？」

「もう寝るところなの」

「それはぼくにあがってこいと誘っているのかい？」

「まさか！」

「じゃあ、きみがおりてくるしかない」

「ニコラス、わたしはもうネグリジェに着替えてしまったのよ」

「かまわないよ」ニコラスがおもしろそうに言った。「ドレスに着替えて、早くおりておいで。それとも玄関のドアをノックして、使用人を起こそうか？」

その脅しを含んだ言葉にオーロラはいらだちを覚えた。「こんな真夜中に、あなたとふたりきりになるのはごめんだわ」

「きみがそう言うかと思って、若い者をひとり連れてきた。今は馬の番をさせている。馬車は屋根なしのふたり乗りだ」オーロラがためらっていると、ニコラスが静かに言った。「きみは臆病者だな。このあたりをひとまわりするだけなら問題はないだろう？　屋根もない馬車ではきみを襲うこともできやしない」

問題はないだろう、ですって？　オーロラは顔をしかめた。無謀な振る舞いばかりしている魅力的な男性の言いなりになれば、問題が生じるに決まっている。

だがいつものごとく、ニコラスはあきらめてくれなかった。「ぐずぐずしていると木をのぼって迎えに行くぞ。裏口で待っている」

それ以上抵抗する隙を与えず、ニコラスは闇のなかへ姿を消した。声が届かなければ説得もできない。

なんて癪に障る人だろうと思いながらオーロラはため息をつき、窓から離れた。けれども自分でも信じられなかったが、こんな真夜中にニコラスと馬車で出かけようかという気分になっている。好ましくないことをするのが楽しそうに思えるからだ。わたしはいったいどうしてしまったのかしら？　ニコラスと出会う前は礼儀正しくてしとやかな淑女の鑑《かがみ》だったのに、今ではすっかりお行儀の悪い女になっている。

でも、それのどこがいけないの？　頭のなかでそう尋ねる声がする。生まれてこのかた、ずっと淑女で通してきた。一度くらいはめをはずしてなにが悪いというの？

オーロラは魅惑的な王子に背徳を教えられたフランス人女性のような気分になり、手早く着替えてフードつきの外套をはおった。そして静まりかえった暗い階段をおり、召使いの通用口からそっと外に出た。

ニコラスは約束したとおり裏口で待っていて、オーロラの顔を見るとにっこりした。彼に会えたうれしさに、オーロラは思わず胸がときめいた。

短い私道の先に屋根のない馬車がとまっており、たしかに少年が馬の番をしている。ニコラスが手を貸してオーロラを馬車に乗せ、自分も隣に座った。

「おまえはここで待っているんだ。すぐに戻ってくるから」少年にそう告げると、ニコラスは手綱を鳴らして馬を駆けさせた。

オーロラは座席の手すりにつかまり、彼のずうずうしさに啞然としながら、信じられない思いでニコラスをにらんだ。

「あなたを信じたわたしが愚かだった。あの子も来るものとばかり思っていたのに」

「そう思わせないと出てきてくれなかっただろう？」

「どこへ連れていくつもり？」

「すぐ近くだよ。ほら、まわりを見てごらん。ひとり寝の寝室より、このほうがずっと気持ちいいだろう？」

認めたくはないが、たしかにきれいな夜だ。七月の涼風が頰に心地よく、しんとした通りには月明かりが満ちている。だがニコラスへのいらだちで、オーロラは景色を心から楽しめなかった。「こんなふうにおびきだしておきながら、いかにもわたしのためという言い方をしても信じられるわけがないわ」

「まあ、ぼくのためでもあるかもしれないな。月夜を美しい女性とふたりで過ごしたいと思うのは自然なことだろう？」

「やっぱり誘惑するつもりなのね」

「夫が妻を誘惑するのは法律で禁じられていない」

オーロラは天を仰いだ。「わたしを怒らせるよりほかにすることはないの？」

「ほかにしたいのはきみと愛しあうことぐらいだな」

「ニコラス！」

「そういえば……」オーロラがその先を言う前に、ニコラスが口を挟んだ。「さっきヘルファイア・リーグの仲間と一緒に娼館《しょうかん》へ行かないかとクルーンに誘われたが断った」

オーロラは黙りこんだ。ニコラスが高級娼婦と戯れる場面を想像するのは不愉快だった。彼がほかの女性と愛しあうと思っただけでいやな気分になる。筋が通らないのはわかっていた。外に女性を作るのは自由だと言ったのはわたしなのだから。

オーロラは、月明かりに照らしだされた彫りの深い横顔をちらりと見あげた。彼なら相手を見つけるのはわけもないだろう。惚れ惚れするほどの魅力の持ち主なのだ。だが冒険好きで危険を好み、女性を泣かせてきた人でもある。そんな男性とふたりきりになるのは愚かだと充分承知していた。

「なぜ断ったの？」返事は聞きたくない気もする。

「一緒にいたいと思う女性はきみだけだから」

そんな歯の浮くようなせりふに応じて、ニコラスをいい気にさせるつもりはない。

「おや？」オーロラがなにも言わないでいると、ニコラスがからかい口調で訊いた。「いつもの辛辣な文句はどこへ行ったのかな？」

オーロラはニコラスをにらんだ。「玄人の女性よりわたしのほうがいいと言われても、とても信じられないわ」

「だが本当だ」

「クルーン伯爵と同じく、手に入らないものが欲しいだけではないの？」

「ぼくの気持ちはそれとは違う」

「じゃあ、なに？」

ニコラスがふいにまじめな顔になった。「これほど女性に惹かれたのは初めてなんだ」

「それは単に男性としての……」

オーロラが探している言葉をニコラスが見つけた。「体の欲求？」彼は苦笑した。「そんな単純なものじゃない。もっと激しい渇望の感覚だ」

「我慢するすべを身につけてもらうしかないわね」

「精いっぱいの努力はしているが、想像してしまうのはどうしようもない。よくこの腕に裸のきみを抱いているところを思い描いているよ。知っていたかい？」

「ニコラス！」

「おいおい、ぼくの名前はブランドンだ」

「そんなことばかり言っているなら、わたしは帰らせてもらうわ」

ニコラスの楽しげな表情がまた少しまじめになった。「嘘だと思うかもしれないが、今夜は紳士でいるつもりだ。たまには自分のためではなく、人のためになにかしたいと思うときもある。今夜はきみにひとときの自由を味わってほしい」

その言葉を信じていいものかどうかオーロラは迷った。だが、振り向いたニコラスの目は真剣だった。

「レイヴンが心配していたぞ。きみが孤独で寂しいんじゃないかと」

「それは彼女の思い違いよ。それにたとえ寂しかったとしても、あなたに慰めてもらおうとは思わない。あなたは大胆すぎるから、醜聞になるのは目に見えているわ」

「きみは公爵令嬢に生まれてずっと従順に暮らしてきたから、大胆な男が魅力的に見えるかと思っていたんだが。ちやほやされて、クリスタルガラスみたいに扱われるほうがよかったかい？」

「わたしの意思を尊重してほしいだけよ。無理やり手なずけようとしないで。わたしのおかげで命拾いをしたと言っていたわよね？　だったら少しはこっちのことを考えてくれてもいいんじゃないかしら？」

「考えているよ。きみには幸せになってほしい。ぼくと舌戦を交わしているとき、生きている実感がわいてこないかい？　血が騒がないか？」

「血なんか騒がなくてもいいのよ、ニコラス」

「正直なところ、どうだ？　ぼくといても楽しくないと言いきれるかい？　こんな月夜に散歩に出るより、ベッドにいたほうが安全でよかったと思うのか？」

たしかにすてきな夜だ。オーロラは顔をあげて月の光を浴び、静寂が醸しだす魔法に身を任せた。

まるで暗黙の了解が交わされたかのように、ふたりは黙りこくった。蹄の音と玉砂利を滑る車輪の音だけが響いている。ハイド・パークの入口に差しかかると、馬車は公園の砂利道に入った。

「どうしてここへ？」

「まあ、見ていてくれ」

すぐにサーペンタイン池が見えてきた。鏡のごときらきらと輝く水面の美しさに、オーロラは思わず息をのんだ。

ニコラスは黙ったまま馬車を芝地へ入れ、栗《くり》の木立の外側をまわりこんだ。そして手綱を引き、馬車をとめた。

オーロラは言葉もなく池を眺めた。「こんなにきれいな公園は見たことがないわ」

「見たことがないものは世のなかにたくさんあるんだよ。水際へおりないか？」

彼女がうなずくと、ニコラスは馬車を降り、手綱を枝にくくりつけた。そして反対側へまわり、オーロラの腰に手を添えて降ろした。腰に触れたニコラスの手が熱く感じられる。一方、ニコラスも驚いたように手をとめた。

「コルセットをつけていないのか？」かすれた声で言う。

「急いでいたから」オーロラは顔を赤らめた。

「気づかなかったことにするよ」

ニコラスは馬車から毛布をおろし、オーロラの手をとって柳の木立の脇を通り、水際に出た。そして草に覆われた岸辺に毛布を敷き、オーロラと並んで腰をおろした。

オーロラは輝く水面を眺めながら感慨を覚えていた。「きれいね」

「ああ」

けれどもニコラスが池ではなく自分を見つめていることにオーロラは気づいていた。

彼女は膝を抱えて月を見あげた。銀色の霧が月の縁を囲んでいる。オーロラはゆっくりと深く息を吸いこみ、静謐《せいひつ》な美しさを胸いっぱいに味わった。湿った土と露に濡れた草のにおいがする。「連れてきてくれてありがとう」

「どういたしまして。ぼくにはひそかな目的もあったしね。牢獄の外にはどんなにすばらしいものがあるのか、きみに見せたかったんだ」

「またその話なの？」けれどニコラスの勝手な思いこみにも、いつもほどのいらだちは感じなかった。

「ひとたび自由を知れば、つつましやかで退屈な暮らしには戻れなくなる。財産の半分を賭けてもいい」

オーロラはニコラスのしつこさに笑うしかなかった。「あなたはわたしが人生に満足していないと思いこんで、無駄な努力をしているのよ」

「思いこみじゃない。きみは自分が思っている以上に孤独だろうと思う」

痛いところをつかれ、オーロラは心のなかで顔をしかめた。たしかにどれほど否定しようとしても、ときおり孤独感に胸の奥が痛むときがある。

ニコラスはまだオーロラを見つめていた。こちらの心を探っているような視線だ。

「たまには大胆になるのもいいものだ。機会があればそれをつかみ、あとは結果を引き受けるんだ」

オーロラは落ち着かなくなり、話題を変えたくなった。「今、あなたがしているみたいに？　だから殺されるかもしれないのにイングランドにとどまっているというの？」

「そうだよ」

「危険を求めることが幸せにつながるとは思えないわ」

ニコラスが肩をすくめる。「ぼくにとってはそうだ。生きている実感を味わえる。危険とは恐れるものではなく、賞賛すべきものなんだよ」

オーロラは膝に頬をあて、ニコラスを見つめかえした。こうしてこの人のそばにいるだけで、わたしは充分に危険を冒している。彼は危険そのものだ。だけど刺激的でもある。ニコラスは人生を謳歌し、生き生きとしている点がほかの男性とは違う。

「あなたはいつもそんなふうに大胆不敵なの？」

「ああ。ずっと父の悩みの種だった」

「想像がつくわ」

「若いころにはむちゃもしたからな」

「若いころだけじゃないでしょう？　つい二、三年前まで家族の困り者だったとレイヴンに聞いたわよ」

「レイヴンとぼくの話をしたのか？」

オーロラは頬が熱くなった。「自分が結婚した相手はどんな人だろうと思って尋ねただけよ。それがあなたの死を悼むことにもなると考えたの」

ニコラスは優しい笑みを浮かべた。「うれしいよ」

「生き方を変えたきっかけはなに？」

「父の死だ」ニコラスが片肘を突いて横たわった。月明かりに照らされた顔は、物思いにふけるような表情をしている。「昔から、ぼくはいつか父の会社を継ぐのだと思ってきた。生まれたときから跡継ぎとして育てられ、船乗りの修行をしてきたからね。船に乗るのは好きだったが、将来を決められているのがわずらわしくてたまらなかった。二〇歳になったとき、とうとう我慢できなくなって自分の人生を探そうと旅に出たんだ」

若くてじっとしていられないニコラスが、父親の支配にいらだつさまは容易に想像できる。そういうふうにニコラスを拘束するのは、野生の虎を檻に閉じこめておこうとするようなものだ。

ニコラスは言葉を切り、光る水面に目をやった。「それからというもの、父とはほとんど顔も合わせなかった。ちゃんと話をしたのは父が死ぬ間際になってからだ。そのとき初めてわかったんだよ。ぼくが出ていったことで父は苦悩していたんだと」

その声には後悔がにじんでいて、オーロラは慰めの言葉をかけずにいられなかった。「家に戻って会社を継ぐためには、さぞ多くのことをあきらめたんでしょうね」

「たしかにそうだが、父のためにそれくらいしなくてはという気持ちになったんだ。父自身も家族を守るために自分を犠牲にしていたからね。レイヴンの母親と大恋愛をしたときに妻子を捨てることもできたはずなのに、そうしなかった。それに、ぼく自身もそろそろ潮時だと思っていたんだ。だから死の床にいる父に誓ったよ。母と妹たちはぼくが守る。父が築いた会社や財産には誰にも指一本触れさせないと。ぼくの代になっても経営は順調だったし、戦争が始まってからも同業他社に比べればずっとうまくやってきた」

胸のうちを語るニコラスは、物静かで思慮深い男性に見えた。そういう尊敬できる一面を見るのは複雑な気分だったが、ニコラスの行動を理解するよい助けにはなりそうだ。「だからあなたは赤の他人と結婚してまでも、レイヴンに安定した人生を送らせようとしたのね」

「そうだ」ニコラスがほほえんだ。「そんな理由でもなければ、誰とも結婚しなかっただろうな」

オーロラは黙りこんだ。わたしは生涯を通してずっと、いずれ自分は結婚するものと思ってきた。ニコラスの人生とは大違いだ。ニコラスは親に反抗して冒険の旅に出た。わたしは現状に甘んじ、ずっと父に従ってきた……ニコラスと結婚したことを除いては。それまでは周囲の期待どおりに生きてきた。そして今ごろになって、自分がどれほどそれを苦痛に感じていたかに気づいた。

「なにを考えている?」ニコラスは彼女を見ていた。

「あなたとの結婚が、わたしにとっては初めての父への反抗だったの」

「レイヴンから聞いた話とは少し違うな。召使いを守るために、よく父親に歯向かったそうじゃないか」

オーロラは顔をそむけた。父の癇癪についてはあまり思いだしたくない。つらい記憶だし、恥ずべき話だ。

「きみが父親に脅されているところを見たとレイヴンが言っていた。しょっちゅう殴られていたんじゃないのか？」

「しょっちゅうではないわ」父をかばうために、オーロラはしぶしぶ返事をした。「それに、そんなのはたいしたことではなかった。わたししか父をいさめられる人間はいなかったんだもの。わたしがとめに入らなければ……」哀れな召使いたちに対する暴力行為を思いだし、彼女は目を閉じた。「昔からひどい人だったわけではないのよ。母は父を上手に扱っていたわ。でも母が亡くなって以降、父はお酒の量が増え、機嫌がころころ変わるようになった。ついさっきまで笑顔だったのに、つまらないことで急に怒りだしたりしたわ。それでもわたしが直接の原因でなければ、父をなだめられた。ただ、だんだんそばにいるのがいやになってしまって……」小さな声で言う。「口にするのもはばかられるけれど、父のことを憎むようになったの」

「しかたのないことだよ」

「自分の親を毛嫌いするなんて恥ずかしいわ」

「本人に落ち度があるんだから自業自得だ。だいたい自分の娘を……」ニコラスは容赦ない口調で言いかけたが、言葉を切った。「ぜひ一度、きみの父親に会ってみたいものだ」

ふたりが対峙する場面を想像しただけで顔がゆがんだ。

そんなオーロラの表情を見てニコラスが言った。「きみは自分で思っている以上に父親のことで傷ついているらしいな」

オーロラはうなずいた。それは自分でもわかっている。「そうかもしれない。ずっと父の癇癪を恐れながら生きてきたから。そのせいで体調を崩したこともあったわ。いつも自分は無力だと感じていた。だから……激しい感情を憎むようになったの」彼女は思わず身震いした。

ニコラスの手が慰めるかのようにそっと腰に添えられたのを感じ、オーロラはため息をついた。もはや父に傷つけられることはない。ニコラスのおかげだ。

「この二ヶ月でわたしは初めて穏やかな生活を知ったわ。これまでは朝に目が覚めると、今日も父の怒りと向きあうのかと思ってぞっとしたけれど、もうそんな心配はなくなった。それについては本当に感謝しているの。あなたと結婚したおかげで父から逃げられたんだから」

「どうして話してくれなかった？」

「なにを？」

「ぼくと結婚すれば父親からどんな目に遭うかを」

「話したところで、あなたの意志は変わらなかったと思うわ」

「まさかきみの身に危険が及ぶとは思っていなかった」

「ニコラス、この結婚はわたしが自分で決めたことなの。それに……」オーロラはかすかにほほえんだ。「おかげでハルフォード公爵との結婚生活に耐える必要もなくなった」彼女はまた身震いをした。「率直に言って、未亡人がいちばんよ。こんな自由を味わったのは初めてだわ」

ニコラスがしばらく考えこんだあと、穏やかな声で言った。「本当の自由はそんなものじゃない」

オーロラは困惑してニコラスを見た。「これ以上どうしろというの？　わたしにしてはすでに充分常識はずれなことをしているわ。女性なのに自分の家を持ったのよ」

「まだまだだ。きみは今でも父親から言われたとおり厳しいしきたりに従い、息が詰まりそうになっている」

ニコラスの言うとおりだ。オーロラは池を見つめた。たしかに息が詰まりそうだ。昔からずっとそう感じてきた。だからこそ、あの日記が琴線に触れたのかもしれない。ハーレムの女性が奴隷の身分に甘んじることに自由を見いだしたという美しい恋物語は、わたしの心をとらえて放さない……。

オーロラは唇を引き結んだ。そこまでの苛烈《かれつ》な自由は望んでいない。ただニコラスが言うように、もう少しだけなら危険を冒してもいいかもしれないという気はする。もう少し大胆になってみても……。

「きみは自分を抑えて生きているが、本当はもっと人生を謳歌したいと思っている」ニコラスが力強く言った。「生きていることを実感したいと願っているのに、どうしていいかわからないんだ」

ニコラスが秘密を見透かすような目でオーロラを見た。彼にはわかっているのだ。わたしは今までずっとあこがれにも似た気持ちを心の奥底に隠してきた。なにかを追い求めてじれている抑えがたい感情を。なにを求めているのかははっきりしていない。つかみかけるとするりと逃げてしまうからだ。

「それを教えてくれるつもりなの？」

「ぜひそうしたいな」その言葉が不思議とオーロラの心にしみた。「きみの知らない世界を見せてあげよう。色とりどりの生き生きとした世界を。冷たいベッドにひとり寝をするような、灰色の退屈な人生では幸せなどわからない」

暗にベッドをあたためてやろうとほのめかす言葉に、オーロラはどぎまぎした。「わたしを幸せにする義務はないのよ」それだけ言うのが精いっぱいだ。

「そうかもしれない。だが、きみは社会のしきたりから解放されたほうがいい。ぼくはその手助けをしたいと思っている」

「どうやって？　わたしが根負けするまで説得する気？」

「改めて恋人になりたいんだ」

夜のしじまに自分の心臓の音だけがやけに大きく聞こえる。「もうあなたとベッドをともにするつもりはないわ。妊娠したら困るもの。一生、醜聞につきまとわれてしまう」

「日記を読んだだろう？　妊娠するような行為をしなくても、愛しあう方法はいくらでもある」

たしかに日記にはそういう方法が詳しく描写されていた。かたわらを見ると、ニコラスがこちらを見あげている。

彼と愛しあうことを思うと鼓動が速くなる。この人はわたしの夫であり、初めての、そしてわたしが知っているただひとりの男性だ。そのうえ、わたしは今もまだニコラスが欲しいと思っている……。

急にニコラスの存在を強く意識し、期待と警戒心が交錯した。頭のなかで、彼が与えてくれる悦びに身を任せてしまいなさいとささやく声がする。その一方で、ここで負けてはいけないと戒める声も聞こえる。ニコラスは手に入らないものが欲しいだけなのだから。

だけど……彼が欲しがっているものを手にしてしまったら？　わたしが求めに応じれば、狩りのスリルはなくなり、ニコラスは追いかけるのに飽きるかもしれない。そうなれば、わたしのことをあきらめてくれるのではないの？

もう獲物のように追われ、身を守り続けるのに疲れた。

ある意味でニコラスは父に似ている。わたしを圧倒し、要求を承諾させ、支配しようとするのだから。けれど、わたしはあの父に抗えたのだ。ニコラスにも立ち向かえないはずがない。

立場を逆転させて、ニコラスを獲物に変えられたらどんなに溜飲《りゅういん》がさがるだろう。こちらが追いかければ、彼は尻尾《しっぽ》を巻いて逃げだすかもしれない——アメリカまで。ニコラスの体の欲求さえ満足させれば……。

「そうね、あなたの言うとおりかもしれない」とりかえしのつかない間違いを犯しているのではありませんように、とオーロラは願った。「改めて恋人同士になるのもいいかもしれないわ」

返事はなかった。どうやら言葉も出ないほど驚かせてしまったらしい。まさかわたしが同意するとは思ってもみなかったのだろう。

そして、今ここで始めの一歩を踏みだすとは想像もしていないはずだ。

オーロラは動揺を押し殺し、息を吸いこんだ。ちゃんと最後までやりおおせられるかしら？　だけど、ほかに方法はない。わたしが屈するまでニコラスがあきらめないなら、さっさとこちらから折れて、こんな奇妙な関係は早く終わらせたほうがいい。

男女の営みの経験は少ないが、女性が主導権を握ることも可能だとあの日記が教えてくれた。それに新婚初夜とは違い、わたしは生娘ではない。

彼女はニコラスの目を見つめたまま勇気を振り絞り、ゆっくりと身をかがめてキスをした。

ニコラスは虚をつかれたのか、じっとしたまま身動きひとつしない。「本気なのか？」

オーロラは努めて落ち着いた声で答えた。「ええ、本気よ。あなたは大胆になれと言っていたでしょう？　だから今から変わることにしたの。お願い、あおむけになって」

オーロラがニコラスをゆっくりと押し倒すと、彼はオーロラの手をつかんで自分の体から離した。

彼女は身を起こし、神経質な笑い声をあげた。そしてわざと低い声で挑むように訊いた。

「わたしが怖いの?」

ニコラスが目を細める。「どうするつもりだ?」

「楽にしてあげようとしているだけよ」オーロラはニコラスの胸に手をあてた。「それに、少しは復讐《ふくしゅう》の味を楽しもうかと思っているの。あなたはわたしを苦しめて喜んでいる。今度はわたしがあなたをいじめる番よ。それが公平というものでしょう? さあ、あおむけになってちょうだい」

ニコラスは言われたとおりにした。「オーロラ、ぼくは聖人君子じゃない。その気がないなら、ここでやめておいたほうがいいぞ」

オーロラは意地の悪いほほえみを浮かべてみせ、彼の上着のボタンをはずした。本当は緊張で指先がうまく動かなかった。「あなたを聖人君子だなんて思うわけがないでしょう。わたしはこのゲームを楽しみたいの。自分のやり方でね」

ベストのボタンもはずした。上等なキャンブリック地のシャツを通して鼓動とぬくもりが伝わってくる。オーロラは指先に躍動する生命を感じた。

「ひとつめのルールはわたしに触れないこと」

「ぼくが従わなかったら?」

「いいえ、あなたは従うわ」

オーロラは彼の腹部へと手を滑りおろしていった。そして少しためらったあと、シャツを胸まで引きあげた。

ニコラスが落ち着かなげに身じろぎしたのを見て、オーロラは眉をひそめた。「じっとしていて」

腹部を愛撫されているあいだ、ニコラスはされるがままになっていたが、ズボンに手を入れられるとびくりとした。オーロラは勇気を奮い起こした。

「あら、痛いの？」からかうように訊いた。

「わかっているくせに」ニコラスは歯を食いしばっている。

オーロラは手を引き抜いた。彼の体が反応しているのはズボン越しでもわかる。

「そんなことをされてもぼくがじっと横たわったままだと思っているなら、大間違いだぞ」

ニコラスがかすれた声で言った。

「動いたらやめるまでよ」

オーロラはズボンの前を開き、下腹部をあらわにした。

経験こそないに等しいが、女性の愛撫にそれがどう反応するのかは知っている。

〝わたしもあなたの下腹部へと手を伸ばした。恥じらいはない。欲望を覚え、性の悦びを感じることにタブーなどいっさいないと、あなたに教えられたからだ〟

そう、知っているのだ。

オーロラはうっとりとした表情を装い、ニコラスの欲望の証に手を伸ばした。本当は心臓が激しく打っている。それでも新婚初夜、夫がそうしてくれたように優しく指を滑らせた。ニコラスが体を震わせた。

「オーロラ……」かすれた声で言う。

ニコラスの反応にぞくぞくしながらオーロラはさらに愛撫を続け、ゆっくりと規則的に手を動かし始めた。

「そんなやり方をどこで覚えた？」彼は苦しげな声で言った。

「すばらしい先生がいるもの」

「教えた覚えはない」

「そうね、具体的には教わらなかったけれど、男性の体を怖がらなくていいことや、快感のなんたるかは学んだわ」

驚いたことに、ニコラスを愛撫することによって、オーロラ自身も肌がほてって脈が速くなり、体の奥がうずいた。

彼女はフードをとり、期待に胸を震わせつつニコラスの下腹部にかがみこんだ。彼は目を閉じ、息を詰まらせている。オーロラは自分がニコラスを支配する喜びを感じた。

「どうかしら？」

ニコラスが声を振り絞った。「お願いだ、そのまま続けてくれ」

やめるつもりはなかった。それどころか禁断の行為に興奮さえ覚えている。

女性としての本能がささやくままに、オーロラは情熱の証を口に含んだ。ニコラスが声をもらし、苦悶の表情を浮かべる。オーロラは胸が高鳴った。もっと声をあげさせたい。身をよじるほどに感じさせたい。

　オーロラの愛撫にニコラスは背中をそらし、体を震わせ始めた。息遣いも荒くなっている。のぼりつめかけているのだ。オーロラがそう悟ったとき、喉の奥でそれが大きく跳ねた。ニコラスは自分を抑えきれなくなったらしく、かすれた声をもらすとすばやく体を引いてオーロラに背を向けた。背中が震えている。

　彼は疲れ果てたようにあおむけになり、長いあいだ目を閉じていた。「日記を書いた女性に礼を言わないといけないな」

　ニコラスにまじまじと見つめられ、オーロラは顔を赤らめた。今になって自分の行為がはしたなく思われ、思わず顔をそむけた。

「急にはにかみ屋になったのかい？　今度はぼくが楽しませてあげる番なのに」

　彼がオーロラの手をとり、てのひらにキスをした。それだけのことにも体が熱くなる。だが、オーロラはそっと手を引き抜いた。「今夜はもう充分に大胆になったわ」

「そうはいかない。もっときみが欲しくなってしまった。今夜はひと晩じゅう、愛しあおう」

　オーロラは心が揺らいだ。「だめよ」

「どうしてだい？」ニコラスが彼女の外套の下に手を滑りこませ、胸に触れた。敏感になっている先端を薄いモスリン地越しに触れられて、オーロラは悩ましげな顔になった。「本当はそうしたいんだろう？　自分も感じたいと思っているはずだ」

いっきに警戒心が戻ってきて、オーロラは返事に詰まった。甘い言葉に気をつけなさいという声が頭のなかで響いている。

ニコラスが体を起こし、彼女の手に軽くキスをした。オーロラは抑えがたい衝動に見舞われ、めまいがした。結局のところ、彼に触れられると抗えない。

だが、オーロラは腕のなかに引き寄せようとするニコラスの胸を押し戻した。あたりを見まわすと、夜とはいえ月の光が明るい。柳の木立に囲まれてはいるが、これでは誰かに見られないとも限らなかった。「ここではだめよ……」

「そうだな。ベッドのあるところへ行こう。どこがいい？」

オーロラは息を吸いこみ、慎重な自分を捨て去った。「わたしの家に行きましょう」

「喜んで」

ニコラスは衣服の乱れを直し、立ちあがって手を差し伸べた。オーロラは震えながらその手に指をかけた。

毛布を拾いあげ、ふたりは馬車へ戻った。ニコラスがオーロラを座席に乗せ、自分も隣に座ると、最後にもう一度美しく光る池を眺めた。

「これからは今までとは違った気持ちでこの池を見るのだろうな」しごくまじめな口調で言う。

わたしもだ。明日からはここを訪れるたびに、こうしてニコラスと一緒に池を眺めた瞬間を思いだすだろう。

帰り道、ふたりはほとんど話をしなかった。本当にこうしてよかったのか、と思うとオーロラの鼓動は乱れた。ニコラスを寝室に招き入れるのは虎を檻から放すようなものだ。きっとわたしは傷つくだろう。

すでにわたしは隙だらけだ。これ以上ニコラスと親密になれば、必死になって築きあげてきた平穏な生活が脅かされるのは目に見えている。

だけど、いったん決めたからには、なんとしても最後までやり通すしかない。あとはもくろみがはずれないことを願うばかりだ。わたしという獲物をしとめた暁には、ニコラスが狩りをやめてくれますように。わたしがとりかえしのつかない傷を負う前に、どうか追いかけるのに飽きてくれますように。

だが馬車が自宅裏の私道に入るなり、オーロラの心配は脇へ押しやられた。いくつもの窓に明かりがともっている。

「なにかあったんだわ」オーロラはこみあげる不安を抑えながらつぶやいた。

馬が足をとめるや急いで馬車を降り、裏口の石段を駆けあがった。ニコラスは先ほどの少年に手綱を預け、彼女のあとについて家へ入った。

廊下に執事のダンビーがいた。寝ているところを起こされたのか、ナイトシャツの上にガウンをはおり、白髪まじりの頭にナイトキャップをかぶっている。ダンビーは深刻な顔をしていた。

「奥様、なにか問題でも？　お姿が見えないので心配しておりました」

オーロラは堂々とした態度を保とうと心に決め、顔をあげた。自分の使用人に対して恥じ入る必要はない。「馬車で散歩に出ていただけよ。それよりいったいどうしたの？　なぜ家じゅうの者が起きているの？」

「マーチ伯爵がお見えでございます」一瞬、オーロラの心臓が凍りついた。ジェフリーであるわけがない。一年も前に海で亡くなったのだ。オーロラはすぐに、ジェフリーの弟で一〇歳になるハリーが爵位を受け継いだことを思いだした。

「ハリーが？　ロンドンに来たの？」

「はい、奥様、厨房にいらっしゃいます。その……ひとり旅をして空腹だとおっしゃって」

「ひとり旅？　どういうこと？　お母様がご一緒ではないの？」

「いいえ、マーチ卿だけでございます」

そのとき金髪の少年が厨房と廊下をつなぐ階段を駆けあがってきた。半ズボンに上着姿だが、髪はくしゃくしゃで、ジェフリーによく似た顔はずいぶん汚れている。

「ロリー！　やっと会えてうれしい――」ハリーはニコラスに気づき、その場で立ちどまった。驚いたことにこぶしを握りしめ、ニコラスをにらみつけている。「あなたは誰？」

「ハリー、お行儀が悪いわよ」オーロラが叱った。

「レディ・オーロラの亡くなったご主人の従兄弟で、ブランドン・デヴェリルと申します」

ニコラスが穏やかに答えた。

「なんでここにいるんだ！」ハリーがうなるように訊いた。

「ハリー、お客様なのよ。口を慎みなさい」

ハリーがオーロラに非難のまなざしを向けた。「もう兄さんを忘れてしまったの？　まだ一年しかたってないんだよ。今日でちょうど一年だ」

オーロラはジェフリーの命日を失念していた。「日付のことはうっかりしていたけれど、あなたのお兄様のことは忘れるわけがないわ」

「じゃあ、どうしてこんな夜中にこいつが来てるんだ？」

オーロラは深呼吸をした。「そんなことを尋ねるのは不作法よ。それに、ニコ……ミスター・デヴェリルは親戚なのだから、この家を訪ねてきてもちっともおかしくないわ。さて、今度はわたしが訊く番ね。なぜあなたはロンドンにいるの？　しかもこんな夜中に」

ハリーが初めて不安そうな顔になった。「家出してきたんだ。ママったらひどいんだよ。ロリー、お願いだからぼくをここに置いて」

14

彼ははっとするほど優しくわたしに触れた。まるでこの心さえも自分のものだと言わんばかりに。

「さあ、ハリー、話してちょうだい。いったいどうやってロンドンまで来たの？」ハリーとオーロラは厨房にある使用人用のテーブルについていた。癪に障るのは、頼みもしないのにニコラスが同席し、しかもくつろいでいることだ。だが、この年若い不意の客人の前で口論するわけにもいかなかった。

ハリーはコールドチキンとスコーンとリンゴの食事をむしゃむしゃと食べながら顔をあげた。「駅馬車さ。楽しかったよ。最初は屋根の上に乗っていたんだけど、そのうち御者台に移ったんだ。手綱も持たせてもらったよ。すごいだろう！　でもお客が文句を言ったから、すぐにまたとりあげられたけど」

「サセックスからずっとひとりで来たの？」オーロラは唖然とした。「それがどんなに危ないことかわかっているの？　強盗に襲われていたかもしれないし、それどころか――」

「駅馬車はちっとも危なくないよ。ロンドンの馬車宿に入ったときは、ちょっと怖かったけどね。人がいっぱいいたし、道を訊かなくちゃいけなかったんだ。そしたら追いはぎみたいな三人組につかまりそうになったから、げんこつを振りまわして逃げてきた」

オーロラはぞっとした。真夜中にロンドンの通りを子供がひとりで歩いていれば、なにがあってもおかしくない。

そんなオーロラの表情を見てハリーが言った。「ぼくはまぬけじゃないから、自分のことは自分で守れるよ。でも荷物を盗《と》られちゃった。大切な船が入っていたのに」

「船？」ニコラスが興味をかきたてられたらしい。

信用できる相手かどうか推しはかるように、ハリーは用心深い顔でニコラスを見た。「ネルソン提督のヴィクトリー号さ。兄さんからもらったブリキの船なんだ」またジェフリーのことを思いだしたのか、非難がましい目でオーロラをにらむ。「ダンビーは最初、ぼくをなかに入れてくれなかった。マーチ卿だと言っても信じてくれないんだ。ダンビーはもっと小さいころのぼくしか知らないし、肝心のロリーは家にいないし」

オーロラは決まりが悪かった。背中に垂らしたままの乱れた髪は、さぞだらしなく見えるだろう。「あなたが家出したのをお母様はご存じなの？」さりげなく話題を変えた。

ハリーがいたずらっぽい笑みを浮かべる。「今ごろはもう気づいてるはずだよ。それに、ちゃんと置き手紙を残してきた。ロリーの家で暮らすからって」

「お母様がどんなに心配すると思っているの」

「わかってるよ。だから家出したんだ。このごろのママはうるさいんだ。息が詰まりそうだよ、ロリー。とくにこの一週間はひどかった。兄さんの命日が近づいていたせいさ」

「お母様が心配されるのは当然よ。ハリー、今となってはたったひとりの息子なんですもの」

「そうなんだよ！　ママは兄さんのことになるとばかみたいになるし、ぼくが一歩家を出るだけでも大騒ぎする。大人になるまで紐でもつけておくつもりらしいよ。ああ、ちくしょうめ」

オーロラは顔をしかめた。「そんな言葉をどこで覚えてきたの？」

「園丁のトムが言ってた。ロリー、ぼくにお説教するつもり？　そうしたいならお好きにどうぞ。でも、ぼくは帰らないからね。もしロリーが置いてくれないなら、誰かほかの人を探すから」

彼女は返事に詰まった。ハリーの力にはなってあげたい。この子が大好きだからというのもあるが、かわいそうなことをしたという思いもあるからだ。この一年ほどはちっともかまってやらなかった。ハリーは敬愛する兄を亡くしたうえに、母親からの息苦しいまでの干渉に耐えなければならなかった。レディ・マーチは普段は口うるさい女性ではないが、長男の死にショックを受け、次男だけはなんとしても守ろうと心に決めているのだ。ハリーが反抗し、友人だと思っている相手に助けを求めてきた気持ちは理解できるが、だからといって家出に賛成して手を貸すわけにはいかない。

この家で一緒に暮らしたいのなら条件をつけようとオーロラが考えているあいだに、ハリーがまた口を開いた。「ちょっとのあいだでいいんだ。すぐに海軍に入るつもりだから。兄さんみたいにフランス野郎と戦うのさ」

「なんですって?」

「海に逃げるんだ。ぼくは本当の冒険がしたいのに、ママは小川で魚釣りをするのさえ許してくれないんだよ。水に近づけば、兄さんみたいにおぼれて死ぬんじゃないかって心配してるんだ」

「ぼくは海のことなら詳しいぞ」ニコラスが口を挟んだ。

「本当に?」ハリーが興味津々という顔になった。「植民地の人みたいな訛りでしゃべるんだね」

「アメリカ人なんだ。だが、英国海軍とは多少つながりがある。うちの船員たちが無理やり徴兵されて、海軍の船に乗せられたからな」

「船長なの?」ハリーが目をきらきらさせる。

「違う。船主だ。商船の部隊を持っている」

「部隊だって? すごい!」

ニコラスは笑みを浮かべた。「海軍はきついぞ。それを知っていたら絶対に入ろうとは思わない。本当だよ。だいたい船乗りの暮らしは貴族の生活に比べたら不便なことばかりだ。海軍に入るなら、まだ商船の見習いになるほうがましだよ」

オーロラはニコラスをにらんだ。少年の途方もない夢を助長させるようなまねはやめてほしかった。「ハリーはどちらにも入らないわ」

「入るよ」ハリーはチキンの足を頬張りながら反抗的な態度を見せた。

ニコラスがかぶりを振った。「そんなやり方をしているようでは無理だな。お母さんを心配させるのもよくないが、なにより冒険に出るにはそれなりの準備がいる。どうせ紹介状も持っていないんだろう？」

「紹介状がいるの？」

「下っ端になるのがいやなら必要だ。きちんとした地位にいる人間から立派な人物だと保証してもらうんだ。それに身のまわりのものをそろえるのにも金は必要だ」

「それなら大丈夫だよ。ぼくはお金持ちなんだ」

「だったら船乗りになることはない。船を買って船乗りを雇う側になったらどうだ？　朝から晩まで甲板にモップをかけているよりは、そっちのほうがずっといい」

その提案が気に入ったらしく、ハリーはにっこりした。

ニコラスもにやりとした。その笑みに心を奪われ、オーロラは胸が痛んだ。ニコラスなら反抗的な少年の扱いに長《た》けているだろうと気づくべきだった。今の話を聞いていると、一〇歳のころのニコラスがどんな子供だったか想像がつく。だが、ハリーをそそのかすようなことは言ってほしくない。

ハリーはチキンの足を振りまわしながら新たな夢を口にした。「自分の船を持ったらフランスへ行って、兄さんみたいな諜報員《ちょうほう》になるんだ」

「ジェフリーがなんですって？」

「船が沈没したとき、兄さんは極秘任務に就いていたんだ」そう言うと、ハリーは警戒するようにあたりを見まわした。「あっ、これは言っちゃだめだった。秘密にするって兄さんと約束したから」

オーロラはハリーの言葉を信じなかった。読書好きだったジェフリーが諜報員に向いていたとは到底思えない。兄の死になにか意味を持たせようとして、少年が頭のなかで物語を作りあげてしまったのだろう。思っていた以上にハリーは友人を必要としているらしい。わたしがその友人になればいい。小さいころからよく知っているハリーをほうっておけるわけがない。ハリーは馬が大好きで、よく理由をつけてはエヴァーズリーの馬小屋へ遊びに来ていた。馬に関しては実の兄よりわたしの意見を信用していた。初めてのポニーを選んだのも、ジェフリーではなくこのわたしだ。

ハリーのことは弟のように思ってきたし、運命が無慈悲なことをしなければ義理とはいえ本当の弟となっていたはずだ。それに口やかましい親から逃げだしたい気持ちはよくわかる。家出に手を貸すのは本意ではないが、とりあえずしばらくはハリーを預かることにしよう。少なくとも、冒険を求めて船に乗ろうなんて愚かな考えを捨てさせるだけの時間は欲しい。

オーロラはハリーの大きなあくびを見て、彼が疲れていることに気づいた。「もうベッドへ行きなさい」彼女は優しく言った。「続きはまた明日の朝にしましょう」

「ぼくを追いかえさない？」

「そんなことはしないわ。明日の朝いちばんに、お母様にお手紙を書きましょう。あなたがここへ無事に着いたことを知らせて、しばらく泊めてもかまわないか訊いてみるわ」

「さっすが、ロリー」ハリーが立ちあがってテーブルをまわりこみ、オーロラのそばに来ると首筋に抱きついた。

オーロラは思わず笑みをこぼした。「荷物をなくしたと言っていたわね？　ナイトシャツを用意させるわ」

ドアの外に控えていたダンビーが、まるで呼ばれたかのように姿を現した。オーロラはハリーの腕をはずした。

「マーチ卿を緑の間にご案内してさしあげて」

「かしこまりました」

オーロラは執事についていこうとするハリーに声をかけた。「待って、マーチ卿。ミスター・デヴェリルに謝らないといけないことがあるでしょう？」

ハリーはいやいやながらもしおらしくニコラスのほうを向いた。「さっきは失礼なことを言ってごめんなさい」

「かまわないよ」ニコラスはあっさり許した。

「お行儀よくするって約束したら、船の話をしてくれる？」

ニコラスがほほえむ。「喜んで」

「ありがとう」ハリーはオーロラをちらりと見た。「思ってたよりいい人だね、ロリー」

ふたりだけになると、オーロラはニコラスの視線を感じた。

「ロリーと呼ばれているんだね」

「ハリーは小さいとき、うまくオーロラと発音できなかったの。だからそれ以来、ずっとロリーと呼ばれているわ。さっきはごめんなさいね。普段はもっといい子なんだけれど」

「わかっているよ」ニコラスが言葉を切った。「きみは子供の扱いがうまいな。さぞいい母親になるだろう」

ニコラスと目が合った。彼もわたしと同じことを考えているのだろうか？　もしわたしたちが本当の夫婦だったら、どんな子供が生まれてくるのだろう？

オーロラは自分を叱った。本当の夫婦だったらと考えるのはばかげている。ニコラスはひとりの女性に心を捧げる男性ではないわ。彼にとって恋愛はゲームや冒険にすぎない。ベッドですばらしい恋人になるのは間違いないが、女性に対して深い気持ちを抱くことはない。夫婦のあいだに強い感情の結びつきがなければ、ニコラスはそのうちまたじっとしていられなくなり、放浪の旅に出るだろう。危険の香りに誘われてわたしから離れていき、わたしはひとりとり残されて傷つくはめになる。

オーロラは寂しさに胸がしめつけられた。だめよ、ニコラスの子供を授るわけにはいかないわ……。

ふと忘れていたことに気づき、オーロラははっとした。ニコラスがこうして厨房にいるのは、わたしがベッドへ招いたからだ。どうすればいいの……。

急に先ほどとはまた別の緊張が流れた。ニコラスに見つめられ、オーロラは身じろぎした。ニコラスとは距離を置こうと決めていたのに、危うく誓いを破るところだった。絶好のタイミングで、今夜ハリーが来てくれて本当によかったと思う。わたしの人生に現れたふたりめの予期せぬ男性だ。あの子のおかげでとんでもない間違いを犯さずにすんだ。

「もう帰ってもらえるかしら」彼女はかすれた声で言った。

「一時間前はそんなことは言わなかったぞ」

「あのときは月の魔法にかかっていたからよ。それに、まさかハリーが家出してくるとは思っていなかったもの」

「あの子の後ろに隠れる気かい？　ハリーを言い訳にして自分の気持ちを否定するのか？」

「そういうわけでは――」

「いや、そうだ。そうやって自分をごまかしている」

「違うわ。今夜のわたしはどうかしていたの……」オーロラは頭を振った。「もっと自分の立場をわきまえるべきだった。それにわたしにはハリーの成長を見守っていく責任があるわ。もうジェフリーはいないのだもの。彼はあの世からわたしに頼むと言っているはずよ」ニコラスの視線に耐えきれず、言い訳がましくつけ加えた。「今夜、あなたとベッドをともにするのはジェフリーの思い出を踏みにじることになるわ。命日を忘れていたなんて、自分で自分が許せない」

「許せないのは、きみが生きたまま自分を過去に葬り去ろうとしていることだ。亡くなった婚約者のことは忘れて、前に進まなくてはいけないんだよ」

オーロラは目をそらし、低い声で答えた。「愛する人の死はそんな簡単に忘れられるものではないわ。ジェフリーを失ってわたしがどんな思いをしたかはあなたにはわからない。彼はただの婚約者じゃなかった。友人でもあり、幼いころから大好きな人でもあったのよ。とくに母が亡くなってからは……」涙で声が詰まった。わたしがどれほど絶望感に打ちひしがれて途方に暮れ、耐えられないほどの寂しさを味わったか、ニコラスには絶対に理解できない。

流行《はや》り風邪で愛する母を亡くしたとき、わたしは打ちのめされた。そんなわたしを慰めて元気づけ、苦悩を和らげてくれたジェフリーも逝ってしまった。しかもあまりに早すぎる死だった。だが、そのとき気づいた。運命を呪ってみてもしかたがないと……。

オーロラはいつものように悲しみを脇へ押しやって立ちあがった。「もうこの件であなたと言い争うつもりはないわ。玄関はどこかわかるわね」

背中を向けて立ち去りかけたとき、優しい声がした。「オーロラ」

彼女は振り向かなかった。椅子をさげる音がした。ニコラスが背後から近寄り、オーロラの体に腕をまわして耳もとでささやいた。

「ぼくを拒絶しないでくれ」

オーロラは声が出なかった。体が熱くほてり、ニコラスを求める気持ちがこみあげてくる。

たくましい胸に引き寄せられたとき、ニコラスとかかわるのがどれほど危険か改めて思い知った。もう一度、抱かれたい。どうか行かないでほしい。本当は拒絶したくない。けれど、自分の身を守りなさいという警告の声が頭のなかで響いている。

「あなたをこの家へ誘ったのが間違いだったわ。もう親密な間柄にはなりたくない。無理なのよ」

「なぜだい？」ニコラスが片手でオーロラの胸を包みこんだ。「ぼくたちは夫婦だ。誰の許可も必要とせずに正々堂々と愛しあえる」

「そうしたところでどうなるの？　刹那《せつな》的な悦びを味わうだけでしょう？」

しばらくして返事が返ってきた。「刹那的な悦びのどこがいけない？」

オーロラは目をつぶった。頬に熱い息がかかり、胸を愛撫されて声がもれそうになる。

「あなたよ、ニコラス」オーロラはかすれた声で答えた。「いけないのはあなた自身なの。あなたはわたしが愛したいと思う相手じゃない。スリルを求めて命を危険にさらすような男性と深い間柄になるのは耐えられないの。わたしはもう充分に人の死を見てきた。最初は母、そしてジェフリー……もう傷つくのはたくさんだわ」

「傷ついてくれなんて頼んでいないだろう」

「同じことよ。あなたはわたしが感情を押し殺していると言って責める。たしかにそうかもしれないけれど、そのほうが苦しみは少ないわ」

「だが、満足も少ない」ニコラスもかすれた声で言った。「喜びや楽しみのない一生を送りたいのか？　恋をし、欲望を覚え、興奮を味わってこその人生だ。それをすべて遠ざけ、殻に閉じこもって生きるのになんの意味がある？」オーロラが黙っていると、ニコラスは彼女の髪に唇をうずめた。「孤高の人となって生きていくつもりか？　本当は情熱的な女性なのに、それを封じこめてしまえるほどきみは強いのか？」

ニコラスの言葉は心の奥底にくすぶる衝動に突き刺さった。オーロラは必死の思いでかぶりを振った。ここで屈するわけにはいかない。そんなことをすれば最後には自分がぼろぼろになってしまう。今でもニコラスの魅力にとらわれて深い感情を抱き始めているのだ。

手遅れになる前に、なんとしても終わらせなければいけない。

「あなたはなにもわかっていない」オーロラは懇願するように言った。「恋なんかしたくないの。わたしのことはほうっておいて」

「嘘だ。新婚初夜のきみは熱く燃えていた。忘れたとは言わせない」

「ニコラス、お願い……もう行って」

ニコラスはゆっくりとオーロラを自分のほうへ向かせ、腰に手をまわして顔をのぞきこんだ。オーロラはなすすべもなく彼を見あげ、その目に引きこまれていった。

「オーロラ……」ニコラスが悩ましいささやき声で言う。

そして顔を傾けた。

オーロラは彼の胸を両手で押しかえし、抗議の声をもらした。いや、キスはやめて……。あたたかい唇が口もとをたどった。開いた唇にニコラスの息がかかる。オーロラは両手を伸ばし、ニコラスの髪に指を滑りこませた。こんなことはしたくないのに、高ぶる感情を抑えられない……。

ニコラスがオーロラをしっかりと抱きしめ、激しく唇を求めた。オーロラは切ない声をもらした。下腹部に彼の欲望の高まりが感じられる。ふたりは無我夢中で互いの唇をむさぼった。

このまま突き進んでしまえば、大きな悦びが待ち受けているのはわかっている。ニコラスはわたしを求めている。そしてわたしも……。

そのとき厨房へ近づいてくる足音が聞こえた。オーロラは身を震わせ、ニコラスの腕を振りほどいた。

ニコラスから離れたとき、ダンビーが姿を現した。彼女の体はまだ震えていた。

「マーチ卿はおやすみの支度中でございます。ほかにご用はございませんか?」

オーロラはなんとか平静をとり繕おうとした。「あるわ」声の震えをとめるのが精いっぱいだ。「ミスター……デヴェリルを玄関までご案内してさしあげて。お帰りになるところなの」

オーロラはニコラスに目を向けずに立ち去った。

ニコラスはまだ帰りたくないと思いながら、かたい表情で彼女の背中を見送った。まだオーロラを行かせたくはなかったが、邪魔が入ってよかったのかもしれない。そうでなければ自分をとめられず、厨房で最後まで求めていたかもしれない。

馬車を駆って宿に着いたころ、ようやくニコラスは自分の気持ちを冷静に分析できるようになった。

どうしてこれほどオーロラに惹かれるのだろう？　キスひとつで自制心を奪われてしまう女性は初めてだ。彼女のなにがそんなに魅力的なんだ？

たしかにオーロラは美しい。おしゃべりが楽しく、知的で優雅だ。それだけの資質を備えた女性はめったにいないだろう。それに、こんなに抵抗された経験がないのも事実だ。

簡単になびかないからこそ闘志をかきたてられるのは間違いない。ぼくの野心的な性格ゆえになんとしても口説き落としたいと思っている面もあるし、これほど近くにいながら触れられない状況が、甘く官能的な地獄となっていっそう感情を高ぶらせている側面もある。

だが、オーロラへ気持ちは単なる闘争心や体の欲求よりもっと根が深い。気づいたときにはすでに、彼女をわがものにしたいという欲望の虜になっていた。

これは危険な火遊びだ。けれど相手がオーロラなら、やけどをしてもかまわない。

ニコラスは皮肉な笑みを浮かべた。ぼくがひとりの女性に、しかも自分の妻に夢中になっていると知ったら、友人や家族はさぞ驚くだろう。だがそれが彼女の魅力のせいであろうが、あるいは抵抗されているからであろうが、このままではあきらめきれないという思いはいっそう強まっている。

この結婚は父との約束を果たすための苦肉の策だったはずなのに、今では大きな意味を持つようになった。オーロラのことを知れば知るほど、本当の妻にしたいという願いはふくらんでいく。

オーロラに対する理解は間違ってはいない。彼女の情熱的な魂は解放されたいと願っている。今夜のハイド・パークでの行為がまさにそれだ。あまりの大胆さに驚いたが、あれは胸が躍った。ことが終わったときには深い満足も覚えた。

だが、短い勝利だった。

ニコラスはののしりの言葉を吐いた。オーロラがすぐにまたかたい殻に閉じこもってしまったときには怒りがわいたし、なんとかしてその殻を破りたいとも思った。その結果ときたら、亡くなった婚約者をどれほど愛していたかという話を聞かされ、なにかを殴りたくなっただけだ。

オーロラを独占したい。ぼくは死んだ人間に嫉妬している。オーロラがジェフリーへの敬慕の念を口にすると頭に血がのぼってしかたがない。ジェフリーとの思い出を乗り越えるまで、オーロラは新たな人生を歩み始めることはできないだろう。それまでは、ほかの男性にも心を開けないに違いない。

ニコラスは険しい顔になった。女性を危機から救った経験なら何度もあるが、その危機は物理的なものだった。オーロラの場合は彼女自身を当の本人から助けださなければならない。

オーロラを妻にしよう。そして、ほかの男性を愛したことさえ忘れさせてみせる。

15

彼の意図ははっきり伝わった。わたしの身も心も自分のものにするつもりなのだ。

オーロラの願いとは裏腹に、ハリーの滞在はあきらめの悪い夫を遠ざけるどころか、さらに親しい間柄になる口実を与えてしまった。ハリーと遊んだり、ロンドン見物に連れだしたりする理由にかこつけて、ニコラスは頻繁に屋敷を訪れるようになった。

ふたりが即座に意気投合したのには啞然とするばかりだった。ニコラスは船や旅の話に自由という媚薬《びやく》を振りまき、少年の心をとらえた。オーロラはニコラスを出入り禁止にできなかった。ハリーをがっかりさせたくはなかったのだ。

正直なところ、ニコラスがハリーの相手をしてくれるのはありがたかった。元気があり余っている一〇歳の少年を退屈させないでおくのは並大抵のことではないからだ。朝の乗馬に連れだすくらいでは、冒険心のかけらも満足させられない。なにしろ世界を見たいと思っている少年だ。手始めにまずはロンドンを隅々まで見物する気でいる。

幸いにも——世間体を考えると不幸だったが——レイヴンがハリーのよい友人となり、よく公園で一緒に荒々しいインディアンのごとく馬を疾走させた。最初にそうするようすすめたのは自分だったため、オーロラはふたりを叱ることもできなかった。

だがそんな乗馬も、ニコラスが連れていってくれるロンドン見物にはかなわなかった。虎がいることで有名なエクセター・チェンジや、ピカデリーのエジプシャン・ホールへ行った日などは、ハリーは目を真ん丸にして帰ってきた。アフリカやアメリカの珍しい品々を堪能《たんのう》してきたらしい。その三日後には奇術や曲芸や綱渡りが披露される地元の定期市で、ジンジャーブレッドを食べすぎておなかを壊した。

ニコラスがハリーを好き放題にさせている気がして、オーロラはやきもきした。だがニコラスは心配するなとオーロラの不安を一蹴《いっしゅう》した。

「もちろん心配するわ。わたしはあの子に対して責任があるもの」

「怪我はさせない。約束するよ」

オーロラは納得するしかなかった。だがニコラスがハリーをあおっているか、ハリーが英雄崇拝熱にかかっているのは間違いなかった。

アストリーズ・ロイヤル劇場へ行ったときはレイヴンも同行し、一緒に曲馬を観覧した。その翌朝、ハリーはみずから曲芸のひとつに挑戦し、落馬して膝をすりむき、顎から出血した。

オーロラは仰天したが、ニコラスは膝をすりむくくらいは少年の通過儀礼だと言ってとりあわなかった。さらに抗議すると、口うるさくすると母親みたいだと思われるぞと警告された。

それでもオーロラは、ニコラスがハリーの反抗心を助長していることが気に入らなかった。きわめつけはキャッスル通りのバーフォード・パノラマ館だった。パノラマ画を鑑賞できるのだが、そのうちのひとつはナイル海戦におけるネルソン提督の勝利を描いたものだった。帰ってきたハリーは一日じゅう、いつか自分も航海に出るんだとそればかり話していた。

翌朝、乗馬に出かけたとき、オーロラはニコラスに頼みこんだ。「もうハリーをロンドン見物に連れていくのはやめてもらえないかしら」

「どうしてだい?」

「ハリーは感受性の強い年ごろよ。あなたから危険な影響を受けるんじゃないかと心配なの」

「エジプトの象形文字を見るのが危険だとは思えないが」

「問題はロンドン見物ではなくて、あなたと一緒にいることよ。あなたはけっしていい影響を及ぼさないわ、ニコラス」

「ブランドンと呼んでくれ」

オーロラは天を仰いだ。「ハリーがあなたに懐きすぎているのも気になるの。このままではあなたがイングランドを去るとき、ハリーは深く悲しむわ」そのときわたしはどう感じるかしら? 「たくさん冒険をしているあなたを、英雄だと思っているのよ」

「聞くところによると、ぼくなんてジェフリーの足もとにも及ばないみたいだぞ。ハリーによれば、きみの元婚約者は諜報員だったそうじゃないか」

彼女は首を振った。「ハリーの勘違いよ。ジェフリーほど諜報員からほど遠い人はいないわ」

「なぜそう思うんだ?」

「学者肌だったからよ。いつも本ばかり読んでいたもの」

「退屈そうな男だな」

オーロラはむっとしたが、気がつくと悔しさに顔をそむけていた。そういえばニコラスがイングランドへ来てからこの半月というもの、わたしはジェフリーのことをほとんど思いださなくなっている。

罪の意識がこみあげ、胸が痛んだ。ジェフリーに申し訳ない。生まれたときから知っていた人なのに、もう顔さえおぼろげにしか思いだせなくなっている。ニコラスの印象が強烈すぎるのだ。

ニコラスに比べると、ジェフリーは影だ。

オーロラはジェフリーに義理を通そうと唇を引き結んだ。「ジェフリーは根っからの紳士でとても優しい人だった。命懸けのスリルを求めて家族を置き去りにするような男性ではなかったの。どこかの誰かさんみたいに」

「やっぱり……退屈そうな男だ」

オーロラが表情をこわばらせると、ニコラスはにやりとしてサーペンタイン池のそばの木立を指し示した。

「愛する彼はきみをこんなところへ連れてこようとは思いもしなかっただろうな。もし連れてきたとしても、彼が相手ではきみもあんな大胆な行為には及ばなかったはずだ」

そこは月夜にふたりで過ごした場所だと知り、オーロラは顔を赤らめた。ニコラスに目をやると、意外にもからかいの表情はなくなっていた。周囲の風景がふっと消えた。

ニコラスの強烈な視線に絡めとられ、オーロラは身動きができなくなった。今まではただくすぶっていただけの生々しい緊張感が、鋭い一撃となって返ってきた。危険な感情を伴って……。

彼に抱かれたいという思いがいっきに燃えあがる。

この二週間、ことさらに無関心を装い、ニコラスへの感情は無視しようと努めてきた。だが、ふたりのあいだの緊張感が消えたわけではなかった。

いつの日かこの感情に対峙しなくてはいけないときが来るのだろうが、今はまだ避けて通りたい。オーロラは顔をそむけた。

けれども、こんな危うい関係がいつまでも続くわけがないことはわかっていた。

ハリーという盾はあったものの、ニコラスが誘惑の手を緩めなかったため、オーロラは絶えず葛藤にさらされるはめになった。平穏な生活は破壊され、人生は波乱の連続となった。まさに心配していたとおりのことが起きたわけだ。どうして自分はこんなにニコラスに弱いのかと考えると、オーロラは不安になった。

ニコラスが直面している危険を思うと、動揺はさらに増した。翌日の午後、それを思い知らされる出来事があった。ニコラスから連絡はなかったかと、セントキッツ島にいる従兄弟のパーシーから手紙が来たのだ。

オーロラはむさぼるように手紙を読んだ。どうやらこれ以前に少なくとも一通の手紙が行方不明になっているらしい。

先の手紙にも書いたように、ニコラスが生きているという噂は真実と思われます。溺死したとされていましたが、のちにカリブ海で目撃情報があり、さらに昨日は海賊サーベルを捜している海軍士官がぼくのもとへ調査に来ました。

もしニコラスが本当に生きているのであれば、きみもスキャンダルに気をつけたほうがいいかと思われます。なんといっても、きみはまだ正式な妻なのですから。こうなると、きみに結婚をすすめたのが悔やまれてなりません。

オーロラをだましたことに対する謝罪もつづられていた。

きみが心に傷を受けないよう、刑の執行される瞬間は見せないほうがいいとニコラスは考えていました。きみが婚約者を亡くして間もない身であることを思い、ぼくも賛成したのです。

パーシーにだまされたことは問題ではない。それよりも、ニコラスが生きているという情報をすでに英国海軍がつかんでおり、脱走囚として追跡している事実のほうが重かった。

オーロラは手紙を握りしめた。このまま黙って手をこまねいているわけにはいかない。ニコラスはわたしのせいで逮捕や死刑の危険にさらされているのだ。こうなったらなんとしても彼の理性に訴えて、イングランドを離れるよう説得するしかない。

朝の乗馬のときニコラスに話をしようとオーロラは考えていた。ところがハリーの馬が石で蹄を負傷し、馬をとり替えなくてはならなかったため、いつもより家を出るのが遅くなった。ようやく公園に着くころには、そこはもう家庭教師や子供たちでにぎわっていた。

オーロラはニコラスとレイヴンのところへ行き、一緒にゆっくりとロットン・ロウを馬で歩いた。ハリーはひとりでさっさと馬を駆けさせたが、レイヴンは珍しく疾走させるのをあきらめてしとやかに振る舞ったため、オーロラはニコラスとふたりきりになる機会に恵まれなかった。

しばらくすると、四人乗りの幌《ほろ》のない馬車が向こうからやってきた。上品な夫婦と幼児がひとり乗っている。それがシンクレア男爵夫妻であることに気づき、オーロラははっとした。かつては〝女泣かせのシン〟の異名をとったダミアン・シンクレアは、結婚前は放蕩者として知られ、ヘルファイア・リーグの主要メンバーのひとりでもあった。彼はニコラスの正体を見破るかもしれない。

気づかないふりをして通り過ぎることができますように、とオーロラは願った。シンクレア卿の妻であるヴァネッサとは、二、三年前オーロラが社交界にデビューした折に友人となり、彼女のことはすばらしい女性だと賞賛していた。だが、今日は顔を合わせたくない。けれどもすれ違うとき、ヴァネッサがオーロラに気づいてあたたかい挨拶の言葉をかけてきた。オーロラも挨拶を返さないわけにはいかず、手綱を引いて馬をとめた。

シンクレア夫妻は目をみはるほど美男美女のカップルだ。生後一歳半になる娘のキャサリンもたまらなくかわいい。漆黒の髪は父親、黒い瞳は母親譲りだ。

オーロラはしかたなく連れを紹介した。シンクレア卿が不思議そうな顔でニコラスを見ているのが不安だった。そのとき幼児が父親の腕のなかで身じろぎし、池を指さして〝アヒル！ アヒル！〟と大きな声を出した。シンクレア卿がそちらに気をとられたのを見て、オーロラはほっとした。

「最近、この子に餌《えさ》やりを教えているのよ」ヴァネッサが笑った。

「そろそろ失礼させていただくとしよう」シンクレア卿はイングランドじゅうの女性の半分をうっとりさせる笑顔を見せた。「ぼくの経験から言うと、そわそわしているレディを待たせるとろくなことにならない」

ヴァネッサは、ここのところ連絡をとっていなかったことをオーロラに詫《わ》びた。「二週間ほど領地に行っていたの。都合がよければ、今週の午後にでもおうかがいしたいわ」

「それは楽しみだわ。ぜひキャサリンも連れてきてね」

娘も誘いを受けたことにヴァネッサはほほえんだ。「もちろんよ。ミスター・デヴェリル、お目にかかれて光栄でしたわ」

「こちらこそ」ニコラスはシルクハットを軽く持ちあげて挨拶を返した。

シンクレア一家が立ち去ったことにオーロラは安堵し、ニコラスに非難の目を向けた。

「シンクレア卿はあなたを知っていたみたいよ」

「それはそうだろう。彼がまだ結婚する前、一緒に狩りをしたことがあるからな」

「なかなかの遊び人だったそうね」レイヴンが含みのある口ぶりで言った。

「そうだ。だがクルーンから聞いた話によると、今は奥方を心の底から愛しているらしい」

「奥様を見る目からもわかったわ」レイヴンはしみじみと応じた。

うらやましそうな口調だ。ニコラスもそれに気づいたらしく、探るような目で妹を見た。

「まだ遅くはないぞ。結婚について考え直してみてはどうだ？　なんとしても金持ちの男でなければならないというわけでもあるまい。おまえなら恋愛結婚という贅沢をする余裕もある」

レイヴンは頑固に首を振った。「身分の高い男性がいいの。身分が高いといえば……あれはハルフォード公爵じゃない？」

レイヴンは笑顔を作り、ハルフォードのほうへ馬を駆っていった。

オーロラは緊張し、レイヴンの大胆な挨拶に驚くハルフォードを見つめた。公爵はこちらに顔を向け、冷淡な顔つきになった。

オーロラは思わず顔をしかめた。もう少しであの男性と結婚するところだったのかと思うとぞっとする。ニコラスのことがなければ、今ごろは挙式の準備をしているころだっただろう。

ハルフォードが冷ややかな目でオーロラとニコラスを見据えた。ニコラスはおもしろそうに、淡々とその視線を受けとめた。

「きみが彼よりぼくを選んでくれて光栄に思うよ」ニコラスがささやいた。

オーロラが気のきいたせりふを思いつく前に、ハルフォードがレイヴンのほうへ視線を戻し、高慢な表情を和らげた。なにを言ったのかはわからないが、レイヴンが笑っている。

オーロラは眉をひそめた。まだ結婚相手を探しているハルフォードとレイヴンが親しくするのは好ましくない。

「本人の希望がはっきりしているからな」オーロラの考えを察し、ニコラスが言った。

彼女は首を振った。結婚適齢期の女性たちの多くはハルフォードを好条件の相手だと考えている。だがレイヴンみたいな潑剌《はつらつ》とした女性に、彼のような冷たい男性がふさわしいとは到底思えない。「どう考えても、あのふたりは似つかわしくないわ」

「きみに結婚相手を見る目があるかどうかは難しいところだ。夫はぼくだからな」

ニコラスがオーロラへ視線を向けた。まじめな顔をしている。

その真剣な表情を見て、オーロラは事態の深刻さと、ニコラスに話があったことを思いだした。

「昨日、パーシーから手紙が来たの。あなたが逃亡したことは、もうカリブじゅうの人が知っているらしいわ」

「当然だろう」

「ニコラス……」今は忍耐が肝心だ。「当局があなたの正体に気づくのは時間の問題よ。お願いだからこんな危険なことはしないで、安全なアメリカに帰ってちょうだい」

「ぼくもそうしようかと考えている」

「本当に？」オーロラはニコラスの表情を探った。

「ああ」彼はおもむろに答えた。「状況が整えば、明日にでも帰国するつもりだ」

「状況って？」

「きみが妻としてぼくについてきてくれるなら」

オーロラはニコラスの顔をまじまじと眺めた。いつものちゃめっけは消えうせ、厳しい顔をしている。セントキッツ島の波止場で殺されかけていたときと同じ鋭い目だ。

「その話はもうすんだはずよ」オーロラは不安になった。

「いや、すんでいない。とりあえず別々に生きることに同意はしたが、あれから考え直したんだ」

彼女は愕然とした。こうなるのを恐れていたのだ。「その件についてあなたと議論するつもりはないわ」こんな話を持ちださなければよかった。

「逃げても問題は解決しない」ニコラスが静かに言う。

オーロラは目をつぶった。こんな公共の場でニコラスを説得しようとしてもらちが明かない。「いいわ。じゃあ、決着をつけましょう」

「いつ?」

彼女はニコラスの視線から目をそらした。「今夜よ。わたしの家に来て」

「寝室に?」

オーロラはしぶしぶうなずいた。「ふたりきりになれる場所はそこしかないもの。窓を開けておくわ」

その場から逃げだしたくなったオーロラは、まだハルフォードと戯れているレイヴンを連れ戻そうと馬を進めた。不意を突かれたニコラスの表情が目に焼きついた。


オーロラは神経をぴりぴりさせながら、寝室を行ったり来たりしていた。もう一度、置き時計に目をやる。時刻はすでに深夜一二時に近いが、まだニコラスは来ていない。

雑誌や例の日記を読もうとしたが、気持ちが落ち着かず、集中できなかった。なんと言ってニコラスを説得するか、オーロラは頭のなかであれこれ考えた。ニコラスと結婚生活を送るつもりはなく、夫に支配される人生など考えるのも耐えられないことを、しっかりわかってもらわなくてはならない。ようやく自立の道を手に入れたのに、それを奪われてなるものですか。

絶対に負けるわけにはいかない。ニコラスがイングランドに来てからというもの、波乱ばかり続いている。こんな状況はなんとしても終わらせないと。

簡単に話がつくとは思っていない。ニコラスはひと筋縄ではいかない人だ。彼の誘惑に抵抗し、ひとりで帰国するよう説き伏せるには、意志を強く持たないといけないだろう。

もし、説得に失敗したら？

大きな鏡に映る自分の姿が目に入り、オーロラは足をとめた。

そのときはニコラスが望んでいるものを差しだすしかない。

鏡を見ながら、オーロラはまだ悩んでいた。ランプの薄明かりのなかに映っている女性は、頬が紅潮して髪が肩に垂れかかり、知らない人のように見える。いちばん違和感があるのは着ているものだ。濃紺の部屋着の下にはなにも身につけていない。

胸の先端にブロケード地がこすれる。こんな格好をしたのは間違いだったかもしれない……。

背後で物音が聞こえ、オーロラはびくりとした。振り向くと、ニコラスが寝室にいた。入ってきたばかりらしく、窓際に立ったままなにを考えているのか読めない表情でこちらを見ている。

その視線が部屋着に注がれ、胸のあたりでとどまっているのに気づき、オーロラは慌てて胸もとをかきあわせた。

「こんな話しあいをしても無駄だと思うわ」オーロラは勇気を振り絞った。「あなたと結婚生活を送るつもりはないと、二週間前に言ったはずよ」

ニコラスは部屋のなかほどまで進み、ベッドの支柱にもたれかかった。「二週間前、きみは死んだと思っていたぼくが現れたことにショックを受けていたから、考える時間が必要だろうと思って無理強いしなかった」

「よく考えたわ。でも、わたしの気持ちは変わらない」

「ぼくは変わった」

「どうしてそうなったのかしら」

「きみのことをよく知ったからだ」

オーロラは魅入られてしまいそうな目から顔をそむけ、寝室のなかを歩きまわり始めた。

「ぼくたちはうまくいきそうな気がする」ニコラスは落ち着かない様子のオーロラを見つめた。

「わたしはそうは思わないわ」

「オーロラ……なぜそうやって頭ごなしに拒絶するんだ？」

「理由はいくらでもあるわ。なにからしゃべっていいかわからないほどよ」

「ひとつあげてみてくれ」

「いいわ。わたしは生まれて初めて自由な人生を手に入れた。なんでそれをあきらめなくてはいけないの？」

「アメリカへ行けば、もっとすばらしい人生があるかもしれない」

オーロラは鋭い目でちらりとニコラスを見た。「もっとすばらしいですって？　自由よりすばらしいものなんかないわ」

ニコラスは皮肉な笑みを浮かべた。自分もかつてはそう思っていたのだ。「もし本当に自由が欲しいなら、きみはなおさらアメリカに来るべきだ。イングランドの堅苦しい貴族の生活よりはるかに自由だよ」

「あなたの妻になれば、そんなものは望めない。妻にはなんの権利もないんだから。それはアメリカも同じじよ。わたしはずっと父に支配されて生きてきた。それをくりかえすのはごめんだわ」

オーロラの父親と比較されてニコラスは顔をしかめた。「ぼくはきみの父親とはまったく違う」

「そうかしら？　強引なところなんかそっくりよ。情がない部分も似ているかもしれないわ。あなたはいつでも自分の我を通そうとして――」

「きみを支配するつもりはない。もしそうするつもりなら、とうの昔に無理やりアメリカへ連れ帰っていたはずだ。きみの意思を尊重しようとはしなかっただろう」

「尊重しているふうには見えないけれど」

「そうかい？　ぼくはあくまでもきみの意思しだいだと思っている」

オーロラが安堵のため息をもらした。

どう説得していいかわからず、ニコラスは言葉に迷った。「きみはぼくたちの結婚生活を悲観的に考えすぎている。理屈もなにもあったものじゃない」

その言葉にオーロラが足をとめた。「理屈なら通っているわ。アメリカに行けば、わたしはあなたを頼るしかなくなる。そんな暮らしをあなたが窮屈に感じたらどうなるの？　もしまた世界を放浪したいと思ったら？　わたしは異国の地でひとりぼっちになるのよ」

「腰を落ち着けるつもりだと言っただろう？」

「その気持ちがいつまで続くかしら？　あなたはきっと冒険と危険が恋しくなる。そうしたらわたしはどうなるの？」オーロラがニコラスを振りかえり、哀願の目を向けた。「あなたはわたしにすべてを犠牲にしてアメリカについてこいと言っているのよ。わたしはそこまであなたを信頼できない」

そう言われてニコラスは顔をしかめ、ただオーロラの大きな目を見つめかえすしかなかった。海のように深い青の瞳を。

彼はようやく口を開いた。「きみは悪いことばかり想像している。いいことも考えてみたらどうだ？」

「考えてみたわ。でも、迷うまでもない。イングランドでの暮らしは退屈かもしれないけれど、少なくともこの先どうなるかは想像がつくわ」オーロラが頭を振った。「それに百歩譲ってあなたについていきたいと思ったとしても、わたしには、わたしの支えを必要としている人たちがいる。レイヴン……それにハリー……」

「ぼくの妹ふたりも、きみという姉ができたら頼りにすると思うが」

「お母様は？　知らない女が家に入るのをお喜びにならないかもしれない」

その心配は無用だ、とニコラスは思った。それだけは確信がある。「大丈夫だ。ぼくは自分の家を持っている。うるさい家族から逃げるために建てたんだ。それに母は新しい娘ができたら泣いて喜ぶだろう。息子が結婚しそうにないと絶望していたからな」返事が返ってこないため、彼は誠実に説得を続けた。「馬を手放すのを気にしているのなら、ヴァージニアにはいい馬が多いんだ。馬小屋が満杯になるほど飼えばいい。広大な土地があるから、心ゆくまで乗馬を楽しむこともできる」

オーロラが片手をあげ、頭が痛いとでもいうようにこめかみを押さえた。「この際、わたしのことはどうでもいいの。問題はあなたよ。あなたの性格なの。自分が今なにをしているのかわかっているの？　わたしが今の人生に不満を感じているはずだと勝手に決めつけて、救ってやろうと考えている。人を助けずにいられない気性から、そうしているだけなのよ」

「この件に関してはそれだけじゃない」

「そうかしら？　問題の根本はあなたの性格にあるわ」彼女は言いよどんだ。「あなたは一生わたしを大切にすると言える？」

ニコラスは即答できなかった。

オーロラは弱々しいほほえみを浮かべた。「当然の疑問よ。あなたはほかの女性に興味を持つかもしれない。今はわたしを求めているけれど、二年後も、いいえ、二日後だって同じ気持ちでいてくれるかどうかわからない」

ニコラスは視線をはずし、今の言葉について考えた。オーロラが言っているのは体の関係についてだけではないのだろう。生涯そばにいる気はあるのかと問いただしているのだ。オーロラのためにそうする覚悟はあるだろうか？　自分の人生を丸ごと彼女に差しだすようなものではないか。

「あなたはわたしを愛していない」オーロラがぽつりと言った。「愛という言葉の意味を理解しているのかどうかさえ疑わしいわ」

「きみは理解しているのか？」

「ええ。愛とは思いやりと優しさに満ちた寛大なものよ。ともにいるのが心地よく、一緒に笑いあえる。考えを分かちあい、興味を共有する。そういったあたたかい感情を、あなたはわたしに対して抱いてはいない」

「恋心を忘れているぞ」

「そうね。でも、恋心だけで結婚はできない。あなたがわたしを望んでくれているのは間違いないと思うけれど、それは肉体的に惹かれているだけよ。愛と欲望は違うわ」

ニコラスはまっすぐにオーロラの目を見つめた。「きみはぼくを求める気にはなれないと言っているのか？」

オーロラは口ごもった。「あなたを求めるのは愚かだと言っているの。もう二度とあなたの死を悲しむのは耐えられない。だけどあなたと一緒になれば、いずれそうなるのは目に見えているわ。あなたは刺激を求めてどこかへ行ってしまい、二度と戻ってこないのよ」

「死なないと約束することはできないよ、オーロラ。人間は誰しもいつかは死ぬものだ」

「でも、身を守る努力はできるはずよ。それなのにあなたはわたしがどんなに懇願しても耳を貸そうとせず、こうしてイングランドにとどまり続けているわ」オーロラがニコラスの表情を探った。「それとももうアメリカに帰ってくれるの？」

沈黙が答えになった。

オーロラがため息をついた。「しかたがないわね。あなたが欲しいものを差しだすわ」

彼女は腰のサッシュに指をかけ、少しためらった。ふたりの視線がぶつかる。オーロラはサッシュをほどき、部屋着を肩から滑り落とした。

ニコラスがはっと息をのむ音が聞こえた。薄暗いランプの明かりのなか、オーロラは一糸まとわぬ姿になった。

「どういうつもりだ？」彼の声からは冷静さが失われていた。

「あなたの勝ちよ。どうぞわたしを好きにして。その代わり、もうわたしのことはほうっておいてちょうだい」

ニコラスが苦しみに耐えるように歯を食いしばった。「そんなつもりで来たんじゃない」

「そうかしら？　ずっと望んでいたんでしょう？　刹那的な悦びを」

「ぼくが望んでいるのは、きみを妻にすることだ」ニコラスはかすかに笑みを浮かべたが、目は真剣だった。「体が欲しいだけなら、手に入る場所はいくらでもある」彼は厳しい表情でオーロラの前に立った。「きみを抱きたいだけじゃない。心が欲しいんだ。ぼくはきみに求められたいと願っている。相手を納得させるための関係や、見かえりを求める関係は望んでいない」

オーロラはかすかに震えながら息を吸いこみ、ニコラスの目を見つめかえした。「わたしはあなたを……求めてはいないわ」

「そうなのか？」

ニコラスがオーロラの喉もとから胸へとゆっくり手を滑らせ、かたくなった乳首に軽く触れた。

「体は正直だ」

彼は背を向け、窓辺に寄った。そしてなにも言わずに闇に消えた。オーロラはその場に立ち尽くした。

また、このくりかえしだ。

オーロラは震える手で部屋着を拾いあげ、体を覆うとベッドへ行って力なく座りこんだ。

今回もわたしの負けだ。

ニコラスの言うとおり、体は正直だ。彼がそばにいるだけでわたしは舞いあがり、軽く触れられるだけで体が震えてしまう。

オーロラは震えていた。ぼくを求める気にはなれないのかと彼は訊いた。違う、求めすぎて怖いのだ。

だからこそ、支配的な態度や性格の違いは脇に置くとしても、やはりニコラスを夫にはできない。いつ死ぬともわからない男性を愛してしまうのは絶対に避けなくてはいけない。セントキッツ島でニコラスが死んだと信じこまされたとき、あのころの彼はまだ他人も同然の存在だったにもかかわらず、わたしは深い悲しみを味わった。ましてや、それが愛した男性だったらどうなってしまうのだろう？

それにもしニコラスがわたしから離れていったら？　彼は一生わたしを大切にするとは言ってくれなかった。ただ黙っていただけだ。

ニコラスは情熱的な人だから、彼の父親のようにほかの女性に恋をするかもしれない。そのときは心の欲するところに従って、わたしを捨てるだろう。あるいは妻のもとに残り、足枷をつけられていることを恨むかもしれない。そして彼の父親と同じく、不幸な一生を送るだろう。

オーロラは苦渋の表情を浮かべた。そんなことはさせられない。ニコラスにも、そしてわたしにも。理屈は通っている。

オーロラはベッド脇のテーブルに置いた日記に目を落とし、決意をかためた。このフランス人女性と同様に愛する人を失い、胸が張り裂けんばかりの悲しみを味わうのは耐えられない。日記の最後を読むと、いつも涙せずにはいられなかった。あまりにも不幸な破局を迎えるからだ。

レイヴンの母親とニコラスの父親の恋愛も悲劇に終わった。なぜエリザベス・ケンドリックがこの日記をページがすりきれるまで愛読したのか、今はわかる気がする。日記に描かれている幸薄い恋人たちに、自分たちを重ねあわせていたのだろう。激しい恋に落ち、身を切られんばかりの別れを経験した恋人たちに……。

オーロラは唇をかんだ。わたしはどちらの女性よりも強くありたい。この日記ははからずしも、恋は愚行だということを警告している。その警告を重く受けとめ、是が非でもニコラスから自分の心を守ろう。そうしなければ悲惨な結末が待っている。

彼によって解き放たれた暗い感情の渦に、わたしは必死で抵抗した。だがわたしが闘っていたのは、はたして彼なのだろうか？　それともわたし自身なのだろうか？

16

クルーン卿が友人を集めて開いた踊り子のショウを見ながら、ニコラスはオーロラのことばかり考えていた。客は男性のみでみな踊り子の魅力に夢中になっていたが、ニコラスは退屈になり、途中で席を立った。

驚いたことにクルーンが外までついてきた。

「ぼくに気を遣ってきみまで中座することはないぞ、デア」ふたりは劇場街にある目立たない建物の階段を並んでおりた。

「たいしておもしろくなかったからかまわないんだ」クルーンが言った。「ここのところずっと、なにを見てもつまらない」すでに暗くなった道に待機していた馬車に合図を送る。

「宿まで送ろう。ほかのところでもいいぞ。賭博場にでも行くのか？」

「宿へ戻る。歩いて帰りたいんだ。よかったら一緒に来るか？」

「歩く？」クルーンが愉快そうに言った。「自分の足でかい？　立派な心がけだ」

ニコラスは腹を叩き、にやりとしてみせた。「英国貴族のような怠惰な暮らしを送っていると体がなまる」

「退屈でいらだっているようだな」

「それは今に始まったことじゃない」

「こんなコヴェント・ガーデンに近いところをひとりで歩いていると、結構危険だぞ」

ニコラスは細身の剣先を仕こんだステッキを軽く持ちあげた。「それならそれで楽しい夜になりそうだ」

クルーンが首を傾けた。「退屈なのはこっちも同じだ。ひとつ、つきあうとするか」

「どうぞ。言っておくが、今夜はあまりいい話し相手にはならないぞ」

「じゃあ、似た者同士だ」

ニコラスは鋭い目でちらりとクルーンを見た。「なにかあったのか？」

「いや、特別なことはなにも」クルーンが陽気な声で言った。「年をとって道楽に飽きてきただけだろう。根っからの放蕩者でも、そういう生活に嫌気が差すことがあるらしい」

ニコラスはあえてそれ以上尋ねなかった。クルーンは年をとったというほどの年齢ではない。おそらくまだ三〇代前半だろう。だが精力的に生きてきたせいで、心が疲れているのかもしれない。

クルーンは馬車を帰し、ニコラスに歩調を合わせて歩きだした。「正直に言うと、重苦しい気分なのは祖父のせいかもしれない」まじめな口調で言う。

「病状が思わしくないと聞いているが」

「ああ。余命一ヶ月と言われている」

「親しいのか？」

「いや、全然。わがままなご老体だからな。おれは相続人だというのに、もう何年も話もしていない」クルーンは苦々しい表情になった。「祖父が息を引きとっても、おれは涙の一粒もこぼさないだろうな」

「きみは次期侯爵か」

「そうだ、残念ながら」

ニコラスは黙って説明を待った。

「爵位に伴う責任を引き受けるのがおっくうでね」クルーンがため息をついた。「だが、いずれは跡とりをもうけるしかなさそうだ」

「わかるよ」その嘆きはニコラスにもよく理解できた。

しばらくのあいだ、ふたりはそれぞれ物思いにふけりながら歩いた。やがてクルーンが沈黙を破った。「奥方の件は進展がなさそうだな」

ニコラスは唇をゆがめた。「どうしてばれた？」

自嘲ぎみの返事にクルーンは笑った。「きみが檻に入れられた猛獣みたいな雰囲気だからだよ。差しでがましいようだが、ここは思いきった手段をとるのがいいかもしれないぞ」

「どんな方法だ？」

「だまして誘いだして閉じこめるとか」

ニコラスは片方の眉をつりあげた。「まさかきみのまねをしろと言っているわけじゃないだろうな？　あのときは監禁なんかしたせいで、きみは親友と決闘するはめになり、彼を撃ってしまったじゃないか」

クルーンは力なく笑い、頭を振った。「あれはおれが悪かった。後悔しているよ。だがきみにすすめる監禁は、違法でもなければ不道徳でさえない。自分の妻と蜜月を過ごすだけだ。それなら法律が夫に認める権利の範囲内だろう？」

「なるほど」ニコラスは慎重に言った。「どういうところへ連れていくのがいいだろう？」

「ゆっくり話のできる静かな場所がいい。レディ・オーロラが……刺激的だと思うような」

「思いあたる先はあるのか？」

「バークシャーにいい館《やかた》を持っている。きみの目的にぴったりだ。人里離れているし、口のかたい使用人がそろっている。これまでに連れていったレディたちは口をそろえてエキゾティックだと言い、気に入ってくれた」ニコラスが返事をしなかったため、クルーンはさらにつけ加えた。「そこならきみもロンドンを離れられる。今はしばらく姿を消していたほうがいいかもしれない。今日の午後、ダミアン・シンクレアがきみのことを訊いてきた。三年前にヘルファイア・リーグの集まりに参加したアメリカ人に似ていないかと」

「彼ならぼくを覚えているかもしれないと思っていたんだ」

「ロンドンにいるのは危険だ」

「そうだな」ニコラスは考えこんだ。

ロンドンにとどまれば正体を見抜かれる危険性が高い。それなのに、オーロラとの関係は進展する兆しさえ見えない。

ニコラスは顔をしかめた。困難には挑まずにいられない性格に問題があるのだ。父とのいさかいの原因もいつもそれだった。和解できたのは父が死の床に就いたときだ。あのときはもう無謀なことはやめてこれからは責任を引き受けると誓ったのに、またこうして仕事までほうりだし、実現する可能性の低い望みのために命を危険にさらしている。

オーロラがアメリカ行きをかたくなに拒んでいる理由のひとつが、ぼくの無謀な性格だ。このまま黙ってぼくがイングランドを去ったほうが、オーロラは幸せなのかもしれない……。

そうだ、それを理由にオーロラを誘えばいい。ロンドンを離れたほうが安全だと言えば、彼女は誘いに応じてくれるかもしれない。

「よかったら喜んで館を貸すが」クルーンの言葉にニコラスは思考をさえぎられた。

「親切にありがとう。少し考えさせてくれ」

まじめに検討してみる価値はあるだろう。世間の目という厄介な制約がないところでふたりきりの時間を持てば、行き詰まった状況を変えられるかもしれない。深い関係になる機会もあるだろうし、そうなれば情も移るというものだ。

それにロンドンを離れれば当局に発見される可能性は減る。危険に敏感な第六感が、もうあまり時間がないと告げているのも事実だ。

オーロラのためにも急いで事を進めたほうがよさそうだ。


翌日、事態は思わぬ方向に変わった。

その日、オーロラはレイヴンに頼まれ、最終の仮縫いにつきあった。今年の夏、レイヴンが祖父のもとに滞在するときに持っていくドレスだ。ハリーの面倒は執事に見ていてくれるよう頼んだ。レディ・ダルリンプルは一〇歳のやんちゃな少年が来るのをいやがるだろうし、ハリーも楽しめないと思ったからだ。午前中はニコラスがチェスの相手をしに来てくれるはずだった。

午後も遅くなって帰宅すると、客間からなにやら物音が聞こえた。オーロラは問いかけるようにダンビーを見た。

「ミスター・デヴェリルとハリー坊っちゃんが格闘の練習をされているのでしょう」そう言いながら、ダンビーはオーロラからヴェールのついたボンネットを受けとった。

オーロラは仰天し、すぐさま客間へ向かった。ドアを開けたとたん愕然とした。家具は脇へ押しやられ、ニコラスとハリーがシャツ姿でこぶしをまじえている。

「そうだ。攻撃するときも構えを崩してはいけない。こうするんだ」ニコラスは見えない敵に向かってジャブをくりだす手本を見せた。

オーロラは顔から血の気が引いた。不安で心臓がとまりそうになり、怒りがこみあげる。

「いったいなにをしているの！」声がかすれた。なにをしているのかは訊くまでもない。ニコラスはハリーに喧嘩の仕方を教えているのだ。

ニコラスが姿勢を戻し、オーロラを見た。ハリーも興奮に紅潮した顔をこちらに向けた。

「ロリー、見て見て」ハリーが話し始めた。

オーロラはニコラスを見据えた。「なにをしているのかと訊いたの」

「一度で聞こえたよ」ニコラスは穏やかに返答した。「ハリーに護身術を教えていたんだ。本当はちゃんとした先生について習ったほうがいいんだが」

「どういうつもり？」オーロラは歯を食いしばった。

「心配するほどのことじゃない。別に危なくは――」

「心配するほどのことよ。ハリーが怪我をするかもしれないわ。こんな子供に暴力を教えるなんて」

「もう護身術ぐらい覚えてもいい年だ」

オーロラは怒りに唇を引き結んだ。「ニコラス、出ていって。もう来ないでちょうだい。二度とハリーに会わないで」

ハリーがおろおろしているのはわかっていたが、オーロラは無視した。ニコラスを本名で呼んでしまったことには気づいてもいなかった。

「ハリーに近づいたらただじゃおかないわよ。もう話もしないで」

「でも、ロリー」ハリーが哀れっぽい声を出した。「ぼくがミスター・デヴェリルに――」

「ハリー、自分の部屋へ行きなさい」

「ロリー……」

「今すぐよ」

ハリーは恨みがましい目で唇を震わせた。だが驚いたことに、それ以上のわがままは言わずにちらりとニコラスを見ると、怒りで肩をこわばらせながら足音をたててオーロラの脇をすり抜けていった。

「扱いがうまいな」ニコラスが皮肉たっぷりな口調で言い、手を伸ばして上着をとった。

オーロラは顎をあげた。「わたしがハリーをどう扱おうが、あなたには関係ないわ」

「先に相談しなくてすまなかった。きみがこんなに強く反対するとは思わなかったんだ」

「反対するに決まっているわ。人を攻撃する方法を教えるなんて」

「攻撃と護身はまったく別物だ。きみは過剰反応している」

「いいえ。わたしはハリーがあなたから悪い影響を受けないように守っているだけよ。あなたに任せておいたら、いつかあの子は怪我をするわ。命だって危ないかもしれない」

ニコラスが不愉快そうな顔になった。「自分が怯《おび》えて生きているからといって、ハリーにまで同じ生き方を強いるのは間違っている」

オーロラはニコラスをにらみつけた。「さっさと出ていって。そうしないなら、わたしが追いだすわよ」

「いいかい、いずれは自分が恐れているものと対峙せざるをえないときが来るんだ。きみは人生に怯え、自分を生きたまま葬ろうとしている。だが傷つくのが怖いからといって、生きているのをやめることはできないぞ」

オーロラはかっとなって、その言葉が真実を言いあてていることにさえ気づいていなかった。「出ていってと言ったでしょう！」そう言うと、怒りに震えながら毅然とドアを指さした。

ニコラスはオーロラのそばを大股で通り過ぎたが、部屋を出ていくのではなくドアを乱暴に閉めた。そしてオーロラが思わずたじろぐほど強烈な感情に満ちた目を向けてきた。「いいか、聞くんだ」彼はオーロラに近づき、彼女の両肩をつかんだ。

オーロラはその手から逃れようともがいた。「触らないで……」だが、ニコラスは手を離さなかった。オーロラは片手をあげ、ニコラスの頰を引っぱたいた。

ニコラスが暗い表情で彼女と視線を合わせる。

オーロラはニコラスの顔を見つめたまま、思わずあとずさりした。なんてことをしてしまったのだろう。人を叩いたのは生まれて初めてだ。これでは父と変わりない。それにニコラスの表情ときたら……殴られるかもしれない……。

「ごめんなさい……」オーロラは小声でつぶやき、彼が感情を爆発させるのを覚悟した。けれども、なにごとも起きなかった。

「ごめんなさいだって？」ニコラスが穏やかな声で言った。表情も変わっている。

彼はゆっくりと容赦なく、オーロラを壁際へ追いつめた。目には激しさが秘められているが、驚いたことにそれは怒りではなく優しさだった。

「謝らなくてもいい」ニコラスはけしかけるように言い、オーロラの手首をつかんだ。「怒りをためこまれるより、吐きだされたほうがずっとましだ。殴りたければ、もう一発殴ればいい」

オーロラはニコラスの顔を凝視した。心臓が破裂しそうだ。彼の腿が脚のあいだに分け入ってきた。唇に熱い息がかかる。その目は熱くオーロラを求めていた。キスをされるのだ。

「やめて……」オーロラはか細い声で抵抗した。

「いやなのか？　それならどうして体が震えている？　なぜ鼓動が速くなっているんだ？」

ニコラスがスカートをたくしあげ、手を滑りこませた。てのひらで彼女の腿をなで、指で奥まったところを探る。体をこわばらせていたオーロラの唇から声がもれた。

彼はさらに低い声で挑発した。「体は正直だな、オーロラ。少し触れただけなのに、もう反応している」そして敏感な部分を愛撫し始めた。

オーロラはニコラスの肩を弱々しく押した。「やめて……」

彼は手を緩めなかった。「きみも望んでいるくせに」

「違うわ……」だが、それは嘘だ。本当は心の底からニコラスを求めている。

ニコラスもまた熱くなっていた。たったこれだけでもう我慢できなくなっている。自分を抑えるのが難しいほどだ。

オーロラは抵抗しているが怯えてはいない。怖がる気配を見せたらやめるつもりだったが、こちらを恐れてはいないようだ。今日の彼は引きさがる気はなく、オーロラを怒らせてみたかった。怒りは情熱への近道であり、ニコラスはオーロラの情熱が見たいのだ。自制心などどうでもいい。感情を爆発させるのは悪いことではないとオーロラに理解させたい。

ニコラスはオーロラのどこまでも深い青の目をのぞきこんだ。渾身《こんしん》の力で生きようともがき、狂おしいまでに愛を求めている目だ。

彼は顔を傾けた。

そして熱いキスを交わした。愛撫に反応し、オーロラが高みへとのぼりつつあるのがわかる。ニコラスは顔を離した。

彼の意図を察し、オーロラは体をこわばらせた。ニコラスはズボンの前を開き、抵抗される前にオーロラを壁に押しつけた。

「ニコラス……ここではいやよ」

「今、きみが欲しい」

ニコラスはオーロラの腰を持ちあげ、深く押し入った。オーロラがショックに目を大きく見開く。だが、すぐに長く熱い息がこぼれた。

彼はゆっくりと動き始めた。

オーロラは声がもれるのを抑えられなかった。徐々に激しくなるニコラスの動きに合わせて腰を押しつけ、彼の体にしがみつく。欲望がこれほど生々しく荒れ狂うものだとは知らなかった……。

体じゅうが燃えるように熱い。突然うねりが突きあげ、猛々《たけだけ》しいまでの快感が爆発した。ニコラスはオーロラの叫びをキスでふさぎ、低い声をもらしながら自分も絶頂を迎えた。長いあいだふたりは動けず、互いの荒い息遣いだけが聞こえていた。オーロラは声が出なかった。喉がからからに渇き、まだ体が小刻みに震えている。

やがてニコラスが毒づいた。

彼女がぼうっとした状態で目を開けると、ニコラスが鋭い目でのぞきこんでいた。オーロラははっとわれに返った。ああ、なんということをしてしまったのだろう。

「放して……」

「オーロラ」ニコラスがなにか言いかけたが、オーロラはそれをさえぎった。

「放して！」

ニコラスが体を離した。オーロラは脚に力が入らず、ふらついた。

なんてみだらなことをしたのだろう。これではまるで動物と同じだ。いつ使用人が入ってくるかわからず、ハリーが駆けこんでくるかもしれない客間で、ニコラスに体を許してしまった……。

「ひどい人」かすれた声で言う。「わたしを娼婦みたいに扱うなんて」

ニコラスは静かに応じた。「それは違う。ぼくはきみを女性として扱ったんだ。心の赴くままに振る舞う情熱的な女性として」

その言葉はオーロラの痛いところをついたらしい。彼女の傷ついた表情と怒った声から、ニコラスはそれがわかった。

「出ていって。もう二度と顔も見たくないわ」

ニコラスは険しい顔になった。「ぼくは今でもきみの夫だ。いつでも好きなときにきみを抱ける」

オーロラの顔が絶望に陰った。「帰ってちょうだい」

ニコラスは歯を食いしばり、彼女を見据えた。オーロラの目は挑むようにこちらをにらみ、唇はキスの名残で腫れている。先ほど激しく果てたばかりなのに、ニコラスの体はまだ彼女を求めていた。だが、もうオーロラに触れるつもりはなかった。そんなことをすれば自分の欲望と怒りを抑えられなくなりそうだ。

「きみは自分に嘘をついている」ニコラスは努めて冷静に言った。「本当はきみもぼくを求めているんだ。自分では満たせない渇きを感じているはずだよ」

青い目につらそうな表情が浮かんだ。だがニコラスが一歩前に進むと、オーロラは身を引いた。

「触らないで」

ニコラスは厳しい表情で背を向け、部屋を出ていこうとした。けれども戸口で立ちどまり、小声で笑った。「信じられるかい？　きみに出会ったとき、ぼくはこれほど勇敢な女性に会うのは初めてだと思った。だが、勘違いだったらしい。きみは臆病者だ。自分自身に向きあえず、恐れているものがあると認めることも、それに立ち向かうこともできずにいる」そこで間を置く。「自分に向きあえるようになったと思ったら、連絡をくれ」

そのまま振りかえりもせずに部屋を出ていった。

オーロラは目を閉じた。怒りと安堵と恐れで体が震えている。みぞおちの痛みは恐れからだ。ニコラスの言うとおりなのはわかっている。わたしは臆病者だ。恋をするのが怖い。彼に触れられると自分が別人になってしまうのが恐ろしい。

ニコラスなんて地獄に堕《お》ちればいい。

オーロラは震えながら深く息を吸った。彼のことは忘れ、二度と会わないでおこう。もう顔を見ることもないのかと思うと胸が痛むが、ほかに選択肢はない。

父も支配的な男性だが、ニコラスはその一〇〇倍もたちが悪い。彼に屈すれば魂を奪われてしまう。激しい情熱に身を焼かれ、わたしの心は灰になる。

17

彼はわたしを抱きしめた。唇でそっと頬に触れ、涙を流すわたしを癒してくれた。

ニコラスはベッドにあおむけになって、薄暗い明かりに照らされた天井をにらみながら自分をののしり、先ほどの出来事を深く悔いていた。あれはけっして許される行為ではない。あそこまでするつもりはなかった。だが怒りで頭に血がのぼっていたうえに、キスをしたことで理性がどこかへ吹き飛んでしまった。彼女に触れたとたん、歯どめがきかなくなったのだ。

ニコラスは目を閉じた。無理やりオーロラのなかに入ったとき、彼女は一瞬ショックを受けた様子を見せたあと、顔を紅潮させて情熱に押し流された。いつ誰に見られるかもしれない状況だというのに、ぼくはオーロラを壁に押しつけ、前戯に気を遣うことすらせず、いきなり自分のものにしてしまった。まるで娼婦に対する扱いだった。けれどもオーロラの体はその行為にこたえていた。

自制心を失ったことは後悔していない。残念なのはふたりのあいだに深い溝ができてしまったことだ。自分の気持ちを抑えながら何週間もかけて慎重に口説いてきたのに、今日の出来事でふたりの関係の微妙な均衡はいっきに崩れてしまった。

ニコラスは歯を食いしばり、荒々しく髪を手でかきあげた。どうやって関係を修復すればいいのかわからない。そもそも修復を試みたほうがいいのかどうかさえ確信が持てなくなっている。彼女への気持ちが強すぎるからだ。

深入りしすぎた。誰かに対して、こんな狂おしい感情を抱いたのは初めてだ。オーロラの姿を目にしただけで感情が高ぶり、欲しいと思う気持ちがこみあげてくる。これでは好きな娘の尻を追いかける、のぼせあがった若造と同じだ……。

ニコラスはまた汚い言葉を吐いた。これ以上の愚行をしでかす前に手を引いたほうがいいのかもしれない。もういいかげん、イングランドを離れるべきだ。

今のままでは自分を苦しめるだけだろう。オーロラの心はますますかたくなになっている。今後彼女がぼくを受け入れてくれるとは思えないし、情熱的な女性が殻を打ち破って出てくることもなさそうだ。

そのときそっとドアをノックする音が聞こえ、ニコラスは体を起こした。こんな時間に誰だろう？　まだ一〇時前だが、町へくりだそうというクルーンの誘いは断ったはずだ。

またノックの音がした。さっきより強く。ニコラスはベッドから起きあがり、ドアを開けた。

そこに立っている女性の姿を見て、ニコラスは心臓が跳ねあがるほど驚いた。ヴェールで顔を隠し、外套にすっぽり身を包んではいるが、オーロラに間違いない。

ニコラスは顔をしかめた。彼女はもう二度とぼくの顔を見たくないと言っていたはずなのに、どうして醜聞を引き起こす危険を冒してまで、夜のこんな時間にひとりで宿を訪ねてきたのだろう。そこまでするからには、なにか深刻な理由があるに違いない……。

「なにがあったんだ？」ニコラスは優しい声で尋ねた。

「ハリーが……」オーロラの声は震えていた。「いないの」

「どういう意味だい？」

「家出をしたみたいなのよ。ニコラス、お願いだから助けて」

ニコラスは険しい顔になった。これは先ほどの言い争いについてどうこう言っている場合ではない。廊下にいれば人目につくと思い、ニコラスはオーロラを部屋に引き入れた。

「いなくなってからどれくらいたつ？」

「わからないの。何時間もたっているかもしれない」オーロラがヴェールをあげた。青い目にすがるような表情が浮かんでいる。「夕食におりてこないから部屋を見に行ったら、枕の上にこれがあったの」おそらく何度も読みかえしたであろう短い手紙をニコラスに手渡す。


ロリー、ぼくは将来を探しに行きます。心配しないでください。

ニコラスは難しい顔をした。「どこに行ったか心当たりはあるのか？」

「ないわ。使用人たちが全部捜したもの。お願い、助けてもらえる?」

彼はとがめるような目をしてみせた。「まさか断られるかもしれないと思っていたのか?」

彼はオーロラに背を向け、上等なキャンブリックのシャツを脱ぎ始めた。

「なにをしているの?」オーロラが驚いた声で訊いた。

「服を着替えているんだ。よけいな注意は引きたくない。上品な身なりでハリーが行きそうな場所をうろつけば目立ってしまう。すぐに終わるから待っていてくれ」

ニコラスは適当な服はないかと衣装だんすのなかを探した。オーロラは壁際に置かれた長椅子にちらりと目をやったものの、落ち着かなげに部屋のなかを行ったり来たりし始めた。

「わたしのせいだわ」苦悩に満ちた声で言う。「わたしがハリーを追いつめたのよ。あのときわたしがかっとなったりしなければ、あの子もこんな愚かなまねはしなかったのに」

ニコラスは古い茶色の上着に腕を通しながら首を振った。「きみのせいじゃない。ハリーは冒険にあこがれてうずうずしていたんだ。きみはここまでよく我慢させたものだよ。そのほうが驚きだ」オーロラが痛々しい様子で黙りこんだのを見て、ニコラスのなかに彼女を守ってあげたいという思いがこみあげてきた。「心配しなくていい。必ず見つけてみせる」

オーロラが気を落ち着けるように深く息を吸った。「どこを捜すの?」

「波止場だ。ハリーは自分を乗せてくれそうな帆船を探しに行った気がする。フランスへ行きたがっていたからな」

ニコラスはつややかなヘシアンブーツを粗末なほかのブーツに変え、つばの広いソフト帽をとりだした。ベルトにピストルを二挺《にちょう》差し、ブーツにはナイフを一本隠した。それを見ていたオーロラの目に動揺の色が浮かんだ。まさに心に思い描いていたとおりの野蛮な海賊に見えたのだろう。だが、彼女はなにも言わなかった。今はハリーが心配でそれどころではないに違いない。

それも当然だ。この前、オーロラに心配しすぎだと言ったが、今回はそのときとは状況が違う。ハリーみたいな育ちのいい子供はロンドンではどこへ行っても格好のカモだ。どんな危険な目に遭ってもおかしくない。

ニコラスは厳しい表情で重いメリケンサックをふたつポケットに入れ、剣にもなるステッキを手に持った。あらゆる事態に備えて万全の対策をとっておきたい。用意ができるとオーロラの肘をとり、ドアへ向かった。

「ここへはどうやって来た?」ふたりは廊下へ出た。

「うちの馬車で。ダンビーが下で待っているわ」

「それならダンビーと一緒に家に戻るんだ」

オーロラが足をとめ、懇願するようにニコラスの顔を見た。「お願い、一緒に行かせて」

「だめだ、足手まといになる」

彼女は両手をこぶしに握りしめた。迷っているらしい。ニコラスはオーロラの両肩に手をかけ、安心させようと優しく額にキスをした。

「大丈夫だよ、ハリーは必ず見つける。約束するから」返事がないため、ニコラスは彼女の頬をなでた。「人助けは得意なんだ。知っているだろう？　少しはぼくを信じてくれ」

オーロラは口もとを震わせながら笑みを浮かべた。「信じるわ、ニコラス」

そのけなげさにニコラスは胸を打たれた。

階段へ向かいながら、どうか約束を守れますようにと彼は心ひそかに願った。もしハリーになにかあれば、またオーロラは愛する者をひとり失い、ますます殻に閉じこもってしまうだろう。


ニコラスは、まず波止場に停泊している自分の帆船へ向かった。万が一、逃亡しなければならなくなったときのために最小限の船員が待機している。

そのなかでもとくに屈強な水夫をふたり引き連れ、テムズ川沿いをしらみつぶしに捜し始めた。

川沿いの地域は水夫や娼婦でにぎわい、すりがうろついていた。酒場からどんちゃん騒ぎが聞こえる。波止場付近は川から霧が立ちのぼり、タールや腐りかけた魚のにおいがした。帆をおろしている数多くの船も霧で覆われている。

霧は捜索を困難にした。玉砂利が濡れ、そこかしこに置かれた木枠や樽や荷車がぼんやりとしか見えない。

だが、心配なのは霧ではない。ニコラスはロンドンの裏社会をよく知っているが、本当に怖いのは泥棒の巣窟《そうくつ》や売春宿や阿片窟だ。彼は地元の訛りをまねた粗野な言葉遣いで水夫を装い、脱走した給仕の少年を捜しているふりをして少額の謝礼金をちらつかせた。しかし、金髪の少年を見たという情報はどこからも得られなかった。

夜が更けるにつれ、ニコラスの焦りは増した。可能性はいくつも考えられる。誘拐され、どこかの船の働き手にされているのかもしれない。すりの弟子か、あるいは小汚い煙突掃除人の手伝いになった事態もありうる。はたまた少年を好む客が集まる娼館へ連れていかれたか、暗い路地裏で魚の餌にするべく切り刻まれているか。

もしかするとまったく違うところを目指して旅立ち、すでに何キロも行ってしまった可能性もある。波止場にいるだろうと思ったのは単なる直感にすぎない。ニコラスの直感がはずれることはめったにないが、今回は違っていたということもあるだろう。そうなれば大きな代償を払うはめになるのはハリーだ……。

ニコラスは決意も新たに捜索を続けた。ハリーを連れずにオーロラのもとへ戻るわけにはいかない。

そろそろ真夜中になろうというころ、宿屋から出てきたふたりの部下とばったりでくわした。

「つきはなさそうです。身なりのいい坊ちゃんを見たというやつはいません」

「捜し続けろ。岸壁の端まで訊きまわっても見つからなかったら、今度は船を片っ端から調べるんだ。一隻ずつ乗りこんで船員に尋ねろ。見つけだすまでは帰らない」

向きを変えようとしたときなにやら声が聞こえ、ニコラスは背筋がぞくりとした。

「悪魔《デヴィル》……」

力ない声は積みあげられた木枠の向こうから聞こえた。ニコラスはすぐに、それがののしりの言葉でも悪魔を呼びだす呪文でもないのに気づいた。ニコラスの偽名であるデヴェリルの名を呼んだのだ。

ニコラスは部下たちに短い言葉でそれを伝えると、木枠のあいだを縫ってハリーを捜した。体を丸めて地面に倒れている姿を見つけたときは心臓が凍りつきそうになった。

「ハリー？」ニコラスは急いでかたわらに膝を突いた。

少年はうめき声をあげながら頭を起こした。暗闇のなかでもどうにか金髪だとわかる。ハリーは衣服をはぎとられ、震えながら腹部を押さえていた。下着が濡れている。恐怖でもらしてしまったのだろう。

「どこが痛む？」ニコラスはそっと顔や手足を探った。

「おなか……殴られたんだ」

出血はしていない。だが肋骨《ろっこつ》のあたりを押すと、ハリーは痛そうに顔をしかめた。おそらく骨折ではなく、ただの打撲だろう。

「死にはしない」ニコラスはかわいそうだと思う気持ちを押し隠し、ぶっきらぼうに言った。「なにがあったのか話してみろ」

ハリーは震える声でつっかえつっかえ説明し始めた。暗くなる少し前に波止場に着き、船に乗せてもらおうとしたが追い払われ、そのあと子供のすりの集団に襲われたらしい。自分が怯えてしまったことをハリーはいちばん恥じていた。

「すごく怖かった」最後はもごもごと聞きとりにくい声で締めくくられた。

ニコラスはずけずけと言った。「怖がって当然だ。殴られるだけですんだのを幸運と思うんだな。はらわたを切り裂かれて死んでいたかもしれないんだぞ」

「ミスター・デヴェリルが助けに来てくれますようにって祈ってたよ」

「ぼくに首をへし折られないことをありがたく思え。レディ・オーロラがどれほど心配したかわかっているのか？」

「ご……ごめんなさい。ロリーにそう言っておいて」

「朝になったら自分で言うんだな。今はとにかくその汚れをなんとかしよう」ニコラスは身をかがめ、そっと少年を抱きあげた。「先にぼくの船へ連れていく。こんな格好をレディ・オーロラに見せるわけにはいかない」


朝になったらハリーを屋敷に連れ帰るつもりだったが、タロン号へ戻ったあと、ニコラスは気を変えた。たしかにハリーは疲れているし、打撲傷も負っているが、今は休息より大事なものがある気がする。今夜の教訓を忘れないうちに、もう少し人生の厳しさを教えておいたほうがいいかもしれない。

ハリーが体をきれいにし、一等航海士の部屋で眠りに落ちたあと、ニコラスは自分の船室に入り、オーロラに一筆したためた。ハリーは無事でたいした怪我はしていないこと、少し思い知らせるためにしばらく船で預かることを手短に書き記した。

手紙を読めばオーロラは、ハリーを守ろうとすぐにここへ飛んでくるだろう。そうなれば、ふたりだけで話す機会ができる。忠実な使用人たちが仕えるあの屋敷で内密に話すのは無理だ。ニコラスはとりわけ屈強な三人の部下に手紙を持たせた。ここまでの道中、オーロラを護衛させるためだ。

事は計画どおりに進んだ。まだ夜明け前だというのに、一時間もたたないうちに玉砂利を踏む車輪の音が聞こえた。

オーロラが大急ぎで馬車を降り、船のほうへ駆けてくる姿を、ニコラスは前甲板の手すりから見つめた。自分の人生が変わるかもしれない正念場だと思うと心臓が激しく打った。

道板を駆けあがってきたオーロラに近寄り、船に乗るのに手を貸そうと肘を支えた。

「ハリーになにをしたの？」オーロラは甲板に足をおろしもしないうちに言った。緊張で声がかすれている。「まさか手をあげたわけじゃないでしょうね？」

「そんなわけがないだろう。今はぐっすり寝ているよ」

オーロラはニコラスの手から腕を引き抜いた。ランタンの明かりに照らしだされた美しい顔は怒りと不安に満ちている。彼女はニコラスをにらみつけた。「思い知らせるだなんてどういうつもり？　とてもこんなところにハリーを置いてはおけないわ」

「大丈夫だよ」

「いったいなんのために――」

「ここで言い争うのはやめよう」ニコラスは道板をあがってきた部下たちを指し示した。

オーロラは怒りを抑えきれない顔でニコラスについてきた。ニコラスはランタンを掲げ、下の甲板にある一等航海士の船室へ行った。そして黙ってドアを開け、オーロラが入れるよう脇にどいた。

ハリーは寝台に丸まり、ぐっすり眠っていた。オーロラはおずおずと近づいた。どんなふうになっているのか見るのが怖い。ハリーの顔は想像よりも痛ましい状態だった。ランタンの明かりのなか、片目にあざがあるのや、唇が切れているのが見える……。

涙があふれ、吐き気がこみあげてきて、オーロラは手で口を押さえた。

こんな暴力を受けるなんてひどすぎる。激しい怒りと絶望的なまでの無力感がオーロラの心に渦巻いた。だけど、ハリーは生きている。それがいちばん大事だ。わたしが守ってあげることはできなかったけれど、それでもこの子はこうして生きている。

オーロラは手を伸ばしてハリーの頬に触れた。ハリーはもぞもぞ動いたが、目を覚まさなかった。彼女は震えながら息を吸いこんだ。

「行こう」ニコラスが背後から小さく声をかけた。「今は寝かしてやろう」

ハリーの額にかかった髪をそっとかきあげたあと、オーロラはしぶしぶ船室を出た。何時間も続いていた不安と緊張が解け、いっきに疲れが押し寄せてきた。自分が空っぽになってしまった気がする。

ニコラスに連れられ、気がつくと広くはないが調度品の整った船室に来ていた。寝台に座らされたときも抵抗しなかった。

彼はまっすぐ戸棚へ行き、ブランデーをグラスに注いで戻ってきた。

「飲むんだ」ニコラスがグラスをオーロラの口もとへ運んだ。

強い酒に喉や胃が焼けた。オーロラは身震いしてグラスを押しやった。そして頭を垂れると、両手で顔を覆った。

「大丈夫だと言っただろう？」

彼女は肩の震えがとまらなかった。「そうね。でも、怖くて……」

「本当にぼくが手をあげるとでも思ったのかい？」

オーロラは黙って首を振った。ニコラスが指一本触れていないことはわかっていた。けれども、感受性の強い少年に悪い影響を与える存在であるのも事実だ。

「少し思い知らせるというのはどういうこと？」それは質問ではなく非難だった。

「朝になったら甲板にモップをかけさせて、索具の点検作業をさせようと思っている」

「なぜ？」

「船の生活は楽ではないとわからせるためだ」

オーロラは顔をあげ、ニコラスの顔を見つめた。「ハリーを船乗りになんかさせないわ。危険すぎるもの。だけどこの船に泊まれば、船乗りになりたいという思いがますます――」

「ひとりで勝手に突っ走られるほうがよほど怖い」ニコラスがグラスを置き、オーロラの隣に座った。「ハリーは今、熱に浮かされている。船乗りになるのを夢見て興奮しているんだ。

ぼくもあれくらいの年には同じことを思っていたからよくわかる。きみにはそんな経験がなくて、理解するのが難しいかもしれないけれどね。夢は燃え尽きるまで、あるいはかなうまで追いかけるしかない。きみが守ってやるだけではハリーの熱は冷めないんだよ。そんなことをしてもハリーに恨まれるだけだ。母親を恨んでいるように。あるいはぼくが父を恨んだように」

「でも、わたしはあの子に対して責任があるわ」

「きみはハリーを守ろうとするだけだが、彼が必要としているのは男からの助言なんだ。ぼくならそれを与えられる」

「あなたからの助言なんて冗談じゃないわ。暴力を教えるだけじゃない。わたしは暴力なんて大嫌いよ、ニコラス。ずっと父を見てきたから」

ニコラスが穏やかに言った。「暴力的な人間になれと教えているわけじゃない。自立させようとしているだけだ」オーロラが返事をしないでいると、彼はさらに続けた。「きみは一生ハリーを守れるわけではないんだ。いつまでもきみの聖なる家に閉じこめてはおけない」

オーロラは打ちのめされ、顔をそむけた。

「でも……ハリーはまだほんの子供なの。あの子になにかあったらと思うと、とても耐えられない。そんなことになったらわたしの責任よ」

「だったら、なおさらぼくに任せてくれないか。安全に冒険心を満足させる方法を見つけるから」ニコラスがそっとオーロラの顔をあげさせた。「ぼくを信じてくれると言っただろう？」

オーロラはなすすべもなくニコラスを見た。深い洞察力をたたえる落ち着いた目で探るようにこちらを見ている。

彼女は胸の奥に鈍い痛みを覚えた。「信じるわ」

ニコラスがほっとした顔になり、親指でオーロラの唇に軽く触れた。彼女がその優しさにまばたきをしたとき、頰にひと筋の涙が落ちた。

オーロラは目を閉じ、手の甲で涙をぬぐった。泣いても問題は解決しない。涙を流しても胸の痛みはとれないのだ。

だが、自分を抑えられなかった。すすり泣きが一度、二度ともれたあと、涙がとめどなくあふれだした。

ニコラスがオーロラを抱きしめた。彼女はその肩に顔をうずめて泣いた。ハリーがいないと気づいてからの緊張だけでなく、何年間も抱えてきた恐れや悲しみや喪失感がいっきに噴きだしてくる。

しゃくりあげるたびに肩が震えた。ニコラスは黙って優しくオーロラの体をさすってくれた。

ようやく涙がとまったときにはオーロラは寝台に横たわり、髪をなでられながらニコラスの首に顔を押しあてていた。無精ひげが肌に感じられる。

オーロラは深呼吸をした。「ごめんなさい……」涙もかれ、声がかすれた。

「謝らなくてもいい」ニコラスがオーロラの額に軽くキスをした。「ほら」ポケットから真っ白なハンカチをとりだし、涙で濡れている彼女の頬をふいた。

まるで子供のようにオーロラはされるがままになっていた。もう動く気力も残っていない。「あなたの言うとおりだわ。わたしは臆病者よ」

「そんなことはない」ニコラスが静かに応じた。「だがあまりに長いあいだ、恐怖に支配されて生きてきた」

まぶたにキスをされ、オーロラはため息をもらした。いつまでもニコラスの腕に抱かれていたい。こうしていると彼のたくましさとぬくもりに守られている気がする。

しかし、ニコラスはまったく別のことを感じていた。オーロラが寄り添ってきたときは体がこわばり、鼓動が速くなった。オーロラの存在をひしひしと感じ、彼女を求める気持ちがこみあげてきて息をするのもつらくなった。

オーロラを慰めたいと思う。恐れと悲しみをとり除き、怒りと絶望を和らげてあげたい。だがそれ以上に、彼女を欲する気持ちのほうが強かった。

無意識のうちにニコラスはオーロラの顔に唇をはわせ、やわらかい肌の感触を味わっていた。オーロラが頬を寄せてくる。もはや我慢できない。

ニコラスは自分を抑えようと、ゆっくり呼吸をした。どうしてこれほど強く求めてしまうのだろう。この気持ちはもう否定のしようがない……。

こらえきれなくなったニコラスはオーロラにキスをした。彼女の唇の感触に、いっきに炎が燃えあがる。オーロラは抗議の声をもらしたが、やがてキスに熱くこたえた。ニコラスは舞いあがった。

だが突然、オーロラは両手でニコラスの肩を押し戻し、体を引いた。まだ息が軽く乱れ、青い目を困惑に大きく見開いている。

高ぶる感情を抑えこもうと、ニコラスは深く息をした。オーロラもぼくを求めているのは間違いない。彼女の喉もとに触れると、脈が速くなっているのが伝わってくる。

「きみが欲しい。もしいやなら、今、そう言ってくれ」

弓の弦のように張りつめた思いで、ニコラスは答えを待った。下腹部は痛いほどに高ぶり、心臓が音をたてて鳴っているが、今回はオーロラの気持ちを尊重したい。

オーロラはニコラスの目を見つめた。なんと澄んだ目で見つめてくるのだろう。深い関係になるのは望んでいないし、彼の情熱を欲しいとも思わない。だけどニコラスの優しさと、先ほどの甘く熱いキスには抗えない。彼から身を守ろうという気持ちがうせてしまった。

オーロラは黙ってうなずいた。わたしの負けだ。ニコラスを求める思いがこみあげてくる。この人とひとつになりたい。

「続けて」オーロラはささやき、ニコラスの巻き毛に指を絡めた。「お願い、わたしを抱いて」

18

彼はわたしに楽園を約束してくれた。あとはわたしに手を伸ばす勇気があるかどうかだ。

ニコラスはオーロラのドレスを脱がせ、頭からピンをとり、つややかな髪を肩に垂らした。揺らめくランプの明かりを受け、肌が淡い金色に見える。自分がどれほど美しく、どれほど悩ましい存在なのか、きっと本人は気づいてさえいないのだろう。

「オーロラ」ニコラスはかすれた声で名前を呼び、そっとキスをした。ゆっくりと唇を重ね、あたたかい口のなかへ舌を分け入らせる。オーロラが悦びに身を震わせるのを感じ、ニコラスは有頂天になった。彼女を熱く燃えあがらせたい……だが、慌てる必要はない。今夜は時間をかけて、オーロラのすべてを愛するのだ。

ニコラスは一歩さがり、自分も服を脱いだ。

オーロラはニコラスの裸体を見て息をのんだ。この人は全身全霊でわたしを欲している。

ニコラスの手がオーロラの肩に触れ、両脇から腰へと滑りおりた。オーロラは体の奥が熱くうずくのを感じた。

「ごらん。ぼくがきみの魅力に抗えないのがわかるだろう？」

返事を待たずに、ニコラスがオーロラの胸にキスをした。やわらかい舌の感触に、オーロラは身を震わせ、甘い吐息をこぼした。

ニコラスは歯を食いしばった。昨日は荒々しく奪ってしまったが、今はあのときよりは落ち着いている。彼女と優しいひとときを分かちあいたい。

彼はひざまずき、無精ひげの生えた頬をオーロラの腿にあてた。オーロラが体をこわばらせた。

ニコラスが腿のあいだに唇を押しつけると、彼女がはっと息をのんだ。ニコラスはそれを無視し、舌でさらに奥を探った。

オーロラが膝を閉じようとし、ニコラスの髪をつかんだ。だが、彼にやめるつもりはなかった。両手でオーロラの腰を押さえ、ゆっくりと執拗《しつよう》にさいなみ続ける。

彼女は苦しいまでの快感にあえぎ声をもらした。

「やめて……」

ニコラスがさらに深く舌を分け入らせる。オーロラは体を震わせた。

「ぼくのために……もっと感じてごらん」

体を痙攣させて切ない声をあげたあと、オーロラは小刻みに震えながらくずおれた。ニコラスが立ちあがらずに受けとめた。

「もうだめ……」オーロラは力なくささやいた。

「いや、まだ始まったばかりだ」ニコラスが壊れ物を扱うようにオーロラにキスをし、寝台にそっと寝かせた。そして膝を突き、彼女の全身に唇をはわせた。

そのあたたかい感触が生みだす魔法にオーロラはうっとりと身を任せた。これほど甘くて美しい愛撫は初めてだ。体の奥から快感がわき起こってくる。それは夢を見ているような感覚であると同時に責め苦でもあった。熱に浮かされた声をもらし、彼女は欲望におぼれていった……。

ニコラスが覆いかぶさってくる。オーロラは腕を伸ばして彼を引き寄せた。ニコラスの体の重みが心地よい。下腹部に彼の情熱の証が感じられる。

ニコラスが顔をあげ、オーロラの目を見つめた。「ずっとこうしてきみを抱く日を夢見ていた」

「わたしもよ」オーロラは震える声で言った。

それこそまさに長いあいだ聞きたいと願い続けてきた言葉だ。ニコラスはゆっくりと身を沈めた。オーロラがかすれた息をもらす。

しばらくじっとしていたあと、ニコラスはゆっくり動き始めた。オーロラの腰を持ちあげ、さらに深く体のなかに押し入る。オーロラは甘美な感覚を全身で感じていた。ようやくひとつになれた……。

荒々しい悦びが突きあげてきた。ニコラスも同じものを感じているのか、しだいに動きを速めてくる。オーロラは無意識のうちに彼のたくましい体に手をはわせていた。身を焼く快感が鋭くなり、さらにふくれあがる。

ニコラスもまた荒々しく高ぶる欲望に体を熱くしていた。オーロラの首筋に顔をうずめ、浅く呼吸をしながらさらに激しく動いた。今夜は優しくしようと決意していたのに、その思いはどこかへ消え去り、自制心も失われた。

ふたりは同時に絶頂を迎えた。ニコラスはオーロラの歓喜の声を唇でふさいだ。

彼は胸がうずくような感情を覚え、体を震わせながらオーロラに体重を預けた。そして隣に横たわり、彼女を自分の胸へ引き寄せた。

余韻を感じながら、ニコラスは長いあいだオーロラを抱きしめていた。感情が渦を巻いている。この押しつぶされそうになるほどの思いがなんなのか、やっとわかった。愛だ。ぼくはオーロラを愛している……。

ニコラスはかたく目をつぶった。呪いたい気持ちと祈りたい思いのあいだで心が揺れている。

めまいがしそうだ。今までどの女性にもこんな感情を抱いたりしなかった。相手が誰であろうが、後ろ髪を引かれたり、胸が痛んだりせずに別れられた。愛に屈したことはないし、その片鱗《へんりん》さえ感じたことはない。父が経験した魂の奥底からわき起こる感情とは無縁だと思っていた。

だがオーロラと出会い、すべては変わった。彼女を初めて見た瞬間から、その愛らしさに惹かれた。外見の魅力だけでなく、優しさや芯の強さや母性に尊敬の念を抱いた。オーロラのことを知れば知るほど思いは強まり、彼女を求める気持ちは増していった。オーロラの本質は情熱的な女性だ。隠された一面をかいま見るたびに気持ちが高ぶり、彼女のことが忘れられなくなっていった。

「大丈夫かい？」

ニコラスの問いにオーロラが幸せに満ちた声で答えた。

彼は手を伸ばして足もとの毛布をとり、ふたりの体にかけた。そしてオーロラを引き寄せ、シルクのような髪に口づけた。頭のなかでは歓喜と不安の両方を呼び起こす言葉がこだましている。愛している、愛している……。

その言葉を何度もかみしめたあと、ニコラスは先々のことを考え始めた。いったいどうすればいい？　あれほどいやがっていたオーロラを、本当の意味で妻にできるのだろうか？　だが、ぼくは一夜限りの関係ではとても満足できない。彼女を妻にしたい。ベッドをともにし、人生を分かちあいたい。運命のいたずらによって結ばれた婚姻関係だが、今は本当の夫婦になりたいと心から願っている。

オーロラに対して堂々と愛情を示す権利が欲しい。毎夜、熱いシルクのごとき彼女の体におぼれ、毎朝隣で目覚めたいと思う。ふたりで人生を築きあげ、愛の証である子供が欲しい……。

昨日と今日の二度、避妊せずに関係を持ってしまったが、オーロラははたして妊娠するだろうか？　もし子供ができれば、オーロラひとりでは醜聞に耐えられず、しかたなく結婚を受け入れるだろう。

だが、それではだめだ。オーロラがぼくの子を身ごもると考えるとこのうえなくうれしいが、本人がみずからその道を選ぶのでなければ意味がない。オーロラを妻にしたいのはやまやまだが、彼女がそれを望んでいなければぼくは満足できない。なぜならオーロラを愛しているからだ。ほかに選択肢がないからというのでは気に入らない。オーロラ自身にぼくと人生をともに歩みたいと思ってほしい。だからこそ、次からはきちんと避妊をしなくては。けれども、はたして次はあるのだろうか？　自分の気持ちははっきりしている。だが、オーロラはどうだろう？

おそらくぼくの思いにこたえてくれることはないだろう。オーロラにとってぼくは理想の夫とは正反対の男だ。おまけに彼女はまだあの世に逝った男を愛している。ゆっくりと時間をかければこちらへ愛情を向けさせられるかもしれないが、ぼくにはその余裕がない。

そうだ、今、必要なのは時間だ。オーロラとふたりきりで過ごし、抗う気持ちを和らげ、ぼくたちの結婚について考えてくれるよう説得する機会が欲しい。ふたりのあいだにあるのは単なる欲望ではなく、もっと真剣で長続きする感情なのだと理解させ、彼女が自分の気持ちを否定しようがなくなるまで情熱をかきたてるのだ。

そのためには、ふたりきりの親密な時間を持つ以外に方法はない。体を重ねることによって、オーロラの殻を少しずつ破り、ぼくを求める気持ちが強くなるよう仕向けるしかない。男女の営みは愛に発展することもある。あの日記を書いたフランス人女性がそうだった。

オーロラにも同じことが起こりうるかもしれない。いや、絶対にそうさせてみせる。努力の限りを尽くさずしてオーロラをあきらめたりできない。父の愛は成就しなかったが、ぼくは後悔しながら一生を過ごすのはごめんだ。

ニコラスはそっとオーロラの頬に触れた。「眠っているのかい？」

オーロラが少し顔をあげ、ニコラスを見た。「いいえ」眠たげな青い目が悩ましい。

彼はオーロラの紅潮した顔にかかった髪を優しくかきあげた。なんて美しいのだろう……。彼女を求める気持ちが先ほどよりも強くわき起こってきた。体だけではなく、それ以上のものを心の底から求めている。

けれども今、思いを口にすることはできない。急に愛を告白しても、オーロラは本気にとってはくれないだろう。自分でさえ信じられないくらいなのだから。そのうえ、あろうことか自信をなくして気弱になっている。

今はまだ言えない。時間を作り、言葉ではなく態度で気持ちの深さを示すしかない。

「話があるんだ」ニコラスは努めてさりげない口調を装った。「ロンドンを離れようかと思っている」

オーロラが体をこわばらせた。「離れるってどういう意味？」

「しばらく田舎へ行こうかと考えているんだ。きみの言うとおり、これだけぼくを知っている人間と顔を合わせていれば、いつ正体がばれてもおかしくない。じつはクルーンがバークシャーの館を貸すと申してでてくれたんだ」ニコラスは言葉を切り、深呼吸をした。「一緒に来てくれないか」

オーロラは毛布を胸に押しあてながら、ゆっくりと体を起こした。「一緒に？」

「きみと過ごす時間が欲しい」

オーロラは困惑した様子で彼を見おろした。「今、こうして一緒にいるじゃないの」

「こんなのは少しも夫婦らしくない。今の状況では、泥棒みたいにこそこそとふたりだけになれる機会を作り、人目を忍んで親密な時間を持つしかできない。スキャンダルの心配をせずに、きみにキスをして抱きしめたいんだ。誰の目も気にしないで愛しあい、きみを腕に抱いたまま目覚めたいんだよ」

「ニコラス……その話はもう終わったはずよ。妻として暮らしたいとは望んでいないの」

ニコラスはオーロラを見つめた。「今、熱いひとときを持ったばかりだというのに、ぼくへの気持ちを否定するのかい？」

オーロラは苦悩の表情を浮かべた。「だからといってなにかが変わるわけではないわ。あなたとわたしでは絶対にうまくいかない」

「試してもいないのにどうしてわかる？　ぼくたちは夫婦として暮らすことができなかった。だから試す機会が欲しいんだ。ぼくのためだけでなく、きみのためにも確かめてみたほうがいいとは思わないのか？」オーロラが答えないため、ニコラスは低い声でさらに説得を続けた。「ぼくたちには時間がない。ぼくはそう長くはイングランドにいられないだろう。だからこそここを去る前に、本当に不可能なのかどうかはっきりさせたいんだ。このままではお互いすっきりしないまま終わってしまう」

「わたしにどうしろというの？」

「一緒にバークシャーへ来てほしい……妻として」ニコラスは手を伸ばし、オーロラの腕を親指でなでた。「二週間くれないか。ぼくに努力する機会を与えてほしい。その結果、やはりうまくいかないとわかったら、黙ってきみの前から姿を消すから」

オーロラがニコラスを凝視した。「姿を消す？」

「そうだ」ニコラスは静かに答えた。「ひとりでアメリカへ帰るよ。もう二度ときみの前には現れない。きみは望みどおり、イングランドで自由な人生を送ればいい」

オーロラは力が抜けたように額に手をあてた。「今、ロンドンを離れるなんてできないわ。ハリーはどうするの？　レイヴンは？」

彼女の責任感の強さを非難することはできなかった。オーロラは愛する人たちにいつも誠実に振る舞う。その点も含めて彼女が好きなのだ。

「レイヴンはひとりでも大丈夫だよ」ニコラスは本当にそう思っていた。「ハリーはぼくに任せてくれ。今夜、あんなことがあったあとだ。もう冒険の旅に出たいという気持ちも薄れているだろう。船での生活が考えているほど楽でないことは、ぼくがしっかり教えこむよ。きっとすぐに母親のところへ戻りたいと言いだすはずだ」

「ハリーをこの船に置いていくわけにはいかないわ」

「そうする必要はないだろう。ほかになにか気になることは？」

たくさんある、とオーロラは思った。その最たるものはニコラス自身だ。彼とふたりだけで二週間も過ごすのがいちばん危険だった。ニコラスといると不安ばかりが増し、分別を失ってしまう。ニコラスの激しい情熱に圧倒されて、自分の感情を抑えられなくなりそうで怖い。

だがここで逃げだせば、わたしは自分自身に負けたことになる。それでは彼の言うとおりただの臆病者だ。もうなにかを恐れながら生きていくのはこりごりだった。

それにニコラスがこのままロンドンにとどまり続け、もし当局に発見されたら、逮捕されて死刑になってしまう。それだけは絶対に耐えられない。ロンドンから離れたほうが、彼にとっては安全だ……。

それなら申し出を受けるの？　ほかに選択肢はないのかしら？

オーロラはニコラスの目を見つめかえした。たった二週間だけれども、ニコラスと過ごす蜜月だ。それは楽園にもなりうるし、地獄にもなるかもしれない。

二週間も自分の心を守り通せるだろうか。そう考えると、二週間は永遠とも思えるほど長い。ましてそれだけ親密な時間を過ごしていたら、さらに別れがつらくなるだろう。

だがそれに耐え抜けば、ニコラスはアメリカへ戻り、二度とわたしの前には現れないのだ。急に涙がこみあげそうになり、オーロラは唾をのみこんだ。それこそがわたしの望んでいたことではないの？　そうなればニコラスから自由になれるでしょう？

体に突き刺さる寂しさをオーロラは必死で抑えこんだ。ニコラスには早くいなくなってほしい。わたしの心がずたずたになる前に……。

「ぼくに努力する機会をくれないか？」ニコラスが優しい声で言った。「一緒に来てくれ」

「ええ」オーロラはニコラスを見つめながら小さな声で答えた。「行くわ」

ニコラスが目を輝かせたのを見て、オーロラは心臓がとまりそうになった。これ以上、彼の顔を見ていられない。オーロラはかたく目をつぶった。どうかこの選択が間違いでありませんように。

海へ

19

彼はわたしの心からもっとも個人的な秘密を引きだした。

「あとどれくらい？」ハリーがそう訊くのはこれで三度めだ。体をひねり、サセックスの田舎の景色を馬車の窓から見ている。

ハリーが早く家に帰りたくてうずうずしているのを見て、オーロラは思わず笑みをこぼした。早朝にロンドンを発《た》ってまだ二、三時間なのに、もうそわそわと落ち着きがない。「あと少しよ」

「ママにぼくを叱らないでと言ってくれるんだよね、ロリー？」

「ええ、ちゃんと約束したでしょう？　それに心配はいらないと思うわ。お母様はあなたが無事に戻ってきたことがうれしくて、叱ろうという気にもならないわよ」

ハリーは、馬車と並んで馬に乗っているニコラスにちらりと目をやった。「いいなあ。ぼくもこんな馬車のなかに座ってるんじゃなくて、ミスター・デヴェリルみたいに馬に乗りたいよ」

「あばら骨が痛くて長時間の乗馬はできないって、あなたが言ったんでしょう?」

試練の日々を思いだしたらしく、ハリーは身震いをした。波止場で襲われたあと、ハリーはもう二度と家出はしないと誓った。それは本心からの言葉に思え、オーロラは安堵した。さらにほっとしたことに、ハリーはそれからの二日間、日に焼かれながら汗水垂らして筋肉痛になるほど働く経験をし、船乗りの暮らしは厳しいばかりで楽しくないとの結論に達してくれた。

その二日間は、オーロラにとっては永遠にも思えるほど長かった。だが約束どおり、ニコラスの荒療治に口だしはしなかった。案の定、ニコラスの予言どおり、ハリーは商船に乗る夢をあきらめた。そして元気をなくした。

財産があるのだから成人したら商船隊を丸ごと買えることをさりげなく思いださせてやると、ハリーはとたんに明るくなり、そのときが来るまではサセックスに戻っていようと決心した。母親が恋しくなり、うるさく言われるのもよしとする気になったらしい。

そういうわけでオーロラはハリーを母親のもとへ送っていくことになり、ニコラスが随行している。オーロラとしてもこんな気持ちのいい夏の日なら、蒸し暑くて埃っぽい馬車のなかにいるのではなく、馬に乗りたいのはやまやまだ。だがハリーの相手をしなくてはならないし、ニコラスとは少し距離を置いて家族ぐるみの友人に見せかけるほうが賢明だ。ふたりの計画を悟られかねない行動は慎んだほうがいい。オーロラとニコラスはハリーを送り届けたあと、ロンドンへ戻るふりをしてバークシャーへ行き、そこで二週間過ごす予定だった。

鬱々とした気分をここまではなんとか抑えてきたが、子供時代を過ごしたイースト・サセックスに入ると寂しさや不安がこみあげ、ハリーのおしゃべりがありがたく感じられた。故郷に戻るのはほぼ一年ぶりだ。ジェフリーが亡くなったあとは、ずっとロンドンで暮らしていた。彼を思いだすものを目にするのがつらかったからだ。さらに遠くへ逃げようと、従兄弟夫婦の住むカリブへも行った。

それ以来、人生は大きく変わってしまった。結婚して未亡人になり、また既婚者に戻った。その過程で女性としても目覚めた。長年敬愛していた男性とはまったく違う種類の相手から、睦み事についての手ほどきを受けた。

今回の旅ではどうしてもジェフリーを思いだしてしまい、胸が痛んだ。けれども心に浮かぶのは、亡くなった婚約者のことばかりではなかった。

オーロラは身じろぎした。気が重くなるのでなるべく考えないよう努力してきたが、父のことが気になる。マーチ家と彼女の実家は数キロしか離れていないのだ。だがわたしは勘当され、追いだされた身だ。父を訪ねなくてはいけない理由はどこにもない。

それでも、今度恥さらしなまねをしたら鞭で追いまわしてやると言われた言葉が頭を離れない。しかも、わたしはまさに恥さらしなことをしようとしている。ニコラスとふたりきりで二週間も過ごすと知ったら、父は激怒するだろう。短い旅行だからと苦しい言い訳をしてメイドを連れてきていないというだけでも、充分に怒りを買いかねない。

しかし、少なくとも心配事のひとつは解消された。わたしは妊娠していなかった。今週、月経が来たのだ。今後はあの日記に書かれていた方法を参考にして、きちんと避妊をするつもりだった。

「さて」オーロラはバッグからトランプをとりだし、努めて明るい口調で訊いた。「なんのゲームをしましょうか？」

それから一時間ほどして、馬車は屋敷へ続く砂利道に入った。ハリーはそわそわしている。堂々とした煉瓦《れんが》造りの大邸宅の前に馬車がとまるなり、レディ・マーチが玄関から飛びだしてきた。

レディ・マーチは息子をしっかり抱きしめたあと、オーロラを大歓迎した。ふたりはオーロラの母が亡くなって以来の友人であり、ジェフリーの死をともに悲しんだ間柄だ。ニコラスが見ていることに気づき、オーロラは憂いを振り払って彼を紹介した。

レディ・マーチはニコラスの両手を握りしめ、大仰に感謝の意を表した。「ハリーの手紙にはあなたのことばかり書かれていました。本当になんとお礼を申しあげたらいいか」

「たいしたことはしていません」ニコラスは謙遜した。

「そんなことはありませんわ。ハリーにはいろいろ教えてくれる大人の男性がそばにいませんから……」レディ・マーチはふいにこみあげてきた涙をこらえて無理やりほほえみ、オーロラに訊いた。「今夜は泊まっていくのでしょう？」

「ありがとうございます。でも、もう帰らないといけなくて」

「せめて昼食ぐらいはとっていってちょうだい。ロンドンの話をいろいろ聞きたいわ。ずっとご無沙汰なんですもの。ハリー、いらっしゃい」

三人は客間に入り、昼食の用意が整うのを待った。息子がまた姿を消すのを恐れるかのように、レディ・マーチはずっとハリーを自分の隣に座らせた。だがハリーは食事が終わるのを待ちかねて馬に会いに馬小屋へ行ってもいいかと尋ね、返事も待たずに椅子から立ちあがった。

食堂を飛びだそうとするハリーをレディ・マーチが呼びとめ、客人の前で失礼だと叱った。

「ロリーはお客様じゃないよ、ママ」ハリーが言いかえした。

「だめよ。ちゃんとオーロラとミスター・デヴェリルに謝りなさい」

「ごめんなさい」ハリーは悪びれたふうもなく、にやりとした。

レディ・マーチが厳しい口調で続けた。「それにこんなによくしていただいたのに、まだオーロラへのお礼の言葉を聞いていませんよ」

「ありがとう、ロリー」ハリーはテーブルに戻ってオーロラを勢いよく抱きしめ、ニコラスと握手すると食堂を駆けだしていった。

レディ・マーチがかぶりを振り、ため息をついた。「ときどきなんて難しい子だろうと思うときがあるの。ジェフリーとはまったく違うわ……」そこではっとし、ニコラスを見た。

「まあ、わたしまで失礼なことを。ごめんなさいね、ミスター・デヴェリル。湿っぽくするつもりはなかったのに。でも、母親にとって息子を失うのはとてもつらいことなのです。女性にとって婚約者を亡くすことも」そう言うと、悲しげな顔をオーロラへ向けた。

ニコラスはよくわかるとばかりにうなずいてみせたが、内心はおもしろくなかった。この屋敷には、ぼくの最大の競争相手であるジェフリーを思い起こさせるものがたくさんありすぎる。理想化された相手に打ち勝つのは容易ではない。

闘っても勝ち目がないのはわかっている。ぼくにできるのはオーロラに彼を忘れさせることだけだ。こんな屋敷からさっさと彼女を連れだし、早く自分のほうを振り向かせたい。

ところがオーロラにさらにつらい記憶を呼び覚まさせ、ふたりの旅行を邪魔する出来事が起きた。いとま乞いをしようというころ、レディ・マーチがオーロラに、最近父親から連絡があったかと尋ねたのだ。

「いいえ。わたしが結婚したことで疎遠になってしまって」

「あまりお元気ではなさそうよ。あなたがお屋敷を出てからというもの、どんどん使用人が減ってしまって。でも、本人が癇癪を起こして追いだしたのだからしかたがないわね」

一瞬、オーロラの表情が曇ったのをニコラスは見逃さなかった。今の話で彼女が動揺したのはたしかだ。そのあと馬車に乗るのに手を貸そうとしたとき、オーロラがニコラスの腕に手をかけた。

「父の屋敷に寄りたいの」

ニコラスは目を細めた。「寄ってどうなる？　ひどいことをされたのに、まだ会いたいのかい？」

「会いたいわけじゃないけれど、父であることに変わりはないもの」

「義理がたいにもほどがあるぞ」

オーロラが悲しげなほほえみを浮かべた。「そうね」

「恩を感じることはない。もう親孝行をする必要はどこにもないんだ」

「そうかもしれない。でも、父の様子を確かめずに立ち去ったら良心が痛むわ。いやなら一緒に来てくれなくてもいいのよ」

「いや」ニコラスは危険をはらんだ笑みを浮かべた。「ぜひ会ってみたいものだ」

馬車はすぐにエヴァーズリーの屋敷に着いた。オーロラがいたころとは違い、庭園が荒れている。砂利道は轍《わだち》の跡がついたままで掃かれた様子はなく、芝も生け垣も伸び放題だ。ニコラスとともに正面の石段をあがりながら、オーロラは胃がよじれる思いを味わった。だが、このまま知らん顔はできない。和解できるとは思わないし、そうしたいわけでもないが、勘当されたとはいえ、相手は血のつながった肉親だ。同情する価値もない人なのかもしれないが、それでも背を向けられない。最後にもう一度努力をしなければ、自分自身が納得できなかった。ニコラスが一緒にいてくれて本当によかったと思う。

真鍮《しんちゅう》のドアノッカーを鳴らすと、まるで空き家のように音が響いた。ずいぶん待たされたのち、汚れたお仕着せをだらしなく着た従僕が応対に出てきた。知らない顔だったため、オーロラは公爵にお会いしたいと面会を申しこんだ。

「公爵はお出かけです」従僕がむっつりと答えた。

「本当にお留守なの？　それとも客には会いたくないということ？」

「お会いしたくないとのことです」

「それでもお目にかかりたいの」

「どなたです？」

オーロラは威厳を見せるべく顎をあげた。「公爵の娘です。お父様にとり次いでちょうだい」

従僕がニコラスの様子をうかがった。ニコラスが自分より背も高くて強そうだと判断したのか、顔をしかめると足を引きずりながら奥へ戻った。

オーロラは寂しい思いで周囲を見まわした。「母が生きていたころは、こんなふうではなかったのに」

ニコラスが励ますように彼女の首筋に指で触れた。言葉こそなかったが彼の気持ちが伝わってきて、オーロラは元気が出た。

ようやく従僕が戻ってきた。相変わらずむっつりしたまま、肩越しに背後を指さした。

「書斎においでです」

「場所はわかります」オーロラは冷ややかに言い放ち、案内を待たずに家へ入った。

だが書斎に近づくにつれて足どりが重くなり、思わず胃を押さえた。どうせいやな思いをするのは目に見えている。

レディ・マーチから元気がないと聞かされていたものの、父の姿を見てオーロラはショックを受けた。かつては威厳に満ちていたエヴァーズリー公爵が、今は椅子の上で手足を投げだし、先ほどのみっともない従僕に負けないほど服が乱れ、充血した青い目でこちらをにらみつけている。

　酒を飲んでいるらしく、彼はろれつがまわっていなかった。「なにをしに来た？　もう二度と顔も見たくないと言ったはずだ」

「こんにちは、お父様。レディ・マーチから最近元気がないと聞いたの」

「おまえみたいな親不孝者には関係ない」公爵はぶっきらぼうに言い、グラスに残ったポートワインをあおった。「おまえはもう娘でもなんでもない。死刑囚なんかと結婚して恥をかかせおって。鞭をふるってやりたいところだ」

「やめておいたほうがいいでしょうね」ニコラスが冷淡な声で言った。

　公爵がニコラスに視線を移した。「おまえは誰だ？」

　ニコラスはほほえみを浮かべたが、目は笑っていなかった。「その死刑囚の従兄弟でブランドン・デヴェリルと申します」

「出ていけ、その女も連れてな」公爵は腕をあげ、ドアを指さした。「この家にあばずれはいらん」

　オーロラは頬でも打たれたかのようにあとずさりしたが、ニコラスが一歩前に進みでた。彼女はニコラスの腕に手をかけて制した。父親の言葉に傷ついたというより、怒りと悲しみを覚えた。

「わたしがお父様に恥をかかせたですって？」オーロラは皮肉な表情を浮かべた。「冗談じゃないわ。わたしこそ、何度恥ずかしい思いをさせられたと思っているの？　お父様が誰彼なしに傍若無人な態度をとるのを、ずっと見せつけられてきたのよ。お父様はなんでも力で支配しようとする。お粥《かゆ》が冷めているとか、ブーツにほんの少し汚れが残っているとかささいなことで逆上して、かわいそうな召使いたちに暴力をふるってきた。今は使用人の失敗にいらいらさせられることもなくなって、さぞ満足でしょうね。お父様がみんな追いだしてしまったんだから」

公爵は怒りで顔を真っ赤にし、勢いよくグラスを机に置くと、威嚇するように立ちあがった。

だが、オーロラは逃げなかった。「お父様はかわいそうな人よ。もっと誇り高い人かと思っていたのに、まさかここまで落ちぶれるなんて」

「こいつ、よくも」公爵はこぶしを振りあげ、酔った足どりでオーロラに向かってきた。

ニコラスが行く手をさえぎった。公爵のクラヴァットをつかみあげて体をひねり、後ろ手に腕をねじあげ、顔を壁に押しつける。

公爵は痛みにうめき声をもらした。

ニコラスが低い声で脅した。「あなたの暴挙の数々を聞いて以来、ずっとこうしたいと思っていたんですよ」

「その……汚い手を……どけろ」公爵が苦しそうな声で命じた。

「なんともはや。ご自分の所業をみずから経験されるのはいやだと？」

「こいつ……鞭打ちにしてくれる！　貴族に手を出した罪で……逮捕させてやるぞ」

「お好きにどうぞ。言っておきますが、オーロラに手を出したらその喉をかききりますよ。どこまでも追いかけて、二度と朝日を拝めないようにするつもりです。おわかりですか？」

公爵が力なくうなずいたが、ニコラスは手を緩めなかった。

「二度とオーロラの人生にはかかわらないでいただきたい。声をかけるのもやめてください」

「わかった、わかった！」ニコラスが手を離すと、公爵はその場に膝を突きかけた。

オーロラはとめに入りたい思いを押し殺して、ふたりのやりとりを見ていた。心臓が早鐘を打っている。父がにらみつけてきたが、オーロラはその視線を毅然と受けとめた。暴力は嫌悪しているが、このなりゆきには同情を感じない。父にはこういう相手が必要だったのだ。父が怒りを向けても、怯えたり萎縮《いしゅく》したりしない相手が。ニコラスは脅されても平然としている。

ニコラスが腕を差しだしたので、オーロラはほっとしてその腕をとった。ふたりはひと言も発さずに部屋をあとにした。

ニコラスはさっきまで乗っていた馬を馬車の後ろにつなぎ、ぼんやりと座っているオーロラの隣に乗りこんだ。馬車が動き始めると、オーロラは見るともなく窓に目をやり、遠ざかっていく実家を眺めた。

まだ体は震えているが、心は安堵に包まれていた。ようやく真の意味で父の支配から解放された。これで父がわたしにかかわることはない。わたしにはあの人をどうすることもできないことがやっとわかった。もう娘としての務めは果たさなくていいし、父に対して責任を感じる必要もない。父は暴力でわたしを追いだそうとした。もはや同情する義理さえない。

驚いたことに、罪の意識はまったくなかった。結局は親子の縁を切るしかなかったのだ、という深い悲しみがあるだけだ。

ふと気づくと、ニコラスがなかば閉じた目でこちらを見ていた。

「やっと逃げだせたな」やがて彼は口を開いた。

「ええ」オーロラはかぶりを振った。こんなにも長いあいだ、よくあの父に耐えてきたものだ。「父はずっとわたしを覆う影だった。暗くて恐ろしくて……父のせいで、ずっと惨めな人生を送ってきたわ。いつも不機嫌で、とにかく手の早い人だったから」

ニコラスは不安そうな目でオーロラを見つめた。「あんな場面を見せたくはなかったが、毒をもって毒を制すしかないときもあるんだ」

「そうね」オーロラはニコラスの手に目をやった。力強い手だが、指は美しい。いざというときは暴力もふるうけれど、別のときには……。すべての男性が父のように怒りっぽくて粗暴なわけではないのだ。オーロラは弱々しい笑みを浮かべた。「感謝しているわ。あなたがいてくれなかったら、父にあんなことを言う勇気は出なかったかもしれない」

彼女の笑顔が心にしみ渡り、ニコラスは勝利を叫びたい気分になった。オーロラは父親との関係を清算した。残る相手は永遠の愛を勝ち得ている幽霊だけだ。

ニコラスは決意を新たにした。オーロラにとって大きな存在であるだけに、ジェフリーを忘れさせるのは至難の業だろう。だが元婚約者に向けていたような愛を、絶対にぼくに対しても抱かせてみせる。そのときこそ本当の意味で、オーロラはぼくの妻になるのだ。

ただし、そのための時間は二週間しかない。

目的地に到着したのは暗くなってからだった。チルターン丘陵に広がる鬱蒼《うっそう》としたブナの森の奥に、その優雅な館はあった。社交界にデビューする前、お金持ちの男性は罪深い楽しみのために秘密の館を持っている、と噂に聞いたことがあった。だが、それがこれほど退廃的だとはオーロラは想像もしていなかった。その蜂蜜色《はちみついろ》の石造りの館は田舎の邸宅というよりは小さな宮殿といった様相を呈し、内装は贅沢で異国情緒にあふれ、裸体をモチーフにしたタペストリーや彫像や肖像画が飾られていた。

ふたりは少人数の使用人に迎えられ、それぞれ別の部屋へ案内された。オーロラの寝室は薄暗い明かりがともり、白檀《びゃくだん》の香りが漂い、天井からシルクの布が垂れ、壁にはすばらしい絵画がかかっている。

片側の壁沿いには広いベッドがあり、東洋の宮殿のごとく房つきのクッションがいくつも置かれている。ベッドのそばのテーブルには食事が用意されていた。反対側の壁には大理石で縁どられたフレンチドアがあり、塀で囲まれ、色とりどりのタイルが敷きつめられた中庭へ出られるようになっている。

静かな噴水の音に引き寄せられ、オーロラはフレンチドアから暗い庭を眺めた。こうしていると、デジレの日記のなかに入りこんだ気分になる。ここはまさに白檀の香りに包まれたハーレムだ。

でも、わたしは閉じこめられているわけではない。デジレは奴隷として異国の地へ連れていかれ、ハーレムの女性となったが、わたしは自分の意思でここに来た。けれど、誘惑に抗えないところはデジレと同じだ。

足音が聞こえる前からニコラスがそばに来ているのがわかった。ニコラスは黙ったまま背後からオーロラを包みこみ、自分のほうへ引き寄せた。オーロラは彼のたくましさとぬくもりを感じ、悦びのため息をもらした。まだなにもしていないのに、ニコラスが情熱を高ぶらせているのが感じられる。オーロラは今宵への期待に胸を躍らせた。

ふたりはしばらく静かに立っていた。聞こえるのは互いの心臓の音だけだ。

「後悔は？」ニコラスがオーロラの耳もとでささやいた。

ここへ来たことを後悔していないかと訊いているのだ。そんな気持ちはまったくなかった。不安はあるけれど、後悔はしていない。危険を冒しているのは承知している。この強烈な存在感に満ちた男性から自分の心を守り、感情を揺さぶられないようにするには強い意志の力が必要だろう。だが、彼が約束してくれた楽園を思うと、女として拒否することができない。

「いいえ、後悔などしていないわ」

「よかった」

暗い中庭からツグミのさえずりが聞こえた。

「ひとつ頼みがある。もう一度、新婚初夜と同じ約束をしてくれないか。これからの二週間は、今この瞬間だけを大切にしよう。過去も未来も、言い争いも慎みもいっさいなしに、ただ愛しあうふたりとして過ごしたい。すべてを忘れ、なにも考えずに互いを分かちあうためだけの時間にしたいんだ」

オーロラは目を閉じた。まるで天国だ。今後二週間はニコラスの腕に抱かれ、思いのままに彼を求められる。それで満たされたら、きっとこの切ない気持ちも癒されるだろう。

それが終わればニコラスはイングランドを去り、わたしは心穏やかな生活に戻れる。

「約束してくれるかい?」オーロラの耳たぶに唇をつけながらニコラスがもう一度訊いた。

「ええ」彼の頼みなら、なんでも言うことを聞いてしまいそうだ。オーロラは自分を抑えられなかった。ニコラスにキスしてもらいたい。抱きしめられて、愛されたい……。

オーロラは彼の名前をつぶやきながら後ろを向き、唇を求めた。ニコラスは間違っている。すべてを忘れるのではないわ。すべてを覚えておくのよ。

彼が去ったあと、思い出を一生かみしめながら生きていくために。

20

彼は燃えあがる情熱を探す長い旅にわたしをいざなった。

ニコラスの熱いキスは魔法のようにオーロラを燃えあがらせた。彼を求める気持ちが体のなかで渦巻いている。ふたりは我慢できないとばかりに互いの衣服を脱がせあった。体に火がつき、舞いあがって落ちていくのに似た感覚だ……。

いや、落ちてはいかなかった。ニコラスがキスをしたままオーロラの体を抱きあげてベッドへ運び、重なっているクッションの上におろした。オーロラはニコラスの体に両腕をまわした。彼が欲しい……。

そのとき、かすかにノックの音がした。オーロラにはよく聞こえなかったが、ニコラスは自制心をとり戻そうとするかのように体を震わせた。

「待っていてくれ」彼は大きく息を吸いこんで体を離した。「きっと食事だ。さっき、ここへ運ぶよう頼んだから」

オーロラはしぶしぶニコラスを行かせた。ほんのわずかな時間離れるだけなのに、もう彼のぬくもりが恋しい。ニコラスはしなやかな身のこなしで立ちあがり、熱のこもった目でオーロラを見つめたあと、ベッドの薄布でできたカーテンをおろした。

オーロラはシルクのシーツで裸の体を隠して待った。ニコラスが召使いを招き入れ、テーブルにトレイを置くよう指示する声が聞こえる。やがてそっとドアが閉められ、また静けさが戻ってきた。ニコラスがカーテンを開けた。

ニコラスの美しい裸体を目にし、オーロラの鼓動は速まった。

「なにか食べるかい？」

「いらないわ……あなたが欲しい」オーロラは恥ずかしそうに答えた。

ニコラスが陰を帯びた炎のごとき目でオーロラを見た。「きみの望みのままに、いつまでも」

けれどもニコラスはベッドへは戻らず、食事が置かれているテーブルのほうへ行った。そしてシャンパンの瓶を眺めたあと、泡立つ飲み物を深皿に注いだ。

オーロラはニコラスのたくましい背中を惚れ惚れと見つめた。まるでデジレの日記に登場する王子のようだ。そういえばこの部屋はシルクがふんだんに使われ、白檀の香りが立ちこめていて、日記にあったデジレの寝室によく似ている。オーロラは異国情緒あふれる室内を見まわした。低いベッドや、豪華なクッションや、薄手のカーテンなどもそっくりだ。こうしていると、自分がデジレになり王子が来るのを待ち受けている気分になる。ニコラスがご主人様で、わたしは彼の悦びのためだけに存在している囚われの身の女性だ。

オーロラは動揺し、少し冷静になろうと疑問を口にした。「この部屋の装飾は、日記に出てきたハーレムによく似ているわ」

「偶然じゃない。東洋をモチーフにした寝室があると聞いて、この部屋にしてほしいと頼んだんだ。きみは日記に入れこんでいるから」

ニコラスが戻ってきてオーロラの隣に座ると、深皿の中身を見せた。シャンパンのなかに海綿がいくつか入っている。

「日記に出てきた避妊の方法を覚えているかい？」

「ええ」妊娠は避けなければならないが、命のもとを断つのかと思うと、オーロラはどこか落ち着かない気分になった。

「いいかい？」

ニコラスがシーツをさげ、海綿をオーロラの体に入れた。その冷たい感覚に、オーロラは体を震わせた。ニコラスがあたたかい唇で同じ場所に口づけた。

オーロラは声をもらして体をそらした。冷たいのに熱い……だが、それだけでは満足できなかった。

「お願い」我慢できずに懇願し、両手を伸ばしてニコラスを抱き寄せた。早く彼とひとつになりたい。

その気持ちを察したらしく、ニコラスはためらうことなくオーロラに覆いかぶさった。

「ひと晩じゅう、きみのなかに入っていたいくらいだ。そのまま眠りに落ちて、また目覚められたらどんなに幸せか……」

もう一度オーロラの唇をむさぼったあと、ニコラスは深く体を沈めた。オーロラは息もできないまま目を閉じ、一体感を心ゆくまで味わった。

ニコラスが動きを速めた。

オーロラはニコラスの体に脚をまわして背中をそらした。彼の動きは優しくはなかったが、そんなものは求めていない。ふたりは互いをむさぼりながら激しさを増していった。ただ本能に身を任せた男と女になり、これ以上ないほどひとつになった。

体じゅうが悦びで満たされ、オーロラはすばらしさに泣きたくなった。ニコラスはオーロラのすべてを求め、彼女は喜んでそれを差しだした。

オーロラがニコラスの背中に爪を立てた。あえぎ声がどんどん大きくなる。オーロラの情熱はニコラスを限界まで突きあげていった。ニコラスはオーロラの唇を求めた。オーロラを悦ばせ、自分のものにしたい、彼女に自分の情熱を焼きつけたい……。

灼熱《しゃくねつ》の快感が炸裂《さくれつ》した。オーロラが白熱の絶頂に襲われ、むせび泣くような声をあげた。ニコラスは苦しげな息とともにうめき声を発し、最後にもう一度荒々しくオーロラのなかに体を沈めると、彼女の名前を呼びながらみずからを解き放った。

彼はオーロラの上に崩れ落ちた。心臓が激しく打ち、体が震えている。オーロラの髪を指に巻きつけながら、ニコラスは長いあいだじっとしていた。

これほど激しく、誰かとひとつになったのは初めてだ。勝利の雄叫《おたけ》びをあげたいほどうれしかった。

この一瞬だけはオーロラのかたい殻を破り、情熱を引きだすことができた。だが、難しいのはこれからだ。ふたりのあいだに愛という絆を結ばなくてはいけない。

しかも時間はたった二週間しかないのだ。


ふたりは来る日も来る日も愛しあった。

不安はあるものの、オーロラにとってニコラスと一緒に過ごす時間は、これまでの人生で経験したことがないほど魅惑的なひとときだった。ニコラスと約束したとおり、ふたりのあいだには過去も未来も、国籍もなかった。ふたりは欲望という名の楽園にいる、ただの男と女にすぎないのだ。

秘密の館がオーロラを罪深い誘惑へといざなったのはたしかだが、ふたりの時間を至福のときにしたのはニコラスだった。

オーロラは想像だにしなかった悦びをニコラスから与えられた。何時間もかけて、ふたりは互いの体を慈しんだ。彼女は男性を愛するすべや、自分の望みを口にすることも教わった。求められるままに分別も恥じらいも捨て、社交界の厳格な掟も忘れ、ただひたすらニコラスの愛撫に身を任せた。

彼はオーロラの体だけでなく、心も開かせようとした。剣のごとき鋭い誘惑で彼女の自制心を切り刻み、機知に富んだ会話で楽しいひとときを与えた。

ニコラスはオーロラを笑わせ、燃えあがらせた。オーロラにとってはすべてが初めての経験だった。彼女は自由で大切にされていて、ここでは心の欲するままに彼を求めることができた。

けれどもニコラスの望みがわかってくるにつれ、不安も増した。彼は日記の官能的な一場面を再現しようと試みているだけでなく、トルコの王子がデジレに求愛したようにオーロラの心を求めていた。

ある日の午後、オーロラはみずからそれについて話をするきっかけを作ってしまった。庭で日記を読んでいたとき、首筋にキスをされるまでニコラスが背後から近づいてきたのに気づかなかったのだ。

オーロラははっとして振りかえった。

「なにをそんなに熱心に読んでいるんだい？」宝石で装丁された本をとりあげられ、開いているページを見られてオーロラは顔を赤らめた。「彼とわたしはひとつになった」ニコラスはそのページの一文を声に出して読んだ。「ふたりのあいだにはもはや遠慮も秘密もない」思いにふけるような目でオーロラを見る。「ぼくはこれをきみに求めているんだ」

「そうなりつつあるわ。あなたの望みどおりに」

「そうだな。だが、まだまだぼくが願っているほどではない」ニコラスは日記を返したが、目はまだオーロラを見つめていた。「きみは最初のころのデジレによく似ている。自分の気持ちを怖がっているところが」

認めたくはないが、それは本当だとオーロラは思った。どちらも純粋無垢なまま運命の相手と出会い、恋に落ちた相手の虜になっている……。「デジレが怖がるのは当然よ。ハーレムの女性だったのだもの。横暴な主人の言いなりになるしかない無力な存在だった」

「だが結局のところ王子は横暴ではなく、そのうちデジレの魅力に翻弄されるようになる」ニコラスがベンチをまわりこみ、オーロラの隣に座った。「その点もきみとよく似ている。きみは自分の魅力に気づいていないだろう？　ぼくを虜にしていることにも」彼は優しくほほえんだ。

オーロラはどう返事をしていいのかわからなかった。ニコラスが体をかがめ、彼女の耳たぶにキスをした。

「ほかにも似ている点はある」彼はオーロラの耳もとでささやいた。「デジレは自由を望んでいたが、それよりも大切なものを見つけた。恋だ。そして自由よりそちらを選んだ」

オーロラは落ち着かなくなり、少しずつニコラスから体を離した。「忘れたの？　デジレの恋は不幸な結果に終わったのよ」

「ぼくたちはそうはならない」ニコラスがオーロラの首筋に唇をはわせた。見えない蜘蛛《くも》の糸に絡めとられるように、オーロラは恍惚感におぼれていった。「もっと自分の気持ちに素直になればいい。傷つくことはないんだから……」

「ニコラス、お願い……」オーロラは頭を振った。「過去も未来も忘れると言っていたでしょう？」

「そうだな」ニコラスが憂いを含んだ目でオーロラを見つめた。

「それなら、キスで忘れさせてくれ」

オーロラは喜んでニコラスの腕のなかに入り、顔をあげて彼の求めに応じた。

ほっとしたことに、そのあとニコラスは日記を話題にすることはなく、また蜜月が戻ってきた。

ふたりはよく長い散歩に出かけ、あたりを散策した。庭園のそぞろ歩きは楽しかった。優雅で官能的な彫像があちこちに置かれ、イチイの生け垣で作った巨大な迷路まであった。まわりの森にも興味を引かれた。鬱蒼としたブナの森は緑の濃淡が美しく、至るところに静かな小道や、苔《こけ》むした岩や土手のあいだを流れる小川があり、金色の陽光と涼しげな木陰が森をまだらに染めあげていた。

乗馬も楽しんだ。人目がないため、オーロラは心ゆくまでひそかな悪癖を堪能できた。とりわけ朝の風を顔に受けながら、ニコラスとともに草原を疾走するひとときは爽快だった。そして、ふたりはたびたび愛しあった。時間も場所も関係ない。ニコラスはオーロラの自制心を最後のひとかけらまでとり除くのに懸命だった。風呂でも、夕食の席でも、高い塀に囲まれた中庭の噴水の脇でも愛を交わした。蜂蜜たっぷりの菓子や果物を互いに食べさせ、口移しで飲み物を飲んだ。日記を参考にして、薔薇の花びらをちりばめたベッドも試してみた。濃厚な薔薇の香りにめまいがするほどだった。

日記といえば、銀の玉を使った前戯もオーロラは目新しくて気に入った。初めてそれが体に入ったときはその感覚に衝撃を受けたが、同時に興奮も覚えた。

あるけだるい午後のひととき、ふたりは迷路を探検した。ニコラスはゆっくりとした濃厚なキスを浴びせながら、オーロラを入り組んだ迷路の奥へといざなった。

迷路の中心部にあるものを見ても、オーロラは別に驚きもしなかった。愛しあう男女を模した等身大の大理石の彫像が、神殿に置かれたご神体のごとく鎮座している。ニコラスがキルトを広げ、クラヴァットをはずした。ニコラスがなにをするつもりかオーロラにはすぐにわかったが、彼が手を伸ばしてくると緊張した。イチイの生け垣は充分に背が高いものの、それでも落ち着かない。

ニコラスが挑発するような表情を浮かべた。「誰にも見られやしない。だが、本当にいやなら……」

「いいえ」これまでもさまざまな状況に挑み、そのたびに新たな興奮を覚えてきた。「大丈夫よ」

「よかった。おいで。きみの体を見せてほしい」

ニコラスがオーロラを抱き寄せ、頬に唇をはわせた。彼女はうっとりしながらニコラスに寄り添った。

彼はキスをしたままオーロラのドレスを脱がせた。

オーロラが一糸まとわぬ姿になると、ニコラスはその体に見入った。胸に熱い視線を感じただけでオーロラは体がうずいた。垂らした髪のあいだからかたくなった胸の先端が顔をのぞかせている。ニコラスが人差し指でその周囲をたどり、中心部に触れた。オーロラは熱い息をこぼした。

ニコラスが両手で彼女の胸を包みこんだ。「悩ましい胸だ」

あたたかい手で愛撫され、オーロラの体は反応した。

「お願い……」

ニコラスがオーロラは自分のものだと言わんばかりにキスをしたあと、彼女をキルトに寝かせた。オーロラは生まれたままの姿だが、ニコラスはまだ服を着ている。

ニコラスに見つめられ、オーロラは息ができなくなった。こうして太陽の光とニコラスの熱い視線にさらされていると、自分が強く望まれている実感がこみあげてくる。

オーロラが腕を伸ばしたが、ニコラスは首を振った。「じっとしていてくれ」

彼女は目を閉じた。日光のあたたかさとは関係なく体が熱くなる。夢見心地でニコラスのてのひらの感触に身を任せていると、甘い快感がこみあげてきた。

やがて胸に彼の舌が触れた。ゆっくりとした崇拝するような舌の動きに、オーロラは身もだえしてキルトをつかんだ。

「ニコラス、来て……」

ニコラスが手を彼女の下腹部へと滑らせ、敏感になっている部分に触れた。オーロラはあえぎ声をもらした。

きりとした。

「きみをもっと悦ばせてみたい」

彼はオーロラの腿のあいだに入り、身をかがめた。ニコラスの意図を察し、オーロラはど

ニコラスがオーロラの腰を両手で押さえ、秘められた箇所にキスをした。オーロラの喉から振り絞るような声がもれる。

「そんな声をもっと聞かせてほしい……」ニコラスはふたたび唇を近づけた。

甘美な衝撃が体を貫き、彼女は身を震わせた。オーロラがたまらずに背中をそらすと、ニコラスは彼女が逃げられないようにさらに力をこめて押さえ、巧みな愛撫を続けた。

オーロラは思わずニコラスの髪をつかんだ。「ニコラス……お願い」

「このまま我慢してごらん」

ニコラスは顔を押しつけ、執拗にオーロラを責めさいなんだ。

オーロラの体は欲望の塊となって叫んでいた。身をよじりながら、われを忘れてむせび泣きの声をあげる。やがて、それは悲鳴に変わった。

絶頂の波が果てしなく幾重にも襲ってきた。それでもニコラスは愛撫をやめなかった。やがてオーロラは震えながらぐったりとなった。それを目にしたニコラスは、オーロラの隣に寝そべった。

オーロラは深い満足を覚えながら横たわっていた。ニコラスの言葉は正しかった。たしかにわたしには秘められた情熱的な一面がある。彼に出会ったことで、その情熱がかきたてら

れたのだ。

恋という感情がこれほど深いとは知らなかった。ニコラスに会うまでは、ただ生きていただけにすぎない。そういう感情は排除できると思っていたけれど、もう認めるしかない。わたしは胸が痛むほど強くニコラスを求めている。

日記の一節が頭に浮かんだ。〝わたしは彼のもの。彼の生々しくて激しい情熱の虜だ〟わたしがニコラスに抱いている感情もまったく同じだ。彼に求められると抗えない。そしてわたし自身も狂おしいほどニコラスに抱かれたいと感じている……。

ふと満足感が消えた。ニコラスはわたしを優しく口説き、激しく体を重ね、努力の限りを尽くして愛の絆を結ぼうとしている。わたしを女にし、さらに心まで自分のものにしようとしている。

いいえ、彼を愛したくはない。それなのに、抵抗するのがどんどん難しくなってきている。情熱など関係のない静かな暮らしを送るのが望みだった。ニコラスを愛して傷つきたくはないと思っていた。

だけど彼が全力でわたしの心をつかもうとしたら、わたしはどうやって感情の壁を作ればいいのだろう？　これほど一途《いちず》で情熱的に守りを破ろうとされたら、耐えるのは難しい。

このままでは気持ちを抑えられなくなりそうだ。

今この瞬間だけを大切に生きるという約束は、二週めに入っても続いていた。だがある朝、いつものように森で乗馬を楽しんでいたとき、オーロラにとっては好ましくないほうへ話題が転じた。

オーロラは、ニコラスでさえ躊躇《ちゅうちょ》するほどの大きな倒木を馬で跳躍したところだった。わずか数センチ上をぎりぎりで飛び越えたのだ。なんという向こう見ずなことをするのだろうとばかりに、ニコラスがかぶりを振った。

「ぼくが危険を好むときみに責められたくはないね。あの倒木を横乗りで越えるなんて危険なことは、ぼくでさえ怖くてできやしない」

跳躍が成功したことに興奮し、オーロラは笑いながら馬の首をぽんぽんと叩いた。「よく言うわ」彼女はまたニコラスと馬を並べて歩き始めた。「あなたはなにかを怖がったことなんてないでしょう。恐れ知らずなのよ」

「そんなことはない」ニコラスがにやりとした。「ひとつだけとても怖いものがある」

「なにかしら？」

「きみを失うことだ」

そちらのほうへ会話が進むのは危険だと感じ、つかの間オーロラは黙りこんだ。「そういう話はしない約束じゃなかったの？」

「すまない」そう言いながらも、ニコラスは話題を変えようとしなかった。「だが、訊いたのはきみだよ。それにぼくがアメリカへ帰る前に、いつかしないといけない話だ」

オーロラは不安になり、守りの態勢に入った。「ニコラス、ここへ来てからの一週間ほどは……とても楽しかったわ。でも、これは偽りの関係なの。わたしたちがお互いに対して抱いている感情は一時的で長続きしないわ」

「ぼくはそれを永遠に続くものにしたいと思っている」

オーロラの顔に警戒の色が浮かんだ。ニコラスは彼女の表情に気づき、それ以上言い募らなかった。

「わかったよ。心をくれとは言わない。体だけで満足しておくよ」

ニコラスがちゃめっけたっぷりの笑顔を見せたため、先ほどの言葉が真剣だったのかどうかオーロラにはわからなくなり、わけもなく胸が痛んだ。

彼女は頭を振った。「わたしはあなたが生涯をともにしたいと思うような相手ではないわ」

「それは違う。ぼくにとっては最高の女性だ。きみはぼくと言いあいになっても一歩も引かないし、ほかの点でも芯が強い。どんな難題を吹っかけても、それにこたえてくる」

オーロラは困惑して眉をひそめた。「どうしてわかってくれないの？　わたしは難題なんか吹っかけてほしくないの。あなたとは違うのよ。あなたは危険や興奮や冒険ばかり好むけれど、わたしはそんな荒っぽい人生に興味はないの」

「ぼくももう興味はないよ。きみに尋ねられたことをずっと考えていたんだ。一生、きみを大切にすると言えるかと訊いたね。大切にする。一生だ」

オーロラはニコラスを凝視した。

「もう放浪の旅は終わりだ。よけいな危険も冒さないと約束するよ。ぼくの望みはきみと暮らすことだけだ。よき夫になって、きみと一緒に子供を育てたい」

「子供を育てるために冒険をあきらめるというの？」とても本気とは思えなかった。

ニコラスが肩をすくめた。「きみが信じられないのはよくわかるよ。だが、ぼくはこの何年かでひとつ理解したことがある。人生を分かちあう相手がいなければ、冒険をしてもつまらない」

本心を探ろうと、オーロラはニコラスの目を見つめた。「信じる気にはなれないわ」

「ぼくもきみが臆病だとはとても信じる気になれないね」ニコラスがまた軽い口調に戻った。

「きみは大胆に振る舞うのが好きで、それを楽しめる女性だ」彼はいたずらっぽい表情を浮かべた。「それをわからせてあげるから、もっとこっちへおいで」

ふたりは樹木の生い茂った森のなかを並んで馬に乗って進んだ。ニコラスの膝がオーロラの馬に触れそうなほどの近さだった。

「これ以上、そばには寄れないわ」オーロラは警戒した。

ニコラスがにやりとした。「来られるとも」そう言うとオーロラの腰へ腕を伸ばし、体をすくいあげて自分の馬に乗せた。

オーロラは驚き、バランスをとろうとニコラスの腕にしがみついた。「なにをするの！」

「きみが大胆なことを好む女性だと証明するんだよ。前を向いて、ぼくにもたれかかってごらん。馬をまたぐんだ……それでいい」

「ニコラス……どうかしているわ。こんな――」

オーロラは言葉を切った。ニコラスが彼女のドレスの胸もとを引きさげ、胸をあらわにしたからだ。両手で胸を包みこまれ、かっと体が熱くなる。抗議の声をあげながらも、オーロラはいつの間にか背中をそらしていた。「ニコラス……誰かに見られたらどうするの！」

「こんなところに誰も来やしない」

ニコラスの手のなかで胸が震え、敏感になっているのがわかる。「どうしてこんなことをするの？」

ニコラスがオーロラの耳もとでささやいた。「ぼくのことを覚えていてほしいからだ。今後、馬に乗るたびに、きみはぼくを思いだす。ほら、静かにして。きみはただ楽しめばいい……」

彼のてのひらの感触に胸の先がかたくなった。オーロラは唇をかみ、ニコラスに体を預けて恍惚感に身を任せた。

ニコラスがドレスの裾から手を差し入れ、脚のあいだの茂みに触れると、鋭い快感がオーロラの体を貫いた。

「リラックスして」ニコラスがささやく。オーロラは気持ちが高ぶり、体が震えた。敏感なところに触れられ、すすり泣きの声がもれる。この恐れを知らぬ行為にぞくぞくするものを感じていた。馬の足どりに合わせた規則的な愛撫に息が荒くなる。

「ほら、きみの体はこんなに反応している。この場で今すぐきみを奪いたいくらいだ……」

言葉にならないほどの悦びに腰が痙攣し、オーロラの唇からうめき声がもれた。怒れる炎のごとき熱い快感が突きあげてくる。

オーロラは絶頂に達した。ニコラスは彼女の震える体を抱きしめながら、心をかき乱されていた。こんなふうに燃えあがる姿を見たかったのはたしかだ。けれども、まだひとつ大切なものが欠けている。

ニコラスは陽光を受けて輝くオーロラの髪にキスをした。命と引き換えにしてもいいと思うほど切望しているものを手に入れられない切なさに胸が痛む。思いのままに彼女の情熱を引きだせたことに勝利の喜びを感じたいが、本当に欲しいのはオーロラの愛だ。ぼくは愛を乞い求めている。

さっきは嘘をついた。本音は違う。ぼくは彼女の心が欲しい。体だけでは到底満足できそうになかった。

ぼくはひとつ賢くなったと思う。オーロラと出会ったことにより、ある真実に気づいた。それは父が伝えようとしたことであり、あの日記が雄弁に語っていることだ。男なら誰しも、生涯の伴侶《はんりょ》となるべく運命づけられた女性がいる。

オーロラこそぼくの運命の女性だ。魂の底からそう感じる。

だが、それを当人に理解してもらっていない。だいたいぼくは、彼女を愛していることさえ伝えていない。それが間違いだった。自分の気持ちに気づいたとき、行動で示す機会が欲しいと思い、オーロラの心のなかに自然と愛が育つのを待とうと考えた。親密なひとときを重ねていれば、いずれは愛につながると期待した。そうなる可能性はあるかもしれないものの、もう時間がなくなりかけている。

ニコラスは深く息を吸いこんだ。今はそれにふさわしいときではないが、必ずこの思いを伝えよう。なるべく早い時期に。

代償はあまりに大きかった。彼はわたしの心を求めていたのだから。

21

オーロラはうわの空でぼんやりと日記のページに目を落としていた。塀で囲まれた中庭にある、満開の緋色《ひいろ》の花をつけたシャクナゲの木陰で石のベンチに座っていたが、心は時間も場所も超えて遠くへ飛んでいる。池の噴水のさざ波が、一〇〇年近く前に書かれたデジレの言葉とともに、静かなセレナーデを奏でていた。

彼が与えてくれた選択肢に悩み、葛藤に苦しんでいる。自由は欲しい。慣れない異国の地を逃れ、貴族の暮らしに戻りたいと心の底から願っている。だが、恋の鎖がその願いにも負けないほど強くわたしを縛りつけている。

どうすればいいのだろう？　この場に残ったからといってどんな未来が待っているというのか。彼はわたしとは結婚できない。そんなことをすれば、トルコの宮廷に渦巻く政治的陰謀に巻きこまれてしまう。キリスト教徒である外国人の女を愛したとなれば、彼にとって致命的な弱点になる。だからわたしは、ハーレムの女という立場でしかここにとどまれない。ふたりのあいだに生まれた子は彼の野蛮な社会に属することになる。けっしてわたしのものにはならないのだ。

愛でさえ容易に色あせるのに、恋ならばなおさらだ。今、彼はわたしを欲しているが、五年後はどうだろう？　一〇年後、三〇年後は？　わたしの肌が張りや滑らかさを失う一方で、若くて美しい女性たちが彼の寵愛《ちょうあい》を求めても、まだ彼の目にわたしは美しく映るだろうか？　間違いないと彼は言う。だが……恋の熱に浮かされた言葉を信じてもいいのだろうか？　彼の黒い目に宿る愛にすがっても大丈夫なのだろうか？

わたしが決めればいいと彼は言った。囚われの身を嘆き悲しむわたしの姿を見て、奴隷の鎖を断ちきろうと申しでてくれた。それがわたしの望みならば、自由にしようと言ってくれた。自分の幸せよりも、わたしの幸せを願ってくれているからだ。

そしてわたしはどうしたらいいかわからずに苦しんでいる。チャンスをつかみ、自由の身となってこの国から逃げだすべきだろうか？　だがそうすれば、二度と彼に会うことも、触れることもできなくなる。わたしは耐えられるだろうか？　ならば彼のそばに残るべき？　本来あったはずの人生も家族も友人も捨て、恋の奴隷となる？　それなら彼が望んでくれるあいだはそばにいられる。

ああ、どうしたらいいのだろう？

オーロラはかたく目をつぶった。デジレと同じ葛藤に心を引き裂かれている。わたしも選択しなければならない。かなわぬ愛に心が傷つかないよう自分を守るべきかしら？　あるいは危険を冒してでもすばらしい男性とともに不確実な将来を歩むべきなの？

どうしたらいいのだろう？　ニコラスに恋をしているのは認めざるをえないし、その気持ちがどんどん深くなっているのは否定できない。彼のそばにいられるだけでこのうえない幸せを感じ、あの腕にすっぽりと包まれているとうれしくて体が震える。だが彼を愛して失うことになれば、心が受ける傷の深さははかり知れない。

今でさえ別れを考えるだけでつらいのに、彼がイングランドを去ったら、はたしてひとりで生きていけるだろうか？

オーロラは首を振った。デジレと変わらないほど絶望的な気分だ。

「オーロラ」

はっとして見あげると、ニコラスがそばに立っていた。

彼女は胃が重くなった。今日は秘密の楽園で過ごす最後の日だ。これまでふたりは将来の話題を極力避けてきたが、ニコラスの真剣なまなざしからするに、とうとう現実に直面するときが来たようだ。けれど、心の準備はまだできていない。

ニコラスが隣に座った。「ぼくを避けるためにここへ来たのかい？」

「そういうわけじゃないわ」オーロラはニコラスの鋭い視線を避けた。「考え事をしたかっただけよ」

ニコラスがオーロラの手をとり、あたたかい指を絡めた。「将来のことかい？」

「ええ」

「ぼくについてアメリカへ行くかどうか？」

「そうよ」

「心は決まったのかい？」

「いいえ……まだ」オーロラは不安な目でニコラスを見た。「一度も行ったことのない土地なのよ。知っている人もいないし」

「ぼくがいる」

「あなたが冒険を求めて外国へ行ってしまったら？」

「言っただろう？　もう放浪の旅は終わりだ」ニコラスが親指でオーロラのてのひらをなでた。「きみとの人生のほうが刺激的だ。きみは毎日、生き生きとしている」

オーロラが黙っていると、ニコラスはほほえんだ。

「仕事で航海に出ることはあるだろう。そのときはぜひ、きみにも一緒に来てほしい。でも、家に残っていたければそれでもかまわない。新しい友達もできるだろうし、きっと母や妹たちのことも気に入ると思う。サビーン家はきみを大歓迎するよ。大丈夫だ、ぼくたちはきっとうまくいく」

彼女はニコラスの目をのぞきこんだ。「あなたが自由を捨てられるとはどうしても思えないの」

ニコラスが肩をすくめる。「自由なんてたいしたものじゃないとわかったんだ。これまでは自由をあきらめてもいいと思うほどのものに出合わなかっただけだ。だが、今はきみがいる」

「それもわたしに飽きるまでの話よ」

彼はまっすぐにオーロラの目を見つめかえした。「そんなことにはならない」

「どうしてわかるの？」

ニコラスが息を吸いこんだ。「それは……きみを愛しているからだ」

オーロラは虚をつかれ、信じられない思いでまじまじとニコラスの顔を見つめた。

「本当だ」ニコラスが顔をゆがめて笑った。「セントキッツ島で出会ったときから、ぼくはきみに心を奪われていた。ただ、気づくのに少し時間がかかっただけだ」

「あなたは……わたしを愛してなんかいないわ」

「そうかい？」ニコラスの目にこのうえなく優しい表情が浮かんだ。「これだけのことをしてくれた女性をどうして愛さずにいられる？　きみはぼくの命を救ってくれた。戦う天使のごとく舞い降りてきて水兵の暴力から守り、父親が癇癪を起こすとわかっていながら結婚を承諾し、レイヴンを本当の妹のように大切にしてくれた」

「あなたは感謝の気持ちと愛を混同しているのよ」

「違う。そうじゃない。出会ったときから、ほかの女性とは経験したことのない運命の絆を感じていた。結婚初夜には体だけでなく心も結ばれた気がしたよ。翌朝、その絆を断ちきってきみと別れるのがどれほどつらかったか……。命拾いをしたあとは、毎晩きみの夢を見た。きみに心を盗まれ、きみを求めてもがき続けたんだ」

まっすぐな愛の告白にオーロラは胸がしめつけられた。彼の言葉を信じてもいいのかしら？　本当にわたしを愛しているの？　アメリカへ連れ帰るため、わたしの聞きたい言葉を口にしているだけではないの？

「欲望だけでは何年も一緒に暮らせないわ」

「それだけじゃない」

「たしかにお互いに恋もしている。でも、いつまで続くかしら？　恋はいつか冷めるものよ」

ニコラスは絡めあった指に目を落とした。「だが、愛に変わることもある」

オーロラもふたりの手に目をやり、さまざまな思いにとらわれた。彼の言葉にすがりたいけれど、迷いを振り払えない。

ニコラスがオーロラの額に自分の額を寄せ、静かな声で言った。「ぼくの妻になってほしい」

「ニコラス……」できるものならその言葉を信じたかった。「もう少し……時間が欲しいの」

しばらくのち、ニコラスは額を離した。「わかった。まだ気持ちが決まらないんだね」そう言うと、優しく唇を重ね、手を放して立ちあがった。「返事は今日じゃなくてもかまわない。明日はロンドンへ戻るが、出航の準備が整うまでにはまだ数日ある」

「そんなに早く発つの？」

「ああ」ニコラスは憂いを含んだ目でオーロラを見つめた。「アメリカに来てほしいのはやまやまだが、無理強いはしない。きみに恨まれたくはないからね。きみがぼくと一緒にいたいと思ったら、そのときは船に乗ってほしい。答えがイエスであることを心の底から願っているよ」

ニコラスは立ち去った。その背中を見送りながらも、オーロラの胸のうちでは葛藤が渦巻いていた。

彼を信じてもいいの？　本当はまだわたしを無味乾燥な人生から救ってやろうと考えていて、説得のために愛しているというきれい事を並べただけではないの？　ニコラスの気持ちが愛だとどうしてわかるかしら？　自分の気持ちさえよくわからないのに。

オーロラは宝石で装丁された本に目を落とした。結末を思いだすと、また涙がこみあげる。デジレは王子から何物にも代えがたい愛を約束された。だが、最後にはつらい思いをすることになる。王子が死んだのだ。

デジレは恋人のそばにとどまると決めたが、そのせいで王子には最大の弱点が生まれた。嫉妬に狂うハーレムの女性が王子の敵にデジレを誘拐させ、人里離れた山中の要塞に連れていかせたのだ。王子はデジレの救出に向かい、敵を倒したものの、自分も致命傷を負ってしまう。

腕のなかで息絶えた恋人を抱きしめ、デジレは耐えがたいほどの悲しみに泣き崩れた。その苦悩を表した一節が忘れられない。

後悔は苦い毒の味がする。わたしはなぜ彼を愛してしまったのだろう?

オーロラは震える指先で涙をぬぐった。ニコラスを愛してしまえば、わたしも同じ運命をたどるかもしれない。

淡い銀色の月光が差しこむベッドで、ニコラスはオーロラと手足を絡めて横たわっていた。これほど自分の気持ちに確信が持てたのは初めてだ。腕に抱いた女性の寝顔を眺めながら、一生こうしていたいと思えることにただ深い満足を覚えている。冒険に満ちた人生は終わるかもしれないが、彼女を愛することのほうがもっと刺激的だと感じられる。それで充分だ。

これほどいとおしく思い、切なく乞い求め、永遠にそばにいてほしいと願う女性はオーロラただひとりだ。彼女は魂の隙間を埋めてくれた。オーロラに触れるたび、息もできなくなるほどの激しい感情に襲われる。

ぼくはオーロラを愛している。愛……それは心の奥底で燃え盛る炎だ。ニコラスはオーロラを引き寄せ、その存在を全身で感じようとやわらかな肌に頬をつけた。

彼女は迷っている。つまりアメリカ行きを本気で考え始めているということだ。初めて希望が見えてきた。

ようやく胃のしこりが少し解けたかもしれない。

翌日ロンドンへ戻るときも、オーロラはまだ心を決めかねていた。ニコラスが馬車に乗らず、馬を走らせていることにほっとしていた。今はひとりで考える時間が欲しい。これほど心が揺れているときに彼が隣に座っていれば、その強烈な存在感に圧倒されて分別が働かなくなってしまう。

馬車が自宅の前に着いた。夢のような二週間が終わったことに寂しさを覚えながら、オーロラはのろのろと馬車を降りた。ニコラスにエスコートされて玄関前の石段をあがると、執事が礼儀正しく出迎えた。

ショールを手渡した折、オーロラはダンビーの様子がおかしいのに気づいた。

「どうしたの、ダンビー？　具合でも悪いの？」

「いいえ、奥様。お気遣いありがとうございます」執事が咳払いをした。「じつは便りがございました。どうぞお気をたしかにお聞きくださいませ」そう言うと少し間を置き、厳しい顔つきになった。「マーチ卿がお戻りになられました」

「ハリーが？」オーロラの胸に驚きと怒りがこみあげた。「また家出をしたの？」

「違います、奥様、坊ちゃんではございません。お兄様のほうのマーチ卿でございます」

一瞬、心臓が凍りついた。「ジェフリーが？」オーロラの声はかすれていた。「そんなことはありえないわ」気絶しそうに見えたのだろう、ニコラスがすばやく彼女の腕を支えた。

「もう一年も前に海で亡くなっているのよ」

「そう考えられていましたが、遺体が見つかったわけではございません。どうやら船が難破したあとフランスの海岸に流れついたらしく、大怪我をされましたが生きておいでです」

オーロラはめまいを起こし、後ろにいるニコラスの顔を見あげた。

ニコラスはなかば目を閉じ、石のようにかたい表情をしていた。

22

今のわたしは悲しみのどん底でもだえ苦しみ、ぼろぼろになっている。

ロンドンにあるマーチ卿の優雅な邸宅の玄関に向かいながら、オーロラは先ほど知った衝撃的な事実にまだ体が震えていた。一年以上も前に亡くなったとされていた元婚約者に再会するのかと思うと、胃がよじれる気がする。

ただ少なくとも、ここを訪ねるのに醜聞沙汰になるのではないかという心配をする必要だけはなかった。ダンビーによれば、三日前、レディ・マーチがハリーとともにジェフリーに同行してロンドンへ来ており、以来ずっとつき添っているらしい。

ジェフリーが戻ってきたときロンドンにいなかったのが悔やまれてならない。ちゃんと出迎えるべきなのに、できなかった。二週間も不在にしていた理由を説明するのに嘘をついたことも気がとがめていた。本当はニコラスと蜜月を過ごしていたのに、バークシャーにいる古い友人が病気になったので見舞いに行っていたと作り話をしたのだ。

つかの間、オーロラは目を閉じた。執事からジェフリーの話を聞かされたとき、ニコラスは険しい表情になった。この知らせをうれしく思っていないのはたしかだ。

ニコラスが送っていこうと言ってくれたが、オーロラは断った。ジェフリーとふたりだけで会いたかったからだ。どんな言葉をかければいいのかわからないし、結婚したことや、別の男性に恋をしていることを話すべきかどうかも迷っている。けれどいずれにしても、元婚約者との再会はあまりに個人的な事柄だし、とても平静でいられるとは思えないのでそばには誰もいてほしくない。

顔見知りの従僕が応対に出た。マーチ卿に会いたいと告げるなり、客間に通された。覚悟を決めて待っていると、驚いたことにジェフリーの母親が挨拶に出てきた。

今まで泣いていたらしく、レディ・マーチはレースのハンカチで目もとを押さえたあと、オーロラの手をとった。

「先に話をしておいたほうがいいと思ったの。気をしっかり持って聞いてちょうだい。ジェフリーは……もう昔と同じ姿ではないのよ」

「大怪我をしたとダンビーから聞いています」

「そうなの。腕をなくしてしまって……」レディ・マーチの目から涙があふれだした。

「どうかお座りになってください」オーロラはとり乱しているレディ・マーチを気遣い、ソファに座らせた。自分も隣に腰をおろし、慰めようと彼女の肩を抱いた。「詳しいことを教えてください」レディ・マーチの気持ちを悲しみからそらそうとして質問した。「どうやって助かったのですか?」

気を落ち着けるべくレディ・マーチが深く息を吸った。「フランス沖で船が難破したあと、ジェフリーは海岸に流れついたらしいわ。大怪我をしていて、記憶もなかったとか。フランス人の一家に助けられ、ナポレオン軍からかくまってもらって怪我を治したそうよ。でも壊《え》死《し》が始まった腕は切断するしかなかった……」彼女は身震いをした。「あの子が生きていたのは奇跡だし、心からうれしいと思っているの。だけど……あまりに不憫《ふびん》で……」そこまで話すとふたたび涙がこみあげ、両手で顔を覆った。

オーロラは泣いているレディ・マーチに寄り添い、慰めの言葉をかけ続けた。ようやくレディ・マーチが泣くのをやめ、ハンカチで目もとをふいた。

「ああ、オーロラ、よく来てくれたわ。ジェフリーには今こそあなたが必要だもの。あなたならきっとあの子の力に……」レディ・マーチがはっとして涙の跡が残る顔をあげた。「腕のことでジェフリーを嫌ったりしないわよね？　気持ちが変わったなんてことはないでしょう？」

「もちろんです。そんなことで彼への思いは変わりません」オーロラは慰めた。

レディ・マーチがうれしそうにうなずく。「あの子はすっかり元気をなくしてしまっているの。記憶もまだ完全には戻っていないみたいだし、とても痩せてしまった。わたしは心配でしかたがないのよ。でも、あなたが来てくれたからもう大丈夫だわ」彼女は気丈にも笑顔を見せた。「これでまたすべてが元どおりになるわね。夏のあいだに結婚式を挙げましょう。やっとわたしの娘になってもらえるわ」

長年の友人でもあるレディ・マーチの目に希望の色が浮かんだのに気づき、オーロラは胸がしめつけられた。ジェフリーと結婚はできないと打ち明けたら、レディ・マーチはどんなに傷つくだろう。オーロラは口を開きかけたが、まずはジェフリーに話すべきだと思い直した。

「彼に会ってもかまいませんか？」

「ええ、もちろん……図書室にいるはずよ。従僕に案内させるわね」

この邸宅の図書室で何度も楽しいひとときを過ごしたので、場所はわかっていた。だが、今日は従僕にとり次いでもらったほうがいいだろう。ジェフリーを驚かせずにすむし、わたしも気持ちを落ち着けられる。

数分後、オーロラは図書室の戸口にいた。苦しいほど鼓動が速くなっている。ジェフリーは窓際に立ち、こちらに背を向けていた。上着の右袖《みぎそで》は肩のあたりで折り曲げられ、ピンでとめられている。

「ジェフリー」オーロラは静かに声をかけた。

ジェフリーがゆっくりと振り向いた。彼と見つめあいながら、オーロラはショックを感じていた。苦労をしたのかジェフリーの顔にはしわができ、体は以前よりはるかに痩せてしまっている。だが、笑顔は昔と変わらず優しかった。

オーロラは涙をこらえるのが精いっぱいだった。それでもなんとか笑みを浮かべ、ジェフリーに近づいた。彼に触れ、本当に生きていることを確かめたい。オーロラはジェフリーの体に腕をまわし、肩に顔をあてた。「おかえりなさい」

それは性的なものはみじんも感じられないあたたかい抱擁だった。ジェフリーは一瞬ためらったのち、左腕でオーロラの肩を抱き寄せた。

しばらくして彼が小さく笑った。「きみならこんなときにどう言えばいいかちゃんとわかっていると、先に気づくべきだったよ」

オーロラは体を離し、ジェフリーの表情をうかがった。「また会えてうれしいわ。あなたがいなくなって本当に寂しかった」

ジェフリーは美しい形の口もとに皮肉な笑みを浮かべた。「ぼくもだ、と言えないのが申し訳ない。つい二、三週間前まで事故以前の記憶がなかったんだ。ぼんやりしたイメージが頭に浮かぶことはあったが……」彼はオーロラの頰に触れた。「きみの美しい顔は何度も出てきたけれど、誰なのかわからなかった。ウィクリフが来てくれてから、だんだん頭がはっきりしだしたんだ。彼に会ったことが刺激になったんだろう。それからは記憶も少しずつ戻ってきた」

「ウィクリフ伯爵がフランスまであなたに会いに行ったの?」

「ああ、彼がぼくを救出してくれたんだ。きみのおかげだよ。ウィクリフはきみのために、二ヶ月間もフランスの田舎を歩きまわってぼくを捜してくれたんだから」

オーロラは眉をひそめた。両国は戦争をしているというのに、ウィクリフ伯爵はいったいフランスでなにをしていたのだろう。「そんなに長いあいだ、よくナポレオン軍に見つからなかったものだわ」

「国籍を偽っていたからね」

「国籍を偽る？」

一瞬、ジェフリーは躊躇した。「ここだけの話にしてほしいんだが、じつはウィクリフは諜報活動に携わっているんだ。しかも、とても有能だよ」

「なんですって？」オーロラはふと、ハリーの妄想を思いだした。「そういえばハリーは、あなたが諜報員だと言っていたわ。でも、作り話だと思ったの」

ジェフリーはしばらくためらっていた。「船が沈没したとき、ぼくは軍の任務に就いていた」

オーロラは信じられない思いでジェフリーをまじまじと見た。「どうしてあんなフランスに近いところにいたのか不思議だったの。まさか諜報活動をしていたの？」

「そんなたいそうなものではないよ。ウィクリフのところの諜報部隊が就く任務とは全然違う。ただ無線を傍受して、暗号を解読していただけだ。ほら、ぼくはクロスワードパズルとかが得意だっただろう？」

「どうしてわたしに教えてくれなかったの？」

「心配させたくなかったからね。ハリーはたまたま会話を立ち聞きしてしまったんだ」ジェフリーが顔をしかめた。「あいつ、絶対に誰にもしゃべらないと約束したくせに」

「たしかに知っていたら心配したと思うけれど」オーロラは頭を振った。今、聞いた話がまだ信じられない。「あなたみたいな人がそんな危険な仕事に就くなんて理解できないわ」

「どうしてだい？」ジェフリーがかすかにほほえんだ。「やっと社会に貢献できる機会ができたんだ。ぼくは昔から本ばかり読んでいたが、じつはひそかにドラゴン退治にあこがれていた。人並みに出世欲もある。ナポレオンの専制政治から世界を守るために、小さなことでもいいからなにか役に立ちたかったんだ。今だって同じ任務を命じられれば、喜んで従うよ」

「命の危険を冒しても？」

「たいして危険な仕事じゃなかった。フランスで密使に会い、通信文を受けとるだけだったから。ところが船が嵐に遭遇して……目が覚めたときは納屋で藁の寝床に横たわっていた。自分が誰かもわからない状態だったよ。この一年ほどは名前も過去もない男として暮らしていたんだ」

オーロラは手を伸ばし、ジェフリーの額に垂れた髪を後ろになでつけた。「もう記憶は戻ったの？」

「まだ完全じゃない。毎日少しずつ、新しいことを思いだしている。オーロラ、ぼくはもうきみが知っているぼくじゃない……今も激しい頭痛に悩まされているし、歩けば足を引きずるし、見てのとおり片腕がない」

オーロラは胸が痛んだ。「お気の毒に」

「同情はいらない。部下を含め、いいやつがたくさん死んでいったのに、ぼくはこうして生きているんだから」

「そうね、それなら同情はしないわ。だけど、共感はしてもいいかしら?」

ジェフリーが力なくほほえんだ。「ああ、いいよ」だが、ほほえみはゆっくりと消えていった。初めて気づいたというように、オーロラの黒いドレスに視線を落とす。「結婚したそうだね。相手はウィクリフの又従兄弟で、あまり評判のよくないアメリカ人だとか」

オーロラは言葉に詰まった。「ジェフリー……そのことについては、なんと言っていいのかわからないわ。父に命じられた結婚から逃れるすべがほかに思いつかなかったの。父はわたしを早く結婚させたがっていて……とにかくごめんなさい。あなたが生きていると知っていたら、パーシーとジェーンのいるカリブには行かなかった」

「やむをえず結婚したのだと、そう母に言ったそうだね?」

「ええ。ハルフォード公爵とだけは絶対に結婚したくなかったのに、父は言いだしたら聞かないから……」

「わかるよ。あのお父上に逆らうのは容易じゃない。つまり、ハルフォードから逃げるために死刑囚の妻になったんだね?」

「ええ。夫婦でいるのはせいぜい一日か二日だとわかっていたの」

「じゃあ、結婚してすぐに未亡人になったわけだ」

オーロラは口ごもった。この瞬間を恐れていたのだ。本当は夫はまだ生きている。わたしはいまだに結婚している身だ。その相手と二週間もの濃密なひとときを過ごしてきたばかりで、一緒にイングランドを去ることさえ考えている。そんな事実をいったいどんな言葉でジェフリーに伝えればいいのだろう。

激しい罪悪感にさいなまれながら、オーロラはジェフリーの顔を見た。わたしはずっとこの人を愛してきた。心から大切に思っている友人だ。彼は死の淵《ふち》をさまようというつらい経験をし、後遺症に苦しんでいる……ようやく人生をとり戻したばかりなのに、真実を伝えてまたショックを与えるなんてできない。

それにニコラスはどうなるかしら？　事実を暴露すれば、彼に危険が及ぶかもしれない。ジェフリーがどんな反応を見せるかは見当がつかない。なんといっても諜報活動に携わるほど国を愛している人だ。死刑を宣告された海賊が、政府を小ばかにするみたいにぬけぬけとイングランドの土を踏んでいると知れば、どんな行動に出るかわからない。ましてやその海賊は、自分が長いあいだ婚約していた女性と結婚した相手だ。

今、事実が明るみに出れば、ニコラスを死に追いやることになる。できるだけ長く、せめて無事にイングランドを離れるまで、彼のことは秘密にしておかなくては。ニコラスがイングランドに滞在していて、わたしと一緒にいたことは隠し通すしかない。

「ジェフリー、話しておかなくてはいけないことがあるの」こうなったら真実と嘘のあいだで綱渡りをする以外ないだろう。「先日、パーシーから手紙が届いたわ。夫は……死刑の直前に逃亡したの。ニコラス・サビーンは生きているのよ」

ジェフリーがまじまじとオーロラを見つめたあと、表情を変えた。その事実が意味するところを理解したらしい。「つまり、きみはまだ海賊と結婚しているわけか?」

「そうなるわね」

「そんなことは許されない」これほど感情的な反応が返ってくるとは思わなかった。オーロラが黙っていると、ジェフリーは顔をしかめた。「婚姻を無効にはできないのか? 理由はなんとでもつけられるはずだ」

「できるかもしれないけれど、難しいと思うわ」

「なにか方法を見つけよう。このままではいけない。きみを犯罪者の妻にしておくわけにはいかないからね」

ジェフリーの態度は意外だったが、わたしを守ろうとすることは予想しておくべきだった。

「ぼくはきみの味方だ。こんな事実が世間に知れればスキャンダルになるのは目に見えている。だが、きみをひとりでほうってはおかないから」

たしかにスキャンダルになるだろう。反論の余地はない。

オーロラがなにも言わないでいると、ジェフリーが顔をのぞきこんだ。「母はぼくたちが近いうちに結婚することを望んでいるが、こうなると事は簡単には進まないだろう。だが、婚姻無効の宣告が出た暁には……オーロラ、きみさえよければ……ぼくはきみの夫になれたら光栄だと思っている」

オーロラは動揺した。「ジェフリー、わたしのために自分を犠牲にすることはないのよ」

ふいにジェフリーの態度が冷ややかになった。「どちらかというと犠牲になるのはきみのほうかもしれないな。障害を持つ男と結婚するのをいやがる気持ちは理解できる」

「やめて……そんなふうに言わないで。障害は関係ないわ」

「だが、それが現実だ」

「あなたはあなたよ。片腕があろうがなかろうが、ずっと大好きだった人であることに変わりはないわ」

どういうわけかジェフリーはかたくなな態度を崩さなかった。

突然、彼はかたく目をつぶり、こめかみを押さえた。激しい痛みが襲ってきたらしい。

「頭が……」

「座ってちょうだい」オーロラはジェフリーの腰に手をあて体を支えた。

ジェフリーはおとなしくオーロラに従い、椅子のあるところへ行くとどさりと倒れこんだ。

「すまないが……少し休みたい。体力がなくなっていて、すぐに疲れてしまう」苦しそうな息遣いで言う。

「わたしはもう失礼するから、ゆっくり休んで。帰る前になにか持ってきましょうか? 冷たい湿布とかワインとか。アヘンチンキを使う?」

「ありがとう。なにもいらないよ。アヘンチンキはよけい頭がぼんやりするだけだ」

「わかったわ」

ジェフリーが帰ろうとするオーロラの手をとり、青い目で見あげた。「きみをひとりにはしない」

「ありがとう」オーロラの声はかすれていた。「でもお願いだから今はそんなことは忘れて、自分の体をいたわることだけを考えてちょうだい。もっと元気になったら、ふたりの将来について話しあいましょう」

ジェフリーがうなずき、椅子の背に頭をもたせかけて目を閉じた。オーロラは慰めの言葉以上になにかできることがあればと願わずにいられなかった。

図書室をあとにして廊下を戻りながら、オーロラは漠としたわびしさを感じていた。今、ジェフリーを見捨てることはできない。それは負傷した彼にとどめを刺す裏切り行為になる。どれほどニコラスを思っていようが、別の男性とアメリカで新しい人生を歩むという理由で、子供のころからの大切な友人を置き去りにはできない。そんなふうにジェフリーを傷つけるのは耐えがたかった。わたしはイングランドに残るしかない。ニコラスに頼んで、婚姻無効の申し立てをしてもらおう……。

重苦しい気分で考え事をしていたため、ハリーが階段を駆けおりてきたのに気づかなかった。

「ロリー、ロリー！」オーロラが驚いているのもかまわず、ハリーは格子模様の床を滑ってきてぴたりととまり、うれしそうに抱きついてきた。「いいことがあったんだよ。兄さんが生きていたんだ！　ロリーはぼくのお姉さんになって、同じ家で暮らすんだよね？　これで毎日、一緒に乗馬ができるよ」

オーロラは無理やりかすかなほほえみを浮かべたが、胸の痛みは消せなかった。これまでも二者択一の難しさに悩んできた。だが今はどちらを選んでも、自分を愛してくれる男性のどちらかを傷つけることになる。

「おまえは悪運の強いやつだ」ウィクリフ伯爵ルシアン・トレメインがおもしろそうに言った。「三日前にロンドンに戻ってきて、おまえが生きてブランドンの名をかたっているという手紙を読んだときは……いや、あんなに衝撃的で愉快なことはなかったね。今でも自分の目が信じられないくらいだ。英国海軍でさえもおまえを殺せなかったとはな」

「きわどいところだった」ニコラスは酔う気になれず、じっとブランデーグラスをにらんでいた。

「おまえがイングランドに来たとき、留守にしていたのが残念でしかたがない」

ニコラスは肩をすくめた。「許してやるよ。おまえの帆船を勝手に拝借したことを許してくれれば」

「そんなのはどうでもいい。こっちが絞首刑になる身だとしたら、おまえも同じことをしてくれただろう。おまえの追悼式までやったと知っていたか？　社交界の半分ほどもの人間を招待して、不機嫌な親戚たちもみんな集めて。それもこれもみな、当家がおまえの花嫁を支えると世間に知らしめるためだ。あの金が無駄になったのかと思うと残念だよ」

又従兄弟の愛情に満ちた冗談を聞き、ニコラスは顔をあげた。ルシアンは背が高くてしなやかな体つきをしており、黒髪の巻き毛が貴族的な顔立ちを縁どっている。いつもほほえみを浮かべている印象があるが、それでも尊大な雰囲気はぬぐえない。いつもならルシアンと交わす男同士の会話は楽しいが、今日は冗談につきあえる気分ではなかった。

ニコラスはブランデーグラスをテーブルに置き、立ちあがってフレンチドアのほうへ行った。もうオーロラと元婚約者の再会はすんでいるころだろう。オーロラは心を決めたのだろうか？　さぞ動揺しているに違いない。

彼は焦燥感に襲われ、こぶしを握りしめた。

嫉妬や怒りや不安が激しく渦巻き、どれほどわが身を抑えようとしてもじっとしていられない。ニコラスは書斎のなかを行ったり来たりし始めた。

「なにをそんなにいらだっているんだ？」とうとうルシアンが訊いた。「檻のなかの虎みたいだぞ。あててみせようか？　女だな」

「そうだ」ニコラスはぶっきらぼうに応じた。

「レディ・オーロラか？」

ニコラスは一瞬立ちどまり、髪をかきあげた。「そもそもオーロラは結婚なんかしたくなかったんだ。だが、ぼくたちは夫婦だ。だから一緒にアメリカへ来てほしいと頼んだ。ところがオーロラの心が傾きかけてきたとき、マーチが墓から戻ってきた」彼はルシアンをにらみつけた。「マーチを見つけたのがおまえだなんて信じられない。どうしてまた捜す気になったんだ？　やつはおまえの部下だったのか？」

「いや、直属の部下ではなかった。彼は外務省で暗号の解読をしていたんだが、一緒に任務に就いたことはない。海難事故の詳細を知ったのも、レディ・オーロラを支援するようになってからだよ。この前フランスに行ったとき、人づてに聞いてね。金髪のイングランド人の男が海難事故で負傷し、海岸近くのどこかでひっそり暮らしているという噂を。マーチの遺体は発見されずじまいだったから、当然それが彼かもしれないと思った。どうしてマーチが出てこないのかは不思議だったけれどね。考えられるのは記憶喪失ぐらいだったが、それがあたってしまった。すまない。マーチを連れ戻したばかりに、おまえが不利益をこうむるはめになってしまった」

ニコラスは肩をすくめた。「ほうっておけばよかったとは言えない。死んでほしいわけじゃないからな」

「だが、もう少し遅く見つかればよかったのにとは思っているだろう?」

ニコラスは顔をゆがめて笑った。「せめてあと二、三日欲しかった。一週間もあれば充分だったのに」

ルシアンがグラスを口に運びながらニコラスを見つめた。「自分の妻だろう? 一緒に来いと言えばすむ」

「そんな簡単な話じゃないんだ」

「なぜ?」

「無理強いはしたくないからだ。一緒に暮らしても、彼女が不幸ではどうしようもない。オーロラはぼくの命を助けてくれた。その相手に、なにがなんでも一緒に来いなんて言えるか？　だめだ、これは彼女が決めることだ」

「女性を口説くのはお手のものだろう？　ぼくよりも一枚上手だ。一緒に来てほしいなら、そう仕向ければいいじゃないか」

「この一ヶ月、ぼくがなにをしてきたと思っているんだ？」ルシアンがさりげなく言った。「少なくとも時間は稼げるぞ」

「誘拐する手もある」

「誘拐はなしだ。そんなことをすれば墓穴を掘る。オーロラは父親とぼくを重ねあわせて見るだけだ」

ルシアンが唇をすぼめ、驚いたふりをした。「おいおい、どうした？　死にかけたことで人が変わってしまったのか？　ぼくが知っているニコラス・サビーンは、欲しいものを手に入れるためなら手段を選ばない男だったのに」

ニコラスは険しい顔になった。「これはゲームではないし、オーロラは獲物じゃない。そう思っていた時期もあったが、彼女をよく知るようになってからは気持ちが変わった」

「惚れたのか？」

「ああ、そうだ」しかもほかの男を思っている女性にだ。またいらだちがこみあげ、ニコラスは窓の外をにらみつけた。

「黙ってあきらめるつもりか？」

「彼女がマーチと一緒になりたいと言えば、そうするしかない」ニコラスは不機嫌に答えた。

「おまえが指をくわえて見ている姿は想像できないな」

「笑いたければ笑うがいい。自分より彼女の幸せのほうが大事だ。女を愛した経験のないおまえにはわからないよ」

「笑ってなんかいない。本当だ」ルシアンが驚くほどまじめな顔になった。「おかげさまで、まだ恋の病にかかったことはないが、それがどんなものかは想像がつく。じつを言うと、ぼくもおまえたちの仲間入りをしようかと思っていてね。結婚を考えているんだ」

「おまえが？　これまでさんざん、のらりくらりと逃げまわってきたくせに」ニコラスは肩越しに疑わしげな目でルシアンを見た。ウィクリフ卿といえば、社交界でいちばん結婚したい男と言われている。金や地位があり、顔立ちも整っていて、妙齢の女性はみなうっとりと彼を眺める。適齢期の娘を持つ母親たちは、何年も前からあれこれ罠《わな》を仕掛けてきた。だが、ルシアンはそれを巧みにかわしてきたのだ。「相手はぼくの知っている女性か？」

「いや、とくに決まった相手はいない」

「それなのに、花嫁に足枷をつけられる覚悟を決めたのか？」

「理由は花嫁じゃない。そろそろ跡継ぎが欲しいと思ったんだ」

ニコラスはまじまじとルシアンの顔を見た。

ルシアンがにやりとした。「そんなに驚いた顔をするな。ぼくは親戚の連中がとくに好きなわけではない。おまえとブランドンだけは別だけれどね。だからぼくが死ぬような事態になったときのために、財産を遺せる血を分けた息子が欲しくなったんだ」

「死ぬような事態だって？」ニコラスはゆっくりと尋ねた。「なにかぼくに話していないことがあるのか？」

ルシアンはまぶたを半分閉じた。「ああ。最近……ちょっとしたことがあったんだ。死ぬかと思ったよ。驚いたことに、そういう経験をすると人生の優先順位が変わるものだ」

「驚くことはない。よくある話だ。いったいなにがあった？」

暗い記憶を呼び起こしているのか、ルシアンはしばらく黙りこんだ。どんな話が飛びだすのかニコラスは想像もつかなかった。そのとき、執事が客の訪問を告げに来た。「旦那様、クルーン卿がミスター・デヴェリルにお会いしたいとおっしゃっています」

ルシアンがちらりとこちらを見た。ニコラスはうなずいた。「ここへ通してくれ」

クルーンが気さくな笑みを浮かべながら入ってきた。「一杯やるには早すぎないか？」

「ニコラスがあの世から生還したのを祝っているんだよ」

「そういうことなら、おれにも乾杯させてくれ」クルーンはルシアンの手にあるブランデーグラスに目をやった。「上物だろうな？」

「もちろん」ルシアンがサイドテーブルにあるデカンターを指さした。「勝手にやってくれ。いったいどうした、デア？」

「クラブで珍しいやつに会った」クルーンがグラスにブランデーを注いだ。「ニコラス、おまえの天敵だよ」

ニコラスは振り向き、窓枠に寄りかかってクルーンを見た。「どの敵だ？」

クルーンが笑った。「そんなにたくさん敵がいるのか？　英国海軍のリチャード・ジェロッド大佐だよ」

ニコラスは顔をしかめた。

「ジェロッド？」ルシアンが考えこんだ。「そういえば昨日、留守のあいだにそんな名前の男が訪ねてきたらしく、カードが残っていたな。ぼくの知っている男か？」

「ニコラスをとらえて、海賊行為の罪でつるし首にしようとした国粋主義者だ。そのジェロッドがロンドンに来ている。血を求めているのは間違いない。おまえの血だよ、ニコラス。聞いたところによると、おまえが逃亡したと知って、ジェロッドは顔をどす黒くして怒ったそうだからな」

「それは申し訳ないことをした」ニコラスは皮肉を言った。

「ふざけている場合じゃない」クルーンがたしなめた。「ジェロッドはおまえをとり逃がしたことを悔しがって、なんとかして絞首台に引きずりあげるつもりでいる。デヴェリルについて訊きまわっているらしいぞ。おまえではないかと疑っているんだろう」

「そうだとしたらどうなる？」

「おまえの立場はますます危うくなる。おれなら隠れるね。そろそろアメリカへ帰る潮時じゃないか？」

「あるいは、そろそろ挨拶に行く潮時かもしれない」

「冗談だろう？」クルーンが眉をひそめた。

ニコラスは厳しい顔でにやりとした。

「やめておけ」ルシアンが言った。「おまえはそいつと戦いたくてうずうずしているだけだ。そう思うのは当然だけれど、ぼくもデアに賛成だ。勝てる見込みが薄すぎる。復讐したい気持ちはわかるが、今は身の安全を考えたほうがいい。そのうちに有利な条件で対決できる機会が来る」

「そうかもしれないな」ニコラスは窓のほうを向いた。戦いでいらだちを発散できればどんなにいいだろう。ジェロッドと一戦まじえられるなら、喜んで出かけていく。だがたしかにルシアンの言うとおりで、英国海軍を敵にまわすのは自殺的行為だ。ジェロッドに復讐したければ、もっと賢い方法がある。

そんなことより、今はオーロラのほうが気になる。

ひやりとする不安の波に襲われ、ニコラスは歯を食いしばった。ジェロッドが追ってきたとわかったのだから、本来ならそちらに警戒心を働かせるべきだ。けれども、このこみあげる恐怖感はジェロッドとはなんの関係もない。

オーロラが誰を夫に選ぶのか、それが怖いのだ。

23

もう二度と彼に愛撫されることはないのだと思うとつらかった。


重い気分で寝室のドアを開けたとき、ランプの明かりが奇妙なほど小さくなっているのに気づいた。ニコラスだ。オーロラははっとして足をとめ、彼の存在を感じて鼓動が速まった。

「まあ、奥様、これでは暗すぎます」背後でメイドが言った。

「いいのよ、ネル……気が変わったから。まだ寝る支度はせずに、しばらく椅子に座っていることにするわ」

「かしこまりました。明かりを大きくしましょうか？」

「いいえ、結構よ。あなたはもうやすんでちょうだい。今夜はもう呼ばないから」

メイドはお辞儀をしてさがった。オーロラはしっかりと鍵をかけ、振り向いて暗い室内に目を凝らした。ニコラスがいちばん遠い隅で椅子に腰かけ、こちらを見ていた。

オーロラは片手を口にあて、もう何度考えたかわからない問いをもう一度思い浮かべた。心が決まったことを、どんな言葉でニコラスに伝えればいいのだろう？

「彼と話をしたんだね」ニコラスが沈黙を破った。

オーロラは緊張で声が詰まった。「ジェフリーは今もわたしを妻に望んでくれているの」

返事はなかった。ニコラスは暗い表情で彼女を見つめている。

「彼を置いてアメリカには行けないわ。もう充分つらい思いをしてきた人だもの」

ようやく淡々とした低い声が返ってきた。「ぼくとは別れたいということか」

「ほかに……どうしようもないの。これ以上彼を傷つけられない。ジェフリーは片腕をなくしているのよ。とても過酷なことだわ。だからこそ、わたしの支えが必要なの」

「きみの気持ちはどうなんだ？　ぼくの思いはどうなる？」

オーロラは首を振った。「今はわたしの気持ちなんてたいした問題じゃない。それにあなたは……ジェフリーより強い人だから」

ニコラスは声をあげて笑ったが、少しも楽しそうではなかった。

「ジェフリーとは生まれたときからのつきあいなの。もうわたしの人生の一部なのよ」なんとかニコラスに理解してもらおうと、オーロラは懇願するような声で訴えた。

「愛しているというんだな」ニコラスが寂しそうな声で言った。

オーロラはうつむいた。「彼を見捨てるなんてできないの。お願い、わかって」

「ぼくにわかるのは、きみが彼を守ろうとしていることだけだよ。きみは誰彼なしに守りたがって、自分のことはあとまわしだ」

とがめだてられ、オーロラは身を守るように自分の体に腕をまわした。

やがてニコラスがゆっくりと息を吸いこんだ。「ぼくにどうしてほしいんだ？」

「婚姻無効の申し立てをしてほしいの」

ニコラスはひと言も発せず、身動きもしなかった。オーロラは彼の表情を探ろうとそばへ近づいた。オーロラの気持ちを映しだしたかのように苦悩の表情を浮かべ、ニコラスがこちらを見つめている。

「わかった」ようやく返事があった。「やってみよう」

「なんですって？」

「婚姻無効の申し立てをするよ。きみが愛する人と結婚できるように」

強硬に抵抗されるとばかり思っていた。ニコラスがこんなに静かに受け入れてくれるとは考えてもみなかった。本当はそれほどわたしに執着していなかったのかもしれない。そう考えると、オーロラは深い失望に襲われた。

「そのうちにわたしのことなんて忘れるわ。あなたにふさわしい女性が見つかるはずよ」

「そうだろうか？」ニコラスがいきなり立ちあがり、ためらうことなくオーロラへ近づくと彼女の両肩をつかんだ。そして逃がさないとばかりに優しく抱きしめた。「ぼくがきみを忘れると思うか？　きみと分かちあったものを捨て去れると本気で思っているのか？」

「そんなのはただの恋だから……」

「違う。それだけじゃない」ニコラスが訴えかける目になった。「オーロラ、きみを愛している。どうしてそれをわかってくれないんだ？」

そう言うと、ふいに唇を重ねてきた。オーロラのことを責めるような熱く激しいキスだ。オーロラは息を求めてあえいだ。

ニコラスが顔を離し、彼女を見た。殺伐とした怖い目をしている。

彼がなにをするつもりなのか、オーロラは一瞬で察した。気づいたときには抱きあげられ、荒々しくベッドにおろされていた。

体を起こそうとしたが、ニコラスに体重をかけられて身動きがとれなかった。「ニコラス……だめよ」

「だめなものか」ニコラスがいらだちを含んだ声で低くささやいた。「なにをあきらめようとしているのか、もう一度確かめてみるといい」

ニコラスが片手を突いて上半身を起こし、オーロラを見据えた。すべてを焼き尽くす怒りに燃えた目をしている。オーロラが知っている優しいニコラスの姿はなかった。

「きみの大切なジェフリーは、こんなふうにきみを感じさせてくれるのか?」ニコラスがゆっくりとスカートのなかに手を入れ、てのひらを腿にはわせた。「こんなふうにきみを激しく燃えあがらせてくれるというのか?」

ニコラスはもっとも感じやすい部分を探りあて、さらに奥へ指を入れた。オーロラは声をもらして身をそらした。

それで充分だった。ニコラスはズボンの前を開けた。

「ニコラス……」

彼は抵抗の声をふさごうと唇を重ねた。どれほど求めているかを肌でわからせたい。なにかが解き放たれたのか、オーロラはニコラスが想像もしなかった情熱的な反応を見せた。彼の髪に手を差し入れて頭をつかみ、顔を引き寄せると激しくキスを求めた。

ニコラスは彼女の唇をむさぼりながらスカートを腰までたくしあげ、この女性は自分のものだと主張するかのように深く強く身を沈めた。

オーロラの体は炎のごとく熱かった。背中を弓なりにそらし、唇をふさがれたまま、狂おしい苦悶の声をもらす。一生、忘れられなくなりそうな声だ。

ニコラスは性急に動いた。オーロラはあっという間に高みに達し、声をあげながら体を震わせて彼の名前を呼んだ。その声を聞きながら、ニコラスは最後にもう一度荒々しく奥まで押し入り、絶頂を迎えた。

静まりかえった部屋に、ふたりの荒い息だけが響いていた。ニコラスはオーロラのなかに入ったまま、ぐったりと体を預けた。この胸が張り裂けそうな思いは、はたして彼女に届いたのだろうか。やるせなさに押しつぶされそうになりながら、オーロラの肩に顔をつける。

やがてニコラスは顔をあげた。「別れるなんて言わないでくれ」かすれた声で言う。

オーロラが目を開け、ニコラスの視線を受けとめた。「どうしようもないの」

その目には苦しみが表れていた。彼女はこれが正しい選択だと信じているのだろうし、本当にそうなのかもしれない。

無力感に襲われた。ぼくの負けだ。

ニコラスは目を閉じた。愛を強要することはできない。どれほどこちらの思いが強くても、それだけで相手の心を奪えるわけではないのだ。

彼は声もなく立ちあがり、衣服の乱れを直した。

オーロラは悲しみに耐えながら、ただじっとしていた。ニコラスの打ちひしがれた姿は、怒りよりこたえる。そんなに切ない顔をされると、涙があふれてきそうだ。

彼女はそろそろと体を起こし、スカートの裾をおろした。体が震えている。

「ごめんなさい……」

ニコラスが暗い目でオーロラを見た。「わかっている」

手を伸ばし、オーロラの頰を包みこんだ。そのまま長いあいだ彼女の顔を見つめたあと、そっと唇を重ねた。いたたまれないほどに優しいキスだった。

ニコラスは後ろにさがり、大きく息を吸いこむと淡々とした口調で告げた。「明日の夜、満潮時に港を出る。気が変わったら来てくれ」

そして背を向けて窓から消え去った。

オーロラは手の甲を口にあて、関節を強くかんだ。ナイフで切り裂かれたように胸が痛い。

ニコラスは行ってしまった。わたしが追いやったのだ。

彼女は両手で顔を覆って泣いた。

24

たしかに恋は愛に変わることがある。わたしがその生きた証だ。

オーロラはレディ・マーチからの招待状にぼんやりと目を落とした。家族だけの晩餐会《ばんさんかい》に招待したいと書いてある。本来、喪中の女性は晩餐会への参加を慎むべきだが、どうかジェフリーの社会復帰を助けるための慈善行為だと考えてほしいと記されていた。それと、婚姻無効宣告が出されるまで、つらい立場にいるオーロラを支えたいのだとも書かれていた。レディ・マーチはまだわたしを娘にしたいと思ってくれているらしい。

オーロラは招待状を置き、暖炉の置き時計に目をやった。午後七時。晩餐会は八時からだ。そろそろ着替えなければいけないとは思うが、ジェフリーやレディ・マーチと顔を合わせることに耐えられる自信がなかった。今夜はとても明るい笑顔は装えそうにもない。あと数時間でニコラスが旅立ってしまうのだ。

またわびしさがこみあげ、寒々とした虚無感に襲われた。オーロラは日記を手にとり、すりきれたページを開いた。王子が亡くなる場面だ。

あなたの青白い顔にわたしの涙が落ちた。かつては生気に満ちあふれていた体から、どくどくと血が流れだしている。お願いだから生きてと必死に願いながら、わたしはあなたの唇にキスをした。だが、願いは届きそうにもない。もはやなすすべはなかった。

あなたは目を開け、優しさと悲しみに満ちた表情を浮かべた。「泣くな」かすれた声でそうささやいた。「きみの涙を見るのはつらい」

だが、わたしもつらかった。心臓をもぎとられるかのようだ。ああ、こんなことには耐えられない。

あなたは震えながら弱々しく手を伸ばし、わたしの頬をなでた。「自由になるんだ、デジレ」

それが最後の言葉だった。死に際に、わたしが望んでやまなかった自由を与えてくれたのだ。けれども、その代償はあまりに大きすぎる……。

オーロラはこみあげてくる涙をこらえた。デジレは愛に比べれば自由などとるに足りないと気づくが、時はすでに遅すぎた。

そのとき、寝室のドアをそっとノックする音が聞こえた。

「ミス・ケンドリックがお見えです」執事がドア越しに言った。

「具合が悪いと伝えてちょうだい」オーロラは日記を閉じた。今はレイヴンに会いたくない。

しばらくすると、またノックの音がした。今度は先ほどより音が大きい。

「オーロラ、話があるの」せきたてるようなレイヴンの声がした。

オーロラはあきらめのため息をもらし、部屋に入るよう促した。ここまでされたら、今は抵抗する気力もない。

レイヴンは寝室に入り、後ろ手にドアを閉めてその場に立ち尽くした。オーロラは火の入っていない暖炉の前に座っていた。天気がいい七月の夕方だというのに、冬のような寒さを感じていた。

「本当に具合が悪いの？　それとも、わたしがなにを言いだすかわかっているから会いたくなかっただけ？」

「頭痛がするの」あながち嘘でもなかった。「でも、この会話を避けていたことも事実ね」

オーロラは弱々しくほほえんだ。

レイヴンがつかつかと部屋のなかを進み、オーロラの前に立った。「兄は今夜、出航するわ。知っているでしょう？」

「ええ」

「このまま行かせてしまうつもり？」

「レイヴン……それがいちばんなの。わたしはイングランド人だもの、ここがいいわ。それにジェフリーのこともあるし」

「兄から聞いたわ。兄との婚姻を無効にしたうえで、マーチ卿と結婚するつもりだと。本当なの？」

「そうよ」

レイヴンが不服そうな顔になる。「そんなことをしてはだめ。兄と一緒にアメリカへ行くべきよ。兄はあなたを愛しているの」

「さあ……どうかしら」

「本気だと思うわよ」レイヴンはレティキュールから折りたたんだ羊皮紙をとりだした。「これをあなたに渡してほしいって」


オーロラ、きみがマーチ卿に対して責任を感じているのはわかる。だがきみが本当にぼくの気持ちを理解しているのかどうか確かめるまでは、どうしてもあきらめられない。昨夜きみは、ぼくがそのうちきみのことを忘れると言ったね。だが、そんなことは絶対にない。

おもしろいものだ。ぼくはずっと父を理解できなかった。感情が理性に勝り、ひとりの女性を思い続ける気持ちがわからなかったのだ。もちろん自分がそうなるとは想像もしていなかった。愛に興味はなかったし、自制心をなくすほどの激しい恋をしたいという思いもなかった。だが、今のぼくは自分をどうすることもできない。きみに出会ってしまったからだ。

ようやく父の言葉が真実だと悟った。最高の相手にめぐりあってしまったら、二番めでは満足できない。

ぼくの心はきみのものだ。永遠に。

オーロラは胸がしめつけられた。ニコラスはわたしを愛している。やっと確信が持てた。中途半端な気持ちで、こんな心のこもった愛の告白を書けるわけがない。

「わかってもらえた？」レイヴンが穏やかだが熱のこもった口調で言う。「兄はあなたと一緒にいるために命まで懸けたのよ。これ以上の証拠があるかしら？」

レイヴンの言うとおりだ。ニコラスはわたしを説得するために、逮捕されて死刑になる危険を冒した。

とり乱すまいとオーロラは両手を組みあわせた。「ジェフリーを残してアメリカには行けない。彼はわたしを必要としているの。あんなに傷ついた人にひとりで生きていけというのは酷だわ」

「彼はひとりじゃないわ。家族も友人もいる。言うまでもなく身分は高いし、財産もある。ああ、どうしてあなたはいつも他人の心配ばかりして、自分のことはほうっておくの？」レイヴンが懇願の目を向けた。「せっかく愛する人にめぐりあえたのに、なぜ幸せをつかもうとしないの？」

まっすぐ見つめてくる視線にオーロラはたじろいだ。「あなたは愛なんて信じていないのかと思っていたわ」

「信じているわよ。ただ、自分には必要ないだけ。でも、あなたと兄は別だわ。あなたたちは運命の相手なの」

「わたしがイングランドに残る理由はジェフリーのことだけじゃないわ。ほかにも気になる人がたくさんいるの。たとえばあなたよ。社交界でうまくやっていけるよう責任を持って指南すると約束したんだもの」

「そのことなら、もう充分責任は果たしたでしょう？」レイヴンは緊張した面持ちで安楽椅子に腰をおろした。「もうわたしのことは心配しないで。本当は話したくなかったんだけど……ある方からとてもいい条件で求婚されたの」

オーロラは驚いた。「誰なの？」

「ハルフォード公爵よ。お受けしようと思っているわ」

「冗談でしょう？」

「あなたが反対するのはわかっていた。でも、決めるのはわたしよ。結果を引き受けるのは自分なんだから」

オーロラは身震いした。「レイヴン、彼はだめよ。口うるさくて、威張り屋で、冷たい人なんだから」

「よく知れば、それほど悪い人でもないのよ。たしかに堅苦しくて、ちょっと尊大で、自分のやり方を押し通すところはあるけれど、貴族なんてみんなそんなものでしょう？　大丈夫、わたしならうまくやっていけるわ」

オーロラはレイヴンの手を握り、まじめな顔で言った。「身分の高い男性と結婚したい気持ちはわかるわ。それがお母様のご希望だったものね。でも、愛する人と一緒になったほうがずっと幸せになるのにと思えてしかたがないの」

レイヴンもオーロラに負けないくらいまじめな顔で身を乗りだした。「マーチ卿を愛しているの？」

「もちろんよ。小さいころから大好きだったわ」

「じゃあ、兄のことは？」

オーロラは顔をそむけた。その点には触れたくない。ジェフリーへの愛は穏やかで心地よく、恋い焦がれるような感情ではない。だけどニコラスへの思いはもっと複雑で……心をかき乱されるつらいものだ。

「たしかにわたしは経験不足よ」レイヴンが言った。「でも、あなたが兄になんの感情も抱いていないとは思えない。あなたが兄を見る目でわかるわ。あれが愛でないなら、いったいなんなの？」

ただの恋よ、とオーロラは答えたかった。けれどもそう思った瞬間、日記の一節がまざまざと思いだされた。〝たしかに恋は愛に変わることがある。わたしがその生きた証だ〟

恋は愛に変わると、わたしは思い知らされた。デジレも、そしてわたしもそれを経験したのだ。

心が痛んで涙がこみあげそうになり、声が詰まった。「わたしがニコラスをどう思っていようが、今は関係ないの」

レイヴンが安楽椅子から立ちあがり、部屋のなかを行ったり来たりし始めた。「いったいマーチ卿はどう思っているのかしら？　薄情な人だわ。よくそんな犠牲をあなたに強いられるわね」

「彼はわたしとニコラスの関係は知らないわ。昨日は、夫が生きているという噂を聞いたとしか話していないから」

レイヴンが振り向き、オーロラを見た。「兄がイングランドに来ていることも話していないの？」

「ショックを受けることは言えなかったのよ。それにニコラスを危険にさらしたくなかった。無事に出国するまでは隠しておいたほうがいいと判断したの」

「こんな言い方は失礼かもしれないけれど、マーチ卿は婚姻無効宣告を受けた女性を妻にはしたくないかもしれないわ。家名に傷がつくもの」

「ジェフリーは家名の心配なんかしていない。わたしを守ることしか考えていないわ。婚姻無効宣告の件では力になろうとしてくれているし、犯罪者の妻でなくなった暁には結婚しようと言ってくれた」

「でもあなたの本当の気持ちや、兄が犯罪者でないことを話せば、マーチ卿だって……」

オーロラはかたく目をつぶった。ほかの男性を愛しているなどと、どうしてジェフリーに言えるだろう。彼を傷つけることはできない。わたしと結婚するのがジェフリーの望みなら、わたしは彼の気持ちを尊重するまでだ。それほどに大切な人なのだから。

「マーチ卿が自分で決めるべきだと思うわ。本当のことを話さないと。少なくとも兄との関係を黙っているのは公正ではないわ。話せばすべてが変わるかもしれないのに」

「ニコラスが出国するまではなにも話せないわ」

「それでは手遅れなのよ！　どうしてわかってくれないの？」

そのとき、またそっとドアをノックする音が聞こえ、レイヴンは黙りこんだ。

オーロラが声をかけるとドアが少し開き、執事が心配そうな顔をのぞかせた。「男性のお客様がお見えです。リチャード・ジェロッド大佐と名乗っておられます。ご結婚相手のことで急用があると」

オーロラの顔から血の気が引いた。ジェロッド大佐といえば、カリブ海でニコラスの身柄を拘束した海軍士官だ。ニコラスが生きていることはもう耳に入っているのだろう。イングランドに来ているのにも気づいているのだろうか？　ここを訪ねてくるということは、ニコラスを追ってきたに違いない。

声の出ないオーロラの代わりにレイヴンが告げた。

「客間にお通しして」

「かしこまりました」

まだショックから立ち直れないまま、オーロラはレイヴンへ顔を向けた。レイヴンも真っ青な顔をしているが、オーロラよりはいくらか落ち着いている。

「会うしかないわ。兄がまだ生きているという話が出たら、まさかという顔をして驚くふりをするの」

「ジェロッドが誰だか、どうしてあなたが知っているの？」

「今朝、お別れの挨拶に来たとき、兄が警告してくれたから」

「ニコラスが？」

「兄はジェロッドが追ってきていることを知っていたわ。だから今夜、イングランドを離れると決めたのよ」

オーロラはこめかみに手をやった。昨晩ここへ来たとき、ニコラスは危険が迫っていると承知しながらも、そんな気配はみじんも見せなかった。なんという人なの……。

「わたしには話してくれなかったわ」そんな重要な事実を黙っていたのかと思うと不安にもなるし、怒りも覚える。

「あなたを心配させたくなかったのよ。よけいな重圧を感じずに、兄についていくかどうか決断してほしかったんだと思うわ」

よけいな重圧ですって？　怒りよりも不安が勝った。「ニコラスに知らせないと――」

「だめよ！　さっき言ったでしょう？　兄はちゃんと知っているわ。そんなことより、兄を守りたければジェロッドの目をごまかさなきゃ。どうするか一緒に考えましょう」

恐慌状態にだけは陥るまいと、オーロラは震えながら深呼吸をした。レイヴンの言うとおりだ。ニコラスの力になりたければジェロッドをだまし、夫の消息など知らないふりをするのがいちばんだ。

階段をおりて客間に着いたとき、緊張は極限に達していた。

「大佐」オーロラは戸口で立ちどまり、冷ややかに声をかけた。「あんなことをしておきながら、よくもぬけぬけとここへ来られたものですわ。それなりの理由があるんでしょうね？」

ジェロッドは不気味なほどいかめしい顔をしていた。「ご主人を捜しておりまして」

「夫は亡くなりました」オーロラは冷たく言い放った。「大佐もご存じでしょう。夫を死な

せた張本人ですものね」

「では、聞いていらっしゃらないのですか？」ジェロッドが疑わしそうに尋ねた。

「なんのお話かしら？」

「ニコラス・サビーンはまだ生きています」

オーロラはジェロッドを凝視していたが、そのまなざしはやがて軽蔑に変わった。「ちっ

ともおもしろくない冗談だこと」

「冗談ではありません。海賊サーベルは、死刑執行のためバルバドス島へ移送される途中に

逃亡したのです」

「そんなばかばかしい話を信じるとでも？　あなたの話をうのみにするわけがないでしょう。

夫をつかまえて死刑執行を命じた人なのに」

「あなたには証拠は必要ないと思いますけれどね」ジェロッドがこわばった声で言った。

「ここに来ているはずですが」

「いいえ、来ておりません」

ジェロッドが顔をしかめる。「ニコラス・サビーンがブランドン・デヴェリルを名乗っているると信じるに足る理由があります。そしてあなたは、デヴェリルと一緒にいるところを目撃されています」

「ミスター・デヴェリルと面識があることは否定しませんけれど、わたしだって夫の顔くらいわかります」オーロラは皮肉を返した。

「デヴェリルがあなたをだましているのかもしれません」

「あるいは大佐がだまされているのか」

ジェロッドが怒りといらだちで顔をこわばらせたのを見て、オーロラは態度を軟化させた。

「百歩譲って、たとえ夫が生きていたとしても、なぜイングランドへ来るのです？　故郷はヴァージニアなのに」

「もしわたしにこんな美人の妻がいたら、なにをおいても会いに来るでしょうな」

「だったらもう姿を見せているはずでしょう？　でも、来ていません」

「本当に？」ジェロッドはオーロラをじろじろと見た。

「大佐……」オーロラは必死で次の手を考えた。「わたしはマーチ卿と婚約しました。喪が明けるまで婚約発表はできませんけれど。もし夫が生きていると知っていたら、ほかの男性と婚約すると思いますか？」

ジェロッドは初めて表情を陰らせたが、すぐに頭を振った。「いやいや、あなたはご主人をかばっておられるのでしょう」

オーロラは冷たい表情をしてみせた。「大佐は復讐の虜になるあまり、夫が生きているという妄想にとりつかれたんじゃありません？　まあ、ただの逆恨みかもしれませんけれど」

ジェロッドはまたもや顔をしかめた。「もしわたしが捜している男が本当にサビーンではなくデヴェリル本人ならば、堂々と出てくればいいでしょう」

オーロラはデヴェリルの味方をするかどうか迷っているふりをした。「ミスター・デヴェリルなら二週間ほど前にロンドンを発たれたはずです。たしか行き先はサマセットだったと……いえ、バークシャーだったかしら？　そのあたりから捜し始めてはいかが？」

ジェロッドはオーロラをにらみつけ、悪意に満ちた顔をした。「なるほど、そうやってわたしに無駄足を踏ませようというわけですな。だが間違いなく、あなたはサビーンの居場所を知っておられる」

「わたしが嘘をついていると？」オーロラは顎をあげた。「もう我慢できないわ。今すぐお帰りください」

「いいでしょう。だが、あきらめませんぞ。必ずニコラス・サビーンを見つけだして、裁きの場へ引きずりだしてやります」

ジェロッドは帽子を頭にのせると、オーロラの脇を通り抜けて玄関へ向かった。オーロラは気を張りつめたまま立ち尽くしていたが、やがてジェロッドの姿が見えなくなると震えながら大きなため息をついた。ジェロッドはわたしの嘘を信じただろうか？　そう思いたいが、疑われているのは間違いない。

部屋のなかを歩きまわりながら、オーロラは小声で毒づいた。ニコラスを守るためになにかできることがあるはずだ。ただ黙って手をこまねいているのは耐えられない。

もっとましな作り話をすればよかった。ジェフリーと婚約した話を持ちだしたのはまずかったかもしれない。ジェロッドが訪ねてきたときのために、ジェフリーに口裏合わせを頼まなければいけなくなった。

ジェフリーといえば……オーロラは凍りついた。彼はニコラスがイングランドにいるのを知らない。噂が耳に入れば、わたしが隠し事をしていたと気づくだろう。裏切られたと感じて傷つくはずだ。

だめだわ、わたしの口から伝えないと。ジェフリーに話をしなくては……。

オーロラは慌てて執事を呼んだ。だが馬車の用意をするよう命じているあいだも、頭のなかにあるのはジェフリーのことではなかった。

お願い、ニコラス。無事に逃げて。あなたが殺されるのは耐えられない。そんなことになれば、わたしの一部も死んでしまうわ。

25

本当の伴侶が誰なのか、心はわかるものだ。

ジェフリーとレディ・マーチがオーロラの到着を待っていた。オーロラが優雅な客間に入っていくと、ふたりは挨拶をしようと立ちあがった。だがモスリン地の昼用ドレスと丈の短い上着を目にして、驚いた表情を浮かべた。服装を見れば、オーロラが晩餐会に参加する意思がないのは一目瞭然《りょうぜん》だ。

「なにかあったの？」レディ・マーチが心配そうに尋ねた。

ええ、大変なことがあったわ、と思い、オーロラは憂鬱になった。一生をともに暮らすはずの男性に会いに来たというのに、喜びではなくむなしさを感じている。

「失礼をお許しください、レディ・マーチ」オーロラは質問に答えるのを避けた。「ジェフリーとお話しさせていただきたいのです。できればふたりだけで」

「ええ……いいわ」レディ・マーチは戸惑いの表情を浮かべた。「ちょっとショールをとってくるわね。少し寒いと思っていたところなの」そう言うとジェフリーとオーロラを残し、静かに客間を出ていった。

ジェフリーはびっくりしているようだったが、いつもどおり紳士らしく振る舞い、説明を求めたりせず、オーロラに椅子をすすめた。

オーロラは激しく動揺していたため座る気になれず、部屋のなかを歩きまわり始めた。ジェフリーが眉をひそめ、案じるようにオーロラを見た。「どうした？ なにか困ったことでも？」

オーロラは覚悟を決め、ジェフリーのほうを向いた。「ジェフリー、ごめんなさい。じつは話していなかったことがあるの」

「なんだい？」

彼女は思いつめた目でジェフリーを見た。この人を傷つけたくないけれど、それは避けられない。ジェフリーとは結婚できないのだから。わたしが心から愛しているのはニコラスだ……。

長いあいだ自分を欺いてきた。だが、思いあたる節はいくつもあったのだ。ニコラスのそばにいるとうれしかったし、別れなければいけないときは悲しかったし、彼が死ぬかもしれないと思うと怖かった……。

今夜、ニコラスが危険に直面しているのを知り、初めて自分の本当の気持ちに気づいた。もうニコラスをあきらめることはできない。たとえ彼が明日死ぬ身だとしても、それまでのあいだ一秒でも長く一緒にいたい。

「オーロラ?」彼女が黙りこくっているので、ジェフリーが先を促した。

オーロラは良心の痛みを唾とともにのみこんだ。こうするしかないのだ。ニコラスをひとりで行かせるなんてできない。

「どのみち、あなたは真実を知るでしょう。だからわたしの口から話したいの」

「ああ、頼むよ。そろそろじれてきた」

オーロラはうなずいた。「昨日、夫が生きていると話したけれど、まだ続きがあるの。ニコラス・サビーンはイングランドに来ているわ」

ジェフリーはゆっくりと、その言葉の意味するところを考えていた。「きみの夫がこの国に来ているというのか?」

「ええ、もう一ヶ月半になるわ」

「そんなに長く?」

オーロラはジェフリーがどう思ったのか表情から読みとろうとしたがわからなかった。ショックを受けているのかしら? それとも失望しているの? あるいは怒りを覚えている?

感情を抑えて淡々と話すつもりだったのに、気がつくと手を組みあわせていた。「ずっと……一緒にいたの」

「無理強いされたのか?」ジェフリーが怒りに眉根を寄せた。

「いいえ。彼がなにかを無理強いしたことは一度もないわ。わたしが望んだの」

「なるほど」ジェフリーがこめかみに手をあてる。「すまない、座らせてもらっていいだろうか」

「ええ……もちろん」オーロラはジェフリーのそばに寄った。「ごめんなさい、気がつかなくて」

ジェフリーが長椅子にそっと腰をおろした。「どうして昨日、話してくれなかったんだい？」

「戻ったばかりのあなたを傷つけるのが怖くて、切りだせなかったの。いずれ……近いうちに話すつもりだったわ」オーロラは弱々しく答え、勇気を出してジェフリーの目を見つめながら隣に座った。「あなたが落ち着いてから打ち明けようと思っていたけれど、事情が変わってしまったのよ。英国海軍がニコラスを捜しているの。今日、士官が家にやってきて、彼の居場所を尋ねたわ」

ジェフリーはオーロラが話す気になった理由を考えているらしい。「昨日は婚姻無効の申し立てをしたがっているように振る舞っていたね」

「ええ」オーロラは言葉を切った。「あのあとニコラスに手続きをとってほしいと頼んで、彼も了承してくれたわ」

「きみから頼んだのかい？」

「ええ」

「なぜ？」

「なぜって……」オーロラはジェフリーの表情をうかがった。真剣な顔でこちらの意図を見透かそうとするような視線を向けている。

「理由に興味がある。ぼくのためにしてくれたのか、あるいはきみがそうしたかったからなのかと思ってね」

オーロラは組んだ手に目を落とし、絶望的な気分が顔に出ないよう努めた。

「彼を愛しているんだね？」それは質問ではなかった。

うなずくオーロラの視界が涙でぼやけた。もう何週間も、愛していることを認めまいと抵抗してきた。ニコラスを拒否すれば、傷つくのを避けられると思ったからだ。だが今は、彼を失えば心が壊れるとわかっている。

「ええ、愛しているわ」目から熱い涙がこぼれた。「ジェフリー、ごめんなさい」

「オーロラ……泣かないでくれ」

友情と愛のどちらかを選ばなければならない状況に胸が引き裂かれ、オーロラは黙ったまま首を振った。結婚すると誓ったジェフリーとの約束は尊いものだと思うが、それを果たすことはできない。彼はとても大切に思ってきた友人ではあるけれど、人生を分かちあうのは無理だ。わたしの心はニコラスのものなのだから。

オーロラが泣くまいとこらえていると、ジェフリーがため息をついた。「ぼくたちの人生はなんて複雑な運命に絡めとられてしまったんだろう」その口調は皮肉に満ちていた。「オーロラ、ぼくを見るんだ」

ジェフリーは人差し指でオーロラの顎をあげさせ、かすかに苦笑した。

「婚姻を無効にする必要はどこにもないんだよ。ぼくのために自分を犠牲にしてくれるのは光栄に思うが、きみにそんな崇高な行いをさせるわけにはいかない。それではきみがあまりにかわいそうだし、それを言うならぼくだってそうだ。きみは不幸になるだけで、ぼくも妻に好きな男がいると知りながら幸せにはなれない。夫婦のベッドに別の男の影がちらついているのはごめんだよ」

オーロラはこみあげてくる嗚咽を何度ものみこんだ。ジェフリーのことを思うと胸が張り裂けそうだ。「いつかは許してもらえるのかしら?」

「もちろんだ。怒ってなんかいないよ。誰を愛するかは自分で選べるものではないからね」

「あなたを愛しているわ。妻になりたいと思うような愛ではないけれど」オーロラは自分に鞭打ってジェフリーの優しい目を見つめた。「あなたにはもっと本当に愛してくれる女性がふさわしいわ。わたしたちのあいだにあるのは、男女の愛というより友情に近い感情よ。この婚約は心で結ばれたものではなく、どちらかといえば便宜的なものだった。わたしたちは熱く惹かれあったことがないわ。自分たちさえよければほかはどうなってもかまわない、とさえ思えるような抗しがたい感情で結ばれてはいなかったのね」

ジェフリーに片手をとられ、オーローラはもう一方の手で涙をふいた。ジェフリーは意外なほど晴れやかな顔をしていた。

「きみの言いたいことはわかるよ。本当の愛は炎みたいなものだ。幸せに満ちているが、苦悩も多い。思う人がそばにいなければ、食べることも、考えることも、息をすることさえできない。その人と一緒にいて初めて自分は完全だと思えるんだ」

淡々と語るジェフリーの言葉に驚き、オーロラは彼の顔をまじまじと見た。どうしてこの人は、わたしの心情をこれほど雄弁に語ることができるのかしら？「まるで……自分の経験を話しているみたいだわ」

ジェフリーが小さくほほえんだ。「そうなんだ。じつはぼくもきみに誠実だったとは言いきれない。フランスで恋をしたんだ」

オーロラは口を開きかけたが、言葉が出てこなかった。

「看病をしてもらっていた農家の女性だ。フランス革命を逃れて身を隠している貴族の一家で、一番上の娘さんが献身的に世話をしてくれた。ぼくは彼女を愛してしまったんだ」

「どうして昨日話してくれなかったの？」

「きみが心変わりを打ち明けられなかったのと同じ理由だよ。きみを傷つけたくなかった。それに紳士たるもの、男の側から婚約を解消するなんてできない。不名誉な行為だからね」

少しずつ気分が明るくなり、オーロラの顔に笑みが浮かんだ。「わたしたちはどちらも崇高に振る舞おうとしていたわけね」

「そうだな。正直なところ、きみに好きな人がいるとわかってほっとしているよ。それならぼくも安心してシモーネに求婚できる。ほら、涙をふいてくれ。ぼくが悪いことをしている気分になるから」

手渡されたハンカチで口もとを押さえながら、オーロラは笑った。だが彼女が頬の涙をふいても、ジェフリーの表情はまだ真剣なままだった。

「この一年でなにかを学んだとすれば、先のことはわからないということだ。きみが本当の愛を見つける幸運に恵まれたのなら、それを逃がしてはいけない」

オーロラは本当にそうだと思い、彼の言葉にうなずいた。そして気づくのが遅かったことを悔やんだ。もし明日ニコラスが死んだら、わたしは打ちのめされるだろう。だが以前のように退屈な灰色の人生を送るくらいなら、たとえ一瞬でもいいから光り輝く幸せを味わいたい。

わたしはまだ愛を告白していない。デジレも王子に対する本当の気持ちをずっと隠していた。それを王子に伝えたのは——どうしよう、まだ間に合うかしら？　オーロラははっと息をのんだ。

「どうした？」ジェフリーが尋ねた。

一瞬、打ち明けるか否か迷った。けれど、わたしのために好きな女性をあきらめ、家名に傷がつくことまで覚悟してくれた人だ。信じても大丈夫だろう。わたしが愛している男性を傷つけるようなことは絶対にしないはずだ。「ニコラスは今夜、アメリカへ向けて発つの」

「一緒に行きたいんだね？」

オーロラはジェフリーの顔をのぞきこんだ。「そうせずにいられないのよ。お願い、わかって」

「もちろんだ」ジェフリーは静かに言い、オーロラの眉にそっとキスをした。「気持ちはよくわかる。ぼくでよければ、心の底から祝福するよ」

「そう言ってもらえてうれしいわ」オーロラは感謝の笑みを浮かべたが、わき起こる焦りにほほえみはすぐに消えた。「まだ港にいてくれればいいんだけれど。満潮になったら出航すると言っていたわ」

「それならまだ一時間ほどある。今夜の満潮は一〇時少し前だ。だが、荷物をまとめる時間はあまりないから、もう行ったほうがいい」

「ええ」オーロラは立ちあがり、頭のなかであれこれ考えをめぐらせた。いったん家に戻って、数週間の航海に必要な衣類と身のまわりの品をまとめて……。そこまで考えたとき、もうひとり会っておかなければならない人物がいることを思いだした。「その前にハリーにお別れを言って、ちゃんと理由を説明しないと。もっともあの子はニコラスを敬愛しているから、それほどいやがらないかもしれないけれど」

「ハリーは彼を知っているのか？」ジェフリーが不思議そうな顔をした。

オーロラは後ろめたく思いながらちらりとジェフリーを見た。「ニコラスはアメリカ人の従兄弟であるブランドン・デヴェリルになりすましていたの」

「ああ、あのデヴェリルか。ハリーからロンドン見物に連れていってもらった話を耳にたこができるほど聞かされたよ。たしかに敬愛している感じだった」

「お母様は許してくださらないでしょうね」

「シモーネのことを話せば大丈夫だ。きっと気持ちよくきみを送りだしてくれるよ」ジェフリーはさらに続けた。「もしよければきみの家まで送っていって、そのあと波止場までエスコートしよう。船はそこにとめてあるんだろう?」

「ええ。だけど、わたしのためにそこまでしてくれなくてもいいのよ」

「たいしたことじゃない。それに、じつはきみの心を射とめたのがどんな男か会ってみたくてね」

オーロラの心のなかで期待と不安が渦巻いた。もしすでに海に出ていたらどうすればいいの?

そのときはあとを追うまでだわ。船を雇ってアメリカへ行こう。ニコラスを逃がしてなるものですか。


それからほぼ一時間がたったころ、オーロラは波止場で必死にニコラスのタロン号を捜していた。テムズ川から立ちのぼる霧が波止場を覆っている。だが、オーロラは停泊場所のだいたいの位置を覚えていた。そしてついに、帆を張ったタロン号を見つけた。

ほっとしたことに、まだ乗船のための道板がかけられていた。船員たちが出港に向けて忙しく立ち働いている。

ジェフリーは苦労して道板を渡り、顔をしかめながら悪いほうの足で甲板におりたった。すぐに水夫が寄ってきてふたりの名前を聞き、船長に報告した。船長はふたりを船室へ案内した。この部屋でニコラスと愛しあったのがはるか昔に思える。

船室のドアは開いていた。ウィクリフ卿が寝台でくつろぎ、クルーン卿が椅子にゆったりと座っている。

ニコラスはこちらに背を向け、舷窓《げんそう》から外の闇に目を向けていた。オーロラはうれしさで胸がいっぱいになった。ああ、間に合ったのだ。

「お客様をご案内しました」船長はそう告げると、礼儀正しくお辞儀をしてさがった。

ウィクリフとクルーンが立ちあがったが、ニコラスは背を向けたまま微動だにしなかった。

「おれが勝つと思ったんだ」クルーンが上機嫌で言った。

「やったな、デア」ウィクリフも言った。「まあ、これで賭けた金を失うなら本望だ。ようこそ、レディ・オーロラ。ぼくたちは別れの挨拶をしに来たんだ」

ニコラスが希望を抱くまいとするようにゆっくりと振り向き、暗く鋭い目でオーロラを見据えた。

オーロラは狭い船室に足を踏み入れ、ふいに言葉をなくした。言いたいことや言わなくてはいけないことはたくさんあるが、ほかに人がいると思うと適当な言葉が見つからない。

ニコラスはオーロラの旅行鞄に目を落とした。けれどもすぐに背後のジェフリーに気づき、顔を曇らせて凍りついた。

「きみも別れを言いに来たのか?」

「いいえ」オーロラの声はかすれていた。

ジェフリーが割って入った。

「初めてお目にかかります」船室に入り、ニコラスの前に進みでる。「マーチです」握手をしようと手を差しだしたが、ニコラスは応じなかった。「歓迎していただけないのはわかります」ジェフリーは感情を害した様子もなく、明るく言った。「ですが、ご心配には及びません。ぼくはもう、あなたの競争相手ではない。彼女との話しあいはすんでいますから」

「話しあい？」ニコラスはまだかたい態度を崩さなかった。

「ええ、奥方から聞いてください」

ニコラスはオーロラに視線を移し、彼女の言葉を待った。

「お別れを言いに来たんじゃないわ。あなたと一緒に行こうと思って来たの」

ニコラスの顔がみるみる喜びに染まっていった。だがすぐに、怒りに満ちた暗い表情に変わった。視線はドアに向けられていた。

背後から恐れていた声が聞こえてきた。「やっぱり思ったとおりだ」ジェロッドだ。「おまえはニコラス・サビーンだな」

オーロラの心臓は激しく打った。肩越しに振りかえると、ジェロッドが戸口に立ち、ニコラスの胸に銃口を向けていた。

26

今になってわかった。愛の絆はどんなに丈夫な鎖よりも強いのだ。そこから逃げることはできないのだから。

ニコラスは銃口をにらみつけながら、胸に突き刺さる激しい感情に襲われていた。恐怖ではない。怒りだ。よりによって今、身柄を拘束されるのは不本意だ。ようやくこの手に天国をつかんだかもしれないというのに。

彼はブランデーグラスを握りしめた。どれほど癒しの酒を飲んだところでオーロラを失う胸の痛みが和らぐわけではないと知りながらも、少しでも悲しみを紛らそうと友人たちとともにブランデーを瓶の半分ほども空けた。そこへ想像の世界から飛びだした天使さながらにオーロラが姿を見せ、酔いは吹き飛んだ。

だが、ジェロッドが現れた。おそらくオーロラの跡をつけてきたのだろう。あるいは競争相手を消すために、マーチがなんらかの策を講じたのだろうか？　いずれにしろ、今はそんなことを詮索している場合ではない。

ジェロッドがオーロラとマーチの脇をすり抜け、船室に入ってきた。「サビーン、国王の名においておまえを逮捕する」いかにも満足げな口調で言う。

ニコラスは目を細め、銃口までの距離を目測した。ピストルを奪いとることは可能だが、もみあいになればオーロラに危害が及ぶかもしれない。実力行使以外になにか方法はないだろうか？　友人らをあてにするのは難しいだろう。ふたりはイングランド人だから、海軍士官の職務に介入すれば反逆罪に問われかねない。それに自分の始末くらいは自分でつけられる。

ニコラスが返事をしないでいると、ジェロッドがさらに一歩進みでた。「なにか言うことはないのか、サビーン」

ニコラスは笑みを浮かべた。「出ていけ」

ジェロッドが顔をしかめる。「わたしにはおまえを逮捕する権利がある。一緒に来い。さもないと——」

「ここで撃つか？」

「抵抗するならそれもやむをえないが、どちらかというとおまえが縄につるされて暴れる姿を見るほうがいい。ニューゲート監獄へ護送するため、外に部下を五、六人待たせてある。あそこなら絞首台があるからな」

いつでも飛びかかれるよう、ニコラスはさりげなく体重を移動した。そのとき、ウィクリフが口を開いた。

「大佐、職務に熱心なあまり人違いをされましたね。彼はミスター・デヴェリルですよ。ぼくが保証します」

「ぼくもだ」クルーンが愉快そうに言った。

「貴族ふたりが証言しているのに、違うとおっしゃるのですか?」

「貴族が三人ですよ」ジェフリーが静かにつけ加えた。

ニコラスはジェフリーに鋭い視線を向けた。この男は見知らぬ他人のために汚名をかぶる危険を冒すのか? そうだとすれば、間違いなくオーロラを思ってのことだ。本当に愛している証拠だろう。だからこそ、自分の名誉よりオーロラの幸せのほうが大切だと考えたのだ。

またもや焼けつく感情に襲われると同時に、ニコラスはジェフリーに親近感を覚えた。オーロラを失うつらさはよくわかる。

「心から感謝します、マーチ卿」ニコラスは誠意をこめて礼を述べた。

「三対一では、どちらが正しいか一目瞭然だな」クルーンが言った。

ジェロッドは怒りに満ちた目を三人に向けた。「この……海賊をかばう気ですか? 犯罪者の味方をすれば反逆罪に問われますぞ」

「そこからして間違っていますよ」ウィクリフが言った。「彼は犯罪者ではありません。イングランドに避難してきたアメリカ人のロイヤリストです。これは誤認逮捕ですね、大佐」

ジェロッドはさらに怒りを募らせ、ニコラスにピストルを突きつけた。ニコラスは視界の隅でオーロラが動いたのをとらえたが、銃口から目を離すわけにいかなかった。

「サビーン、今度こそはなにがあっても逃がさ――」その言葉は鈍い音とともにとぎれた。ジェロッドがうつろな目をしてどさりと床に倒れた。

ニコラスの心臓は跳ねあがった。オーロラがブランデーの瓶を手に、うつぶせに倒れたジェロッドを見おろしている。どうやら彼女がジェロッドの頭を殴りつけたらしい。

この大胆な行為にはほかの三人も驚いたようだ。おもしろがっている度合いはそれぞれだが、一様に驚嘆の顔をオーロラに向けている。

オーロラはとり乱してこそいなかったものの、顔が青ざめていた。「わたし……殺してしまったの？」

ニコラスはしゃがみこんでジェロッドの手からピストルをとりあげ、首筋に指を二本あてた。「いや、気絶しているだけだ」彼はオーロラを見あげた。「きみには本当に驚かされるよ」

「毒をもって毒を制すしかないときもあると言ったのはあなたでしょう？」オーロラが挑むように弁解した。「今こそそのときだと思ったのよ。あのままではあなたが撃たれていた」

「そうだな」ニコラスは立ちあがってピストルをクルーンに手渡し、オーロラに近寄った。そして、その手から瓶をとりあげて自分のグラスと一緒にテーブルに置くと、オーロラを抱きしめた。

「そんなことをさせるわけにはいかなかったの」オーロラが強い口調で言い、ニコラスを見あげた。

「うれしいよ」ニコラスは笑みを返した。

そのとき、ジェロッドがもぞもぞと動いた。

「ブランドン、せっかくのいい場面を邪魔したくはないが、この職務熱心な男をどうするか考えたほうがいいと思うぞ」クルーンが物憂げに口を挟んだ。

「縄を持ってきて縛っておこう。こいつがおとなしく従うとは思えない」ウィクリフが提案した。

「縛るだと?」クルーンが楽しげに言った。「おまえはおもしろいことを思いつくな」

ウィクリフは皮肉な笑みを浮かべた。「人間はいざとなると思わぬ能力を発揮するものなんだよ」

ニコラスはしぶしぶオーロラを放すと、戸棚から縄とナイフをとってきた。ウィクリフが膝を突いてジェロッドの手首を縛りだした。

「これからどうする気だ?」クルーンが尋ねた。

「船が出るまで、ジェロッドをどこかに閉じこめておく」

「彼の部下が外にいますよ」ジェフリーが指摘する。

「持ち場へ帰れとぼくが命令すれば、盾突くやつはいないだろう。猿ぐつわでもかませておけば、大佐はぼくの命令を撤回できないしね」ウィクリフが言った。

「おまえが邪魔したと知れば、ジェロッドは激怒するだろうな」クルーンが言う。

「かまうものか。ニコラスを絞首台へ連れていかせるわけにはいかない」

「死刑を逃れる手があるかもしれないぞ。摂政皇太子に恩赦を願いでるんだ」

「どういう意味だ？」ニコラスは興味を覚えた。

「恩赦を買い受けるんだよ。海賊だろうがなんだろうが、金庫を満杯にしてやれば皇太子はおまえが無実だと納得する」

「試してみる価値はありそうだな」ウィクリフが賛同した。

ちょうど手首を縛り終えたとき、ジェロッドの意識が戻った。

ジェロッドはうめきながら縛られた手で頭を押さえ、痛みに顔をゆがめるとぼんやりと目をあげた。クルーンがジェロッドにピストルを向けた。

「あなたが殴ったのか……」ジェロッドは驚いた。「この……裏切り者！」

「違うわ」オーロラがジェロッドをにらんだ。「殴ったのはわたしよ」

ジェロッドが目を丸くしたのを見て、ニコラスは笑みを浮かべずにいられなかった。「ぼくを脅したおまえが悪い。ぼくの……」〝妻〟と言いかけて、ブランドンを名乗っていることを思いだした。「レディ・オーロラは大切な人を守るためなら虎になるからな」

もし視線で人を殺せるなら、ジェロッドの敵意に満ちた視線はこの場でニコラスの体を串刺しにしていただろう。

ジェロッドは怒りの矛先をほかの三人へ向けた。「あなたたちはだまされている。こいつはブランドン・デヴェリルなんかじゃない。死刑を宣告された海賊だ」

「同じせりふばかりで聞き飽きたぞ。ウィクリフ、しばらく静かにしてもらってくれ」クルーンがウィクリフにハンカチを手渡した。

ジェロッドがぞっとした表情を見せた。「後悔するぞ！　反逆罪で訴えてやる！」

「無理ですね」ウィクリフが穏やかに応じた。「海軍本部ではあなたよりぼくのほうが顔がききます。ぼくは海軍にいくつか貸しがある。それに、マーチ卿は戦争の英雄ですよ」

ジェロッドが荒々しくオーロラのほうを振り向いた。「こんなごろつきについていくとあとで悔いるはめになるぞ。亡命者と見なされて、二度とイングランドの土を踏めなくなるからな」

オーロラはニコラスの目を見つめた。「それでもかまわないわ」

ウィクリフがジェロッドの口もとにハンカチをまわした。

「こんなことは許さん」ジェロッドは暴れた。

ウィクリフはジェロッドの喉をつかみ、目を細めて見おろした。「あまり手間をかけさせると、神様のもとへ送りますよ。船の一隻も見あたらない大海原にほうりだされるのは好まないでしょう？」

ジェロッドは黙りこんだ。

野蛮なやり方だが効果的だ。ニコラスは満足した。

ジェロッドは苦虫をかみつぶしたような顔をしている。

ウィクリフが猿ぐつわをかませ、ジェロッドを立たせた。「ぼくたちはそろそろ失礼するよ」

「ありがとうございました」オーロラはウィクリフに言い、クルーンにほほえみかけた。「おふたりには本当に感謝しています」

ウィクリフが片方の眉をつりあげた。「ブランドンの命を助けたことかい？　それなら礼には及ばない。彼のことは結構気に入っているからね。そうだ、よかったらきみに代わって、急な出発で挨拶できなかった知りあいの人たちによろしく伝えておくよ」

オーロラの顔から笑みが消えたことにニコラスは気づいた。「どうした？」

「レイヴンに……さよならを言えなかった。ひとりで残していくのは気がかりだわ」

ニコラスはウィクリフに顔を向けた。「ぼくのためにミス・ケンドリックの面倒を見てやってくれるかい？」

「喜んで」

「おれも……」クルーンが口を挟んだ。「喜んでお相手をさせていただく」

ニコラスはにやりとした。「申し訳ないが、きみに女性の面倒を見てくれと頼むのは、狼に羊の群れを見張らせるようなものだ」

「心配するな。ミス・ケンドリックの兄に負けず劣らず紳士らしく振る舞うから」

「変な噂が聞こえてきたら、ただじゃおかないぞ」ニコラスは冗談めかして言った。

「わかったよ。それではよい旅を」

ふたりがジェロッドを追いたてながら船室を出ていくと、あとにはジェフリーが残された。オーロラはジェフリーの手をとり、優しくほほえみかけて頬にキスをした。

ニコラスは思わず嫉妬を覚えたが、意志の力で制した。もはや彼は競争相手ではないのだ。ぼくに対して、オーロラのことを〝奥方〟と呼んだではないか。

ジェフリーはオーロラに別れの言葉をささやくと、まっすぐニコラスを見た。「彼女をよろしく頼みます。ぼくが心配してアメリカまで行かなくてもすむように」

「任せてください。命懸けで守ります」ニコラスは誓った。

ジェフリーがオーロラに視線を戻した。「きみの幸せを心から願っているよ」

「わたしもあなたの幸せを願っている。シモーネは幸運だわ。いつかお会いできるといいわね」

ジェフリーは一歩さがり、最後にオーロラにほほえみかけてから船室のドアを閉めて立ち去った。

ニコラスは緊張を解きほぐそうと、大きくため息をついた。オーロラが振り向いた。「きみがここへ来た理由は、ぼくの思っているとおりなのか？」

「ええ、ニコラス。あなたを愛しているわ」

歓喜がこみあげ、体が震えた。ニコラスは二歩でオーロラのそばに寄り、しっかりと抱きしめた。彼女が船室に姿を現したときから、ずっとこうしたかった。ニコラスはむさぼるようにキスをした。

息も継げないほどのキスのあと、ニコラスは一瞬唇を離してかすれた声でささやいた。

「もう一度、聞かせてほしい」

オーロラはその意味をすぐに理解した。「愛しているわ」その言葉が終わるか終わらないかのうちに、ニコラスはまた唇を奪った。

やがて話を聞こうと顔を離したが、腕はまだオーロラを抱いたままだった。

あふれる思いに息をはずませ、ニコラスは額を合わせた。「どうしてここへ来る気になったんだい？」

「あなたなしでは生きていけないとわかったからよ」オーロラは飾らない言葉で答えた。

「では、ぼくの妻になってくれるんだね？」ニコラスは顔をあげ、オーロラの表情を探った。

愛に輝くほほえみを見ていると、息がとまりそうになる。

「ええ、ニコラス。ただ……ひとつ条件があるの」

ニコラスは不安になり、オーロラの顔を見つめた。「なんだい？」

「少しずつでもいいから無謀な振る舞いをやめる努力をして」

「無謀な振る舞い？」

「出会ったときからずっと、あなたはことあるごとに危険を求めてきた。でも、わたしはもう二度と未亡人にはなりたくないの」

「きみを未亡人にはさせないよ」

「さっき命懸けで守ると言ってくれたわね。だけど少し前には、ジェロッドの銃口を見てむちゃをしようと考えていたわ。このままではあなたが飛びかかると思ったから、わたしが動いたの」

「飛びかかりはしなかったと思う。きみを巻きこみたくなかったから」ニコラスは思わずにやりとした。「それにしてもジェロッドの顔は見物だったな……今度こそぼくをつかまえたと思ったのに、まさか美しくて勇気ある奥方からの反撃を食らうとは予想もしていなかっただろう」

「あれは勇気なんかじゃないわ。あなたが撃たれると思って必死になっただけよ」オーロラは身震いした。「あなたを死なせるわけにはいかなかったの。ニコラス、どうかわたしのために自分の身を守ると約束して」

「わかった、約束する。無謀な日々は終わりにすると誓うよ。きみを失いたくはないからね」

青い目をのぞきこみながら、ニコラスはまだ自分の幸運が信じられなかった。

「これからはずっときみのそばで生きていきたい。子供を持ち、ともに年をとりたい。きみと一緒に眠り、夢を分かちあい、きみの隣で目覚めたいんだ」

これほど美しい言葉をかけられたのは初めてだとオーロラは思った。

錨が引きあげられ、船が揺れた。ニコラスは一瞬顔をあげ、また首を傾けて彼女の唇に顔をすり寄せた。「長い航海が始まるぞ」

ニコラスとふたりきりで何週間も過ごせると思うと、オーロラの鼓動はうれしさに速まった。

ゆっくりとニコラスの首に腕をまわし、その優しい瞳を見つめる。

「いくら長くてもかまわないわ」彼女はささやいた。今は思いの丈を伝えたい。

本当にニコラスの妻としてヴァージニアへ行くことになった。とてつもなく重大な決断だが、もはや不安はない。未来は希望と期待と興奮に満ちていると感じられる。

ニコラスはわたしの命、生涯愛するただひとりの男性だ。

キスを求めながら、オーロラは日記の一節を思いだした。〝**彼はわたしを自分のものにした。鋼鉄よりも強い鎖で縛りつけて**〟わたしもニコラスのものだ。けれども、とても幸せだった。

彼女はため息をもらし、背伸びをして熱いキスを交わした。わたしの心はニコラスのものだ。ふたりはまだ途方もなく広大で美しい世界に足を踏み入れたばかりで、その先には幸せを約束された輝かしい未来が待ち受けている。わたしたちは愛という絆で結ばれた夫婦になるのだ。

エピローグ

日記　一八一四年二月四日

今ならわかる。あなたに出会う前のわたしは日陰の存在だった。人生を遠ざけ、けっして近づこうとはしなかった。

わたしを解き放ってくれたのはあなただ。あなただけがわたしの奥深くに触れ、そこにある情熱を見つけてくれた。あなただけがわたしの心をのぞきこみ、隠された願望を引きだしてくれた。

恋をすること、そして人を愛することを教えてくれたのはあなただ。

オーロラは書く手をとめ、居間と寝室を結ぶ戸口へ目をやった。ニコラスだ。足音が聞こえたわけではないけれど、そこにいると感じられた。それくらいわたしたちは互いの存在に対して敏感になっている。

ニコラスは戸口にもたれかかっていた。端整な顔を目にすると、いまだにどきりとしてしまう。身もとを偽る必要がなくなったためもとの色に戻した金髪が、冬の明るい日差しを受けて輝いている。

いとおしさがこみあげ、オーロラはほほえんだ。「いつからそこにいたの?」

「ついさっきだ」

「このごろよくわたしを見ているわね」

「最近は、美しい妻を眺めるのがぼくの趣味になっているんだよ」ニコラスは部屋を横切り、書き物机に向かうオーロラのそばへ来た。「またぼくのことを書いているのかい?」

「わたしたちのことよ」

オーロラは心のうちを日記につづるようになった。ニコラスへの深い思いを表現する手段が欲しかったからだ。

読ませる相手はニコラスだけだ。夫に対してはなんの秘密もない。彼は長い心の旅にわたしをいざなった。その旅は今も続いている。ニコラスと過ごす日々は毎日が驚きであり、一瞬一瞬が喜びに満ちていた。

「邪魔をしてすまない」ニコラスは筒状に巻いた羊皮紙をオーロラに手渡した。「たった今、これがウィクリフから届いてね。いい知らせだ」

オーロラはペンを置いて羊皮紙を開いた。そしてすぐに英国王室の紋章に気づき、喜びの声をあげた。「恩赦を受けられたのね?」彼女は急いで内容に目を走らせた。

「そうだ。法外な値段だったけれどね。会社名義で商船を二隻と帆船を一隻、寄贈したんだ。

だが、これで首にぶらさがっていた死刑執行命令書がなくなった。ぼくは大手を振ってイングランドへ行けるし、きみも故郷を訪ねられる」

オーロラは自分のためというよりは、ニコラスのことを思って大喜びした。彼は逃亡犯ではなくなった。逮捕されて絞首台に連れていかれるかもしれないという不安が消えたのだ。

「戦争が終わったら、すぐにでもイングランドに旅行しよう」

オーロラはニコラスを見あげ、じっと考えた。アメリカとイングランドの戦争は激化していた。アメリカ沿岸でも戦いがくり広げられているため、大西洋横断はますます危険になっている。

オーロラは感謝の笑みを浮かべて首を振った。「別に急ぐ理由もないから大丈夫よ。今はここがわたしの家だもの。大切なものはみんなここにあるわ。ただ、レイヴンが気にかかるだけ……ウィクリフ卿の手紙になにか彼女のことは書かれていなかったの？」

「少しだけ書いてあった。レイヴンは今でも社交界の花形らしい。ハルフォードと婚約したことでさらに人気が高まったみたいだ」

オーロラは眉をひそめた。「心配だわ。ほかにもいい相手はいくらでもいるのに、よりによってハルフォード公爵だなんて」

「ぼくもどうかとは思うが、この件はもう話しあっただろう？　結婚に反対はしないと決めたじゃないか」

「そうだけど、でも……とにかく日記を送ってよかったわ。あれを読めば、愛のない結婚を思いとどまってくれるかもしれない。自分がなにを犠牲にしようとしているのかレイヴンにわかってほしいの。たとえ傷ついても、恋愛はすばらしいものだということも」

「デジレがそう思ったように？」

「ええ」オーロラはかすかにほほえんだ。「あなたが言ったとおりよ。デジレは恋に傷ついたけれど、愛したことを後悔してはいなかった」そして真剣な顔でニコラスを見あげた。「恋愛結婚のほうが幸せだとレイヴンにも気づいてほしいのよ」

「でも、ぼくたちの結婚は違った。死刑を宣告された海賊をきみが哀れんでくれたおかげで一緒になれたんだ。おかげでぼくは、きみの愛を知らずに人生を終えるという惨めな運命から逃れられた」

ひとつ違えばふたりは出会わずに終わっていたのだと思い、オーロラはぞっとした。ニコラスはそれほどでもないのか、にやりとした。「認めたくはないが、これもジェロッドのおかげかもしれないな。あいつがいなければ、ぼくたちは知りあうこともなかっただろうし、まして結婚などしていなかった」

あまりうれしくはないが、たしかにジェロッドには感謝しなくてはいけないのかもしれない。愛する夫と新しい家族に恵まれ、今わたしは人生で初めて心の底から幸せだと思えるのだから。義母とふたりの義妹たちは、わたしをニコラスの妻として歓迎し、じつの肉親よりも仲よくしてくれている。だがそれでも、ジェロッドのことを思いだすと平静ではいられない。彼は執拗にニコラスの死を求めたのだ。

「ウィクリフ卿の手紙にはほかにどんなことが書いてあったの？　花嫁探しはうまくいっているのかしら」オーロラは話題を変えた。

「それには触れていなかったな」ニコラスがオーロラを見つめた。「彼がぼくの半分でも幸せになってくれることを願うよ」

オーロラは優しくほほえみ、羊皮紙を巻いて紐で縛った。「そう思えることに感謝しないとね」

ニコラスがかがみこんでオーロラの唇に軽くキスをした。「感謝するいい方法を知っているんだが……」そして耳もとでささやいた。「美しい妻を悦ばせるのはぼくのもうひとつの趣味だからね」

「こんな昼間から？　まあ、なんて恥知らずなの」オーロラはショックを受けたふりをした。

ニコラスがにっこりした。その笑顔を見るだけで体がうずいてしまう。オーロラは手を引かれるままに立ちあがった。このうずきを癒せるのはニコラスだけだ。

彼のぬくもりやたくましさを感じながら、オーロラは唇を重ねた。甘く優しいキスだ。彼の香りが悩ましい。しだいにわれを忘れたオーロラはニコラスの体に腕をまわし、心の欲するままに彼を求めた。

ニコラスは黙ってオーロラを寝室へ導き、ドアを閉めた。

ふたりはじらすように互いの服を脱がせ、体を愛撫しあった。ニコラスは目に深い愛情をたたえ、一糸まとわぬ姿になったオーロラをベッドに横たえた。オーロラもまた同じ気持ちでニコラスを眺め、彼を受け入れることを思って期待のため息をもらした。

ニコラスの広い胸がオーロラの敏感な胸の先端に触れ、筋肉質の脚が彼女の腿を押し分けた。だがひとつになる前に、彼はもっと妻を悦ばせようと考えたらしい。

目を細めて覆いかぶさると上半身をかがめ、オーロラの肌に軽く唇をはわせ始めた。唇が彼女の胸から腹部、さらに下へと滑りおりていく。熱く潤った部分にあたたかみを感じ、オーロラは思わず息をのんだ。情熱という名の魔手に体の奥にひそむ欲求をかきたてられ、全身が震える。

もう我慢できない。オーロラはニコラスの金髪に手を差し入れてかすれた声で名前を呼び、彼を求めて懇願した。「お願い……」

ニコラスがまた覆いかぶさってきた。彼もまた我慢できずにいるのが腿のあたりに感じられる。

オーロラの髪に指を分け入らせると、ニコラスは熱く唇を求め、ゆっくりと体を沈めた。彼の唇から低いうめき声がもれる。

オーロラは全身でニコラスを受け入れ、背中を弓なりにそらした。ひとつに溶けあう悦びに涙がこぼれそうになった。体を重ねるたびに、なんて美しい行為だろうと感動がこみあげる。

ニコラスもまた同じ驚きを感じているのがわかった。彼は少し顔を離すと燃えるような視線を絡め、もう一度ゆっくりと深く身を沈めた。オーロラはもはや、どこまでがニコラスでどこからが自分かもわからなくなっていた。

体の奥からめくるめく歓喜がこみあげ、彼女はすすり泣きの声をもらした。ニコラスもそれにこたえた。

ふたりはともに動き、一緒に熱くきらめく閃光《せんこう》を見た。ふたつの魂が砕け散り、至福のうちにまたひとつにまじりあう。

ふたりはさざ波に似たけだるい余韻に包まれ、恍惚感に浸りながら、いつまでも手足を絡めて抱きあっていた。

「もうきみを離さない」ニコラスがオーロラのこめかみに唇をつけたままささやいた。「愛している」

満ち足りた思いを全身に感じながら、オーロラはため息をもらした。愛はわたしにあと戻りのできない選択を強いた。けれど、後悔はまったくない。ふたりがたしかな絆で結ばれているのは否定のしようがない。お互いに運命の相手なのだ。

オーロラは夫のあたたかい肩に頰をつけた。デジレの日記の一節がよみがえる。〝**本当の伴侶が誰なのか、心はわかるものだ**〟

そのとおりだ。ニコラスはわたしが魂を分かちあう人だ。現在も、そして未来も。彼はわたしの隠された情熱に火をつけ、想像をはるかに超えた喜びをもたらしてくれた。わたしは愛する人を見つけたのだ。これ以上、なにも望むことはない。

訳者あとがき

ヒストリカル・ロマンスの人気作家ニコール・ジョーダンによる〝危険な香りの男たち〟シリーズ第二弾をお送りしましょう。今回のヒーローはなんと海賊……といっても本当はアメリカで大規模に海運業を営む実業家です。しかし子供のころから父親について船乗りの修行をしてきたため、そこは海の男。日焼けしてたくましく、冒険に満ちた人生を好むまさに危険な香りのする男性です。

一八一三年、英国領西インド諸島。イングランドの公爵令嬢のオーロラは婚約者を亡くしたばかりだというのに、父親から嫌いな相手との結婚を強要され、ロンドンを離れてカリブ海を訪れていました。帰国直前のこと、波止場に来ていたオーロラは、英国軍艦の甲板にいる縛られた半裸の男性と目が合い、一瞬時間がとまったような感覚に見舞われます。彼は海賊サーベルこと、アメリカ人のニコラス・サビーンでした。オーロラは水兵に痛めつけられているニコラスを助け、牢獄に食べ物や衣服を差し入れます。

そのニコラスは海賊として死刑を宣告されます。死を恐れてはいないニコラスですが、ひとつ気がかりなことがありました。それは亡くなった父に幸せにすると誓った異母妹のことでした。ときは米英戦争の真っ最中でしたが、妹をイングランドにいる親戚のもとへ無事に送り届けて社交界にデビューさせることが、死を迎えようとしているニコラスの最期の願いでした。そして思いだしたのが、戦う天使のごとく波止場に舞い降りてきた美しい女性オーロラでした。公爵令嬢という身分のオーロラなら妹をイングランドへ送り届け、社交界でよい指南役となってくれるに違いないと思ったニコラスは、彼女に便宜上の結婚を申しでます。オーロラは突拍子もない求婚に驚き、悩んだものの、これで父親から強要されている結婚を避けられると考え、ニコラスの頼みを受け入れることにするのですが……。

ストーリー・テラーのニコール・ジョーダンは、本作でも波瀾万丈の物語を紡ぎだしています。青く美しい海に緑の島々が点在するカリブ海。しかしイングランドとアメリカは戦争中であり、波止場には英国海軍の軍艦が停泊しています。そんな場面での、海賊と呼ばれるアメリカ人男性と公爵令嬢の衝撃的な出会いは、それだけでも前途多難な先行きを予感させます。不幸な人生を送り、二度と傷つきたくないと思っているオーロラにとって、危険と背中合わせの人生に生きがいを覚えるニコラスは、強く惹かれながらも、ともに人生を歩む決意をするには難しい男性です。オーロラの葛藤ははかり知れないものがあります。人間関係も多彩です。シリーズ第一作に登場するヘルファイア・リーグの主要メンバー、クルーン伯爵やウィクリフ伯爵が物語のなかで重要な役割を担っていますし、ニコラスを追いつめる宿敵ジェロッド大佐は異彩を放っています。またシリーズ第一作のヒーロー、ダミアン・シンクレアのその後もうかがい知ることができます。

ニコール・ジョーダンは、愛と官能に満ちた魅力的な物語を次々に発表している、ニューヨーク・タイムズのベストセラー・リスト常連作家です。父親が軍人だったため高校時代はドイツで過ごし、現在はユタ州のロッキー山脈近郊で愛する家族とともに暮らしています。これまでに約三〇冊に及ぶヒストリカル・ロマンスを執筆し、発行部数は累計五〇〇万部に達しています。ＲＩＴＡ賞の最終選考作品に残ったほか、米国ロマンス作家協会の年間人気作品賞、ヒストリカル・ロマンス部門功労賞、ドロシー・パーカー優秀賞なども受賞している実力派です。

そんなニコール・ジョーダンがお送りする愛と官能の物語をどうぞ心ゆくまでお楽しみください。

二〇一〇年四月

ライムブックス

情熱《じょうねつ》のプレリュード

著　者　ニコール・ジョーダン
訳　者　水野凜《みずのりん》

2010年5月20日　初版第一刷発行

発行人　成瀬雅人
発行所　株式会社原書房
〒160-0022東京都新宿区新宿1-25-13
電話・代表03-3354-0685　http://www.harashobo.co.jp
振替・00150-6-151594
ブックデザイン　川島進（スタジオ・ギブ）
印刷所　中央精版印刷株式会社

落丁・乱丁本はお取り替えいたします。
定価は、カバーに表示してあります。
 ISBN978-4-562-04384-2　Printed in Japan